JN119219

日本の中世の秋の歌
『閑吟集』を読む 下

堀越孝一
Horikoshi Koichi

日本の中世の秋の歌

『閑吟集』を読む

（下巻）

目次

目次

Ⅶ あの鳥

Ⅷ 人の心は

上巻

凡例

一、本書は堀越孝一先生の遺稿である。

二、本書は宮内庁書陵部蔵の『閑吟集』に注釈を附したものである。ただし、真名序・仮名序・奥書については注釈を附していない。また、『閑吟集』一番歌を序歌として扱い、冒頭に配置したのは著者の意図によるものである。全体の章立てについても同様である。

三、『閑吟集』の原文は、下段が書陵部蔵本の字句および配列を忠実に翻刻したもので、上段がこれに漢字をあて、読点・濁点を附して適宜改行したものである。すなわち下段を読解したものが上段部分である。下段で仮名遣いが誤っている箇所には正しい仮名遣いを注記した。

四、右の読解の根拠と、そこまでにいたる過程および考察をしめしたものが、本書の本文である。

五、*を附した箇所は著者による『閑吟集』小歌の現代語訳である。

六、『閑吟集』原文および引用史料そして各小歌の見出しは旧仮名と新仮名が混在し、統一がとれていないが、あえて著者がそのように表記した箇所もあるため、著者の意を汲みとり、改めるのは最小限度にとどめた。

七、本書の読解の便宜を図り、［ ］で注を補入した箇所がある。

八、同様に読解の便宜を図り、巻末に「注釈重要語句索引」を附したので、あわせて参照されたい。

Ⅴ 今朝はとりかき聚たる松の葉は（続）

『文正草子』より塩屋（部分、海の見える杜美術館蔵）
出典：文化遺産オンライン
（https://bunka.nii.ac.jp/heritages/detail/220584）

130　近江舟

身は近江舟かや、
志那で漕がるる

身ハあふミ舟かや志なてこかるゝ

＊あたしゃ、とんと近江舟なんかねえ、志那の船着き場で漕がれるわ。死なで焦がれるってこと。

能の『自然居士（じねんこじ）』は「自然居士」が琵琶湖畔大津港で人買いから若い女を横取りする話で、台詞廻しは狂言に近い四番目物である。

「自然居士」というのは説経僧と芸能者が一緒になったようなキャラクターで、さかのぼれば鎌倉時代の末期、永仁（えいにん）四年（一二九六）に成ったとされる絵巻物『天狗草紙』に、一遍上人と一緒に天狗の一員として登場する「ささら太郎」がイメージの原型らしい。

「ささら太郎」というのが、また、めんどうだが、「ささら」とは「簓」の漢字をあて、細かく裂いた竹を束ねたもの。木製の棒に切れ込みを入れたのを、この「ささら」でこすって音を出す。そういう「ささら」で囃しながら、説経するのが「ささら太郎」である。

『自然居士』が「ささら」に解説を入れている。それもうまもなく打ち上げという段になって、

それ簓の起こりを尋ぬるに、東山にあるおん僧の、扇の上に木の葉のかかりしを、持ちたる数珠にて

さらりさらりと払ひしより、簓といふこと始まりたり。居士もまたそのごとく、簓の子には百八の数珠、簓の竹には扇の骨、おつ取り合わせてこれを擦る。

人買いが買った若い女を、ふつう、解説は「少女」という。それが能の台詞では、ワキの「人商人」はと、人買いにこの呼び名をあてて、正面を向いて、

かやうに候ふ者は、東国方の人商人にて候。このたび都に上り、あまた人を買ひ取りて候。まだ十四五ばかりなる女を買ひとりて候が、昨日少しの間暇を乞うて候ふほどに遣りて候ふが、いまだ帰らず候。

『梁塵秘抄』の三七三（三九四）番歌に、

　女の盛りなるは、十四五六歳、二十三四とか、
　三十四五にし成りぬれば、
　紅葉の下葉に異ならず

という、まことにけしからんのがある。

まあ、けしからんことはけしからんけれど、女性の年齢について、当時社会の常識をいっているわけで、どうぞ『わが梁塵秘抄』の「女のさかりなるは」の段をごらんください。ヨーロッパ社会にも、往時、そういう常識があったことを紹介しています。それが能舞台では、ワキがつづけて、こんどはワキ連の同輩

の商人に向かって、

なふわたり候ふか、昨日の幼き者は、親の追善とやらん申して候ひつるほどに、説法の座敷にあらうずると存じ候。

と、「昨日の幼き者」などと、いいかげんなことをいっている。

「幼し」の用法については、話はそれほど簡単ではない。しかも、はなはだ厄介な話で恐縮だが、この能は観阿弥の作と見られるが、観阿弥がみずからシテの「自然居士」を演じたことを息子の世阿弥が『申楽談儀』で話題にしていて、なんでも舞台の父観阿弥が十二、三ばかりに見えたと書いているという。一方では、『風姿花伝』の「花伝第七別紙口伝」では、

亡父の若盛りの能こそ、臈たけたる風体ことに得たりけるなど聞き及びしか。四十有余の時分よりは、見慣れし事なれば、疑ひなし。自然居士の物まねに、高座の上にての振舞を、時の人、十六七の人体に見えしなんど沙汰ありしなり。

だから、ここは、まあ、聞き逃すとして、「ささら太郎」は「人商人」に逃げられて、後を追う羽目になる。

人商人ならば東国方へ下り候べし。大津松本へそれがし走り行き止めうずるにて候。

「大津松本」はともに現在大津市内。大津港のある浜大津と、その東南の見当にあたる松本町の関係に

なる。そのどっちの港だったのかは分からない。ようやく追いついてみたら、もう舟は出航しかけていた。シテの「自然居士」は、扇で差し招きながら、

　のうのうあれなるおん舟へ物申そう。

ワキの「人商人」は、いかにも不審気に、

　これは山田矢橋（やばせ）の渡し舟にてもなきものを、何しに招かせ給ふらん。

「山田矢橋」はちょうど「大津松本」の言いかたと同じで、「山田」と「矢橋」、それぞれ大津の対岸、琵琶湖東岸の船着き場をいった。現在草津市内で、南から北へ、矢橋、山田と並んでいる。

　これは山田や矢橋の船着き場を結ぶ渡し舟ではないのに、どうして待て待てと声をかけたのですかと、「人商人」はしらばっくれている。

「山田」からすこし北に「志那」の船着き場があった。現在はここも草津市内である。どうして、また、権兵衛は「山田」ではなく、「矢橋」でもなく、「志那」の船着き場を歌い込んだかは、わたしが歌の大意をとってみた、その文脈の中で明かされている。

　歌は「近江」と「逢う身」、「志那で」と「死なで」、「漕がるる」と「焦がるる」の語呂合わせ遊びである。

5

131　人買舟

人買舟は沖を漕ぐ、
とても売らるる身を、
ただ静かに漕げよ、船頭殿

人かひ舟ハ沖をこくとても
うらるゝ身をたゝ静に漕よ
船頭殿

そこで「人買舟」である。

権兵衛の頭には能『自然居士』があり、また「ささら太郎」の説経節『さんせう大夫』があった。

説経節『さんせう大夫』の一番古い刊本は寛永末年に下がる。寛永末年は二十年、一六四三年である。だから、そういうまとまったかたちで、「山椒大夫」の話が書かれた刷り物が、権兵衛の書斎の書棚に載っていたというのはほとんどありえない。それは縁日の「ささら太郎」の説経でその話を聞かされた、話のさわりのところを刷り物にしたのを売っていた、それを買って読んだということはありうる。

説経節や浄瑠璃はまだ口承の段階で、それはちょうど能が一時期、まだまだ猿楽の段階で、舞台の演じ物で、その台詞が謡物として整えられるのは世阿弥の父親観阿弥の出現を待たなければならなかったのと同じである。

130番歌は『自然居士』の文脈で読み解ける。それが131番歌は、むしろ『さんせう大夫』だ。それは「船頭殿」という言いまわしは、『自然居士』の文脈にも出る。舟に乗り込んだ自然居士の強談判に恐れをなした同輩の人買いが、これはもう女を返さずにはすまないのではないか。さあさあ、舟から下りてくれという。それを受けてシテの台詞、

ああ船頭殿のお顔の色こそ直つて候へ。

どうなることやらと心配顔だった船頭の顔色も直ったよ。

これは揶揄しているとしか受け取れない。

対するに『さんせう大夫』、これは流刑に処された「岩城の判官正氏（はんがんまさうじ）」の妻子が都に上って父の無実を訴えようと旅に出て、「越後の国直江の浦」についた。現在の上越市直江津である。そこで人買いにだまされて、母親と姉弟は別々の舟に乗せられる。二艘の舟が離れていく。不審に思った母親が、なぜかと問いただす。

さてあの舟と此舟の間（あい）の遠いはふしぎやな。同じ湊へ着かぬかよ。舟漕ぎ戻いて、静かに押さいよ、船頭殿。

母親はとりみだし、「命を惜（たば）へ姉弟（きょうだい）よ」と声をかぎりに叫ぶ。

次第に帆影は遠うなる。声のとどかぬ所では、腰の扇取り出だし、ひらりひらりと招くに、舟も寄らばこそ。

人買舟は沖を漕ぐ、とても売らるる身を、ただ静かに漕げよ、船頭殿。

この「船頭殿」は哀願である。

＊わが子を乗せた人買舟が沖を行く、どうあっても売られる身と決まったあの二人、せめて櫓をゆっくりと押して、沖の荒波に舟が手ひどく揺られないよう、気を配ってやっておくれ、船頭殿。

132　鳴門舟

身は鳴門舟かや、阿波で、漕がるる

身ハなると船かやあはてこかるゝ

＊あたしはとんと鳴門舟、阿波の海を、船頭さんが漕いで行く。あたしはあの人に逢えずに、恋に焦がれる。

133 阿波の若衆

沖のとなかで舟漕げば、
阿波の若衆に招かれて、
あぢきなや、
櫓が、櫓が、櫓が、櫓がをされぬ

沖のとなかてふね漕ハ阿波の
若衆にまねかれてあちきなや
櫓か〱〱をされぬ

「となか」は「門中」と漢字をあてる。「門」は「鳴門」のそれで、「戸」に同じで、海では「瀬戸」の意味を作る。「鳴門」は「流れが鳴る瀬戸」ということで、ここはなにしろ「阿波の海」だから、「門中」は、それだけで「鳴門の瀬戸の沖合」の意味を作る。

『古事記歌謡』の七四番に、「由良の門の、門中の岩に（伊久理爾）」と見える。「伊久理」は「いくり」だが、「くり」は岩礁で、「い」は接頭辞だと説明される。「若衆」は「わかしゅ」と読み、男色の相手方の少年をいう。

＊鳴門の瀬戸の沖合で舟を漕いでいたら、阿波の若衆に手招きされた。心ははやるが、それが、なさけないねえ、櫓が、櫓が、櫓が、櫓が、ええい、押せないわ。

もっとも「をされぬ」はない。「おされぬ」で、押すところをまちがったか。だから「櫓がおされぬ」。132番歌は女歌だと思ったが、どうもこのわたりは132番歌も男歌といっているようでもある。それが次の134番歌は、こちらは男とも女ともいえない。「沖のカモメ」の風物歌である。それとも、「沖のカモメ」も色恋がらみか？

134　沖のかもめ

沖の鷗はすなどる舟よ、足を艫にして

沖の鴎ハすなとる舟よ足を艫
にして

「沖の鷗」まではよかったが、あとがいけない。すんなり読めない。わきに「かち」だの「る」だのと読み仮名らしきものが見える。それも「かち」などは、ここまで出現した振り仮名の主の手跡とは思えない字体で、もしやこれは大正昭和に入ってからの付け仮名か。なにしろわたしは書陵部蔵本の影印本しか見ていないので、墨の濃淡まではかりかねる。だからこれ以上のことをいうのはさしひかえる。

「春」のくずしの「す」、「那」のくずしの「な」とる、すなとる。読み仮名の主はよほど古文字を読み慣れていないお方なのか、「る」の脇にも「る」と仮名をふっているが、この「る」は「類」のくずしで、それほどめずらしい表記ではない。

「足を艫にして」だが、「艫」は「ろ」と読む。「艫」はなんともしっかりした字体で、偏の舟が、また、堂々としていて、幅広に書いた字の半分近くをしめる。旁の「盧（ろ）」の書き方もじつにほれぼれとするようなくずしだ。「盧」は飯櫃（めしびつ）をいい、炭櫃（すびつ）をいう。また柱頭の枡形をいう。それが舟だといっている。だから「艫」は本来船である。

『廣漢和』によると「軸艫（じくろ）」は「舳艫」で舟のことをいい、『小爾雅（しょうじが）』に「船頭謂之舳　尾謂之艫」と見えるという。「船頭はこれを軸といい、船尾はこれを艫（ろ）という」。そうか、「艫（ろ）」は船尾できまりだなと思うと、なにやら『説文解字（せつもんかいじ）』に「艫一曰船頭」と出るのだという。「艫は船首（とも）だともいうようだよ」というぐらいの意味あいで、どうも『説文解字』もあまり自信がなかったのではないでしょうか。

いずれにしても「足を艫にして」というのだから、この「艫」は船尾でしょう。だから「とも」。波間すれすれに飛ぶカモメは、とんと魚取りの舟だねえ。足を二本そろえて、うしろに伸ばしてさ、トモだね、これは。

まあ、わたしはカモメのジョナサンの生態学にくわしくはないが、パリのサンルイ島に住んだことがあって、冬場になるとカモメが海からセーヌを上ってくる。ポンマリ橋の上から、カモにパン屑をやろうと投げると、横合いから、両足そろえて伸ばしてカモメのジョナサンが突っ込んでくる。そんな情景を、いまおぼろげに思い起こしている。だから権兵衛の小歌は理解できる。

ところが、この権兵衛の小歌の前歌は「櫓がをされぬ」話であり、また、次歌は「舵音ハかりなるとの浦」の情景描写だ。櫓、艫、舵と歌はわたるわけで、つづいて136歌は「枕をならべて、お取舵や面舵にさしませて」とくる。歌のわたりは櫓や舵を要求しているようだが、それが権兵衛は艫と書いている。書いてある字を読まないことには、読んだことにはならない。写本の筆生がでしょうと、なにかここが意図的な書き換えでもあるかのようにいうのは勝手だが、それにしては艫の字はあまりにも個性的だ。

135　誰か夜舟

磯山にしはしいはねの松程に
〱たか夜舟とハしら波に
艉音ハかりなるとの浦静なる
今夜かな〱

磯山に、
しばし岩根の松ほどに、
しばし岩根の松ほどに、
誰か夜舟とは白波に、
艉音ばかり鳴門の浦、
静かなる、今夜かな、
静かなる、今夜かな

艉は「舟」偏に「尾」を旁（つくり）に書いている。前歌に権兵衛は「舟」偏に「盧」の旁という、なにか造語のような用語を使ったが、それは『廣漢和』で見ることができた。ところが今度のは『廣漢和』に見ることはできない。こちらとしても造語せざるをえない言葉遣いとなったが、文脈からそれは「なる」らしい。夜船が近づいてくる。なにかが鳴る音が聞こえる。どうやら仮名書きにひらけば「かちおと」で、「舟」偏ではなく、「木」偏の「梶」でよいのではないか。それを「舟」偏に書いて、気取ってみただけのことだ。

もっとも「梶」は「楫」と「柁」の二種があって、「柁」は「舟」偏でも「舵」があって、これは方向舵をいう。だから「楫」の方が、この文脈に合う。舟を漕ぎ進める器具である。もっともこれに長い、短いがあって、長いのは櫂というと、『廣漢和』の「櫂」の項が、『韻会』という資料を引いている。艉は楫だが、そのうちでも長い方の櫂ととる方がよいようだ。

能『通盛（みちもり）』の一節である。「これは阿波の鳴門に一夏（いちげ）を送る僧にて候」とワキの名乗りから入る。この浦で平家一門が果てたという設定で、名乗りにつづいて僧は、脇侍の僧とレシタティーヴ。浦の風光を叙する。これが権兵衛の転写した小段である。

＊磯辺の山陰に巌（いわお）の根方に生える松がある。その松の下陰に座して、しばし時を過ごしていると、だれが乗る舟なのか、夜の白波を切って行く舟の、櫂をこぐ音が聞こえる。鳴門の浦の今宵は静かだ。

能『通盛』は古作の猿楽に世阿弥が手を入れた能で、平通盛の戦死と妻小宰相の局の入水を叙した修羅物能である。「誰か夜舟」は平家一門のものと知れと権兵衛は感慨に耽っている。

なお「夜舟」については、『わが梁塵秘抄』の「すまのせきわたのミさきを（須磨の関、和田の岬を）」の段を、ぜひ、ごらんください。

136

泊まり舟

月は傾く泊まり舟、
鐘は聞こえて里近し、
枕を並べて、
お取舵や面舵にさしませて、
袖は夜露に濡れて

月ハかたふくとまり舟鐘は
きこえて里ちかし枕をならへ
てとりかちやおもかちにさし
ませて袖は夜露にぬれて

この小歌の書陵部蔵本の書写は、いろいろ問題がある。

初行の「かたふく」だが、「ふ」は「満」のくずしの「ま」とも読める。しかし、「かたまく」ではなんのことだかわからない。だから、まあ、ムリをして「婦」のくずしの「ふ」と読む。「かたふく」で、「かたむく」の時代の読みである。

三行目から最終行にかけて、「お取舵や面舵にさしませて」の「ま」の字も、なんとも読みにくい。小さな字で書いてあることもあるのだが、「さ」と読んで読めないことはない。ただ、これは「万」のくずしの「ま」で、だから縦線が横線の上に出ていない。そのあたり、筆生の仕事はていねいだとほめてやりたいのだが、最終行で書写は揺れに揺れる。

「袖は」は、諸家はそろって「袖を」と読んでいる。「越」のくずしと見たようなのだが、わたしは

「波」のくずしの「は」と読む。なにしろ書写があいまいなのである。

最後の字にいたって、筆生は破綻をきたす。どうやら一旦書いた字を消して、わきに書き直したらしいのだ。左側に「亭」のくずしで「て」と書いている。反対側に平仮名で「て」と書いている。反対側、つまり右側には、ところどころ、後代の手跡で振り仮名が振ってある。この「て」は、しかし、その後代の手跡のものではなさそうだ。

後代の手跡のものは、この小歌では、「鐘」に「か年」、「里」に「さと」、「枕」に「まくら」と振ってある。字は小さく、心なしか自信なげだ。それが「て」は本文の字と対抗できるほど大きいし、堂々としている。「人こそふりて（13）」に「よしそれとても」という文言が読めるが、その「て」と書体は似ている。

わたしは宮内庁書陵部蔵本の影印本を見ているだけで、原物に接する機会は得ていない。だから墨の色まではわからないが、まあ、まちがいないだろうと思う。右側の平仮名も写本の筆生の手跡である。

写本の筆生は、誤字を「亭」と直しながら、「て」と振り仮名を振った。ていねいな仕事である。その仕事ぶりは、しかし、諸家には通じなかったようで、どうも根拠がわからないのだが、諸家はここを「てさす」、最終行全体、「ませて、袖を夜露に濡れてさす」と読んでいる。もしか「亭」のくずしを「さす」と読んだか。

あとまわしになってしまったが、「お取舵や面舵にさしませて」の「さしませて」は「さします」の変化で、「さします」

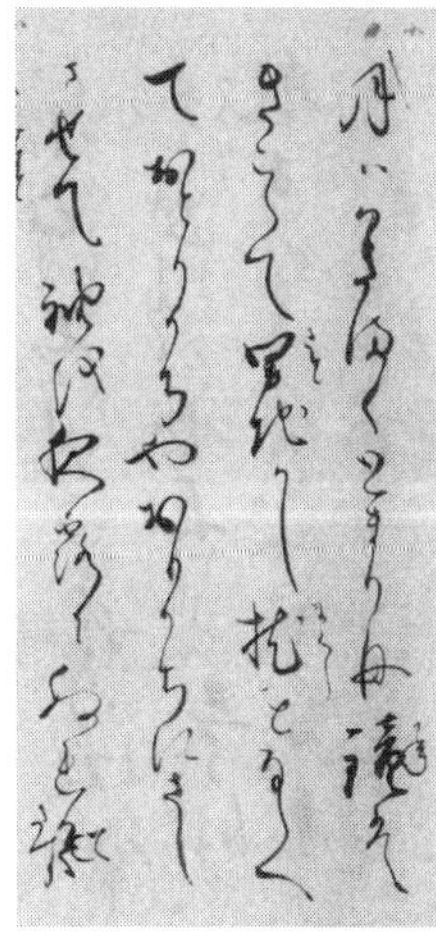

15

は、どうやら室町時代から「し」の尊敬語である「させます」がこうなまったらしい。「なさる」「おやりになる」である。これに合わせて、「取舵」に尊敬の接頭辞「お」をつけた。「面舵」には「お」の音が入っている。「取舵をとり、面舵をとって、おやりになって」と読み解ける。

「お取舵や面舵に」の「に」がうるさいではないかと気になるが、『日葡辞書』に「舟ヲトリカヂニヤル」と見えるという。

「枕を並べて」がひびきあって、「差し枕」が暗示されている。「差し枕」は「箱枕」の同義語と解されるばあいが多いが、おそらく「枕を差し交わす」の言いまわしから出たもので、男女の同衾をいう。狂歌の最初の選集で、寛文六年（一六六六）刊だから、だいぶ後になるが、『古今夷曲集』巻第七恋歌（四〇三）に、

たまさかの君の御出(おいで)を嬉しがり、先(まず)いねころび、さし枕かな

と読める。

「枕を並べて、お取舵や面舵にさしませて」は「枕を並べて、左になったり、右になったり、おやりになって」という意味だろう。

なにしろ「月は傾く」である。明け方に近い。聞こえる鐘は暁の寺の鐘である。一晩中、舟の上で愛し合って、袖は夜露に濡れてしまったと、ここのところは、じつは拍子抜けするほど素直である。

「誰が夜舟」に平家一門の滅びを思えと、そこの権兵衛はまじめである。それが、ここの権兵衛は、「誰が夜舟」を「恋人たちの舟」と読めと遊んでいる。

137　から櫓

また湊人、舟が入るやらう、
空櫓の音がころりからりと

又湊人舟か入やらうからろの
をとかころりからりと

「湊人」にはほとほと参る。

「なにせうそ(55)」にも、「なにせうそくすんて、一期ハ夢よ、たゝ狂人」と見える。この「人」とここの「人」は、重ね合わせてみたくなるほど、そっくりに書いている。これを「へ」の誤記と見れば、「なにしょうぞ、くすんで、一期は夢よ、ただ狂え」と、諸家の読みに付き合うことになる。

ここも、「また湊へ舟が入るやろう、空櫓の音がころりからりと」と、すんなり読める。

あちらでは頑固に「人」と読めるといいつのり、こちらでは、あっさり、これは「筆が滑った」のでしょうと、「へ」と読むというのは、首尾一貫しないが、ここはさすがに「湊人」では読めない。

この小歌は前歌と、さらに次歌を付き合わせると、よく読める。そこで、次歌だが。

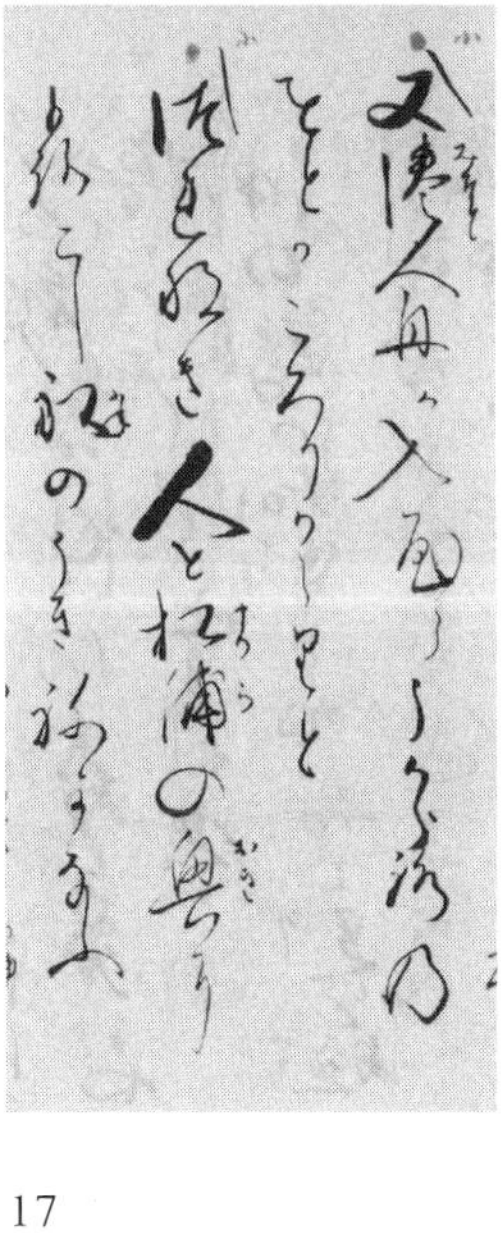

138　もろこし船

つれなき人を松浦の奥に、
唐土船のうき寝よなう

つれなき人を松浦の奥に
もろこし船のうきねよなふ

「奥」は「澳」の借字と説明されるが、もともと「澳」は「沖」で、「奥」からの造語らしい。「遠いところ」ということで、海の遠いところという意味合いを水偏で表わしたらしい。

「松浦の奥」は、『万葉集』巻第五に「松浦佐用姫」伝承を歌う歌が五首ある（八七一～八七五）。その四首目に、

海原の意吉行く船を帰れとか、領布振らしけむ松浦佐用姫

と見え、その「意吉」に「澳」とか「沖」とかの字をあてたのがはじまりらしい。

六世紀、新羅救援に任那へ派遣された夫の船を、山上より白い肩布を振って見送った佐用姫の説話は、肥前国風土記にも語られていて、肥前松浦郡（現在の佐賀県唐津市、伊万里市他、長崎県平戸市、松浦市など）に伝わる説話として展開した。佐用姫が白い肩布を振って、夫を見送ったという、その山は、唐津市とその東の浜玉町にまたがる鏡山とされ、鏡山は「領布振山」の異名を持っている。してみると佐用姫は唐津湾を行く夫の船に向かって白い肩布を振り続けたということなのだろう。

「松浦の奥」は唐津湾の海上をいう。権兵衛が、あるいは写本の筆生が「沖」に「奥」の借字をあてたわけは分からない。「浦の奥」にかけたのだというのは読み込みも過ぎるだろう。権兵衛は唐津湾の海上に佐用姫の夫を乗せた「もろこし船」を見ている。「もろこし船」は任那へ向かう。

それが、どうだろうか、権兵衛が『伊勢物語』のあの段を想起するとき、「もろこし船」は「唐土船」である。なにしろ、『伊勢物語』は『古今和歌集』以前にほぼ編集されていたことがたしかなのだから。『古今和歌集』の編集は、十世紀はじめ、唐の滅亡と前後している。二六段である。

むかし、おとこ、五条わたりなりける女をえ得ずなりにけることと、わびたりける、人の返（かえり）ごとに、
思ほえず袖にみなとのさはぐ哉、もろこし舟のよりし許（ばかり）に

唐船が寄港して、波が岸壁に打ち寄せて、袖が濡れる。そのように、おもいがけないお便りをいただいて、うれしくて、わたしは涙に暮れました。

まあ、歌の大意はこんなものだろうと思う。わたしがおもしろく思っているのは、権兵衛はこの前の小歌で「湊」をいい、この小歌で「もろこし舟」をいっている。そうして、前歌の「からろ」が「空櫓」だったのが、この小歌にわたって「唐櫓」となる。「もろこし船」が「唐土船」と定まる。

ところが、それでは「唐櫓」とはなにか。これが案外とややこしい。能『自然居士（じねんこじ）』の「櫓にはからろといふ物あり」と、この小歌しか引いていない古語辞典は論外だ。「からろ」の説明になっていない。『日本国語大辞典第二版』は『和漢朗詠集』から「倭琴緩く調べて潭月に臨み、唐櫓高く推して

水煙に入る」（川口久雄『和漢朗詠集全訳注』の番号付けで七二一を、おそらくそのまま引いている）を引き、『江帥集』から「小夜ふけて、空にからろの音すなり、あまのと渡る舟にやあるらん」を引き、能の『通盛』から「かぢおとをしづめから櫓をさへて聴聞せばやと思ひ候」を引いている。けれども、このうちのどれが、その櫓が中国式の物だと証言しているというのか。『和漢朗詠集』の文節にしたところが、「倭琴」と「唐櫓」を対置しているだけのことである。

『通盛』の注釈者たちが、異口同音に「唐櫓は歌語で櫓のこと」と注しているのが印象的である。冷静な判断で、好感がもてる。

それはたしかに『日本国語大辞典第二版』は、最後に『日葡辞書』をあげ、「カラロ、中国の櫓」と書いているという。原本を見ないで物をいうのもなんだが、なんでしょうねえ、これは直訳でしょうねえ。だから「からろ」が「空櫓」の読みから「唐櫓」にわたるといったのは、「から櫓（137）」の「空櫓」が、この小歌の「唐土船」から跳ね返って、「唐櫓」の読みを作るということであって、それがまた跳ね返って、「もろこし船」を「唐土船」に作るということであって、すっきりいえば、「からろ」と「もろこし船」が交歓して「唐櫓」の読みを作る。「唐土船」の読みを作る。

以上、136番歌からの三つの小歌と、つづく「宵の稲妻（139）」を通して読んでみよう。

月は傾く泊まり舟、鐘は聞こえて里近し、
枕を並べて、お取舵や面舵にさしませて、
袖は夜露に濡れて

また湊へ、舟が入るやらう、
空櫓の音がころりからりと
つれなき人を松浦の奥に、
唐土船のうき寝よなう

139

宵の稲妻

来ぬも可なり、夢の間の露の身の、
逢うとも、宵の稲妻

こぬも可なり夢の間の露の
身のあふとも宵のいなつま

＊舟に泊まって明け方になりました。里の寺の勤行の鐘が聞こえます。こうして枕を並べて、左へ右へと、向きをお変えになって、おやりになって。ほら、袖がぐっしょりですよ。夜露かしら。

＊おや、またなの。湊へ舟が入ったのかしら。ころり、からり、ころり、からりと、櫓を入れて、くねらせて、浅く、浅く、櫓を入れて。

＊唐櫓、唐船、松浦の沖に、つれないあの人を待って、ひとりさびしく波間に寝るなんてねえ。松浦佐用姫でもあるまいに。

＊あの人が来てくれなくたっていい、どうせ夢の間のはかない命だ、来てくれたって、どうせ逢瀬は束の間、宵の雲間に走る稲妻のようなもの。

140
今うきに

今うきに、思いくらべて古は、
せめては秋の暮れもがな、
恋しの昔や、立ちも返らぬ老いの波、
戴く雪のま白髪の、
長き命ぞ、うらみなる、
長き命ぞ、うらみなる

今うきに思ひくらへていにし
へはせめてハ秋の暮もかな
恋しの昔やたちもかへらぬ老の
なみいたゝく雪のましらか
のなかき命そうらみなる〳〵

「思ひくらへていにしへは」の「は」は、「者」のくずしの「は」、「農」のくずしの「の」、どちらともつかない。

＊今は落ち込んだ気分だ。昔はそんなでもなかった。若いころにとはいわない、せめて老いを自覚したころにはもどりたい。昔が恋しい。そうはいっても、寄る年波は立ち返らない。髪は真っ白になった。長生きも天命かなあと浦を見る、長生きも天命かなあ。

今は上演されることのなくなった能『西行西住(さいぎょうさいじゅう)』（古典文庫版『未刊謡曲集』1、『未刊謡曲集続』5に収録）から転写しているという。柴屋軒宗長(さいおくけんそうちょう)の『宇津山記(うつのやまのき)』永正(えいしょう)十四年（一五一七）の条と『宗長手記』大永六年（一五二六）の条に「恋しの昔や」以下が引用されているという。

権兵衛のこの歌集の「真名序」、漢文の序文に「永正戊寅穐(ぼいんあき)八月」の日付が見え、また、巻末の奥書は「大永八年卯月仲旬書之」の日付を持っている。「永正戊寅」は永正十五年であり、なんと、柴屋軒宗長は権兵衛の同時代人だった。

権兵衛、権兵衛などと失礼な。宗長こそは『閑吟集』の編者だったとする説がある。宗長は駿河の出で、若いころ、駿河守護今川義忠に文官として仕えていたが、文明八年（一四七六）に義忠が戦死したあと、上洛して宗祇に連歌を習った。一休宗純に参禅したという伝えもある。だから、宗長の名は宗祇からもらったのか、あるいは宗純からか、そのあたりは霧の中。越後の旅（文明十年）や筑紫の旅（文明十二年）に宗祇に随行している。長享(ちょうきょう)二年（一四八八）に、山城国山崎で挙行された連歌の句会に、肖柏(しょうはく)とともに、宗祇の連衆（「れんじゅ」あるいは「れんじゅう」）として、「水無瀬三吟(みなせさんぎん)」と呼ばれることになる連歌百韻を編んでいる。その他、いくつかの宗祇の句会に名を連ねたが、明応五年（一四九六）、生地の駿河に庵を編んだ。宇津山麓丸子（まりこ）だという。そこから柴屋軒を号した。

なんでも、駿河にもどったのは、今川家の当主氏親（うじちか）に迎えられたのだという説があり、それから宗長は、しきりに京都に出かけていたようで、どうやら今川家と京都の公家衆とのあいだの連絡員のような仕事をしていたのではないか。

宗長は、文安五年（一四四八）、駿河の島田の刀鍛冶の家に生まれた。だから生地にもどって、宇津山麓に柴屋軒を構えたのが五十路の坂を越そうとする頃合い。もし、かれが権兵衛だとしたら、ちょうどよい。なにしろかれは、みずから編んだ歌集の序文に、これは「仮名序」の方にだが、「ここにひとりの桑門あり。ふじの遠望をたよりに庵をむすびて十余歳の雪を窓につむ」と書いている。かれがこう書いたのは永正十五年だから、「十余歳」ではなくて「二十年」ではないかですと？　まあ、そのくらい、大目に見ましょうよ。

なにしろ宇津山麓に住んで「宇津山記」を書いている。「宇津の山辺（113）」をごらんください。わたしが気にしているのは、さて、権兵衛に「人」がいただろうか。わたしがいうのは「京婦の人」ということで、だめ押しをするようで恐縮だが、権兵衛に「京なる人」がいたのだろうか。「ただ人は（114）」をご参照あれ。

141　御法の花

恨みは数々多けれども、
よしよし申すまじ、この花を、
御法の花になしたまえ

うらみハ数〱おほけれともよし〱
申まし此花を御法のはなに
なし給へ

「なし給へ」の「給」のくずし字はひどい。こんなのはくずし字というよりは記号で、「給候て」とか、「給候」の、わたしにいわせれば流し書きに出現する。

この小歌は能の『槿』の一小段である。

この能、「新潮日本古典集成」本の『謡曲集』の編者によると、底本題簽（簽は「せん」、札の意味。標題）は「槿」だが、「あさがほ」と読むという。「槿」はまた「木槿（むくげ）」だろう。「あさがほ」は『万葉集』から出るが、「あさがほ」が何をいうかははっきりしない。古代は桔梗説が有力だ。中世からは「木槿」「牽牛子（けにごし）」の異称といい、「牽牛子」は現在の「朝顔」の先祖だという。

どうもよくわからない。『古今和歌集』巻第十物名に、「きちかう（桔梗）のはな」と題辞を置いて一首（四四〇）、「けにこし（牽牛子）」と置いて一首（四四四）見える。花の物と名は、その時代時代にどうなっているのか。じっさい、よくわからない。

能『槿』は、もと都の住人が、出家して、全国行脚の末に、都に戻ってきて、「一条大宮仏心寺」に立ち寄る。寺の庭に草花が咲き競っている。「ことに萩槿の今を盛りと咲き乱れて候。この花を一本手折らばやと思ひ候」と萩を手折る。

「秋萩を折らでは過ぎじ月草の、花摺り衣露に濡るとも」。

ワキの僧の口ずさんだ、これは『新古今和歌集』巻第四秋歌上（三三〇）を聞きつけたシテの「里の女」が登場。どうして萩を折り取ったのか。この歌もあるではないかと僧をとがめる。

「咲く花にうつるてふ名は包めども、折らで過ぎうき今朝の朝顔ともてはやさるるもあるものを、ただ萩のみをご賞翫の」と、これにつづけて権兵衛が転写した小段がくる。

現在の演出では、「ただ萩のみをご賞翫の」はワキに面と向かって発声し、向きを変え、正面を向いて、

「恨みは数かず多けれど、よしよし申すまじ、この花を御法の花になし給へ」。

「恨み」は「花競い」の「恨み」なのである。台詞のコンテクストから、「この花」は「萩」である。

＊萩ばっかり大事にして、文句はいっぱいあるけれど、もういいですよ、なにもいわない。萩の花を仏に手向けなさい。

次の小段で、女は自分が「槿の花の精」であることを明かし、「かりそめもこの花を仏の前の手向け草となす人はなくて」と嘆きを語る。この脈絡からも、「恨みは」の文脈の「この花」は「萩」であること

萩

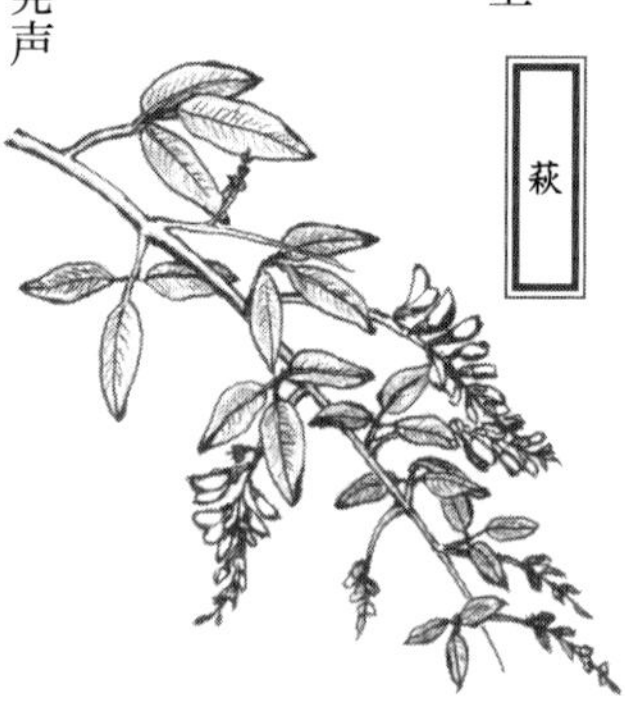

がわかる。

ところで、「槿の花の精」が口ずさんだ歌だが、これは「夕顔」の段に出る。六条のあたりに住んでいる源氏の思い人の侍女とのからみで、源氏が侍女の手をとって口ずさむ歌である。どうも後朝の道行らしく、「槿」は、このばあい「あさがほ」で、「朝の顔」である。「六条の女」を直に指していて、「槿の花の精」は自分が「六条の女」だと名乗っているのだろうか。

『実隆公記』の文亀三年（一五〇三）九月十五日の条に室町殿で演能があり、『槿』が上演されたと見える。奥書に大永四年（一五二四）と見える能本集『能本作者注文』に「小田垣能登守作槿」と記載がある。『槿』は権兵衛壮年の時期の能演劇だった。

「小田垣能登守」は山名氏の家臣だったと見られている。本名太田垣能登守忠説。連歌師として活動していた。宗砌に師事した。宗祇も宗砌の弟子である。「小田垣能登守」は、文明年間（一四六九〜八七）から明応年間（一四九二〜一五〇一）まで、「日下（部）忠説」の名で連歌の創作活動が知られている。まさに権兵衛の同時代人であった。

ただ、宗砌と宗祇のラインから見れば陪席にあったことは、奥書に「文明十八年（一四八六）臘月晦日一校終　宗祇」と見える連歌集『竹林集』にその名が見えないことからも察せられる。『竹林集』には「あさがほ」連作がある。三四四番の、

　うしろで見ゆる衣〱ぞうき
あさがほのさく東雲に戸をあけて

以下、三四八番まで、五句だが、三四四番は『源氏物語』「槿」の段を踏まえている。付句（つけく）は専順（せんじゅん）だが、日下忠説の影がそこに見える。

142　恨みはなにはに

恨みはなにはに多けれど、
または我御料を悪しかれと、
さらに思わず

恨はなにはにおほけれと又ハ
わこりよをあしかれと更に思はす

「又ハ」は「みハ」とも読める。「身は」ということで、コンテクストは合っている。だが、手近なところで次の次、145番の小歌の「そふてみよ」の「み」の書写と引き比べると、これを「み」と読むにはかなり抵抗感がある。だからといって「又は」と読んでみても、なんだ、これは？「だからといって」というふうに読めるのだろうか。

じつは「なにはに」についてもそうなので、「なには」は「なにはともあれ」とか「なにはのこと」とかの連語の用例は出るが、どうも「なにはに」というのはみつからない。「なにはに」の「に」は「尓（爾の簡化字）」のくずしで書いているようなのだが、かなり書体がくずれている。「東」のくずしで「と」と書いていると強引に主張してもいいようなところがあるが、だからといって、「と」と読んでみたところで、それで読みがすうっと通るわけではない。

ただ『幸若歌謡集』の「平出家旧蔵本」（『中世歌謡資料集』の解題によれば慶長初年ごろの書写か）の「十二　大織冠」に「はやうらかせにうちなひく　なにわもつらきうらなから」と見えるのは示唆的である。また、これは『日本国語大辞典第二版』から借りたが、『幸若歌謡集』の「寛永十九年八月幸若正信本」の「烏帽子折」に「四はうに四まんのくらをたて、うちのけんぞくなにはにつけてともしき事はなけれども」と見えるという。

「なにはも」とか「なにはにつけて」とか、「なには」を幹に枝葉が伸び広がっていく。実際の話、「恨みはなにはに多かれど」は「恨みはなにはにつけて多かれど」の省略だと読んでもいいわけで、権兵衛、はじめから承知の、これは節回しだったのかもしれない。

＊薄情だなあと、それはうらみつらみはあれこれあるけれど、だからといって、あんたが不幸せになればいいなんて、ぜったい思ってはいないんだから。

143　葛の葉

葛の葉、葛の葉、うき人は、
葛の葉の、
恨みながら、恋しや

葛の葉〳〵うき人ハくすの葉
のうら見なから恋しや

「恨み」は前歌(142)では「恨」の漢字一字で書きながら、ここでは「うら見」と書いている。「うら見」の「見」は、「見」のくずしの「み」で、読みとしてはなんの問題もない。しかし、「み」には他の漢字のくずしもたくさんある。権兵衛あるいは写本の筆生は、「み」を「見」と書いて、「恨み」は「裏見」にかけているよと強調している。このマニエリスム は過剰だ。

＊葛の葉、ああ、葛の葉の信田(しのだ)の森、つれないあいつめ、葛の葉が風に裏葉を見せて、恨みがましいかなあ、ひたすら恋しい。

葛の葉

144　四の鼓

四つの鼓は世の中に、四つの鼓は世の中に、
恋ということも、恨みということもなき習いならば、
ひとり物は思わじ、九つの、九つの夜半にも成りたりや、
あら、恋し、わが夫の面影立ちたり、
嬉しや、せめて、げに身代わりに立ちてこそは、
二世の甲斐もあるべけれ、この楼出ることあらじ、
なつかしのこの籠や、あらなつかしのこの楼や

四の鼓ハ世中に〳〵恋といふ事
も恨といふ事もなきならひな
らハひとり物ハおもはし九の
〳〵夜半にも成たりやあら
恋し吾つまの面影たち
たり嬉しやせめてけに身
かはりに立てこそハ二世のかひ
もあるへけれ此楼出る事あらし
なつかしのこの籠やあらなつかし
のこの楼や

能『籠太鼓（ろうだいこ）』の一小段である。『籠太鼓』については、「西楼に月おちて(29)」の注釈をごらんねがいたい。

寛正（かんしょう）七年（一四六六）二月二十五日に、将軍足利義政夫妻が飯尾之種（いのおゆきたね）宅を訪ねた。その記録が『飯尾宅御成記（いのおたくおなりき）』の表題で残っている。それに、そのおり、観世又三郎らが上演した能にこの『籠太鼓』が含まれていたことが記されている。なお、寛正七年は二月二十七日で終わり、二十八日から文正（ぶんしょう）元年がはじまった。

なにやら改元にこだわっているふうだとお思いだろうが、それというのもこの能は時間を台詞に織り込んで遊んでいるふうで、そこがおもしろい。「籠太鼓」は「弄太鼓」とも書かれたそうで、それは「弄鉉」「弄笛」というように、「太鼓を奏すること」にかけてそう書くのだろうが、なにか「弄」の字がおもしろい。

遊んでいるふうで、それが「弄太鼓」は「辰刻(とき)」を知らせる。だから権兵衛が転写した分だけでは、じつはそのあたりの呼吸が伝わらない。

無実の夫が牢抜けしたというので、妻が身代わりに牢に入る。「清次が今夜籠を破り抜けて候」と、「籠」と書かれていて、中世では「籠」が「牢」の正字なのだ。現在の演出では、舞台の上に作り物の「籠(かご)」が置かれている。

「籠」の字は、時刻を読みとる器具の「漏刻」にもかけている。どうもこの能の作者はマニエリストだ。このあたりが能学者［ここでいう「能学者」とは、能の研究者という意味である］に嫌われるわけなのだろう。能学者の思惑はそっちのけで、権兵衛の時代には、けっこうこの能は人気があったのではないか。

権兵衛もこの能がすっかり気に入って、すでにご案内した29番歌にも、この能から引いている。狂気を装っていることを咎め立てられた妻が「影恥ずかしきわが身」を嘆く下りである。

西楼に月落ちて、花の間も添い果てぬ、
契りぞ薄き灯火の、残りて焦がるる、

　影恥ずかしきわが身かな

おまえの気持ちはよくわかった。籠から出してやろうと役人がいうと、妻は籠を出ることをこばみ、鼓を打って相府蓮（そうふれん）を奏でる。

　鼓の声も音に立てて、鳴く鶯のあをばの竹、湘浦（しょうほ）の浦や娥皇女英（がこおじょえい）、諫鼓（かんこ）苔むすこの鼓、うつつもなやな、懐かしや。

そこで、地謡が盛り上げる。

　鼓の声（ね）も時経（ふ）りて、日も西山に傾けば、夜の空も近づく、六つの鼓打とうよ、五つの鼓は偽りの、契り徒（あだ）なるつまごとの、ひきはなれ、いづくにか、わがごとく、しのびねの、やはらやはら打とうよや、やはらやはら打とうよ。

地謡はなおつづいて、

　四つの鼓は世の中に、四つの鼓は世の中に、恋といふことも、恨みといふこともなき習いならば、ひとり物は思はじ。

ここで、シテの陽狂の妻が、

　九つの、九つの、夜半にもなりたりや、あら恋ひし、わが夫（つま）の面影に立ちたり、嬉しや、せめて、げ

に身代りに立ちてこそは、二世のかひもあるべけれ、この籠出づることあらじ、なつかしのこの籠や、
あら、なつかしのこの籠。

『延喜式』で決められた「辰刻」の刻みは、夜半の「子」から順に一辰刻ごとに（二時間ごとに）「八つ」「七つ」「六つ」「五つ」「四つ」とかぞえて、「子」が「九つ」である。「八つ」「七つ」がどこかにないかと、目を皿にして探したが、みつからなかった。

『梁塵秘抄』の一九二番歌、三六七番歌、三九四番歌が数字を引っかけて遊んでいる。おもしろいですねえ。

145　そふ

添うてもこそ、迷え、添うてもこそ、迷え、
たれもなう、たれになりとも、添うてみよ

そふてもこそまよへ〳〵たれも
なうたれに成ともそふてみよ

小学館の『古語大辞典』を見ると、男女が一緒になるの意味で「そふ」をいっている用例は『古事記』と『虎明本狂言花子』、それに『日葡辞書』に出るという。いきなり、とんでもなくむかしの用例をもっ

てきているわけだが、じつはこれには問題がある。『古事記』の「応神天皇」の段で、「この蟹や、いづくの蟹」と歌いはじめられる長歌、「記紀歌謡番号」で「古事記歌謡四二番」（「木幡山路（107）」をご参照）の最後の段落に、「かもがと、わが見し子ら、かくもがと、あが見し子に、うたたけだに、向かひ居るかも、い添ひ居るかも（伊蘇比袁流迦母）」と見える、その「伊蘇比袁流迦母」が権兵衛のいう「添う」の本歌だというのである。

これは、しかし、読みがよくない。その女に向かい合っていたことだった、そばにいたことだったと歌っているだけで、「男女が一緒になる、夫婦になる」ことをこれがいっているなんて。

それは、たしかに、『古事記』の本文は、この歌謡を引用したあと、「如此御合　生御子」と書いている。「このようにしてお合いになって、御子が生まれた」。「合」は「あふ」で、男女の仲についていえば、出逢いから結婚まで、あらゆる段階に応じる言葉遣いである。『古事記』の記者が「御合」を「このようにして結婚して」という意味あいでそう書いたということか。

なお、「うたたけだに」は読めないということになっている。なにか「うつつに」を連想させるが、よくわからない。「かもが」と「かくもが」は左右前後を対語風にいう「か」と「かく」が「もが」を従えている景色で、「もが」は『万葉』巻第三の四〇八番歌、大伴家持が坂上大嬢（さかのうえのおおいらつめ）にあてた歌、

なでしこのその花にもが（其花尓毛我）朝なさな、手に取り持ちて恋ひぬ日なけむ

あなたがなでしこのその花であってくれればなあ、毎朝手に取るから、居なくて淋しい、恋しいことはなくなるのにねえ。

「もが」は、いて欲しい、こうであって欲しいを表現する助詞であるらしい。なんともこじつけ風だが、「この蟹や、いづくの蟹」の「かもがと、わが見し子ら、かくもがと、あが見し子に、うたたけだに」は「こんな子いないかなあと思っていた、その子に、現実に」と読み解ける。

「虎明本狂言」は、金春座（こんぱるざ）の狂言方だった大蔵弥右衛門あたりから流派をなした大蔵流の十三代、とはいっても弥右衛門が十世だというから、その孫か曾孫あたりの世代になるが、大蔵弥右衛門虎明が寛永十九年（一六四二）に出版した、いわゆる「虎明本狂言一三七曲」をいっている。十代弥右衛門あたりが権兵衛の同時代人で、その孫か曾孫の世代、寛永年間に出版された本は、どう考えても『閑吟集』の後でしょう。

「思ふに別れ思はぬにそふ憂き世なれば」と言いまわしているという。『閑吟集』が原本だということなのではないですか。あるいは巷間の歌を共有している。いずれにしても権兵衛がこれに拠ったという咎めを受けるべきいわれはない。

『日葡辞書』についても同じようなことがいえる。「人ニハソウテミヨ馬ニワ乗ッテミヨトユウ」と書いてあるというのだが、イエズス会編、慶長八年（一六〇三）の出版。

『閑吟集』の校注者のひとりは、脚註に『毛吹草』巻二の参照を指示している。「けふきぐさ」は松江重頼（まつえしげより）の著書。俳諧の書で、正保（しょうほう）二年（一六四五）の出版。『日葡辞書』から引いたのではないですか。

＊迷うのも添ってみてからのことだよ。迷うのもねえ。だれもがだ。だれだっていい、まず添ってみなさい。

146
そひそはされ

添い、添わざれ、
などうらうらとなかるらう

そひそハされなとうら〱となか
るらう

「添い、添わずあれ、などうらうらとなくあるらむ」をやわらかく、口頭語で書いた小歌だが、「添い」は「添へ」ではないのか。已然形で確定条件を表わす。

＊連れ添っているとしても、連れ添っていないとしても、どうしてうらうらとしていないのだろう。

それが写本はしっかりと「そひ」と書いている。

「うらうら」で真っ先に思い出すのが『万葉集』の大伴家持の歌。巻第十九の最後の歌（四二九二）。

うらうらに照れる春日にひばり上がり、心悲しも、ひとりし思へば

「うらうら」は「うららか」と同根で、明るく、柔らかい春の日ざしがあふれているさまをいう。人間にあてれば、のどかな、のんびりした人かな。だから、この小歌、どうも文脈がつかめない。連れ添っているかどうかということと、うらうらであるないということが、どうして条件句と結論部との関係に置かれるのか。『隆達小歌集（りゅうたつこうたしゅう）』が権兵衛に文句を付けているふうである。

なびかずとなびかずと、せめて見る目をうらうらと

このばあいは「なびかずと」と「うらうらと」の関係は自然だ。いやならいいんだよ。いやならいいんだよ。だれもむりになんて、いってない。だけど　さ、せめてもっとおだやかな顔、してくれないかなあ。

147

あら野のまきの駒

人気も知らぬ荒野の牧の駒だに、捕れば、つゐ慣るるもの

人気もしらぬあら野のまきの駒たにとれはつゐなるゝ物

「なるゝ物」は「なつく物」と読んで読めなくはない。「末は淀野のまこも草(11)」に「美豆の御牧の荒駒」と見えた。「荒野の牧」というような「普遍」は権兵衛に似合わない。「個別」でいきたい。どこでもいい、「荒野の牧」を指定してもらいたい。「人気」は「ひとげ」と読む。人の気配をいうが、人気を知る、知らないという言いまわしは、いまのところ他所の文献に見つけていない。いくら荒野でも「牧」である以上は人の手が入っているわけで、人

気を知らない馬というのは解せない。

「つゐなるゝ物」も問題で、「ついに」問題でと地口(じぐち)を弄さなかったのは、諸家は「つゐになるゝ物」と、そこに「に」の字を読みとっていらっしゃるが、「に」はどこにあるのか。それは「ゐ」と書いてそのまま線を下に伸ばし、チョンと止めているものだから、「尓」のくずしの「に」に似ていないことはない。ところが「つゐに」という副詞があったのだろうか。「すぐに」の意味で使われる「つい」があり、近世になるとそれを「つゐ」と書くことがあったという。これは、だから、書写のタイミングの問題にからむ。「終(つひ)に」と読みたいといったって、「つひに」とは書いてない。それに「つひに」はこれは「最後には、ついには」を意味する副詞で、「つゐ」とはずいぶんと意味合いがちがう。筆生は「つひに」と書こうとして、つい（「つゐ」はこういうふうに使う）、うっかり、「つゐに」と書いてしまったのだというのは、かなり屈折した推理ですねえ。

＊辺鄙なとこの牧場の、人にあまり接することのなかった馬だって、つかまえて、飼ってみれば、すぐ、人に馴れるものです。

148　やまがら

我をなかなか放せ、やまがら、とても我御料の胡桃でもなし

我を中〳〵はなせ山唐とても
わこれうのくるみてもなし

やまがら

「やまがら」は漢字で書くと「山雀」で、シジュウカラ科の鳥。頭の天辺と喉は黒く、頬は白。首の後ろと腹は茶色。背中と翼、尾羽はグレイ。なにしろくちばしが頑丈で、木の実をつっついて割って食べるのだという。ある鳥類図鑑の筆者は、自分の体験として、山道で、老婦人がひまわりの種を手のひらにのせて、やまがらに与えている光景を見たと書いているが、ひまわりの種は割って食べるほどのものではない。ついばむていのものだろう。別の図鑑に、やまがらはスダジイやエゴノキの実を、木の幹の割れ目や朽ち木のほらにためると書いている。それなら、あるていど、なっとく。

なにしろ木の実とやまがらは仲がいいとされてきた。なんでも『毛吹草（けふきぐさ）』に、「くるみとやまがら」の付合（つけあい）が書かれているという。『毛吹草』は正保二年（一六四五）の出版物だから、この権兵衛の小歌の「やまがらとくるみ」の付合の証拠とするわけにはいかないが、一方、『夫木抄（ふぼくしょう）』第二十七巻に、

山雀のまはすくるみのとにかくに、持て扱うは心なりけり

と見えるという。

『夫木抄』は鎌倉時代、藤原長清の私歌撰で、全三十六巻、およそ一万七千首の和歌集というから、もしかしたら権兵衛の書棚にその写本はなかったかもしれないが、その第二十七巻に収められているというこの歌は、これは権兵衛はどこかで見たにちがいなかった。なんとこれこそが権兵衛のこの小歌の本歌で、なにしろ「やまからとくるみ」の付合もさることながら、「とにかくに」がおもしろい。

「とにかくに」は「とにもかくにも」の類語で、「とにもかくにも」については、どうぞ「このてかしは(168)」の注釈をごらんねがいたく、この「夫木」の歌は、「やまがらとくるみ」の付合だけではなく、この「とにかくに」の文言も、また、権兵衛の小歌に響き合うのである。

だいたいが、この権兵衛の小歌は難解だということになっていて、だいいち、評者によって語句のくぎりかたがまるでちがう。共通しているのは「やまがらとても」と、ここは連語で読むところだが、それが、わたしはそれはないと思う。だから、読み下しに書いたように、「やまがら」を呼びかけとして独立させる読みだが、そこで問題になるのが「とても」である。

「とても」は「とてもかうても」「とてもかくても」を略した言いようで、「とにもかくにも」「とにかくに」の類語で、「と」と「かく」を対義的に組み合わせたものの言いようで、空間的には「ここ」と「あそこ」、時間的には「いま」と「この先いつかのいま」を言いあらわしている。

「夫木」のは、「やまからがいまくるみをくるくるまわしていて、この先いつかのいまもまわしていて、そのように心のことはいつになっても解けたということはない」と読む。

権兵衛のもその流儀で読めばよいわけで、

＊もういいかげん、おれにかまうなよ、やまがらさんよ、いまだって、この先ずうっとだって、おれはあんたのクルミなわけじゃあない。

これは男の小歌で、「やまがら」は白拍子の源氏名である。

149　やふれ笠

身は破れ笠よなふ、着もせで掛けておかるる

身ハやふれ笠よなふきもせて
かけておかるゝ

どうも権兵衛は、ときどき下手な引っかけをやるようで、前歌の「くるみ」を「来る身」にかけていると諸家はしきりにいうが、それはない。さすがにくだらなさすぎる。ところが、ここでもまた権兵衛はうさんくさいと見られて当然だ。「着もせで」は「来もせで」にかけている。自分でそういっている。「きもせてかけて」なんて、へたな地口（じぐち）を楽しんでいる。だから、笠なのに「着」なんて言いかたしたのかなと邪推したくなる。これは、まあ、邪推もいいところで、笠は着るものと、近世までの日本語では相場が決まっていた。古くは『万葉集』巻十一（二六八一）に

わが背子が使ひを待つと笠も着ず、出でつつそ見し、雨のふらくに

と見え、近くは『田植草紙』「昼歌三番」（五五）に、

きのふ京から下りたる白すげの笠おば、
わろうらにかさいでは、白すげの笠おば、
われにしなゑや、京反（そり）笠をきせふぞ、
われにしなわば、あいそう（愛想）小すげの笠きせふ
かさもきせいで、わかいにたんば（扱）こかせそ

「きせふぞ」は「着しょうぞ」、「きせいで」は「着せいで」で、「いで」は動詞の未然形について「しないで」の意味を作る。

ちなみに「いで」は室町時代になって出てくる打ち消しの助詞で、それまで「合戦もせで」というふうに「で」で打ち消しを表わしていた。その「で」の音が「んで」と鼻にかかり、それが「い」の音を作ったという説はおもしろい。

権兵衛は「着もせで」と古風に構えているが、『田植草紙』は「かさもきせいで」と、新風に立っている。この小歌については、次歌の解釈のおりに、またふれるとして、そういう次第で、笠は着るのだ。

『山家鳥虫歌』にも、

近江のかさはなりがよふてきよて、しめをがながふてきよござる

というのがある。もう前に紹介した刊本で二九一番歌だが、漢字を入れてみると、

近江の笠は形(なり)がようて着よて、締緒が長うて着よござる

『巷謡編』にもいくつか出る。そのうち、「高岡郡仁井田郷田植歌」のひとつに、

植(うゑ)〳〵五月女(さをとめ)、笠買ふてきせましよ（三七九）

だから、「着もせで」は、それはよいのだが、それを「来もせで」にかけるとはねえ。なぜって、「おかるる」は「おく」に受け身の助動詞「る」がついたかたちの連体形である。「掛けて置かれる（この身）」ということだが、なんかおかしくはないか。「着もせで、掛けておかるる」はおかしい。「着られもせで、掛けておかるる」ならば了解。ところが、これでは「来もせで」の地口がなりたたない。だから「着もせで」と書いた。わたしがいうのは、そう書きたいのなら、「かけておかるゝ」は「かけておく」でよかったのではないか。

＊あたしゃ、とんと破れ笠さね。あいつめ、かぶらないで、あたしゃ、ただ壁に掛けておかれる。

150 笠をめせ

笠を召せ、笠も笠、浜田の宿にはやる、
菅の白い尖り笠を召せなう、
召さねば、お色の黒げに

笠をめせかさもかさ浜田の宿
にはやるすけのしろひと
かり笠をめせなうめさねはお
色のくろけに

「あら野のまきの駒（147）」の注釈で、「荒野の牧」なんて「普遍」は願い下げだと書いたものだから、権兵衛め、「浜田の宿にはやる」なんて、とんでもない「個別」を持ち出したか。

どこがとんでもないかというと、どこだか分からない。なにしろしっかり漢字で書いてあって、島根の浜田とついつい思いたくなる。それが、さてさて、「浜田」は「宿」だったか。『延喜式』では山陰道に三七駅が置かれた。そのうち石見国（いわみのくに）に「浜田駅」があったのか。

権兵衛の時代、石見国の守護は大内氏だったが、大内氏は国内に「宿駅制」を布いたのだろうか。その「宿駅」のひとつに「浜田の宿」があったのだろうか。

なんにも分かってはいない。写本にあとで振り仮名を振った御仁は、「やと」と振っている。「しゅく」だという認識を拒否したのだろうか。なんとも貴重な証言がここに聞こえる。

『巷謡編（こうようへん）』の「安芸郡吉良川村八幡宮御田祭歌」に、

田歌うむみい〳〵　山田のうはし（橋）の下行（ゆく）は〳〵
こひ（鯉）かやなうむなかあひ（鮎）の子共や（二〇八）

と見える。この「山田」に注して、編者は「はまな（浜名）あるいは、はまだ（浜田）の訛伝（かでん）」と書いている。たいへん示唆にとんだ発言で、もしや「浜田」は「浜田」ではないのかもしれない。

『巷謡編』は土佐の国学者鹿持雅澄（かもちまさずみ）による土佐の民俗歌謡の集成である。安芸郡は土佐の安芸なわけで、それがこの歌謡の「田歌うむみい」は「とほたふみ（とおとうみ）」がなまって伝えられたらしく「遠江」をいう。「遠江、遠江、山田の橋の下行くは、山田の橋の下行くは、鯉かやのう、鮒（「むな」は「ふな」）か鮎（「あひ」は「あゆ」）の子どもや」と読む。「遠江」の景色を歌っているわけで、土佐の民謡の集大成といっても、舞台は日本全国にわたっている。「遠江」の歌なのだから、「山田」は「浜田」あるいは「浜名」のなまりかもしれないと「新日本古典文学大系」版の刊本の校注者は推理している。「遠江」、「遠つ淡海（とおつおうみ）」は浜名湖である。「浜田」は浜松市西区舞阪町浜田にその地名を遺している。

『巷謡編』はわたしは「新日本古典文学大系」六二『田植草紙　山家鳥虫歌　鄙廼一曲（ひなのひとふし）　琉歌百控（りゅうかひゃっこう）』所収のもので見ていて、この巻に所収の他のものも大いに気に入って、目を通したが、だから気がついた、笠といえば『田植草紙』である。中国山地の安芸と石見に伝わる田植歌を書写した一本が大正末年に広島県山県郡大朝町枝宮で発見された。なんと明治末年に東京下谷の古書肆で発見された『梁塵秘抄』の写本のような趣があって、おもしろい。その「昼歌三番」（五二）にこう読める。ただし、上段の写本原文の読みは、清濁は校注者により適宜補正したということで、この刊本の読みのままである。

ほとゝぎす、小すげのかさをかたぶけて、
聞どもあわぬは、ほとゝぎす、
さ月すげがさ、おもふが方へかたむく、
すげはとうすげ、笠のおに、三嶋の八つ打、
大せんがさにあやのを

ホトトギス、小菅の笠をかたぶけて、
聞けども逢わぬは、ホトトギス、
五月菅笠、思うが方へ傾く、
菅は十編菅、笠の緒に、三嶋の八つ打、
大山笠に綾の緒

伯耆(ほうき)の「大山笠」がいたぞと感動するのだが、それが「三嶋の八(や)つ打(うち)」と、淀川の下流、現在の高槻市内に入る淀川縁(べり)の三島江(みしまえ)のあたりから下流の入江を指す「三嶋」の名も出てきた。

五月女がほととぎすの鳴く音に気を取られたふりをして、菅笠に手をやって、かたむけて、好いた殿御の方を見やる。その菅笠は「十(と)編すげ」の笠で、というのだが、これが分からない。十本ずつ、菅を綴り合わせて笠を編んでいく工程をいうのかなと想像する。五月女が、その愛らしい顎の下で結んでいる緒は「三嶋の八つ打」だという。

「八つ打」は八本の糸を綯った紐をいう。それが「三嶋」のだという。「三嶋」の名は『万葉集』に「三嶋菅笠」としっかり出てくる。巻第十一もそろそろ巻き終わろうとする二八三六番歌である。

三嶋菅、いまだ苗なり、時待たば、着ずやなりなむ(不著也将成)、三嶋菅笠

「不著也将成」の「将」は、『廣漢和』によれば「まさに……せんとす」の文脈を作り、そのなかでも

「物事がやがてそうなろうとする意」として、『礼記（らいき）』「檀弓下（だんぐう）」から「斯道也将亡矣」を引いている。「斯道や、まさに亡びんとするなり」とでも読むのだろうか。漢字交じり仮名文に移したのは「新日本古典文学大系」版の校注者であって、わたしではない。

「八つ打」だけではなくて、三嶋は菅笠で有名で、だから、この小歌の「さ月すげがさ」は「三嶋菅笠」をいっているのかもしれない。しかし、『万葉集』にも、巻第十一の二八一八番歌に、

かきつばた、さきぬの菅を笠に縫ひ(開沼之菅乎　笠尓縫)、着む日を待つに、年ぞ経にける

と見えて、菅笠はなにも「三嶋菅笠」だけではないよと教えてくれる。

「開沼」が読めないが、「開」は古く名前の読みに「さく」があったと『廣漢和』は教えてくれる。いまのところ「開沼」を「さきぬ」と読む根拠は、わたしはそのあたりしか持っていない。だから「佐紀沼」だが、そう字をあてる根拠は、これは「末は淀野のまこも草（11）」の注釈で紹介した巻第四の六七五番歌の「佐紀沢」と同じ場所を指しているのだろうと思われるところからで、当て推量にすぎない。現在の奈良市佐紀町あたり一帯の沼沢地で、平城京の北にあたっていた。

巻第十一のその次の歌（二八一九）は「おしてる難波菅笠置き古し」と、今度は「難波菅笠」をいっている。これはあるいは「三嶋菅笠」と同じ物を指しているのかもしれない。

同じく巻第十一の二七七一番歌と二七七二番歌は、それぞれ「真野の浦の小菅の笠」、「真野の池の小菅を笠に縫はずして」と歌っているが、「真野」は、現在の神戸市長田区の真野町のあたりに広がっていた海岸の沼沢地を指しているのではないかと考えられている。

さらに同じ巻第十一の二七五七番歌は「大君の御笠（みかさ）に縫へる有間菅」、巻第十二の三〇六四番歌は「人皆の笠に縫ふといふ有間菅」と、現在の神戸市と西宮市、三田市にあたる古代の有間郡に産する菅笠を歌っている。

『万葉集』にはじつにたくさん菅や菅笠が歌い込まれていて、もうひとつ、巻第三の二七二番歌、高市（たけちの）黒人（くろひと）の歌は、

四極山、打ち越え見れば、笠縫の（笠縫之）、嶋こぎ隠る、棚無し小船

「四極山」はそのままでは読めない。「しきょく山」であろうか。じつはその読みはかぎりなく真相にせまっているとわたしは見るのだが、ここはひとつ「四極山」をめぐる書誌学的穿鑿にあなたがたをご案内しなければなるまい。

この歌のコピーの『古今和歌集』巻第二十の一〇七三歌、

しはつ山うちいてゝ見れはかさゆひの島こきかくるたなゝしをふね

が「四極山」の読みを明かし、ついでに「小船」の読みが「をふね」であることを証言している。それが「笠縫」については、『古今』は読みを指示してくれない。と同時に表記について疑義を差しはさんでいる。「かさぬひ」ではなくて、「かさゆひ」だよというのだ。

『万葉』の読みを『古今』に負うのはなんとも業腹で、『万葉』に「四極」の読みを示唆する歌はないか

と探したら、巻第十の一八四三歌があった。

昨日こそ、年は果てしか(年者極之賀)、はるがすみ、かすがの山に、はや立ちにけり

これは文脈から推する読みで、傍証を得たいのなら、『廣漢和』の「極」をごらんください。「極東」「極南」が「東の果て」「南の果て」と読まれている。さて、「しはつ山」は「四方八方の果ての山」という意味なのであろうか。

いずれにしても「しはつ山」は「かさぬひ」ないし「かさゆひ」との関係で見なければならない。「かさぬひ」は、時代が下って、まさしく権兵衛生前、十五世紀のぎりぎり末ごろにまとまったと見られている『七十一番職人歌合』の四十四番に、

名にしおはば我こそはみめ笠縫のうら淋しかる秋夜の月

笠縫のうら淋しかる秋夜の月

『七十一番歌合』四十四番
(塙忠雄編、国立国会図書館デジタルコレクション)

と見える。「うら」を「笠縫の浦」と「うら淋し」にかけているから、「笠縫」は海岸に位置していたにちがいない。また、これと対をなして「瓦焼」の一句が記されていて、それに対応するスケッチに「南禅寺

よりいそがれ申候」と記入があるので、京大阪が書き割りにあると知れる。ついでにいうと「笠縫」の方に対応するスケッチには「世にかくれなき笠縫よ」と見える。

なにしろ「世にかくれなき」とうたわれているのだから、もう観念するほかはない。わたしの見た刊本（「新日本古典文学大系」版）の脚注などを参考に、大阪市の広報記事にあたって、二〇一〇年の時点で「笠縫」と「しはつ山」についての知識はどのよう状況なのかをたしかめた。

大阪市東成区深江南に「笠縫邑（かさぬいむら）跡」があって、往時このあたりは入り江の島になっていた。「笠縫島」の呼び名はこれに由来する。もともと奈良の桜井市三輪や磯城郡田原本町のあたりに居住して笠を作っていた笠縫部が、淀川河口域の深江に産する良質の菅を支配するようになったということだったのではないか。五万分の一「大阪東北部」の左下辺に「深江」が見える。淀川河口流との位置関係を推しはかるのに都合がよい。

一方、『日本書紀』の「雄略紀」十四年の記事に、正月、中国の呉（くれ）からやってきた使節団を迎えて、住吉の津から明日香へ向かう道「磯歯津路（しはつのみち）」が作られて「呉坂（くれさか）」と名付けられた。三月、雄略は群臣を従えて明日香に呉の使節団を迎えた。

「しはつ山」は、『日本書紀』では「磯歯津」と書かれた。大阪市の広報によると、昔の「磯歯津」路に沿う東住吉区の長居公園通が西除天道川（にしよけてんどうがわ）と交差するあたりに、往時天神山と呼ばれる小高い丘があったという。そこが「呉坂」の名付けのもとだったのか。

大阪市広報は「しはつ」は『万葉』にも磯歯津、四極、磯果などと出てくると書いているが、これはいささか勇み足ではないか。「磯歯津」は『書紀』の「雄略紀」のもので、『万葉』には、「四極」と「四八津」の二つが出る。「四八津」と出るのは巻第六の九九九番歌である。

千沼より、雨そ降り来る、四極の海人（四八津之白水郎）、網を乾したり、濡れもあへむかも

ちなみにこの読みは「新日本古典文学大系」版のもので、古く伝えられた岩波文庫版、佐佐木信綱編『新訂新訓万葉集』では「海人」が「白水郎」、「網を乾したり」が「網手綱乾せり」と変化しているだけで、問題の「四八津」を「四極」と書き換える態度においては共通している。巻第三の二七二番歌の「四極」に合わせようという態度を共有している。しかし「四八津」を棄てて「四極」をとるわけは分からない。

「磯果」については、わたしは大阪市広報がそう書いているからというので、「磯果」をさがして、たっぷり一日と半、つぶしてしまったが、ついにこの語は『万葉』には出ないと結論を得た。

これはとても残念なことなのでして、なぜならわたしは「しはつ」に「四果つ」の字をあてたいと思っているからである。そう思っているというよりも、そうとしか読めないではないかと思うわけで、なぜならば、それならばなぜ「しはつ」に「四極」の字をあてたのか。だれがあてたのか、よくわからない。そのわからなさ加減が、もしか「磯果」とあてた万葉仮名の記者の存念のほどを探索していけば分かるかもしれないと思ったからである。

「四極」は『廣漢和』によれば、四方の遠い国、四遠をいうという。『爾雅』に「東は泰遠に至り、西は邑国（周の祖先が建てた国、陝西省の西）に至り、南は濮鉛に至り、北は祝栗（不明、『廣漢和』は「祝」にこの文言を引いて、しかも「祝」だけで国名としている）に至る。これを四極と謂ふ」と読めるという。

大阪市広報が『万葉』に出る表記として「磯果」をあげているのは、「日本古典文学大系」版『日本書

紀』巻第十四の「雄略天皇十四年」の、まさに問題の「磯歯津路」に校注者が付した注記によるものらしい。わたしが実際に見ているのは「岩波文庫」の刊本だが、注記にこう見える、「万葉九九のシハツは大阪市住吉区から東住吉区東南部にかけての地かという。シハツは「磯果つ」で、浜の端の河口、岬などか」。最後の「か」がきいている。これはあくまで推測でしょうねえ。

第一、「磯歯津」の「磯」に「シ」の音をあてるのはムリがある。「磯」は漢音で「キ」ないし「ケ」である。ところが「石城」「磯城」をなにしろ「しき」と読む作法がいつのまにやら成り立っていて、第一これが大和の国のひとつの、それも主要な地域名になっている。それからの推定読みだろうが、そのあたりの議論はどうなっているのだろうか。

『万葉』に出る「シハツ」のふたつの表記「四極」と「四八津」がともに「シ」の表記としてとる「四」に注目すべきだ。「四」の極まるところ、「四」の果つところ「シハツ」である。東西南北の大道のあわさるところ「シハツ」である。

閑話休題。菅笠の産地の話題にもどるが、なにしろそういうふうで、菅笠の特産地はいろいろとあった。『巷謡編』には、「近江の笠」に並べて「播磨」も出ている（三八五）。

播磨のみせ有白菅の笠、我等にも買ふてたもれ、白菅笠

「真野の浦」につづいて広がる「播磨海岸」もまた、菅の生い茂る浦だったということか。

ところで、この『巷謡編』の小歌は、「播磨のお店で売っている白菅の笠」といっている。『田植草紙』

の「昼歌三番」の五五番歌も、さかんに「白菅」をいっている。

きのふ京から下りたる、白すげの笠おば、
わろうらにかさいでは、白すげの笠おば、
われにしなゑや、京反笠をきせふぞ、
われにしなわば、愛想小菅の笠きせふ、
かさもきせいで、わかいにたんば扱かせそ
　昨日、京からとどいた白菅(しらすげ)の笠を、あたしに貸しなさいよ、白菅の笠を、
　おれのいうことをきけ、そうすりゃ、京笠、かぶらせてやるぞ、縁の反り返った、シックなのをねえ、
　いうこときかなかったら、笠もかぶらせず、若いのに哀れだねえ、たんば扱き、させるぞ。

「白すげ」は「白菅(しらすげ)」をいうのかとも思うが、「白菅」の呼び名はいまのもので、当時はどうだったのか。湿地帯に生える菅で（だいたいが「スゲ」という菅はない）、ヒマラヤから日本列島にまで分布する。高さ七〇センチメートルほど。葉の裏面が粉を吹いたような白色で、『田植草紙』の歌人や、（ここでようやく『閑吟集』に戻るのだが）、権兵衛がさかんに「白い笠」といっているのは、おそらくこの品種の菅、だから「白菅」で編まれた笠だったのだろう。
「わろうら」だが、「わろ」も「うら」も、それはたしかに地域によるということもあるのだが、一人称代名詞である。だから、なぜかわけはわからないが、ふたつ重ねて「わろうら」はあたしだか、おれだかだろう（「あたし」なんて権兵衛の時代にはなかったたし、「おれ」はむしろ女言葉だという理解があるから、ここ

でのわたしの発言は、とんでもない近代主義で、いまの日常会話語をただ使っているだけのことです。誤解召されませんように）。

「たんば扱（こ）き」だが、「たんば」は山に生えている食用の葉っぱで、葉を扱いて取ってきて、乾燥させて、粉にして、熱湯で湯がいて食べるのだという。救荒植物ということで、若い女がそんな葉っぱをとりに山に入るのは、入らせるのはつらいことだったということか。

「白萱」と「白い」をいえば、「黒い」が出てきて、はじめて平衡がとれる。『巷謡編』の「土佐郡」の田の草取りの歌に、

笠をめせ〳〵めさねば顔が黒ひ（二四八）

と、なんとも直截なのがある。

それがなんともおもしろく、こういう「田の草取り歌」を集めたのも、編集の思考が働くのか。というのは、なんとねえ、五、六歌前からずっと見てくると、

面白の藤白峠が峰見れば、鹿はしる上り下りの舟のよび声（二四二）
あの山の松の節がな、三つふたつ、殿御待夜（とのごまつよ）の明松（あかしまつ）（二四三）
池水の底の心は通ふとも、岩にせかれて、得こそ通はね（二四五）
十七が滝にあまりて黒髪を、墨田川原の堰のせき草（二四六）
これの御方の髪挿（かみさし）は、信濃しちくを信濃の次郎がろく（陸）にけづりてほり物、

何かほりもの、磯になみ松、波に浮舟、是がほりもの、三つのほりもの（二四七）

笠をめせ〳〵めさねば顔が黒ひ（二四八）

「十七が滝にあまりて」の「滝」は「丈」のなまりだろうという。十七歳の丈に余る長い黒髪が水に流れて、墨田川の堰(せき)にからむ。

これの御方の、と歌人は悲歌を奏でる、この娘の髪飾りは、信濃の紫竹（黒紫の細竹）を信濃次郎が「陸(ろく)に」彫ったもの。何が彫ってあるかって、磯に松林、波間の舟、これが彫ってある。彫った物三つの髪飾り。

「ろくに」はもともと大工用語で「水平に」という意味合いである。「陸」の字をあてる。「寸分の狂いなく、上手に」というほどの意味です。

そうして、「笠を召せ、笠を召せ、召さねば、顔が黒い」。

ここでようやく権兵衛の歌に帰る。

笠を召せ、笠も笠、浜田の宿にはやる、

菅の白い尖り笠を召せなう、

召さねば、お色の黒げに

「色のくろけに」の方に先に目がいってしまったが、笠のかたちはどうだろう。「とかり笠」はどうなのだろう。

なにしろこれも気になる言いまわしで、というのはこれを、やはり『七十一番職人歌合』「四十四番」に、

　　見えじとや打ちかたぶくるつぼね笠、すげなげなるは恨めしき哉

と見える（五十頁参照）、その「つぼね笠」と読んでよいのかどうか。「つぼね笠」は『巷謡編』の、これも「高岡郡仁井田郷窪川村囃子田歌」の小歌にも出る（三八三）。

　　田には立つとも、日笠をあぶせ、綾の緒つけた、ちよつぼねがさ

原表記の「あふせ」が分からないが、『日本国語大辞典第二版』に「あぶせる」の項が立っていて、湯水などを身体にかける、あびせるがもとだが、長野県東筑摩郡や徳島県の方言に「上からかぶせる。かぶらせる、おっかぶせる」の意の用例があるという。土佐の高岡郡にも通用するのかどうか、分からないが。「ちよつほねかさ」も分からないが、編者は「局笠」の漢字をあてている。

『七十一番職人歌合』の「三十番」は「立君（たちぎみ）」と「図子君（ずしぎみ）」の歌合わせで、「立君」は街角に立って客を引く娼婦である。京都では「五条立傾城（ごじょうたちけいせい）」と呼ばれ、五条橋から清水寺へかけての道筋が仕事の場であった。現在のパリのサンドニ通りだ。だから、「立君」の歌はこうである。

　　宵のまは選りあまさる〻立君の、
　　五条わたりの月ひとりみる

「図子君」の方は、「図子」というのは「小路」のことで、若い権兵衛にとっては嫌みな爺さんだったに

ちがいない一休和尚（一休は文明十三年〔一四八一〕に入寂している）の『狂雲集』下（柳田聖山校注本で二七五番前詞）が案内してくれる。

　洛下に昔、紅欄と古洞の両処有り。地獄と曰い、加世（かせ）と曰う。又た安衆坊（あんじゅぼう）の口（ほと）りに、西の洞院（とういん）有り。諺に謂わゆる小路（こうじ）なり。歌酒の客、此の処を過ぐる者、皆な風流の情事を為すなり。今、街坊の間、十家に四五は娼楼なり。淫風の盛んなる、亡国に幾（ちか）し。

「紅欄」は「娼家」、「古洞」は「色街」をいう。「安衆坊」は、「安衆」は人の集まる市場のこと。六条と七条のあいだ、朱雀大通りから西の東西に細長い街区で、朱雀大通りに近い方が「口」と呼ばれた。そのあたりに「西の洞院」があった。これは『雍州府志（ようしゅうふし）』九の「傾城町（けいせいまち）の条」に出るそうで、「玉の井」とか、「州崎」とか「三丁目」のたぐいである。そこを「小路」と呼んでいると、一休和尚のガイドは手を取り足を取ってくれる。

『七十一番歌合』三十番（塙忠雄編、国立国会図書館デジタルコレクション）

　権兵衛や一休和尚の時代に、この「安衆坊」、ひいては「小路」のあったあたりは、『梁塵秘抄』の時代、朱雀野と呼ばれて、田野に帰っていて、朱雀大通り寄りで「木の市」なんぞがときたま開かれていたらしい。どうぞ『わが梁塵秘抄』の「きんたちすさかはきのいち」の段をごらんください。

閑話休題。「図子君」の歌はこうである。

　奥山も思ひやるかな妻恋ふる、かせぎがづしの窓の月みて

「かせぎ」は鹿の異名で、地名の「かせい」にかけている。「かせい」は一休和尚も名をあげている「紅欄と古洞の両処」のひとつ「加世」である。現在、上京区岩栖院町（がんすいんちょう）のあたり。柳田聖山は「かせ」と振り仮名を振っているが、さて、どちらがよいのか。

『七十一番職人歌合』は、一番ごと、見開きで構成されていて、挿絵が両ページに入っている。写本の奥書から土佐光信の筆と知れる。『閑吟集』の時代の町の人たちの生態が、なんともヴィジュアルに記録されていておもしろい。

わたしがいうのは、「立君」が笠をかぶって描かれている。歌の方では、なにかあぶれた遊君が、五条の橋の上の月を見るという風情だが、絵の方は、笠に右手をかけて、もちあげる姿勢で、男ふたりに対している。太刀を持つ男はそっぽを向き、こちらは従者なのだろう、もう一人の男は、松明の明かりを笠の女に向けている。絵の台詞に、「すは、御らんぜよ。けしからずや。よく見申さむ。清水までいらせ給へ」と読める。

わたしがいうのは、女の笠はなにか。というのは、さきほど紹介した「笠縫」が出る「四十四番」に、これは「瓦焼（かわらやき）」と「笠縫」の歌合わせだが、「笠縫」の二句目の歌に、

見えじとや、打ちかたぶくるつぼね笠、すげなげなるは恨めしき哉

と見えて、この「つぼね笠」はなにか。わたしがいうのは、みえないように、つぼね笠に手をやって、かたぶけている。菅笠じゃあ、あるまいに、すげないことで。なんとも頭に来ることだと、女が笠の縁に手をやって、傾けているさまをイメージしろと歌い手は聞き手に要求している。なんと、「三十番」のと、女は逆のかたちを演じている。それが、笠は同じ笠を思わせる。イラストの「笠縫」は、「立君」のと同じかたちの笠を作っている。

かたちから見て、扁平な笠の天頂に「巾子（こじ）」を載せている。これは「市女笠（いちめがさ）」と呼ばれているものだ。「巾子」はもともと冠の部品で、『梁塵秘抄』の三七〇（三九一）番歌に、

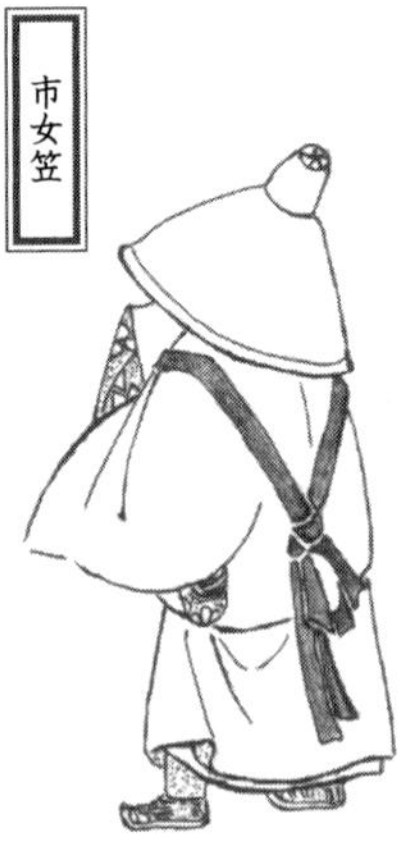

をかしくかゝまるものはたゝえひよくひちよめ
うしのつのとかや、むかしかふりのこしとかや、おきなの
つゑついたるこしとかや

おかしく屈まるものは、ただ、海老よ、くびちよ、牝牛の角とかや、昔冠のこじとかや、翁の杖ついたる
腰とかや

と見える。この歌は、なんとも不快感をそそるので、『わが梁塵秘抄』には入選させなかった。それはそ

うなのだが、このばあい、これはたいへん参考になる。「昔冠のこじ」といっているのが「巾子」のことで、これが「翁の杖ついたる腰」のように屈まっているというのは、冠の髻を入れる部分は、もともとは冠自体が薄物で作られていたので、円筒形の袋で、それに髻を入れて、根本を紐で結んでいた。だから、ぐにゃっと倒れていたので、それを「屈まる」と形容したのである。

それが、平安時代に入ると、冠は漆を塗って堅くされ、それにともなって、「巾子」の部分も、しっかりと立つようになった。このかたちをまねて、女性向けの笠にも天頂部に円筒形の突起をデザインしたのが「市女笠」である。もと「市女」、市場で物を商う女性がよくかぶっていたというのでそう名付けられたらしいが、これが普及して、貴人の女性もかぶるようになったから「つぼね笠」とも呼ばれるようになったと、あまりあてにならない説がある。

『藻塩草』の「笠」の段を見ると、「市女笠」について書いていて、「つぼ装束の笠也。つぼ笠共云。同物也。つぼね笠きたる女房、馬にのり、くちをひかして、西へこそゆけ」と、なにやら、「つぼね笠」は「つぼ笠」ともいい、「つぼ笠」は「つぼ装束」から来た命名だといっているようではないか。

「つぼ装束」は、袿や小袖など、上着の両褄を折って、前の帯に差し挟む着方をいう。物詣でなどで、遠出するときの着方である。これにすぼまったかたちの「市女笠」をふかくかぶると、全身、「壺状に」見えるところからの名付けだという説もある。

じっさい、ここのところが問題で、古語辞典など見ると、「壺笠」の項目が立っていて、「つぼみがさ」に同じということで、そちらの方を見ると、「つぼみがさ」に「窄み笠」の漢字をあてて、「深くすぼまった形のかぶり笠」と説明している。用例に『源平盛衰記』三十四「明雲八条宮人々被討」からということで、「濃き墨染めの衣につぼみ笠着て、六条河原へ行き」と引いている。

「つぼ笠」の項には『日葡辞書補遺』から「ツボガサ　山型の甚だしく深い日本の帽子」と引いている。「つぼ装束」の項にイラストを入れていて、『春日権現験記絵巻』からだが、この絵巻物は正体がはっきりしていて、西園寺公衡が延慶二年（一三〇九）に春日神社に奉納したもので、「つぼ装束」の女性は、窄まったかたちの笠を着ている。笠の縁は肩を隠している。

それが、同じ「つぼ装束」の項を立てた、ある日本史事典は、どこからもってきたのか、出典は示さずに「つぼ装束」の女性のイラストを入れていて、その女性は扁平な「市女笠」を着て、笠の縁から「むしの垂衣」と呼ばれる薄絹を垂らしている。

どうも円錐型のと扁平なのと、同じ「市女笠」といってもヴァリエーションがあったらしく、だからかたちがこうなのだから「つぼ笠」は「窄み笠」が正しいのだとか、「つぼね笠」は「窄み笠」のなまりだとか、あるいは意味合いのこじつけだとか、いろいろいいたてることは控えた方がよさそうである。

ただ、はっきりしているのは、まさしく権兵衛の同時代に成った挿絵入り歌合わせ本に、「立君」は扁平な笠を着て、「笠縫」も扁平な笠を作っていて、歌合わせの歌は、その笠を「つぼね笠」と呼んでいる。ところが、その笠、「巾子」が尖っていない。

延々と、なにか笠談義をやっているようで、いささか忸怩たるものがあるが、しかたがない、権兵衛が「すけのしろひとかり笠」といっている。「すけのしろひ」は解決したから、今度は「とかり笠」、尖り笠だ。

なにが「尖って」いるのか？　少し先へ行って、「名残おしさに（164）」が示唆的だ。

名残惜しさに出でてみれば、
山中に、笠の尖りばかりが、
　ほのかに見え候

名残をしさにいて丶見れは山
中に笠のとかりはかりかほ
のかに見え候

この小歌は、その前に163番歌ということで、能『一角仙人（いっかくせんにん）』の一段を転記していて、権兵衛は、ここでもまた、能から引用し、それに触発されてということで、いくつか小歌をものする。そのかたちを守っていて、だからこの小歌をどう読むかは、それに先立つ能の一段からわたっている。

露時雨、漏る山陰の下紅葉、
露時雨、漏る山陰の下紅葉、
色添ふ秋の風までも、
身に沁みまさる旅衣、
霧間を凌ぎ、雲を分け、
たづきも知らぬ山中に、
おぼつかなくも、踏み迷ふ、
道の行方はいかならん、
道の行方はいかならん

露時雨もる山陰の下紅葉
〱色そふ秋の風までも
身にしみまさる旅衣霧間
をしのき雲をわけたつ
きもしらぬ山中におほつかな
くも踏迷ふミちのゆくへハ
いかならん〱

「山中」が「霧間をしのぎ、雲をわける」状況だと説明されていて、それからわたって、小歌の「山中」は、だからそういう状況と読むのが素直なのだから、「名残惜しさに、見送りに出てみれば、あたりは霧の海、霧間をしのいで、ようやく見通せば、行方も定かではない山中の道が木陰に隠れるあたりに、あの御方の笠の尖った天頂がようやく見える」。

つづく165番歌も、また、こちらは海上だが、霧の深さを歌っている。だから、こうなのだ、権兵衛が150番歌で言上げする「とがり笠」は、山中の霧の海のなかで、道が木陰にかくれようとするそのときに、霧間を見通して、遠くから見とがめることができるほどに長く尖った天頂を持つ市女笠である。

さてさて、わたしとしてはこれ以上はいわない。またいえない。それはある百科全書の「市女笠」の項目に、「平安時代に行われたものは周縁部が大きく深く、肩、背をおおうほどであったが、鎌倉時代以後には、小さく浅くなり、巾子（こじ）の部分も、安土桃山時代には先端を尖らせて装飾をほどこすようになった」と書いてあって、なるほど整理して物をいえばこういうふうになるのかなと感心はするが、わたしはまだ絵を見ていない。いま、ここに絵の詞書を読んだわけだが、それでずいぶんとわたしの想像力は刺激されたのだが、しかし、わたしはまだ「菅のしろひとかり笠」を絵に見ていない。これはとても憂いことです。

151　色かくろくは

色が黒くはやらしませ、もとよりも、
塩焼の子で候

色かくろくハやらしませもとよりも
塩焼の子て候

「やらしませ」は「遣る」に、室町時代特有の尊敬語「します」をつけたかたちの変化で、色黒だとおっしゃるのなら、おいとまさせていただきます。もとより、あたしは塩屋の娘なんですからね。

それはよいのだが、「塩焼の子で候」の「候」は、「申上候」とか「差上申候」と書くときの約束事で、一番省略した字で書いている。なんのことはない、「て」と書いたのを、そのまま下に伸ばして、止めたかたちである。だからここは「候」と漢字で起こすしかない。「そうろう」ときちんと読んだか、「そろ」と音を省略したか、思い測りようもない。

『源氏物語図』「賢木」巻10（大分市歴史資料館蔵）

Ⅵ　いざ引く物をうたわんや

152
いざ引く物をうたわんや

引く、引く、引くとて鳴子は引かで、
あの人の殿引く、
いざ引く物を歌わんや、いざ引く物を歌わん、
春の小田には苗代の水引く、秋の田には鳴子引く、
名所、都に聞こえたる、安達が原の白真弓も、
今この御代に留めた、
浅香の沼にはかつみ草、忍の里には綟摺石の、
思う人に引かで見せめや、
姉歯の松の一枝、塩竈の浦は雲晴れて、
たれも月を松島や、平泉は面白、
いとど暇なき秋の夜に、月ゐるまでと引く鳴子、
いざ差し置きて休まん、いざ差し置きて休まん
なお、引く物を歌わんや、なお、引く物を歌わんや、
浦には魚取る網を引けば、鳥取る鷹野に犬引く、
なによりも、なによりも、

ひく〳〵〳〵とてなるこハひかて
あの人の殿ひくいさ引物を
うたハんやいさひく物をうたハん
春の小田にハ苗代の水ひく
秋の田にハなるこひく名所
都に聞たるあたちか原の
しらま弓もいま此ミ代に
とゝめた浅香の沼にハかつみ
草忍の里にはもちすり石の
おもふ人にひかて見せめやあねは
の松の一枝塩竈のうらハ雲晴
てたれも月をまつしまやひら
いつミハ面白いとゝひまなき秋
の夜に月ゐるまてとひくなる
こいさゝしをきてやすまん〳〵

猶ひく物をうたハんや〱
浦にハ魚とる網をひけは
鳥とる鷹野に狗ひく何よ
りも〱契の名残ハあり明の
別もよほすしのゝめの山しら
む横雲ハひくそうらみなり
ける

契りの名残は有明の、別れ催す東雲の、
山白む横雲は、引くぞ恨みなりける

＊引く、引く、引く、引くといいながら、鳴子は引かないで、あの人の殿御を引く。さあ、引く物を歌おうよ、さあ、引く物を歌おうよ。春の田圃では苗代の水を引く。秋、稔りの田圃では鳴子を引く。都で評判の名所づくしでいってみようか、まずは安達太良(あだたら)山麓の安達が原の名産の、白檀(しろまゆみ)の弓が、昔から今にいたるまで有名だ。もと安積(あさか)郡、いま郡山市にあった浅香沼のほとりに群生するかつみ草も知られている。これは花菖蒲で、淀野の花菖蒲は根引きで有名だ。信夫(しのぶ)郡、いまは福島市の山口の文知摺(もじずり)観音堂に綟摺石(もじずりいし)があるが、これは古歌で知られるしのぶもぢずりの遺物で、忍ぶ草の茎の汁をこの石になすりつけて、捩り乱れた模様を布地に摺るのだという。その忍ぶ草もまた引く物だ。栗原郡、いまの栗原市金成梨崎(かんなりなしざき)の、こちらも古歌で知られた松の枝は、これは引いて折り取らずに、そのままの風景で、思いをかけるあの人に見せたい物だ。松といえば、ちょっと南に下がって塩竈の浦は雲晴れて、だれもが月を待つ、松島の松は、それはみごとだ。ついでだ、杖を引いて陸奥の平泉へ出かけよ

うか。それはおもしろいよ。なんとも忙しい秋の夜で、月が西に傾くまで、鳴子を引いていた。この辺で引く手を休めよう。いやいや、もっと引く物を歌おうか。もっと引く物を歌おうか。浦では魚を捕る網を引く。鷹狩の野では犬を引く。夜中契って、有明の月が別れをせかす白々明けに、山に白く雲が棚引く景色を眺めるのは、なんとも切ないことだ。

狂言「鳴子」と「狐塚」に、この「引く物歌謡」は載せられている。権兵衛の小歌とくらべて、どちらが早いか遅いかをいうのはむずかしい。このふたつの狂言はふたつとも『天正（てんしょう）狂言本』に収録された百三曲の狂言のうちに入っている。「狐塚」は「焙狐（あぶりぎつね）」と呼ばれている。

『天正狂言本』は、半紙よりは大判の美濃紙を二つ折りにして、それを横に半分に切った寸法の紙を百七枚束ねた本で、百三曲の狂言の曲名と概要が書かれているという。「天正」の時代指定は、その本の奥書に「天正六年（一五七八）七月吉日」と見えるところからだが、その奥書は本文とは別筆だそうで、この本が実際に筆記されて束にまとめられ、糸で綴じられたのは、さていつごろだったのであろうか。

百三曲のひとつ、狂言「富士松」に、『宗長手記』の大永三年（一五二三）の歳末の記事に見える句が採られている。

（大名）ごばんの上に春は来にけり

（太郎冠者）鶯のすごもりとゆふつくり物

これは宗長自身の句ではなく、薪（たきぎ）の酬恩庵（しゅうおんあん）での越年の句会で山崎宗鑑が詠んだという。いずれにしても、百三の狂言のうち、これが一番古いものであるとする点において、諸家の見解は一致しているようで、だから、まあ、宗長が『天正狂言本』の編集人だったという話はないでしょう。

　権兵衛の小歌の書陵部蔵本写本のそれぞれの小歌初行の頭に朱点が付され、その右に「小」「大」「狂」といった字が朱筆で書かれている。「小」は「小歌」で、当時流行の「小歌」を拾ったものであり、「大」は能の詞書を写したものであることを示していると解釈されている。いずれにしてもこの朱書きは後代のものであって、権兵衛こと宗長自身の手になるものではないことはもちろん、この写本の筆生によるものでもない。

　権兵衛自身の手によるということになれば「真名序」に記された「永正十五年（一五一八）八月」、写本の筆生の手になるとしたら「奥書」に見える「大永八年（一五二八）四月」がこの付点の年次となるが、それはないということである。

　ただ、おもしろいのは、そのあいだにすぽっと入って、大永三年に柴屋軒宗長がその手記に記した山崎宗鑑の狂歌ふうの一句を含む狂言「富士松」が『天正狂言本』に収められたという、このクロノロジーである。

　狂言「富士松」は、大名が太郎冠者のもっている「富士松」（富士山麓のカラマツをいい、庭木として珍重された）を欲しがり、連歌の付け合いができなければもらうぞと脅かして付け合いをするという筋書のもので、天正本では八句が連ねられているという。江戸時代に入ると、ヴァージョンが変わるたびにこの付け合いの句数が増えていったという。

　天正本八句のうち最初のものが『宗長手記』に記された付け合いということで、富士山に近い宇津山に庵を構えて柴屋軒を号していた連歌師宗長と狂言「富士松」との関係はそうとう深そうだ。『天正狂言本』には、「富士松」のほかにも、じっさいに連歌を詠んでいる狂言がいくつもあるという。どうも状況証拠ばかりで、じっさいに『閑吟集』と『宗長手記』、あるいは狂言「富士松」、ひいてはそれを含む『天正狂言本』などがどう関係していたのか。室町末期の小歌、連歌、狂言といった文学資料群の内部事情はなかなかに知れない。

なお、この権兵衛の小歌集の書陵部蔵本写本の「奥書」に、なんだこれは？　と思わず首をひねらせる「比興云々」の語句がある。これがなかなかおもしろい。小歌と狂言の世界に入る、これが案外戸口になるのではないか。

153　忘るなとたのむのかりに

忘るなと、田の面の雁に伴いて、
立ち別れ行く都路や、
春は誘いて、また、越路

忘るなとたのむのかりに友
なひて立別行都路や春ハ
さそひて又越地

『千載和歌集』巻一春歌上に（三六）、

　春来れば、田の面の雁もいまはとて、帰る雲路に思いたつかな

と見える。

「たのむ」は「たのも」の変化で、「たのも」は「田の面」である。「田の面の雁」は『伊勢物語』第十段の歌にはじまった。

　みよし野のたのむの雁もひたぶるに、君がかたにぞよると鳴くなる

この和歌は前詞によれば、「入間(いるま)の郡(こほり)」の住人の娘が、父親の意向にそぐわない男性と結婚したいと願う。母親は娘の願いを叶えさせてやりたいと、男性に歌を送る。その歌がこれだという。「たのむ(頼)」「よる(寄)」と、母親はしきりに娘の心情を男性に対して訴えている。

引板(ひた)を引くといっせいに鳴く雁の群れのように、娘はあなたに心をよせておりますというのが歌の大意。「引板」は鳴子のことで、「鳴子を引く」を「ひたぶるに」にかけている。「ひたぶるに」は「ひと」から出た形容辞らしく、ひたすら、とか、一心に、といった意味合いをはらんでいる。

この「引板を引く」と「ひたぶるに」が掛け合いになっているという解釈はとらない人もいるようだが、この権兵衛の小歌のケースでは、この読みが先立つ「引く物づくし歌」との「わたり」を引き出すということで、おもしろい。

＊わたしのことを忘れてくださるなと頼みをかける田の面の雁を友として、あなたは都へ旅立っていくが、春になったら、また、雁と誘い合わせて、越路へお越しください。

154　露の身

思えば露の身よ、
いつまでの夕なるらむ

思へハ露の身よいつまでの
夕なるらむ

『後拾遺和歌集』の巻第十七の中納言定頼(さだより)の、

草の葉に置かぬばかりの露の身は、いつその数にいらむとすらん（一〇一一）

と、おなじく堀川右大臣の、

常よりもはかなき頃の夕暮れは、亡くなる人ぞ数へられける（一〇一〇）

が本歌だと思う。

問題は前歌からのわたりだが、このばあいは、「立ち別れ」と「露の身」との照応ということで了解するとしよう。

155　身はさび太刀

身は錆び太刀、さりとも一度、
とげぞしようずらう

身ハさひ太刀さりとも一度と
けそしようすらふ

＊わたしの太刀はもう錆びてるよ。だけど、一度は、思いを遂げようぞ。

156　一度はさやに

奥山の朴の木よなう、
一度は鞘になしまらしよ、
一度は鞘になしまらしよ

奥山の朴木よなう一度は
さやになしまらしよ〳〵

「なしまらしよ」は「為す」に「まらする」と「よ」のついたかたち。「まらする」は謙譲語あるいは丁寧語の「まゐらす」（参

らす）からと考えられている。「なしまゐらせようよ」がくずれて「なしまらしよ」と読む。
＊あんたは奥山の朴(ほお)の木だよねえ。一度はわたしの太刀の鞘にしてさしあげようかねえ。してさしあげようかねえ。

前歌と対で、男女交合の歌と読みたいが、なにかヘンですねえ。「奥山の朴の木よ、なう」がよく分からない。相手に対する呼びかけととってはみたのだが、なにかすわらない。

157

ふてて一度

ふてて、一度、いうてみう、
いやならば、
われも、ただ、それを限りに

ふてゝ一度いふてみういやなら
はわれもたゝそれを限に

「いうてみう」の「う」は、未来の事柄を仮定的に表わす助動詞と見られる。「みよう」のかたちがいずれ出てくる。

「ふてて」は「ふてる」の変化で、なげやりの気分を表わす。

＊ええい、やけだ、一度だけ、いってみよう。どうしてもいやだというのなら、こっちもそれをかぎりに、もうなにもいわない。

158　あるる野の宮

うら枯れの草葉に荒るる野の宮の、
草葉に荒るる野の宮の、
跡なつかしきここにしも、
その長月の七日の日も、今日に廻り来にけり、
物は悲しや小柴垣、いとかりそめの御住ま居、
いまも火焼屋のかすかなる、光やわが思い、
内にある色や、外に見えつらん、
あら、さびし宮所、あら、さびし、この宮所

うら枯の草葉にあるゝ野ゝ宮
の〳〵跡なつかしき爰にし
も其長月の七日の日も
けふにめくり来にけり物
はかなしや小柴垣いとかり
そめの御すまゐいまも火た
きやのかすかなるひかりや
わかおもひうちにある色や
外に見えつらんあらさひし
宮所あらさひし此宮所

能『野宮（ののみや）』からの転記である。能『野宮』の本歌は『源氏物語』「賢木（さかき）」である。六条御息所（ろくじょうのみやすんどころ）は娘が斎宮（さいぐう）として伊勢に行くのに同行するという。斎宮の伊勢下向（げこう）前の御所である「野の宮」にいるという。源氏は御息所を訪ねる。源氏が目にした「野の宮」の景色は、と、紫式部はのびのびと筆を進める。

ものはかなげなる小柴垣(こしばがき)を大垣(おほがき)、板屋(いたや)ども、あたりあたりいとかりそめなり。黒(くろ)木の鳥居(とりゐ)ども、さすがに神々(かうがう)しう見わたされて、わずらはしき景色(けしき)なるに、神官(かむづかさ)の物ども、ここかしこにうちしはぶきて、をのがどちものうちいひたる気配(けはひ)なども、ほかにはさま変(か)はりてみゆ。火焼屋(ひたきや)かすかに光(ひか)りて、人げすくなくしめ〴〵として、ここにもの思はしき人の月日をへだて給へらむほどをおぼしやるに、いといみじうあはれに心ぐるし（はじめから濁音を入れて読み下した）。

「いとかりそめの御住ま居」といっているのは、そうしたわけからである。

シテの「若女(わかおんな)」が「人こそ知らね、今日ごとに、昔の跡に立ち帰り」と、ここに立ち現われたわけを語る。ワキの「旅僧」が、そのわけを知らぬ気に、たずねるのに、シテはていねいに説明する。

光源氏、この所に詣で給ひしは、長月七日の日今日に当たれり。

現行の演出では、ワキとシテの交唱につづいて、この小段は地謡である。「いとかりそめの御住ま居」と「光はわが思ひ」のコンテクストから、源氏の詠嘆と聞こえる。

＊草葉の葉先も枯れて、荒涼とした秋の野の宮の跡に来た。なつかしい所だ。思い出の九月七日、今日その日が来た。小柴垣の跡がもの悲しい。ほんのしばらくあのお方がいらっしゃった所。いまも、火焼屋のあたりからかすかに光がさしているように見え

小柴垣

る。いいや、わが思いの色が外に漏れ出たのだろう。ああ、寂しい御所、なんと寂しい御所の跡。

159

野の宮の森の木からし

野の宮の、森の木枯らし、秋更けて、
森の木枯らし、秋更けて、
身にしむ色の消えかえり、
思えばいにしえを、何と忍ぶの草衣、
きてしもあらぬ仮の世に、
行き返るこそ、恨みなれ、
行き返るこそ、恨みなれ

野の宮の森の木からし秋
ふけて〳〵身にしむ色の
消かへりおもへはいにしへを
何としのふの草衣きてしも
あらぬかりの世に行かへる
こそうらみなれ〳〵

これも能『野宮』からの転記である。

前歌よりも前の小段で、現行の演出では、登場したシテの「若女」が「花に馴れこし野の宮の、花に馴れこし野の宮の、秋より後はいかならん」とレシタティーヴを始める、その流れで、「人こそ知らね、今日ごとに、昔の跡に立ち帰り」とつなげる、それにつづく一小段である。

「身にしむ色の消えかえり」がむずかしい。ここのところ、どうやら権兵衛は「色」を縁語としているようで、だから気を付けて見てやらなければならない。前歌の「光やわが思い、内にある色や、外に見えつらん」を受けているということです。

『新古今和歌集』巻十五「恋歌五」の初歌に藤原定家の、

　　しろたへの袖のわかれにつゆおちて、身にしむいろの秋風ぞふく

が見える。

能の方では、シテのレシタティーヴの、先に紹介した入りの一小段のあとに、「折しもあれ、物のさみしき秋暮れて、なほ萎(しほ)り行く袖の露、身を砕くなる夕まぐれ、心の色はおのづから、千草の花にうつろひて、おとろふる身のならひかな」とつづく。その「心の色」を受けている。

そこでも「袖の露」といっている。定家の方のは「後朝(きぬぎぬ)の別れの悲しい涙が、真っ白な袖に落ちて」と構えている。「袖の露」を受けて「心の色」をいい、「身にしむ色」をいっている。「萎り行く袖の露」に色があるのだろうか。「後朝の別れの悲しい涙」に色があるのだろうか。

「消えかえり」は、露が葉にしみて、消えてゆく様子をいっている。

＊野の宮に木枯らしが吹き抜けて、秋が深い。袖に沁みる涙も、風に吹かれて乾く。思えば、どうして昔を偲んで、こうして忍草(しのぶぐさ)の綟摺(もじずり)模様の衣を着て、来てみたところで存在しないこの仮の世とあの世とを行ったり来たりしようとするのか。しょうもないことだなあ。

160　犬かひ星

犬飼星は何時候ぞ、
ああ、惜しや、惜しや、惜しの夜やなう

犬かひ星ハなん時候そあゝおし
やおしやおしの夜やなふ

＊犬飼星が出てますけど、いま何時でしょうね。ああ、時の経つのが、なんと惜しまれる夜ですこと。

犬飼星は中国で牽牛、ペルシア語からアルタイルをいう。和名はあるいは彦星。夏の中天、やや南よりの鷲座の主星。権兵衛はこの前の158番と159番に能の『野宮』から引いていて、季節は秋。「長月の七日」をいっている。さしずめ七夕で、この出逢いは、なにしろ一年越しのものだったのだろうか。

「何時候ぞ」だが、「候」は「さうらふ」の読みが基本だが、ここの形のように体言に直接つくばあいは、「ざうらふ」と読まれる。室町時代にはこれが縮約されて「ざう」が使われた。「何時候ぞ」は「なんどきざうぞ」と読む。わたしたちの耳には「なんどきぞうぞ」と聞こえる。もっとも、「ざうらふ」の略した読みに「ざうろ」があったらしく、それをとれば「なんどきざうろぞ」あるいは「なんどきぞろぞ」と読む。

161
女郎花

優しの旅人や、花は主ある女郎花、
由知る人の名に愛でて、許し申すなり、
ひともと折らせ給えや、
なまとめきたてる女郎花、
なまとめきたてる女郎花、
うしろめたくやまふらん、
女郎と書ける花の名に、
たれ偕老を契りてん、
かの邯鄲の仮枕、夢は五十年の哀れ世の、
ためしもまことなるべしや、
ためしもまことなるべしや

やさしの旅人や花ハぬしある
女郎花よししる人の名に
めてゝゆるし申なり一もと
おらせ給へやなまとめきた
てるをミなへし〱うしろ
めたくやまふらん女郎と
かける花の名に誰かいらう
をちきりてんかの邯鄲の
かり枕夢ハ五十年のあはれ
世のためしもまことなるへし
や〱

能『女郎花（おみなめし）』の一節である。この能については、53歌と111歌の注釈をごらんいただきたい。

まだ能は前段で、ワキの旅の僧とシテの老人が、女郎花を手折ってよいかどうか、古歌を引きながら問答する。それを囃し立てるかのように、地謡が上がり調子で、「なまめき立てる女郎花、後ろめたくや思ふらん、女郎と書ける花の名に、誰偕老を契りけん」と謡う。

『本朝文粋』巻第一の源順の雑言詩に「詠女郎花」がある（三七）。

花色如蒸粟　俗呼為女郎　聞名試欲契偕老　恐悪衰翁首似霜

（花の色は蒸し粟に似たり。俗に呼んで女郎と為す。名を聞きて、試みに偕老を契らんと欲す。恐るらくは、衰翁の首の霜に似たるを悪まんことを（四行目は「衰翁の首の霜に似たるを悪むを恐る」とも読める）。

わたしは「新日本古典文学大系」版を見ているが、「悪衰」の間に「去声」と小文字が二行にわたって入っている。なんのことだか分からない。「凡例」は「底本の二行割り書きは、小字の一行にした」と書いている。「去声」と一行に読むのならば、『廣漢和』に「四声の一。初め強く、終わりが弱い発音。しり声の下って余韻の残るもの」と解説されている。どうしてここだけに音の指示が出るのか。

花の色は蒸した粟の色に似ている。俗に女郎花と呼ぶ。女郎花と聞いて、偕老同穴を契ってみようかとは思ったが、心配なのは、この白髪首だ。嫌われるのではないだろうか。

「たれ偕老を契りけん」は、「たれ」を「だれか」と読んでやることにして、「だれか偕老同穴を契ったことだったろうか、契ったのだ」と読める。それが、権兵衛は、これを「たれ偕老を契りてん」と写している。「だれか女郎花と偕老同穴を契るなんてことがあるのだろうか、それがあるのだ」。

そこで、「かの邯鄲の仮枕、夢は五十年の哀れ世の、ためしもまことなるべしや」とつづく。「邯鄲の夢」は「夢幻や(53)」の注釈でご案内した。あの邯鄲の一炊の夢ではないが、あわれ、はかなく夢の内に過ぎて五十年たってみれば、女郎花と契るというためしもうそいつわりではなく、まことの契りだということなのだろうか。

「ためし」が源順の漢詩文の「聞名試欲契偕老」の「試」にかかっている。権兵衛は諸家が見ている『和漢朗詠集』ではなく、『本朝文粋』のテキストを見ていたにちがいない。

ちなみに『和漢朗詠集』のテキストでは、ここのところ、「聞名戯欲契偕老」と書いてあるらしい。らしいというのは、わたしは『和漢朗詠集』は川口久雄校訂の『和漢朗詠集全訳注』を見ているだけで、この本は白文は掲載を省略し、読み下し文を本文に立てているからである。

重ねて、ちなみに、能『女郎花』も、ワキとシテの問答のはじめのところで、「戯れに名を聞いてだに偕老を契るといへり」と書いている。版本によって、「タワムれ」「タハブれ」と読み仮名が違うだけである。能の作者は分かっていないが、かれもまた、『和漢朗詠集』の方を見たにちがいない。

なお、「なまとめきたてる女郎花、うしろめたくやまふらん」だが、ここは能の方は、「なまめき立てる女郎花、後ろめたくや思ふらん」と書いている。これは、版本によって「後ろめたく」を「うしろめたく」と書くていどの違いがあるだけで、あとは変わらない。『閑吟集』の刊本各種、すべてこの読みにしたがっている。「なまとめきたてる」は「なまめく」の強意、「うしろめたくもまふ」は「うしろめたく思ふ」の誤記だと意見が一致しているようだ。

刊本によっては、「契りてん」も、能の刊本にしたがって「契りけん」としている。その刊本の編者は、ひとつの小歌のなかに、なんと三個所も誤記ないし書き換えをみつけたことになる。

あくまで能の台詞の刊本を正本に立てて『閑吟集』の小歌を校訂しようとする態度で、さて、それはどうか。わたしとしては、「なまとめきたてる」は筆が滑ったと見てもよいが、「うしろめたくや、舞うらん」というのは、なんともすてきな表現だと思うのだが。

「なまめく女郎花」が、どうして「自分をうしろめたく思う」のか、わたしには理解できないということです。

権兵衛が「女郎」を「女郎」だと思い込んでいたなんて、そんな。「女郎」は「をみな」と読む。

それはたしかに能の刊本は、さきほど引用した「戯れに名を聞いてだに偕老を契るといへり」の直前に、「花の色は蒸せる粟のごとし、俗呼ばつて女郎とす」と書いていて、これは源順の漢詩文の読み下しである。能の刊本の編集人も、そこはきちんと読みとっていて、括弧して、「俗呼(しょく)ばつて女郎(ぢょらう)とす」と読み仮名を振っている。

『閑吟集』の写本の、すくなくともわたしの見ている宮内庁書陵部本には、たしかに「女郎」に「ちよらう」の読み仮名が見える。しかし、いままでにもいろいろなところでふれたように、この写本の振り仮名は後代のものである。権兵衛の時代のものではない。

「女郎」を、いまわたしたちがなんとなくそう思っているふうに読むのは、近世以降の読みくせなのではなかろうか。

「なまとめきたてるをみなへし、うしろめたくやまふらん、女郎とかける花の名に」は「をみなとかけるはなのなに」と自然に流れる。「をみなへし」は「をみな」に「へす」の名詞形「へし」をつけた語で、「へす」には「押す」「圧す」の漢字をあてる。「をみなへし」は「をみな」を「圧倒する」ほどに「をみな」だという意味合いらしい。

『万葉集』では、「をみなへし」は枕詞として「さきさは」「さき」にかかる。現在奈良市佐紀町の沼沢地である。『万葉集』巻第四の六七五番歌の、これはすでに「末は淀野のまこも草(11)」の注釈で紹介した、

をみなへし佐紀沢に生ふる花かつみ、かつても知らぬ恋もするかも

のばあいは、「娘子部四」と書かれているが、同じく「佐紀沢」を修飾する、巻第七の一三四六番歌、

をみなへし佐紀沢の辺のま葛原、いつかも繰りてわが衣に着む

のばあいは、「姫押」と書かれている。

巻第十の一九〇五歌では「姫部思」と書かれている。同じく巻第十の二一〇七歌では「佳人部為」と書かれている。

「花かつみ」、原の千草の、娘子花を折りとって、糸に紡いで、布に織って、わたしはそれを着ましょう。まだ一度もしたことのない、すてきな恋をわたしはするのですと、佐紀沢の「中臣女郎（なかとみのいらつめ）」は歌っている。たまたま「中臣女郎」の歌なものだから、もしや「をみなへし」を「女郎花」と書く作法は、「中臣女郎」の名にちなんでのことかなと錯覚してしまう、これは話なのだが、じつのところ、『万葉』には「をみなへし」を「女郎花」とする表記は出ない。「をみなへし」を「女郎花」と書く作法は『古今和歌集』に下る。

ちなみに「中臣女郎」の名前の表記はこれでまちがいではない。これの直前の六七三番と六七四番の二首が「大伴坂上郎女（おおとものさかのうえのいらつめ）」の作で、ごらんのように「郎女」である。じつのところ古語辞典のたぐいは「いら

つめ」の表記に「女郎」があったことを認めていない。ようやく『日本国語大辞典第二版』が「いらつめ」の表記に「郎女、女郎、嬢」があったことを認めてくれる。なにか「女郎」の表記に故なく蔑視があるようで、おもしろい。

「郎女」と「女郎」の表記は巻第二の、わたしの見ている刊本（新日本古典文学大系版）では「目録」にまず出る。「石川郎女」、「巨瀬郎女」、また「石川郎女」、そうして「石川女郎」である。「石川郎女」と「石川女郎」の関係がおもしろい。一〇七番歌の「大津皇子贈石川郎女御歌一首」につづいて一〇八番歌は「石川郎女奉和歌一首」で、ここまでは「郎女」なのだが、つづく一〇九番歌は「大津皇子窃婚石川女郎時、津守連通占露其事、皇子御作歌一首（大津皇子が人に隠れて石川女郎に求婚したときに、津守連通（つもりのむらじとおる）が、その事を占いで公表したので、皇子が作った歌）」と、はじめて「女郎」の表記が世に出た。

ただし、私の見ている刊本の校訂者の脚注によれば、『女郎』は、元暦（げんりゃく）校本など多くの諸本で『郎女』となっている。題詞は、金沢本のみが『郎女』で、他は『女郎』とのことである。だからか、佐佐木信綱編『新訂新訓万葉集』はここでも「石川郎女」と書いている。だから、はじめて「女郎」の表記が世に出た、などといってはいけないわけで、書誌学的問題が大いにありそうだ。

『古今和歌集』巻第四秋歌上に「をみなへし十三首」がある。「新日本古典文学大系」版で二二六番歌の僧正遍昭（へんじょう）の「題しらず」から二三八番歌の「寛平御時蔵人所（かんぴょうのおんときくろうどどころ）のをのこどもさかのに花見むとてまかりたりける時かへるとてみなうたよみけるついでによめる」までの十三首である。そのうち三首が「をみなへし」を「女郎花」と書いている。そのひとつ、「朱雀院（すざくゐん）のをみなへしあはせによみてたてまつりける」と

詞書の見える左大臣（ひだりのおほいまうちぎみ）の歌に（二三〇）、

女郎花、秋の野風に打ち靡き、心一つをだれに寄すらむ

女郎花の群落が、冷たい秋風に吹かれて、あちらへ、こちらへと伏し靡いている。その黄色い花群れは、全体が一つで、一つの女郎花が、だれか男に心を寄せている。いったいどの男なのだろう。

また、「躬恒（みつね）」の作として、

妻恋ふる鹿ぞ鳴くなる、女郎花、おのが住む野の花と知らずや（二三三）

三つ目は、「よみ人しらず」で、

一人のみ眺むるよりは、女郎花、わが住む宿に植ゑてみましを（二三六）

十三首のうち十首は「をみなへし」とひらいて書いている。わたしの見ている刊本の編者は、この十三首全部をくくって「女郎花（おみなえし）十三首」と脚注の頭に書いている。また、十三首の脚注に「をみなへし　秋の七草の一つ。和名抄『新撰万葉集詩云。女郎花。和歌云。女倍芝』」などと他の文献にふれていろいろ書いていて、「をみなへし」の「女郎花」の表記が、『古今』の巻第四秋歌上にいたって一斉に立ち上がった事の次第を説明している。

「女郎花十三首」のうち、「よみ人しらず」の二三六歌につづく二三七歌がこよなくおもしろい。

「ものへまかりけるに人の家にをみなへしうゑたりけるをみてよめる」と詞書を置いて、兼覧王（かねみのおおきみ）が歌っ

ている。「あるところへ出かけたところ、ある家の庭にをみなへしが植わっているのを見かけて、詠んだ一首」ということで、

おみなへし、うしろめたくも見ゆるかな、荒れたる宿にひとり立てれば

人気のない家の荒れた庭に、ひともと、女郎花が咲いている。なにか不安な、おぼつかない感じなことだ。

「うしろめたし」という形容詞は、こういうふうに使うのです。「後ろめたくや思ふらん」なんて、そんな。

なまめきたてるをみなへし、うしろめたくやまふらん(161)

なまめかしさのきわだつ女郎花が、ひともと、どこか不安げに、心許なげに、風に揺れている。まるで舞の形を試しているかのようだ。

ゆくりなくレンブラントの「花のサスキア」(ニューヨーク、メトロポリタン美術館蔵)を思い出す。

162　秋の時雨

秋の時雨の、または降り降り、干すに干されぬ恋のたもと

秋の時雨の又ハふり〳〵
ほすにほされぬ恋のたもと

前歌の注釈でご案内した『古今和歌集』の「女郎花十三首」のひとつに、紀貫之の一首がある。

誰が秋にあらぬもの故、おみなへし、なぞ色に出でて、まだきうつろふ（二三二）

だれの秋というものではないのに、女郎花よ、どうしておまえは、秋が来たと、そんなにきれいな色に咲いて、それが、まだまだその時ではないというのに、そうやって枯れしぼんでいってしまうのか。

これの「まだき」、「まだまだその時ではないというのに」を受けて、巻第十五恋歌五の七六三番歌に、

わが袖にまたき時雨のふりぬるは、君か心に秋やきぬらむ

がある。

わたしの袖に、まだまだその時ではないというのに、時雨がかかったのは、あなたの心に秋が来たからでしょうか。飽きが来たのですか。

＊秋の時雨が降っては、また、降る。恋の涙に濡れた袂を干そうにも干しようがない。

『御伽草子』の「和泉式部」に、道命阿闍梨（どうみょうあじゃり）という若い学問僧が、内裏で法会をつとめたおりに、「年のほど三十ばかりなる女房」を見初めた。忘れられず、蜜柑売りに身をやつして内裏に入ったら、その女房の局から下女が出てきて、蜜柑を買うという。そこで、数え歌ふうに歌を歌いながら蜜柑を売ったら、どうしてあなたは、そんな風雅な心を持っていて、蜜柑なんぞ売っているのかと問い質された。道命は「ふりふりして」と答えたが、それが下女には解せない。この問答を漏れ聞いた「一条の院」（一条天皇）は、「ふりふりして」の意味は、「伊勢が源氏を恋ひてよみし歌」、

君恋ふる涙の雨に袖濡れて、干さんとすれば、又は降り降り

に出ると解いた。それを聞いたその女房は、内裏を出て、道命が泊まっていた宿屋へ行って、戸をたたき、

いでて干せ、今宵ばかりの月影に、降り降り濡らす恋の袂を

と詠んだ。

その夜、女房と道命は情交したのだったが、情事が果てた後に、その女房こそは、道命の母、遊女和泉式部だったことが判明した。「こは何事ぞ、おや子を知らであふ事も、かゝるうき世にすむ故なり」と、『御伽草子』の作者は慨嘆している。

権兵衛の小歌は、「御伽草子和泉式部」を本歌にしているかのように見える。しかし、『御伽草子』は、

室町中世の説話を集めているとはいうが、テキストとしての成立は江戸時代に入る。話はそう「邯鄲（かんたん）」ではない。

163 露時雨

露時雨、漏る山陰の下紅葉、
露時雨、漏る山陰の下紅葉、
色添ふ秋の風までも、
身に沁みまさる旅衣、
霧間を凌ぎ、雲を分け、
たづきも知らぬ山中に、
おぼつかなくも踏み迷ふ、
道の行方はいかならん、
道の行方はいかならん

露時雨もる山陰の下紅葉
〱色そふ秋の風までも
身にしみまさる旅衣霧間
をしのき雲をわけたつ
きもしらぬ山中におほつかな
くも踏迷ふミちのゆくへハ
いかならん〱

能『一角仙人（いっかくせんにん）』から引いている。

この能の台本は、一番新しいのでも、昭和二十八年から三十二年にかけて朝日新聞社から出版された『日本古典選謡曲集』、いわゆる「車屋本」三巻を見なければ載っていない。

作者は金春禅鳳。金春禅竹の孫である。享徳三年（一四五四）に生まれ、八郎元安の名をもらい、祖父禅竹、父宗筠に育てられた。文明十二年（一四八〇）、父の逝去をうけて、金春流大夫職を継いだ。

金春元安に、『音曲五音』と呼ばれる小さな著述があり、これは奈良在住の素人弟子に与えた書状をふたつ合わせたもので、能のうち「謡」の占めるべき重要性を説いたもので、禅鳳の能が祖父禅竹の著述『五音三曲集』の思想を再述したものと批評される。そのひとつめの書状の奥書は「永正十三年（一五一六）十二月竹田金春元安」の署名だが、ふたつめが、「大永八年（一五二八）三月禅鳳」の署名になっている。

永正二年（一五〇五）四月十三日から四日間、粟田口で勧進能が催された。初日の脇能に金春元安の『嵐山』の名が見える。『嵐山』の、これが演能の記録の初出である。

この勧進能は青蓮院尊応が『粟田口猿楽記』に子細を記録している。勧進能終演の翌日、四月十七日の日付をもつ資料である。それによると、勧進能は金春元安の主宰で、初日の『嵐山』につづいて、二日目の『昭君』、三日目の『海人』、四日目の『定家葛』と、いずれも金春禅竹の作、あるいはそれと推定される演目、あるいは禅竹によって曲譜が作成されたと見られる演目が上演されている。

『嵐山』は『能本作者注文』によれば、禅鳳の作とされる五番の能の一つである。

『昭君』は、世阿弥の『五音』によれば「金春権守」の作であり、金春禅竹の『歌舞髄脳記』もまた、これを禅竹の祖父権守の作としている。

『海人』は、現在、観世流だけが『海士』をあてる演目で、『申楽談儀』に「金春が節也」と見え、世阿弥以前の古作の能に金春権守が曲を付けたの意味だと理解されている。

『定家葛』は『能本作者注文』に『定家』の名で金春禅竹作とされ、金春禅鳳の『反古裏の書』に『定家葛』の名で見える。

わたしがおもしろいと思っているのは、さて、権兵衛は粟田口へ出かけたであろうか。

禅鳳の作とされる五番のうち、『生田敦盛』は、永正十一年（一五一四）十月二十八日、奈良で催された「祈雨能」公演に、「金春新作」として『敦盛』が上演された。

これは『申楽談儀後人追加条』という資料で知られるということらしいが、さても金春元安は、なにしろ十月も末のころですよ、「露時雨、漏る山陰の下紅葉、色添ふ秋の風までも、身に沁みまさる旅衣」をつけて、「霧間を凌ぎ、雲を分け、たづきも知らぬ山中に、おぼつかなくも踏み迷ふ、道の行方はいかならん」と思案しながら、「木幡山路」を抜けて、木津川沿いの奈良街道を奈良へ下ったことだったろうか。

なお、「笠をめせ(150)」の注釈をご参照。

164

名残おしさに

名残り惜しさにい出てみれば、
山中に、笠の尖りばかりが、
ほのかに見え候

名残おしさにいてゝ見れは山中に笠のとかりはかりかほのかに見え候

「笠をめせ（150）」の注釈をごらんください。

165

一夜なれたか

一夜馴れたが、
名残り惜しさにい出て見たれば、
澳中に、
舟の速さよ、霧の深さよ

一夜なれたか名残をしさにいてゝ見たれハ奥中に舟のはやさよ霧のふかさよ

これも、また、「笠をめせ(150)」の注釈にふれた。なお、「奥中に」の文言については、「もろこし船(138)」の注釈をごらんください。

166

月は山田の上にあり

月は山田の上にあり、
舟は明石の沖を漕ぐ、
冴えよ、月、
霧には夜舟の迷うに

月ハやまたの上にあり船ハ明
石の沖をこくさえよ月霧に
は夜舟のまよふに

「舟は明石の沖を漕ぐ」が「月は山田の上にあり」の読み方を決める。それは「木のめ春雨（4）」の注釈に、『後撰和歌集』巻第九恋一の五四四番歌、

木の芽張る春の山田を打返し、思ひ止みにし人ぞ恋しき

という、なんともすばらしい歌を紹介したが、その「春の山田」ならぬ「秋の山田」を、この歌に読みとっても、それはよいのだが、やはりここは、「明石の沖」に対抗するどこか「山田の里」が欲しく、地

図を案じて、神戸市北区山田町をみつけた。

六甲山地の六甲山トンネルのあたりから流れ出て真西に向かい、神戸市北区から三木市にまたがる「つくはら湖」でふくらんで、さらに西へ、三木市を貫流する志染川上流の盆地である。

なお、わたしの見ている平凡社の『日本大地図帳』は、「つくはら湖」の東に「山田川」、西に「山田疎水」の名を挙げている。他方、国土地理院発行の「五万分の一地形図神戸」は、「つくはら湖」をはさんで上下流全体に「志染川」の名を与えている。どういうことになっているのか？

閑話休題。志染川は三木市中心部の手前で、北からの美嚢川に合流する。美嚢川は三木市中心部から西に流れて、やがて加古川に合流する。加古川の河口が高砂である。

「明石の沖」から北東の方向へ、「鳥の飛ぶ距離」で二〇キロメートルほどあろうか。地図にあてた定規をそのまま東にずらせば、「和田岬」から北東にのびる線が六甲山地の東のはずれ、ほとんど宝塚市にかかるあたりの見当ということになる。

「和田岬」をなぜいうかというと、『梁塵秘抄』に、

　　須磨の関、和田の岬をかいもうたるくる夜船、牛窓かけて潮や引くらん

という歌がある。四五三（四七四）番歌だが、どうぞ『わが梁塵秘抄』をごらんいただきたい、歌の大意は、須磨の関で夜の沖を眺めていたら、和田の岬を廻った船がこちらへやってくる。夜船は西へ、牛窓の泊へ向かうのだろう。牛窓瀬戸にかけて、いまごろはきっと潮が引いていることだろうよ。

ついにこれが権兵衛の歌の本歌だろうと見当をつけているわけで、だから権兵衛は明石の沖を漕ぐ舟に

乗っている。北東の方を見通せば、鵯越の山地から月が上る。鵯越の山地の奥が山田の里である。月は山田の上にあり、舟は明石の沖を漕ぐ。

　この注釈文を書いてから、しばらく経って、あるお方のご好意から、『北神戸の歴史の道を歩く』という本を目にする機会があった。わたしが想像裡にふくらませていた「山田」の土地のイメージが、にわかに固着される気配があって、おもしろかった。

　だいたいが、そのお方にたしなめられたのだが、「月は山田の上にあり、舟は明石の沖を漕ぐ」はいいけれど、「鵯越の山地から月が上る」はないでしょう。上る月の方角がちがう。月は東に、日は西にというではありませんか。

　ご指摘、ごもっともで、だからそのあたりは文章を直したいとはおもっておりますが、一方で、なにか「鵯越から月が上る」というイメージは捨てがたく、そのあたり、苦渋しております。

　閑話休題。そのご本によりますと、現在の神戸市北区の南から山田町にかけての土地は、古代、摂津国八部郡に属する荘園で、山田庄と呼ばれていた。平清盛が和田泊（輪田）の後背地として支配した荘園だという。それまでは東大寺領だったのが、平家領、平家滅亡後は、源頼朝の勧進によって創建された京都六条の左女牛八幡宮の社領というふうに変遷したという。

　この土地をめぐって、いろいろ物語があって、古寺安養寺から伝わり、いまは須磨寺に保存されているという「弁慶の鐘」などもけっこう話がおもしろい。一ノ谷の合戦のときに弁慶が、長刀の先に引っかけて運んでいったという代物で、「摂州矢田部郡丹生山田庄原野村安養寺鐘」と刻まれているという。

167　朝霧

後影を見んとすれば、　うしろかけをみんとすれば
霧がなふ、　霧かなふ朝霧か
朝霧が

本歌は『源氏物語』の「朝顔」の段にもとめられる。

源氏の従姉妹にあたる朝顔姫君が、父親の式部卿宮(しきぶきょうのみや)の没後、斎院(さいいん)を退下(たいげ)して式部卿宮邸へもどる。それを知った源氏は、その宮邸桃園の宮に住まう叔母の女五宮の見舞いにかこつけて、桃園の宮を訪ねては朝顔姫君に近づこうとする。源氏と姫君は歌を取り交わすようになる。しかし、姫君はなかなか源氏に対して心を開こうとはしない。

心満ち足りず、桃園の宮を辞した源氏は、寝覚めがちな一夜を過ごす。朝早く、御格子をあげさせて、朝霧の立ちこめる庭を眺める。秋深く、花々は枯れ枯れになって、そのなかに、朝顔がそここに咲いていて、それが花の色つやはもう移ろっているのを、折取らせて、それを添えて、手紙をお書きになった。

なんともはっきりしたおもてなしに、きまりがわるい思いがいたしまして、帰るわたしの後ろ姿を、

さて、どうごらんになられたのかと、腹立たしいことです。

見た折のことが忘れようもないあさがほですが、さて、花の盛りはもう過ぎてしまったということなのでしょうか。年来のわたしのあなたへの思いをあわれと思し召していただけるかどうか、せめてそれくらいのお気持ちはお持ちなのではないかと、心は揺れます。

朝顔姫君が源氏の「後影」を見る。源氏が「朝霧」のなかに、枯れすぼんだ朝顔を見る。ふたりのなかを「朝霧」がへだてて、歌の主客は是といわず、彼といわない。

168　このてかしは

秋、はや末に、奈良坂や、
児手柏の紅葉して、
草、うら枯るるかすヾ野に、
妻、恋ひかぬる鹿の音も、
穐の名残りとおぼえたり
穐の名残りとおぼえたり

秋はや末にならならのこのて
かしはの紅葉して草うら
かるゝかすのにつまこひかぬる
鹿の音も穐の名残とおほえたり
〳〵

「奈良坂」に「児手柏（このてかしわ）」とくれば、『万葉集』巻第十六の「謗佞人歌一首」（三八三六）がある。

　　奈良山の児手柏の両面（ふたおも）に、左も右も、佞人（かだひと）が友

「左も右も」だが、これは「左毛右毛」と書いていて、巻第四の「大伴四綱（よつな）の宴席の歌一首」（六二九）、

　　なにすとか使の来ぬる君をこそ、左右裳待ちがてにすれ

の「左右裳」と同じで、「とにもかくにも」と読む。

「佞人」だが、これはそのままそう書いていて、漢文では「ねいじん」と読む。なんとか訓読できないかと本居宣長以来諸説あるようだが、よく分からない。

それにしても、「左毛右毛」「左右裳」を「とにもかくにも」の読みだが、「にも」は、格助詞「に」に係助詞「も」をつけたかたちで、いろいろあるが、の意味を作る。だから、左と右、両方にわたってということで、それが前者の歌は場所をいい、後者の歌は時間をいっている。白川静は、これはきちんと説明がつくという。白川は、その『字訓』で、じっさいにこの二例をあげて説明しているわけではないのだが、ぜんたい、白川のいうところに耳を傾ければ、そういうことだと理解できる。

「と」は特定の所、場所をいう。『万葉』巻第十一の二四四三番歌は「隠処沢泉在」と書いて「こもりとのさはいづみなる」と、巻第二十の四三五七番歌は「阿之可伎能久麻刀尓多知弖」と書いて「あしかきの

くまとにたちて」と読ませる。

また、「と」は特定の時間をいう。白川によれば、『万葉集』に五例見えるが、みな「刀」の仮名をあてている。一例をあげれば、巻第十の一八二二番歌が「君喚変瀬夜之不深刀尓」を「きみよびかへせよのふけぬとに」と読ませている。

「かく」についても、白川の説明は説得的である。「か」は「彼」で「此」の対義語だが、場所を特定する「く」とついて、「かく」が「か」と対義することもある。巻第二の「柿本朝臣人麻呂の石見国より妻を別れて上り来たりし時の歌二首」の最初の歌（一三二）に、「浪之共彼縁此依玉藻成依宿之妹乎」と見え、これは「なみのむたかよりかくよりたまもなすよりねしいもを」と読む。

ただし、「彼縁此依」は「新日本古典文学大系」版では「かよりかくよる」と読まれている。同じ巻第二の「柿本朝臣人麻呂が泊瀬部皇女と忍坂部皇子とに献じた歌一首」（一九四）では「彼依此依」が「かよりかくより」と読まれている。『新訂新訓万葉集』版では両者とも「かよりかくより」と読まれている。

人麻呂は、沖の浪と、足元に打ち寄せる波とをいっているのではない。沖に浪がのたっている。盛り上がり、下がり、また盛り上がる。海藻がひとつらもちになって浪に揺れている。そういう眺めを「浪の動きのままに、こちらかとみるとあちらに、あちらかと見るとこちらに浮かんでいる藻屑のように」といっている。

「と」と「かく」は、「ここ」と「あそこのここ」、「いま」と「いつかのいま」を対義的に言い表わしている。だから『類聚名義抄』は、「左右トニカクニ、阡陌トモカクモ」と訓んでいるのである。

『古今和歌集』巻第七賀歌「仁和御時僧正遍昭に七十賀賜ひける時の御歌」（三四七）、

かくしつつ、とにもかくにも永らへて、君が八千代に会ふよしもがな

の「とにもかくにも」は時間のそれであって、このようにして、いまから、いつかまたのいまにまで、また、そこから、いつかまたのいまにまで、生き長らえて、あなたの八千年の賀を祝いたいものだ。

とにかく、なんて、かんたんに片づけられるような、これは言いまわしではないのです。

「コノテカシワ」は、「柏」といいながら、ヒノキ科の灌木で、イブキを園芸品種化したカイヅカイブキ（ビャクシンともいう）などといっしょに、いまは生垣によく使われる。それが、樹木ガイドブックを見ても、百科事典の項目を調べても、中国北部が原産地で、日本には江戸時代から入ったと書いてある。それが、なんと、『万葉集』に歌われているということで、巻第二十の「千葉郡大田部足人（ちばのこほりおほたべのたるひと）」の作に（四三八七）、

千葉のぬのこのてかしはの（古乃弖加之波能）ほほまれと（保々麻例等）、
あやにかなしみおきてたかきぬ（於枳弖他加枳奴）

「古乃弖」と「於枳弖」のかけあいが、「このてかしわ」「置きて」の読みを保証する。「於枳弖他加枳奴」は「おきてたがきぬ」と読む。「それだけにいっそうかわいい。だれがあの子を置き去りにして、ひとりここに来ようか。それが来てしまったのだ」。

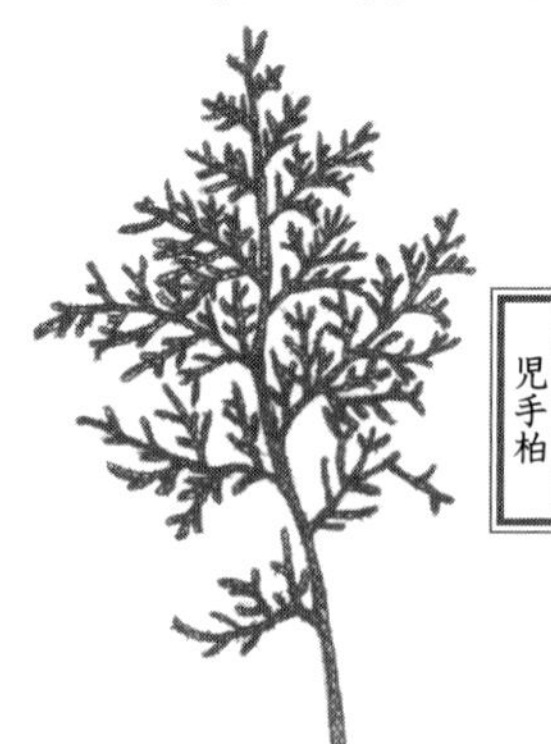
児手柏

「於枳弖」を「置きて」の読みは、二首手前の四三八五番歌にも見られる。この二首手前の四三八五番歌をふくむ、この前後十八首は、下野国防人部領使（さきもりのことりづかい）が配下の防人から集め、まとめて進上した歌だった。

同じ巻第二十の四三二八番歌も、「大君の命かしこみ、磯にふり、海原（うのはら）わたる、父母を置きて」を「於伎弖」と書いている。

「他加枳奴」を「たが来ぬ」の読みだが、「加」を「が」の読みはたしかに苦しい。しかし、直前の四三八六番歌、

　わが門（かづ）の、五本柳、いつもいつも、母が恋すす（於母加古比須々）、なりましつしも

の「於母加古比須々」は「母（おも）が恋すす」と読まなければどうにもならない。やはり「加」を濁音で読むケースで、それは、巻第二の「石川夫人歌一首」（一五四）は、

　ささなみの大山守はたがためか（為誰可）、山にしめゆふ　君もあらなくに

と、「たがためか」を「為誰可」と漢文調に書いている。

そういう正調派はともかくとして、「たが」を「他加」と書いても、それは通ったということではなかったか。

「保々麻例等」を「ほほまれど」の読みだが、『古事記』や『日本書紀』に「含」で言い表わされている「ふふむ」ないし「ほほむ」の変化形だと思われる。『書紀』の「応神天皇十三年」に見える歌謡第三五

番の後段、

　かぐはし花橘、下枝(しづえ)らは人みな取り、上枝(ほつえ)は鳥ゐ枯らし、みつぐりの中枝(なかつえ)の、府保語茂利、赤れる
　少女(をとめ)、いざ咲かば良(え)な

の「府保語茂利」は「ふほごもり」と読んで、「ふほ」は「ふほむ」の語幹、「ごもり」は「籠もる」の変化形ととらえる。「ふほむ」はまた「ほほむ」「ふふむ」の変化である。「つぼみがふくらんで頬を赤らめている少女、咲けばどんなにかいいだろうねえ」。

　白川静は「ふふむ」は「ほほに含む」のが原義であったといっている。

　千葉の野の、このてかしわは、花はまだつぼみだけれど、それだけにいっそうかわいい。だれがあの子を置き去りにして、ひとりここに来ようか。それが来てしまったのだ。

　ヒノキ科のコノテカシワは、ヒノキのように、大勢の子どもが指を広げて一生懸命背伸びして手をあげているように、細い指状の枝葉を生い茂らせる。まだ春の浅い二月、そのたくさんの枝葉のうちのまたたくさんの枝葉の先端に蕾がついて、やがて段々とふくらんで、三月、菱の実を四枚に剥いたような小さな小さなダイダイ色の花が咲く。それはそれは、とてもかわいい花です。

　大勢の子どもが指を広げて一生懸命背伸びして手を挙げているような細い指状の枝葉は、裏表がよくわからない。その点、ヒノキなどとはちがう。『万葉』巻第十六の「誇佞人歌一首」の作歌者は、そこのところを上手につかっているわけで、上手もなにもないか、裏表がわからないのだから、まず左を見ようが、右を見ようが、どちらでもいいわけだ。

だからここの「児手柏」は千葉の野の「古乃弖加之波」と同じ物だと見てよいか。ところがここに権兵衛の小歌が介入して、「秋はや末になら坂やこのてかしはの紅葉して」などと、なんと「このてかしは」は紅葉するのだという。ヒノキ科のコノテカシワは常緑である。紅葉することはない。奈良坂の「このてかしは」は、さて何物か。

千葉の野と奈良山に共通する針葉樹系を踏まえれば、針葉樹系中唯一落葉する「唐松」が奈良坂に植わっていたと見るのはおもしろい。幹は直立する大樹で、枝は水平に伸びて、さらに上向けに短い枝を出し、その枝先に二十本から三十本の細く短い葉をつける。短枝によっては花穂を生じ、やがて秋、球果の実るころ、葉は黄葉する。

「いざ引く物をうたわんや(152)」で紹介したが、富士山麓で栽培される唐松は「富士松」と呼ばれ、庭木として珍重された。盆栽（盆景）としても関心を引いたと思われるが、そのあたりについての案内はいまわたしの手元にはない。

「奈良坂のこのてかしは」は原本は「児の手葉」と書いてあったのではないか。そうわたしに思いつかせたのは『書紀』「仁徳天皇三十年九月」の記事に、「皇后、紀のくにへ遊行し、熊野岬に到って、そのところのみつなは（葉はこれをかしばという）を取りて」「皇后遊行紀国　到熊野岬　即取其処之御綱葉（葉、此云箇始婆）」と見える。「御綱（みつな）」は「三角（みつの）」の変化だったのではないかと古来解釈されていて、葉が三つに割れているのをいっているのでないか。おそらくウコギ科のカクレミノを指している。カクレミノは全部が全部、葉が三つに割れているわけではないが、なかには三裂五裂するものもある。

なお、『書紀』のこのところの読みについては納得しがたいものがある。わたしがいうのは「葉、此云箇始婆」のところで、「葉はこれをかしはという」と諸家は読むが、「婆」をなぜ「は」と読むのか。それは小学館の『古語大辞典』に「上代万葉仮名　主要万葉仮名表」があり、それを見ると『書紀』にだけ「婆」を「は」の読みが挙げられているが、これは解釈ではないのか。まさにこの仁徳三十年の記事に出てくる「婆」の読みをおもんばかったということなのではないか。

あるいは『万葉』巻第二十の四三〇一番に、

　印南野の赤ら柏は時はあれど、君を我が思(も)ふ時はさねなし

「印南野(いなみの)」は加古川の東岸、播磨、明石の後背地にあたる平野をいう。印南、稲美の地名が現在も残っている。『延喜式』「造酒司条」に「播磨槲」と出るという。酒を盛る器に槲（これが日本語で「かしわ」に当たる漢字名だと白川静はいっている）が用いられたということで、先に紹介した『書紀』の「仁徳天皇三十年九月」の記事も、『古事記』によれば、「皇后は、豊楽をしようと思われて、みつな柏を採りに、木国(きのくに)へお出ましになられた、その間に（大后為将豊楽而　於採御綱柏　幸行木国之間）」。「豊楽」は「酒宴」、「木国」は「紀伊の国」である。『古事記』は「かしは」に「柏」の字をあてている。そこがおもしろい。

「赤ら柏」は、紅葉の季節の柏をいうということができるであろうか。もしそうできれば、「赤ら柏は時はあれど」などという、あいまいな言いまわしも了解のうちに入る。権兵衛の小歌もなんとか了解のうちに入る。

＊秋ももう末の奈良坂に、さて、わたしの正体はいったいどちらなのだろう、ヒノキのなかまの針葉樹で、それがまた小枝の張りよう、小花のつぼみのぐあい、なんともいじらしい。かわいい。そうかな、そんなの、二月の千葉野は知らず、秋はや末の奈良坂にはなじまないって？　そうですか、そうですか、それでは奈良坂の「このてかしは」は印南野の赤ら柏のなかまと決めましょう。秋になると色づいて、赤ら顔を見せる。

169　鹿の一声

小夜、小夜、小夜更け方の夜、鹿の一声

さよ〳〵ふけかたの夜しかの
ひとこゑ

「さよふけかた」は『新古今和歌集』に二例出て、ひとつは巻第五秋歌下四八六番歌、

秋果つる小夜更け方の月見れば、袖も残らず露ぞ置きける

もうひとつは、巻第十一恋歌一の一〇七〇番歌、

蚊遣火の小夜更け方の下焦がれ、苦しやわが身、人知れずのみ

最初のは、袖もしっかり露で濡れてしまったが、「小夜更け方」がしんしんと夜だぞと歌いあげている。ふたつ目の「下焦がれ」だが、「した」は「うは」に対して、奥のところ、裏側をいうという。だから身体の奥、裏側ということで、心中をいう。『万葉集』巻第一の五番歌の長歌の結語に、「あまおとめらの焼く塩の、思いぞ焼くる、わが下心」とあるが、このばあいの「下心」は、「胸に一物」のそれではない。「した」が身体の裏側、奥を指し、「心の思い」である。

夜更け、蚊遣火の煙が顔にうるさく、気が付けば手で追いはらっている。なんとねえ、わたしの心も下焦がれだよ、身体の奥のところでけぶっている。

ここでおもしろいのは、蚊遣火の煙はどう流れたのだろうか。権兵衛の「磯の細道(122)」の注釈に紹介した『竹林抄』に、「煙ぞ薄き園の呉竹」の句に、心敬が「山里に鹿おどろかす火は見えて」と付けていて、庭の呉竹の葉群れに薄い煙がまといつくように見える。目を上げれば、遠く田の中に鹿を追いはらおうと焚く焚き火が見える。煙はそこから一筋に流れてくる。

『万葉』巻第七の一二二九番歌がおもしろい。

わが舟は明石の水門に漕ぎ泊てむ、沖辺な離り、さ夜ふけにけり

「さよ」は「狭夜」と書いている。類歌巻第三の二七四番では「左夜」と書いている。異本は「佐夜」。「さ」は接頭辞で、特定の意味はない。語調を整えると説明される。「夜も更けた、沖には出るなよ」。

おもしろいのは、「明石の水門に漕ぎ泊てむ」で、「明石港に泊まるとしようか」と、どうしてここに「明石」が出てくるのか。なにしろ、「月は山田の上にあり(166)」に「月は山田の上にあり、舟は明石の沖を漕ぐ」と聞かされたばかりではないか。権兵衛は『万葉』巻第七を机の脇に開いている。

「さよ」は間投詞のつもりなのだろうか。「小夜更け方」、夜も更けた頃合いをいうのに気合いを入れているつもりなのだろうか。わからない。

170　めくる外山に

巡る外山に鳴く鹿は、
逢うた別れか、
逢わぬ恨みか

めくる外山になく鹿ハあふた
別かあはぬうらみか

＊里をめぐる山並に鹿が鳴く。逢うて別れた悲嘆か、逢えない恨みか。
なんとも理屈っぽい歌だ。好きではない。外山がつまり里山だと教えてくれて、その点は買える。視点をどこに置くかの問題らしい。

171　枕さへに

逢う夜は、人の手枕、
来ぬ夜は、おのが袖枕、
枕、あまりに床広し、
寄れ、枕、こち寄れ、
枕よ、枕さへに疎むか

逢夜ハ人の手枕こぬ夜は
おのか袖まくらまくらあまり
に床ひろしよれ枕こちよれ
枕よまくらさへにうとむか

わか恋を人しるらめや、しきたへの枕のみこそ、しらはしるらめ

『古今和歌集』巻第十一恋歌一の五〇四番歌が本歌。

わたしの思いを「枕のみこそ」知ってくれるだろうを、「枕さへに」わたしを疎んじようとするのかと、逆接で受けている。「さへに」はなんとも人をとまどわせる語法だが、「さへ」に格助詞の「に」を付した語形で、「さへ」に同じというが、この文脈では「枕さえも」と強調になっていると思う。

おもしろいのは、この『古今』の歌の四つ手前、五〇〇番歌に登録されている歌が、「したもえ」の語をはらんでいて、権兵衛の「鹿の一声（169）」の注釈で紹介した『新古今和歌集』の「下焦がれ」の語をふくむ歌に対応している。権兵衛もその歌をメモしたのではなかろうか。

夏なれば宿にふすぶる蚊遣火の、いつまでわが身、したもえをせむ

172 窓前芭蕉の枕

一夜、窓前芭蕉の枕、
涙や、雨と降るらん

一夜窓前芭蕉の枕涙や
雨と降覧

「残灯(112)」と趣は似ている。ただ、あちらは梧桐、あおぎりの雨だが。

『中華若木詩抄(ちゅうかじゃくぼくししょう)』の五〇番の「喜雨」と題した七言絶句が芭蕉に降る雨を歌っている。その第三句と四句、「愁辺喜聴今宵雨　滴在芭蕉也不妨」を注釈者の如月寿印(にょげつじゅいん)は「愁辺よろこび聴く今宵の雨、たれて芭蕉にあるもまた妨げず」と読んでいる。注釈に「今夜の雨は愁人もうれしがるぞ、ことさら芭蕉の雨は哀しいものなれども、今宵のにかぎりて、芭蕉にしたたるもなんとも思うまいぞ」と書いている。ちなみに『廣漢和』によれば、「也」は「また」の読みもあり、「亦」よりも軽く、詩に用いるという。

『中華若木詩抄』は如月寿印による漢詩文の注釈書で、この人の経歴はよく分かっていないそうである。月舟寿桂(げっしゅうじゅけい)(一五三三年没)の法嗣(はっす)だったというから、権兵衛とそれほど年はちがわない。寛永年間の刊本がまとまったものとしては一番古いらしい。この書名もそれ以来ということで、それ以前、写本の段階では、

さまざまに呼ばれていた。日中の故人から七言詩を引いて、それに注釈をくわえるというスタイルの文集で、ここに引き合いにだしたのは、義堂作とされているが、注記によれば謙岩作かもしれないとのことである。

義堂周信（一三二五〜八八）は臨済宗夢窓派の禅僧。鎌倉に二十年間出向したのち、足利義満の愛顧を得て、南禅寺住持。空華を号した。謙岩原冲は臨済宗聖一派の禅僧。応永二十八年（一四二一）没。

「愁辺」はよく分からない。『廣漢和』を見ると「辺愁」はある。「いなかに宿を取るときに感じるさびしさ」をいうらしい。蘇武の詩を引いている。しかし、ここはそれではないだろう。秋の愁いがあたりにただよっている。おまけに雨だ。「愁辺には、尋常雨ほど恨めしいものはない」。そうだけれども、じつは第一、二句で夏の旱天を歌っている。それを受けて第三、四句があるわけで、「今宵の雨は愁人もうれしがるぞ。ことさら芭蕉の雨は哀しいものなれども、今宵のにかぎりて、芭蕉に滴るも何とも思うまいぞ。雨の降るが嬉しさに、愁いを忘却するぞ。喜雨ということを着題に作るぞ」と如月寿印は「雨を喜ぶ」という詩題の解説までやってみせている。

173 邯鄲の枕

世事邯鄲の枕、
人情灩澦の灘

世事邯鄲枕人情灩澦
灘

「灩澦堆」は四川省（現在は重慶市）奉節県の東、揚子江の瞿唐峡口（くとうきょう）にある大きな岩の名。また、そのあたりの場所の名。水中に岩石が多く、航行の難所。とくに減水時には川中に岩石がつきたっている。「灘」は漢音で「タン」、和訓で「なだ」だが、「瀬」と同じ。水が浅く、岩石が多くて、航行に危険な所。宮内庁書陵部本に漢字の読みなどを傍注している人は、ここのところ、ていねいに漢字を書き直して、さらにカタカナで漢音の読みをつけている。ところが「人情」には読みをつけていない。よほどたしかな読みがあったのだろうか。『廣漢和』は漢音で「ジンセイ」、呉音で「ニンジャウ」だとしている。

＊世の中のことは、盧生（ろせい）一睡の夢枕、はかなく過ぎる、人の心は、激流の瀬のように、定まらない。

『徒然草』第九一段は、吉日忌日の慣行を笑って、このこと愚かなり、そのゆえは、とお説教を垂れる。「無情変易の境、ありと見る物も存ぜず、始めること終りなし。心ざしは遂げず、願ひは叶はず。人の心不定也。物みな幻化（げんけ）なり。何事かしばらくも住する」。この理をしらないからだと、兼好法師は断を下す。権兵衛は、兼好法師を本歌にとっている。「物みな幻化なり。人の心不定也」。

兼好法師の生涯の伝記的事実はよくは知られていないが、弘安年間の生まれという説があり、たしかだとすると、「五山文学」の『岷峨集』の作者雪村友梅（一二九〇〜一三四六）とほぼ同年ということになる。友梅は十八歳で元朝の中国にわたり、四十歳で帰国。その生涯を建仁寺住職で閉じた。かれに「過邯鄲」の七言絶句がある。

莫笑区区陌上塵　百年誰仮復誰真　笑うなかれ、区々たる陌上の塵、百年、誰か仮、はた誰か真ならん。

今朝借路邯鄲客　不是黄粱夢裏人　今朝、路を邯鄲に借る客は、これ黄粱夢裏の人にあらず。

「陌上」は路の上。「黄粱」は粟と同種の穀物だが、粟よりは大粒。おおあわ。黄色、青色、白色の三種がある。また、赤黒いのもあるという。けれども、まあ、盧生が食べた粟飯とちがうものではなかったろう。友梅はじっさい邯鄲まで出かけたらしい。町の飯屋で粟飯を食べたことだったろう。

人間は路上の塵、本来空蟬だ。だれが本物、だれが偽物というようなものではない。昔、邯鄲でまどろんで、夢の内に自分の一生を見た青年がいたという。夢から覚めた青年は、夢の内に見た自分が現か、いま目覚めた自分が幻か、疑ったという。今朝、わたしは邯鄲の路を歩いたが、そのわたしは、青年が、粟飯が炊きあがるがほどの短い時間に見たという、その夢の内の人間ではない。いや、夢の内の人間だといってもよい。現というか、幻というか、人間の身はひとつで、そのひとつの身が現にも、幻にも顕れるのだ。

174　邯鄲の枕の二

清容落ちず、邯鄲の枕、残夢疎声、半夜の鐘

清容不落邯鄲枕
残夢疎声半夜鐘

まだ自分で見ていないので、ここに書くのもいやなのだが、注釈者たちは、建長寺龍源庵所蔵「光厳老人詩寄人」の一部分ということで、「清容不落邯鄲枕　残夢疎灯半夜鐘」を注記している。これの「疎灯」を「疎声」、かすかな声に直しただけだというのである。一絲文守(いっしもんじゅ)の「病中口占四首」のうち第二首の七言律詩に、

明滅残灯若有情　　明滅する残灯、情けあるがごとし。
山村一夜不聞更　　山村の一夜、聞かずして更ける。
幾回欹枕難成睡　　幾回となく枕をそばだてて、眠りなりがたし。
聴尽西風吹葉声　　ただ聴く、西風の葉を吹くの声。

一絲文守は、近江永源寺に病を養っていた。葉を騒がせる西風は、後水尾天皇の息女梅宮大通尼の庵のあったところ、後の修学院の方から吹いてくる香風だったのではないか。わたしはまだ「梅宮文」を書い

ていない。これもまた、わたしの足を現世に引っ張る強靭な力である。

わたしがいうのは、なんとねえ、「光厳老人」から「権兵衛」へ、法灯が伝授されて、やがて「一絲文守」が「残灯」と「残声」を合わせた。そのあたりの呼吸がなんともおもしろい。

「清容不落」の「清容」は『文選』の謝恵連「七月七日夜詠牛女詩」に「遐川阻昵愛　脩渚曠清容」と読める。「遐（か）」は遠い、遙かな。「脩（しゅう）」は形容詞として長い、大きい、久しい。「渚（しょ）」は汀（なぎさ）の意。あわせて「広い汀」。「遙かな川が昵懇の愛をさまたげ、広い汀が清容を空しくする」あるいは「昵愛」と「清容」を人ととって、すなわち牽牛と織女。「遙かな川が牽牛を阻み、広い汀が織女を隔てる」。

「不落」は、『万葉集』に、巻第一の二五番歌にはじまって、いろいろ出るが、ここは、巻第十二の二八四二番と三一二〇番が本歌。

「我心　等望使念　新夜　一夜不落　夢見与」と「今更　将寐哉我背子　荒田夜之　全夜毛不落　夢所見欲」だが、前者は一、二句の読みが定まっていない。後者は「いまさらに寝めやわが背子あらた夜の、ひと夜も落ちず夢に見えこそ」と読まれているが、やはり一、二句の解釈が安定していない。三、四、五句については、相互参照ということで読みが整理されて、まあ、この読みでよいだろうということになっている。「来る夜、来る夜、かならず夢に出てきておくれ」といったほどの意味合いで、「不落」は欠ける、抜ける、漏れるなどすることがないをいう。容貌が衰えないなんて、とんでもない。

「残夢疎声半夜鐘」の解釈について、後代の人、一絲文守の詩を紹介したが、その七言律詩の二句「山村一夜不聞更」と四句「聴尽西風吹葉声」は『大学』「伝七章」の「心ここにあらざれば、視れども見えず、聴けども聞こえず」（心不在焉、視而不見、聴而不聞）を踏まえている。聴くのはただ葉を騒がせる西風の音だけだ。その西風が運ぶ清容の声は聞こえない。

権兵衛は、また、その本歌の「光厳老人」なる御方も、また、『大学』を踏まえている。夜半の鐘が耳にうるさい。清容の声はかすかだというのだが、どうも「残夢」のおさまりがわるい。

「残夢」については、唐の詩人温庭筠（おんていいん）に「碧澗駅暁思詩」の五言詩がある。『廣漢和』で見た。

　香灯伴残夢
　楚国在天涯

もう二十年も前、「ヴィヨン遺言詩」の全注釈を思い立ち、『遺言の歌』中巻がなったところで、本に前書きをいれ、前書きをこの詩でしめた。

夢に目覚めた暁の宿の部屋に、灯火があわくまたたいている。残り香が鼻をくすぐる。目指す楚の国ははるかかなたにある。

こういう感じで「残夢」という言葉は使うものだと思うのだが、「光厳老人」なる御方と権兵衛は何をやっているのだろう。

175　人をまつ虫

人を松虫、枕にすだけど、
さびしさのまさる秋の夜すがら

人をまつむし枕にすたけと
さひしさのまさる穐の夜すから

「人を松虫」の掛詞は、いまのところ、『うつほ物語』にしか見つけていない。『うつほ物語』は十世紀末には完成していたのではないかと推測されている物語で、『源氏物語』の先輩格だ。その「吹上」下、有精堂から昭和六一年に出版された影印本の第二巻の一四七ページに「秋ことにつれなき人をまつ虫の」と見える。

「八代集」や『源氏物語』には出ない。『古今和歌集』と『後撰和歌集』に「たれを松虫」が見える。

『古今和歌集』巻第四秋歌上二〇三番、

もみじ葉の散りて積もれるわが宿に、誰を松虫ここら鳴くらむ

『後撰和歌集』巻第五秋上二六〇番、

秋の野に来宿る人も思ほえず、誰を松虫ここら鳴くらん

176　山田作れば

山田作れば、庵寝する、
いつか此田を刈り入れて、
思ふ人と寝うずらう、
寝にくの枕や、寝にくの庵の枕や

山田つくれはいほねするいつか此田をかり入て思ふ人とねうすらうねにくの枕やねにくの庵のまくらや

「山田作れば」という言いまわしはけっこう頭をなやませる。この「ば」は動詞の已然形について、ある事態が、次に叙するある事態の原因や理由になることをあらわす。用例は、たとえば『土佐日記』にたくさん出る。

一月十八日の条、「十八日、なお、同じ所にあり。海荒らければ、船出さず」。

もっとも、これはもっとも表現的と思われる文節を拾ったもので、その前にも、その前年の十二月二十七日の条に詠みこまれた歌、「都へと思うをものの悲しきは、帰らぬ人のあればなりけり」の「あればば」が、この言いまわしの初出だと思う。その後、二十九日の条に、「白散を……船屋形にさしはさめりければ、風に吹きならさせて」の「さしはさめりければ」、年が明けて、四日の条に、「風吹けば、え出で立たず」といったぐあい。

「山田を作る」の言いまわしについては、『古事記』允恭（いんぎょう）天皇の記事に、軽太子（かるのひつぎのみこ）が軽大郎女（かるのおおいらつめ）に歌いかけた、その歌に出る。「木幡山路(107)」にご案内したのでごらんください。

「山田を作る」は田を耕すと読む。「木のめ春雨(4)」に「木の芽張る春の山田を打返し、思ひ止みにし人ぞ恋しき」という『後撰和歌集』の歌を紹介した。その「山田の打ちかえし」でしょうねえ、とりあえず「山田を作る」の作業内容をいうならば。

「山田を作る」には何日もかかる。だから「庵寝する」という連接なのだろうか。それが「いつかは田を刈り入れて」とつづくわけで「田を刈り入れる」にはまだまだ何か月もかかる。その間、庵住まいするというのか。

＊山田を耕すので、庵住まい。いつかは田の稲を刈り入れて、家に帰り、思い人と一緒に寝るとしよう。
　寝にくい枕だなあ、この庵の仮寝の枕は。

「寝うすらう」は「寝むとすらむ」の「寝む」と「すらむ」が音便化して(ウ音便)、格助詞の「と」が落ちた語形。「にょうずろう」と発音したらしい。

177

とかもなひ尺八

とがもない尺八を、
枕にかたりと投げ当てても、
さびしや、ひとり寝

とかもなひ（い）尺八を枕にかたりと
なけあてゝもさひしや独寝

178

とかもなき枕を

一夜来ねばとて、
とがもなき枕を、
縦な投げに、横な投げに、
なよ、な、枕よ、なよ、枕

一夜こねはとてとかもなき枕
をたてなゝけによこなゝけに
なよな枕よなよまくら

「なよ、な」が分からない。辞書には出てこない。「なよな」と「なよ」と読んで、「囃子詞」とそっけなく注記する注記者がいるが、引き合いに出しているのは『催馬楽』に見える「なよや」と、

『山家鳥虫歌』の「なよな」、それに『宗安小歌集』の「なよな」である。つい気になって見てみると、『催馬楽』は「山城」の段に、「山城の狛のわたりの瓜つくり、な、なよや、らいしなや、さいしなや、瓜つくり、はれ」。

以下、つづいて「瓜つくり、われを欲しといふ、いかにせむ、な、なよや、らいしなや、さいしなや、いかにせむ、いかにせむ、はれ」。

わたしは「日本古典文学大系」版と「日本古典文学全集」版のふたつを見ていて、ここのところは、前者が「奈　々与也」とおこしているのを後者は「奈与也」とおこしていて、後出「校訂付記」に「奈与也(意改)―奈々与也(天)(三に「ナヨヤ」とある)」と記している。「天」は「天治本『催馬楽抄』」、「三」は『三五要録』とのことである。両者とも「鍋島本」を底本とことわってはいるが、「山城」はそもそも鍋島本にはこの第一段と第二段は欠けていて、第三段しか載っていないらしい。「天治本」他諸本にあたって復元したものが両者の掲載する「山城」らしい。その第三段は「奈与也」をふくんでいないので、転載は省略した。

そういう次第で、書誌学的問題が多いテキストだということで、「奈　々与也」の表記も、はたして「原本」に「奈」と「々与也」とのあいだに字間があいているのかどうかも定かではない。もともと「原本」があやしいのだから、そのあたり、なんとも問題にしかねる。

他に「真金吹く」の段に、「真金吹く吉備の中山、帯にせる、なよや」、「美作」の段に、「美作や、久米の、久米の佐良山、さらさらに、なよや、さらさらに、なよや」と、こんなところだ。

『山家鳥虫歌』と『宗安小歌集』は『閑吟集』より後になって作られた歌集である。他出の対象とするには問題がある。それでも出方によっては参考になる。『山家鳥虫歌』が「因幡(いなば)」の民謡として載せている歌に「今朝きたおなれどが帷子(かたびら)はなよな、裾も縫はずに着る帷子はなよな」「昼間米搗(つ)くは十二から臼でなよな、嫁も姑も寄つて搗きやれよ、十二から臼でなよな」(二六三・二六四)。

　この歌集の校注者の注記によると、広島の比婆郡の田植歌に「ひるま米を搗くはヤレ十二からうすでなう、嫁子様も出ておじやれ十二からへ」と見えるという。「なよな」は「なよ、な」と読むのだろうと思う。

　『宗安小歌集』の「国文学研究資料館本」に、「一夜こねはとてとかもなき枕をたてなけによこ、なゝけになよなまくらうなよまくら」と見え、これは「一夜、来ねばとて、咎もなき枕を、縦な投げに、横な投げに、なよ、な、枕、う、なよ、枕」と読み解ける。

　最後のところ、「うなよまくら」を、「なよな」を囃子詞と注記した校注者は、「なよな枕、憂なよ枕」と読んでいるが、よく分からない。「う」は「よ」の誤記かもしれない。それはじつのところどうでもよい。わたしがいうのは、この三つのテキストが付き合わせに適合しているというのなら、「なよ」が共通している。「なよや」は「なよ、や」、「なよな」は「なよ、な」と読む。

179　和尚の手枕

引けよ、手枕、
木枕にもおとるよ、手枕、
高雄の和尚の、
高雄の和尚の手枕

引よ手枕木枕にもおとる
よ手枕たかをのわしやう
の〱手まくら

「手枕」だが、『宗安小歌集』に「あぢき、花の下に、君としつとと手枕入れて、月を眺みような思ひはあらじ」という小歌が見える。

「あぢき」は「あぢきなし」の反というような説明をなさっている方がいるが、そもそもこれは言葉として出ない。「あづき」の転で、「あづき」は分別とか道理とかをいう「わ」に「付き」のついた字形という説明にお目にかかったことがあるが、「わづき」「あづき」「あぢき」、そのどれも辞典の項立ての対象になっていない。

いろいろ見ていくうちに、とてもおもしろい用例をみつけた。「阿波の若衆（133）」の、「新潮日本古典集成」版の頭注で、大阪府和泉地方民謡「小踊り」（若狭踊）の「沖の門中で櫓押せば、宿の姫子は出て招く、あじき櫓櫂や腰が萎えて櫓が押されぬ」（『貝塚市史』二）である。

だいたいが、「阿波の若衆」では、「出て招く」のは「阿波の若衆」で、それがこちらでは「宿の姫子」

である。この「姫子」が、また、分からない。『日本国語大辞典第二版』は「幼い姫」あるいは「蚕（かいこ）」の解しか示していない。用例はなにも引いていない。女性をいっているのはたしかだろう。あるいは衆道の相手方である「若衆」をそうも呼ぶのかなと思ったのだが、いまのところ分からない。

それに、『新日本古典文学大系』版の注記者も、こちらは脚註で、この「小踊り」を紹介しているのだが、そこには「沖のとなかでろをおせば、宿の姫ごは出て招く、あじきろかいや、腰がなえて櫓が押されぬ」と「姫ご」と見える。『日本国語大辞典第二版』によれば、「姫御」は「姫御前」の変化で、貴人の女性、若い女性、あるいは単に女性をいうという。元本を見ていないので、そのあたり、なんともいえない。

いずれにしても、この「小踊り」は、『宗安』の小歌の「あちき花のもとに」と同様、「あじきろかい」と、「ろかい」を「櫓櫂」ととれば、「あちき」を単立の語ととらえていることになる。ところが、これはなんともあやしい。

権兵衛の小歌集には、「あちきなし」「あちきな」は出るが、「あちき」は出ない。辞書類も項を立てていないことは、右に説明したとおりである。『宗安』は権兵衛の小歌集を写しているだけのもので、「小踊り」なるものは、「あじき」という表記が示しているように、信用できない。

「あちきなし」については、「からたちやいばら（38）」、「何事もかことも（52）」、「とてもおりやらば（203）」、「あちきなと（298）」を参照。

ささてさて、そこでようやく権兵衛の小歌に帰るが、「手枕」というのは『宗安』の小歌のいう「花の下に君としつとと手枕入れて、月を眺みような思ひ」をいう。権兵衛自身、じつはこの数歌前、「枕さへに

（171）」に、「逢う夜は、人の手枕、来ぬ夜は、おのが袖枕」と歌っている。その「手枕」が、「木枕」にも劣るという。「高雄の和尚の手枕」は「木枕」にも劣るという。だから、その腕、抜いてよと頼んでいる。そう読まなければ、この歌、読み解きようがない。

「高雄の和尚」は「たかをのわじやう」と読む。高雄山神護寺は京都市右京区にある真言宗の名刹。もっとも、この時代にはすっかりすたれて、仁和寺の末寺になっていた。真言宗派では、「和尚」を「わじやう」と発音する。諸氏はそのことを注記するだけで、ぜんたい及び腰。まあ、「阿波の若衆（133）」が「阿波の若衆に招かれて、あぢきなや、櫓が、櫓が、櫓が、櫓がをされぬ」と衆道を歌っているから、ここもそうなのだろう。

180　勝事の枕

来る、来る、来るとは、枕こそ知れ、
なう、枕、
物言おうには、勝事の枕

くる〳〵〳〵とハ枕こそしれ
なう枕物いはふにハ勝事の
まくら

後段の物の言い様から、この小歌、「水にもえたつほたる（59）」の替え歌のように見える。

　わが恋は、水に燃え立つ蛍、蛍、
　物言はで、笑止の蛍

「勝事」は「しようじ」と書き、「笑止」は「せうし」と書いた。それが、どうやら、平安朝末期には、「しょう」と「せう」の発音上の区別があいまいになり、「勝事」も「せうし」に音が通じるようになった。だから「勝事」は、『平家物語』などでは「大変なこと、異常なこと」という意味合いでつかわれていたのが、「笑止」と書いて、「困ったこと、気の毒なこと」と、意味合いの上で通じるようになった。権兵衛は、あるいは権兵衛の小歌の筆生は、「笑止」と書いたり「勝事」と書いたり、そのあたり融通無碍だ。

　権兵衛のこの小歌では、「枕、枕」が「水に燃え立って」いる。「物いはふには」の「ふ」は動作の反復を示す助動詞。物をいおうとしても、なかなかいえない、なんとも哀れな枕だなあと、権兵衛はみじめな自分を枕に擬している。

181　枕にとふ

恋の行衛をしるといへは枕に
とふもつれなかりけり

恋の行方を知るといえば、
枕に問うも、つれなかりけり

「いへは」の「ば」もまた、動詞已然形に付く「ば」で、「山田作れば（176）」に紹介したように、ある事態が、次に来る事態の原因あるいは理由になることを示す「ば」で、「恋の行方をしれば」は、恋の行方を知っているというので、と読む。

＊女の気持ちは知っているというので、聞いてみたのだが、どうも反応がいまひとつだった。

182
衣ぎぬの砧の音

衣ぎぬの砧の音が、枕に、
ほろほろほろほろと、
かそれを慕ふは、
涙よなふ、涙よなふ

衣〳〵の砧の音か枕にほろ
〳〵〳〵とかそれをしたふハ
涙よなふ(う)〳〵

「かそれ」は、こうとしか読めない。「ほろほろほろほろとか、それ」と読む人もいる。「かそれ」を「わかれ」の誤記と見る人もいる。

「衣ぎぬの砧の音」は、板を打つ槌の音だから、「ほろほろ、ほろほろ」もないものだと、能『砧（きぬた）』の詞書を見れば、「交りて落つる露涙、ほろほろはらはらはらと、いづれ砧の音やらん」と、どうやら確信犯である。

能『砧』は、『中楽談儀』によると、世阿弥は、このような能の味わいは、後代の人たちには分からないものになるだろうから、能として伝える気にはなれないと語ったということで、ただ「謡曲」としてだけ伝えられ、能としては江戸時代中ごろに復元されたという。だから、能舞台での、このあたりの演出は、権兵衛の時代と現在とに太鼓橋がかかっているような具合で、わたしがいうのは、権兵衛がこの能を見たことがあったとしたら、「ほろほろはらはらはらと、いづれ砧の音やらん」の詞章に対応する能舞台はどんな景色だったか。

現在の演出は、小山弘志編著『能観賞案内』（岩波講座『能・狂言』Ⅵ）によれば、「悲しみの声、虫の音」で、シテは砧の前に行き、ツレも脇座について、砧をはさんで着座し、「ほろほろはらはらと、いづれ砧の音やらん」で、扇で交互に砧を打つという。「ほろほろ」は砧を打つ擬音なわけである。

もっとも、この小歌の文脈では、砧の音は、里人の打つそれであるようだ。夫を待つ独り寝の妻の枕に、里人の打つ砧の音が聞こえる。「かそれ」を思う妻の頬を涙が伝う。都へ行ったまま帰らぬ夫の耳にとどけと、砧を打つのはそれからのことである。

さてさて、いずれにしても「かそれ」が分からなくて、だからこの小歌は読めない。

183　君いかなれは旅枕

君、いかなれば旅枕、
夜寒の衣、うつつとも、
夢とも、せめて、など、
思いしらずや、うらめし

君いかなれは旅枕夜さむの
衣うつゝとも夢ともせめて
なと思ひしらすやうらめし

これは能『砧』の一段。それも能も終わりに近く、いまは幽明境を異にした妻の亡霊が、ようやく帰郷した夫の前に現われて、夫の不実をなじる段節の、これは詞章である。

『新古今和歌集』巻第五秋歌下（四八三）、

み吉野の山の秋風、小夜ふけて、ふるさと寒く、衣打つなり

が、前段の本歌である。ついでにご案内すると、この前後、「衣打つ」連作である。後段は、権兵衛自身の「宇津の山辺（113）」を本歌にとっている。その小歌は、『伊勢物語』の第九段、あるいは『竹林抄』の第七旅連歌を本歌にとっていると、わたしはご案内した。どうぞごらんください。

＊あなたは、いま、旅に出ていらっしゃる。季節は、もう、秋。あなたは、この秋も、帰っていらっしゃらなかった。夜は寒い。あなたは衣にくるまって、枕をあてて休んでいらっしゃる。そのあなたのお耳に、聞こえませんでしたか、いいえ、ですから、ほんとうにお耳に、ということではない。お夢の中でもよかったのです。どうして、わたしの打つ砧の音を、お聞きとりいただけなかったのですか。お恨み申しあげます。

184

ここはしのぶの

ここはしのぶの草枕、
名残りの夢、な覚ましそ、
都の方を思ふに

爰ハしのふの草まくら名
こりの夢なさましそ都
のかたをおもふに

「ここは忍ぶ」に「ここは信夫」をかけている。「草枕」は「旅寝」をいう。「さます」は「覚まさせる」で、それを副詞の「な」と終助詞の「そ」ではさんでいる。軽い禁止の気持ちをいう。

＊ここは忍びどころだぞと、ここは信夫ではないけれど、草束を枕に寝っ転がって、夢を見た、その夢から覚まさせないでおくれ。都の方へ思いを馳せれば……。

『草刈』、むしろ権兵衛の時代には『横山』と呼ばれた能の詞書を写している。

『横山』は、世阿弥がその父親の観阿弥の作と伝えている（『申楽談儀』の序段）能だが、室町時代の末には、もう、上演されることがなくなったという。それは、同じような趣向の『鉢木（はちのき）』が流行りだしたからだという。

そういうふうに括って物を言うのはわたしは苦手で、だいたいが、この室町末期というのは、能演劇についていえば、そこから「謡物」が抜け出ていく頃合いで、この時代の公卿の日記である『言継卿記（ときつぐきょうき）』や

『言経卿記』に、その気配が伝えられている。

前者は山科言継の日記で、大永七年（一五二七）から天正四年（一五七六）までの年次をふくんでいる。後者はその子息山科言経の日記で、天正四年から慶長十三年（一六〇八）までに及ぶ。

鈴木正人編『能楽史年表　古代・中世編』を見ると、その山科言継の日記の最初の年度である大永七年二月十日の条に「謡本を四条隆永へ返却す」という記事が見えるという。その後、しばらく気配はあいまいだが、やがて天文十四年（一五四五）三月十三日、山科言継、音曲の本『胡蝶』を奥坊より借り、書写して返すと、ここでは「音曲の本」だが、能『胡蝶』の詞書を借りて、書き写すという行為が証言されている。

能の詞書の貸し借りは、『言継卿記』のばあい、天文二十二年（一五五三）に入って、ようやく気配を濃くして、天文二十三年が圧巻である。わたしは鈴木氏の労作を見て、謡本の貸し借り、あるいは書写の記事に鉛筆で傍線を引いてみたのだが、天文二十三年の見開き二ページが、ほとんど縦棒で埋まってしまった。

そこに注目すべき記事があり、すなわち八月五日「山科言継、薄以緒の子に謡本四冊二十番を貸す」というのだ。一冊に五番、書写されている見当になる。同じ天文二十三年十一月二十一日の記事に、「曼珠院が山科言継に謡本『難波』の借用を申し入れ、言継、一冊五番を遣わす」と見えるという。なんと、数が合っている！

弘治二年（一五五六）二月十日の条に、山科言継が、大和宮内大輔宅に立ち寄って、「謡本三百番仕立て」を見ておどろいたと見える。なんと、一冊五番として、六十冊だ。

さらに弘治三年（一五五七）一月二十七日の記事に、言継の養母御黒木から中御門の女中が謡本を見たがっていると言ってきたので、山科言継は「先日青十帖〔五十番〕、今日十帖〔黄色五・紫五〕」を遣わしたという。

つづいて、同年二月一日、中御門の女中から先日の謡本十冊が戻され、別の十冊を貸したという。山科言継の家にも、どんなに少なくみつもっても、一冊五番の謡本二十冊があったことはたしかである。

これはもちろん冗談で、たまたまこのふたつの記事がならんでいるのを見たものですから。それどころではない、翌月二十一日、駿河から帰洛途上の山科言継は、北伊勢の専修寺（ここにはわたしも行きました）で、「院衆の所望で謡本三十六冊などを」見せたという。そのおり、「音曲も」あったという。笛、太鼓も合わせたということらしい。

天正四年（一五七六）一月から息子言経の日記も始まる。『年表』では、その年の暮れ、十二月二十三日の条が『言継卿記』からの最後の引用である。

『横山』は、『言継卿記』の証言に、永禄二年（一五五九）十一月十五日、「山科言継、大和宮内大輔に謡本〔村山・横山〕を返却する。また、両冊〔狭衣(さごろも)・稲船(いなぶね)〕が到来す」と読めると、鈴木氏は紹介してくれている。

鈴木氏の労作を拝見するかぎり、この時期、『横山』が演能として記録されることはない。この能は、謡本に作られ、謡われて、舞台芸術の余光をなお残す。

それから四十年、世は戦国時代を乗り越えて、安土桃山時代に入っている。『言経卿記』は、慶長四年（一五九九）四月十一日の条に、鳥養新蔵(とりかいしんぞう)が山科言経の屋敷に来て、謡本『思妻(おもいづま)』を貸した。言経は新蔵に『横山』を謡わせて聞いたと書いている。

鳥養新蔵は鳥養道断（あるいは宗断という）の子息である。道断はこの時期、摂津中島に居宅をおいていた山科言経と付き合いの深かった能楽者であり、能筆家である。『年表』にその名前がはじめて出るのは天正十七年十二月十四日の条で、「下間少進法印邸で歌会あり、山科言経が講師を勤める。参会者末席に宗断の名あり（言経卿記）」。

その後、道断と新蔵の名は頻繁に登場する。そうして、慶長五年（一六〇〇）一月二十三日の条に、「鳥養道断、山科言経邸に来て、板本三輪・老松・蟻通を進呈する（言経卿記）」という画期的な情報が伝えられる。じつにこれこそが、はじめて謡本が「板行（版行）」されたことをつたえている記録である。鳥養道断が板に刻む原稿を書き、フシをつけた。翌年にかけて出版されたこの版行謡本は「車屋本」と呼ばれる。七十一番が現存しているという。

一方で『鉢木』は、『言継卿記』天文十四年（一五四五）三月十一日の条に、「観世勧進猿楽三日目。老松・鉢木・御悩楊貴妃〔乞能〕・卒塔婆小町・檀風・夕顔・鞍馬天狗・安宅判官・東岸居士の九番あり（言継卿記）」と見える。これは、観世大夫元忠が、京都相国寺石橋八幡で興行した勧進能二十番のうち、三日目の九番である。

『年表』には、それからしばらく『鉢木』の名は見えないが、やがて、天正十六年（一五八八）一月二十一日の条に、「米沢の片倉景綱宅で能六番あり。難波・実盛・三輪・張良・鉢木・船弁慶。伊達政宗、三輪・船弁慶の太鼓を打つ（伊達治家記録）」と見える。はるか陸奥にまで、『鉢木』の能舞台は店を広げていたわけだ。

さらに『年表』をたどると、文禄三年（一五九四）四月二十日の条に「太閤秀吉、大坂の宇喜田中納言秀家邸に御成りし、饗応能に自身も源氏供養一番を舞う。他は東方朔が金春八郎、八島が観世与三郎、野宮が保（宝）生新三（次）郎、是界が春日太夫、鉢木が暮松新九郎。観世大夫は秀吉の能の時に居眠りし、家を絶やすと折檻される（駒井日記四・二二条）（小鼓大倉家古能組）」と見える。秀吉御成りの饗応能に『鉢木』が選ばれたという。これはおもしろい。

『鉢木』は、戦国・安土桃山時代、能演劇としての機能を失わなかったわけだが、他方、謡本にも作られて流布していたようで、『年表』の天文二十三年（一五五四）七月十八日の条に、「山科言継、大和宮内大輔より借用した三冊「岡崎・たてお・胡蝶」を返す。また、三冊「鉢木・錦戸・求塚」が届けられる（言継卿記）」と見える。

慶長二年（一五九七）二月二十一日の条に「山科言経、本願寺西御方へ参上し、謡本三輪・田村・江口・小原御幸・鉢木・二人静・采女・玉鬘・野々宮・三井寺を書写して進呈する。また別の十番分の書写をも承諾し、料紙の鳥子紙を給わる（言経卿記）」と見える。

さらにまた、慶長三年三月二十三日の条に「細川玄又、但馬の湯で長岡妙佐本に基づいて謡本『難波』『実盛』『鉢木』のフシを直す（松井文庫蔵同書奥書）」と見える。

権兵衛がどのようなかたちで能『横山』に接したか。これはおもしろい。「謡本」は、権兵衛の時代にはまだまだだったようで、能の詞章を抜き書きした紙などが売られていたのであろうか。そういう関心のもちようから、もういちど、権兵衛のこの歌集を眺め直してみたい。そうは思っても、「今うきに（140）」の老人ではないが、「立ちも返らぬ老いの波」、さて、どう波をかいくぐろうか。

『横山』は横山十郎治直（はるなお）というのが鎌倉の北条政権の扶持を離れて、武蔵に寓居している。馬に飼い葉をやろうと草刈りに出たおりに、鎌倉から遊女初雪が訪ねてくる。以前、鎌倉で盛んだったころのなじみの白拍子である。治直が不遇の身をかこっていると聞いて、様子をうかがいに来たという。十郎の妻が、またよくできた女性で、初雪をもてなし、野から夫を連れ帰り、用意してあった衣料と烏帽子に身をあらためさせて、初雪と対面させる。そこへ、領地のことで鎌倉へ出かけて訴訟にあたっていた家人が帰ってきて、首尾整ったことを報告する。一同、喜んで、いざ鎌倉へ出発する。

185
千里も遠からす

千里も遠からず、
逢はねば、咫尺も千里よなう

千里も遠からすあはねは
咫尺も千里よなふ

「千里（ちさと）」は一里の千倍。「咫尺（しせき）」の「咫（し）」は古代周の長さの単位「尺」をいう。『礼記』に「夏以十寸為尺、殷以九寸為尺、周以八寸為尺」と見えるという。『廣漢和』は「十八センチメートル」と実数をあげている。いずれにしても短い長さのたとえで、「千里」と対応させている。

なお、「千里」も、「咫尺」と同様、「せんり」と漢音で読むのが筋だと思うが、書陵部蔵本のそこに「ちさと」と振り仮名が付いていることもあってか、むかしから「ちさと」と読まれているようだ。

186　君を千里に置いて

君を千里に置いて、
今日も酒を飲んで、
ひとり心を慰めん

君を千里にをひてけふも酒
を飲てひとり心をなくさめん

「千里に置いて」は分からない。「千里の外に置いて」なら分かる。『廣漢和』を見ると、「千里之外」の項を立てて、『荘子』「外篇・胠篋（きょきょう）」から「足跡接乎諸侯之境　車軌結乎千里之外」を引いている。「諸侯の境と足跡を接し、車軌千里の外を結ぶ」とでも読むのだろうか。「足跡は諸侯の境に接し」かな。

187
南陽県の菊の酒

南陽県の菊の酒、
飲めば命も生く薬、
七百歳を保ちても、
齢はもとの如くなり、
齢はもとの如くなり

南陽県の菊の酒のめハ命も
いく薬七百歳をたもちても
齢ハもとのことく也く

『廣漢和』は「南陽県菊水」の項を立て、河南省南陽県から出る川の名と説明して、『太平御覧』の「百卉菊」から引いている。

風俗通曰　南陽酈県有甘谷　谷中水甘美　云其山上有大菊菜
水従山流下　得其滋液　谷中三十余家　不復穿井
仰飲此水　上寿百二三十　其中百余　七十八十名之為夭

「不復穿」が読みにくいが、まあ、わたし流儀に読めば、「その山上に大いに菊あり、菊水、山より下に流れ、その流液を得て、谷中の三十余家は、復をうがつことなく、仰いで、この水を飲み、上寿は百二十歳から三十歳、中にしても百歳余、七十歳、八十歳はこれを呼んで夭（よう、若い）という」と読むのだろうと思う。

「復」は「うかんむり」を載せた形も出るらしいが、『詩経』に「陶復陶穴」というふうに、「あなぐら」の意味で出るという。あるいは、『史記』「孔子世家」に、「穿井得土缶　中若羊」と見えるように、「井戸」の意味ととることもできる。

もっとも、「穿井」は「井戸をうがちて」と読むが、その後は読みに自信がない。『廣漢和』の「穿」の項に見たのだが、その引用の読みを参考にしたくても、返り点が足りず、あいまいで、まさか、『廣漢和』の引用に問題があるのだろうか。

この小歌は「田楽」の詞書の転写らしい。「菊水」と呼ばれる詞書だという案内があるが、『年表』を見渡しても見つからず、手元の文献だけでは分からない。いずれ調べたいとは思うが、さて、どうなりますか。

188　ねりぬき酒

上さに人の打ち被く、
練貫酒の仕業かや、
あち、よろり、こち、よろよろ、よろ、
腰の立たぬはあの人のゆえよなう

うへさに人のうちかつくねりぬき
酒のしはさかやあちよろりこち
よろ〳〵よろ腰のたゝぬハあ
の人のゆへよなふ

「練貫」は「ねりぬき」と読み、「貫」は織物の緯糸（よこ）をいう。緯糸を通す梭（杼、ひ）が経線のあいだを「貫く」から出た呼び名らしい。「煉（ね）る」は織物の用語として、生糸を灰汁（あく）に漬けて柔らかくする作業をいう。そうして作られた「貫」を緯糸にして織られた、柔らかく、上質の絹織物を「練貫」と呼ぶ。

室町末期から安土桃山時代にかけて小袖の生地によく使われた。「辻が花」や「縫箔（ぬいはく）（「縫」は「繡」の字が本字らしい）」の現存するものはほとんどこの生地を使っている。

「練貫」を酒の名に冠する事情についてはよく分からない。ある校注者は「参考」として、「御伽草子『酒茶論』」をあげている。「御伽草子」についてはよく知らないが、かつて「日本古典文学大系」シリーズに『御伽草子』のタイトルで入っていたのが、「新日本古典文学大系」では『室町物語集Ⅰ、Ⅱ』とタイトルを変えていて、その解説を読むと、最近では「御伽草子」のタイトルは狭義に二、三の物語をくくって用いるということで、その他の膨大な数の「物語」などは「室町物語集」と呼ばれるようになっているとのことで、それがその解説にも「酒茶論」はあげられていない。どうしたものかと、小学館の『日本歴史大事典』の項目を探したところ、「酒茶論」が立っていて、それは茶論で、美濃の乙津寺（おっしんじ）の僧蘭叔の著で、天正四年（一五七六）の作。これが後の御伽草子の「酒茶論」に多大な影響を及ぼしたという紹介があり、なるほど校注者が「参考」と注記したにはわけがあったと知れた。

「上さ」の「さ」は、名詞についてその方向性を指示する接尾辞である。『万葉集』巻第十八（四一三二）に、

縦(たた)さにもかにも横さも奴とそ、あれはありける主の殿戸に

と見える。

頭の天辺から足のつま先まで、両肘張って奴を作って、右肘から左肘まで、ごらんください、あたしは奴です。たしかに、あたしは、あんた様にお仕えする身でござんした。ちなみに、「かにも」は「かにもかくにも」の略で、身体の縦横、どちらにしても。

そこで、権兵衛の188歌は、こう読み解ける。

＊頭からひっかぶる練貫の面紗(めんしゃ)のようだった。ふっくらした、甘いお酒を飲まされてねえ。筑前博多のお酒ですって。そのせいねえ、あっちによろり、こっちによろよろ、よろ。腰が立たなくなっちゃった。あの人のせい。

189 にしさひもお

おもひさしに、させよやさかつき　　きつかさやよせさにしさひもお

「しもしもめかよめかんさよ、てしうどになんそかのいろの、りまんあいろのんさぎさう　のきつさはんまじのたしうど」。

わたしがこどものころ、だからもう、あいつも逝って三十年がふたつ重なったころ、わたしとわたしの遊び仲間は、「もしもし亀よ亀さんよ」をこんなふうにひっくかえして遊んでいた。いまでも、口をついて出てくる。

権兵衛はむりをしている。「にしさひもお、やよせさ、きつかさ」と、句を折り返して、ひっくりかえせばよかったのに。

思い差しに、差せよや、盃。

＊あなたに、そう、あなたにです、まずは一献、差し上げたいのですよ。

と、こう、きて欲しいですねえ。

190

赤きは酒の咎ぞ

赤きは酒の咎ぞ、
鬼となおぼしそよ、
怖れ給はで、我に相馴れ給はば、
興がる友とおぼすべし、
我もそなたの御姿、
うち見には、うち見には、
恐ろしげなれど、
馴れてつぼいは山臥

あかきハ酒のとかそをにとな
おほしそよおそれ給はて我に
あひなれ給はゝけうかる友と
おほすへしわれもそなたの御
すかたうち見にハ〱おそろし
けなれとなれてつほひは
山臥

『続日本絵巻大成』「大江山絵詞」（逸翁美術館蔵）は、「酒呑童子（しゅてんどうじ）」が源頼光一行をもてなそうと姿をあらわしたくだりをこう書いている。

童子、頼光に問ひ申されけるは、御修行者、いずかたよりいかなる所へとて御いでそうらひけるぞと問ひければ、答へられけるは、諸国一見のためにまかりいでたるが、すずろに山に踏み迷ひて、これまできたる由をぞ答へられける。童子、また、我が身の有様を心に掛けて語りけり。我は、これ、酒を深く愛するものなり。されば、眷属（けんぞく）等には、酒呑童子と、異名に呼びつけられはべるなり。

この「逸翁美術館本大江山絵詞」の文章を参考にして、権兵衛の小歌を読めば、「酒呑童子」は、自分の様子のことを気にかけて、こういった。

＊顔が赤いのは酒を飲んだせいです。鬼だなどと思ってくださるな。こわがらないで、わたしに馴れ親しんでくだされば、わたしのことをおもしろい奴だと思うようになるでしょう。わたしにしても、あなたのそのお姿は、一見したところ、いいえ、ですからちょっと見たかぎりでは、恐ろしく見えますが、見慣れれば、山伏もかわいい。

「逸翁美術館本大江山絵詞」は、南北朝時代から室町時代へ移り変わる頃合いの制作ではないかと見られているという。一方、この権兵衛の小歌は、応仁の乱をはさんで、室町時代末期に、大和や伊勢で活動したらしい「宮増大夫（みやますだゆう）」との関係が取り沙汰される能『大江山』の一節を写したものだという理解がある。他方、源頼光の大江山の鬼退治の説話は、「御伽草子」の「酒呑童子」に取りこまれた。能『大江山』のこのくだりは、一部、「御伽草子」の「酒呑童子」にも通う。なお、「宮増大夫」については、「とてもおりやらば（203）」と「およそ人界のありさまを（232）」をごらんください。

191　況や興宴の砌には

いわんや興宴のみぎりには、
なんぞかならずしも人の勧めを待たんや

いはむやけうえんの砌には
なんそかならすしも人の
すゝめをまたんや

「興宴」については『わが梁塵秘抄』の「つねにこひするは」の段をごらんいただきたい。これは漢語の熟語ではなく、『梁塵秘抄』にも「さかのゝけうえんは」というふうに「けうえん」と仮名書きで出る。「けう」は「興」を仮名書きするときの作法で、「けうえん」は「興宴」と漢字をあてる。「饗宴」ではなく、だから「宴会」を意味するものではない。『梁塵秘抄』では、嵯峨野と桂川に遊ぶ興趣をいっている。また、「鷹狩」をいっている。

この小歌は『宴曲集(えんきょくしゅう)』を写しているという理解がある。これはおそくとも永仁(えいにん)四年（一二九六）までに編集されたと見られている歌謡集で、撰者は明空という。ただし、はたして明空（「みょうくう」あるいは「みょうぐう」）が「宴曲」という言葉を使ったかどうかは定かではなさそうで、むしろ「早歌(そうか)」といっていた。鎌倉時代中期から室町時代にかけて、早い調子の、漢詩まじりの歌謡が流行した。明空は自身、早歌をよくしたらしく、この歌謡集もほとんどはかれの作詞らしい。

『梁塵秘抄』の「寂蓮(じゃくれん)」や、この「明空」、あるいは『閑吟集』の「権兵衛」ないし「宗長(そうちょう)」、かれら中世歌謡の編集者たちは、編集者だ、撰者だといわれながら、かなりの部分、かれら自身が詩を作っていた。そのあたりの呼吸が、なんともいえずおもしろい。

「日本古典文学全集」版は、この小歌本文の横に島を作って、「尊経閣文庫本宴曲集」の影印本から複写をとって載せてくれている。それを見ると、「況や興宴の砌にハ何ぞ必しも人の勧を待んや」と読めて、明空は「興宴」と書いていて、宗長はきちんと「けうえん」と読んでいる。「饗宴」の漢字のあて字の違いだなどと誤解している気配はない。書陵部蔵本の「けうえん」は「遣」のくずしで書いていて、これは「計」「介」のふたつをあわせて、「け」の三大元字のひとつで、写本の筆生にとまどっている気配はない。

だから「興宴」自体に「宴会」の意味はない。この小歌のつづきを影印本複写に見ると、「身つから樝のほとりによらん（みずからコウの辺りに寄らん）」と書いていて、「樝」は「酒樽」を意味する。ここにはじめて「興宴」が酒に匂う。こちらは「新日本古典文学大系」版の脚註が指摘するには、「宴曲集」の別の文脈に、「衆徳を兼ねたる酒の興宴、憤りを散じ齢を延ぶ」と読めるという。「酒の興宴」と、「興宴」は自己限定してみせている。

なお、この「興宴」の「興」の字はおもしろい。なにしろ中国古代の詩の群落である『詩経』の、これは「詩のトーン」をいう字らしいのだ。『詩経』から『万葉』へ、『梁塵秘抄』へ、さらにはまた『閑吟集』へ、詩の作法が伝わった。そのあたりの事情をこの一字は語っている。

町田本『洛中洛外図屏風』より観世能（右隻第1扇上）

Ⅶ　あの鳥

192　あの鳥

あの鳥にてもあるならば、
君が行き来を、なくなくも、などか見ざらん、
返すがえすもうらやましの庭鳥や、
げにや八声の鳥とこそ、名にも聞きしに、
明け過ぎて、今は八声も数過ぎぬ、空音か正音か、
うつつなの鳥の心や

あの鳥にてもあるならハ君か
行来をなく〳〵もなとか見
さらん返〳〵もうらやましの
庭とりやけにや八声の
とりとこそ名にも聞し
に明過て今ハ八声も数
すきぬ空ねかまさねか
うつゝなの鳥のこころや

『古今和歌集』巻第十四恋歌四の閑院の歌に（七四〇）、
おうさかの木綿つけ鳥にあらばこそ、きみが往き来をなくなくも見め
と見える。おそらく、これが、この権兵衛の小歌の前半の本歌であったろう。
この『古今』の歌は「中納言源昇朝臣（みなもとののぼるあそん）の近江介（おうみのすけ）に侍ける時、詠みて、遣れりける」（これは最初から読み下し文）と前詞をもっていて、「おうさか」は京都から近江大津へ抜ける峠道である。

もしもわたしが逢坂の関の「木綿つけ鳥」であったなら、あなたが峠道を行ったり来たりするのを、鳴きながら、見ていますものを。それがわが身は「木綿つけ鳥」ではない。ただ、あなたとの逢瀬を待って、いまは涙にくれております。

「木綿つけ鳥（ゆうつけどり）」は、『袖中抄』などが伝えている神事で、乱世にあって、都の四方の関で、「木綿」をつけた鶏を祀って、お祓いをしたという。「ゆう」は、コウゾの皮をさらして引き裂き、細く糸状にしたものをいう。なお『袖中抄』は寿永二年（一一八三）ごろに成った藤原顕昭の歌学書で、寿永二年こそは、木曽義仲が京都にやってきた年で、物情騒然としていた。「木綿つけ鳥」の神事は顕昭の現代史だった。

ただ、権兵衛の小歌は「あの鳥」と書いていて、いささかあいまいである。権兵衛もそれを承知か、「返すがえすもうらやましの庭とりや」と補足している。

そのあたりの権兵衛の歌作りに参考になったのは、『源氏物語』「総角」の、薫と大君が暁に別れる場面に、

> （薫は）あな、苦しや、暁の別れや、まだ知らぬことにて、げに惑ひぬべきを、と、嘆きがちなり。鶏も、いづ方にかあらむ、ほのかに音なふに、（薫は）京、思ひ出でらる。（薫）山里のあはれ知らるる声々に、取り集めたる朝ぼらけかな。（女君〔大君〕）鳥の音も聞こえぬ山と思ひしを、世のうきことは訪ね来にけり。

ああ、苦しいなあ、暁の別れだ。まだ経験したことがないことなので、じっさい、戸惑ってしまうよ、

と、薫君はお嘆きのことでした。どこにいるのでしょうか、遠く鶏の鳴く声も聞こえまして、薫君には、都のことをお思い出しなされたようでした。

そこで薫が贈り、大君が返す。この二首がなんともおもしろく、紫式部は「にはとり」と「とり」の言葉遊びを楽しんでいる。薫の歌は、めんどうでも、こう読み直すとよいと思う。「山里のあはれ知らるる声々を、声々に取り集めたる朝ぼらけかな」（山里の情趣を伝えるいろいろな物音が、いろいろと聞こえてくる暁なことだ）。

大君の返しはこう読み直すとおもしろいと思う。「鶏の音も聞こえぬ山と思ひしを、世のうきことは訪ね来にけり」。

「鳥」を「鶏」と読み、「山」をそのまま「山」と読んで、薫がいう「山里」に対抗させている。「鶏の鳴き声も聞こえない山中に住んでいると思っていましたのに、山里のめんどうなお付き合いは、やはり追いかけて来たのですねえ」。

じっさい、紫式部は、どこからともなく鶏の声が聞こえてきて、薫は都のことを思い出しましたと、「鶏」は「鄙」に対して「都」をいうと、皮肉たっぷりに書いているではないですか。ちなみに「都鄙（とひ）」は漢語の方の熟語で、「まち」と「いなか」、「みやこ」と「へんきょう」の対比をいう。

この小歌は、どうぞ数えてみていただきたい、正調もよいところで、きれいに七五調である。それだけに、「げにや八声の、鳥とこそ、名にも聞きしに、明け過ぎて、今は八声も、数過ぎぬ」のところ、「八声」は「やこえ」と三字に読まなければ調子がくるう。ところが「八声の鳥とこそ、名にも聞きしに」といわれても、じつはよく分からない。なにしろ『八代集総索引』を引いても、『古今』から『新古今』まで八つの歌集に、たったひとつしか「八声」は登場しないのだ。「明け過ぎて、今は八声も数過ぎぬ、空音（そらね）か正音（まさね）か、うつつなの鳥の心や」といわれても、「八声」そのものが「空音か正音か」分明でないということです。

たったひとつの「八声の鳥」というのは、『千載和歌集』巻第十五恋歌五の前中納言雅頼の歌に（九四八）に出る。

思ひかね越ゆる関路に夜を深み、八声の鳥に音をぞ添えつる

わたしは「新日本古典文学大系」版を見ているのだが、「ねをそそえつる」は原文ママである。歌は「隔関路恋といへる心をよめる」と前詞をもっている。「関路をへだつる恋といへる心を詠める」と読む。

耐えかねないほどのあなたへの思いを抱いて越える関路に夜も更けて、さらに深まって、やがて明け方、響き渡る八声の鳥の鳴き声に、わたしも音を添えたことでした。いいえ、もう、泣かずにはいられなかったのです。

まあ、『日本国語大辞典第二版』をはじめ辞書類が、『堀河百首』とか、『義経記』とか、あるいは『名語記』とかを引いて、いろいろな用例を紹介してくれているので、それでよいのだろうとは思うが、なん

にしても「八声」の「八」の根拠が分からない。辞書類に説明はない。能『逢坂物狂』の詞書の一節を写しているという。手元にその能の詞書の刊本がないので、その点についてはなにもいえない。

193　宇記も一時

うきもひととき、うれしきも、おもいさませば、夢候よ

宇記も一時うれしきもおもひさませハゆめ候よ

権兵衛は「宇記」としっかり書いている。わたしは書陵部蔵本の「権兵衛」しか見ていない。だから他の本のことは知らないが、なにしろおもしろい。「おかし」というところかな。『更級日記』も終わりに近く、「うらうらとのどかなる宮にて、おなじ心なる人、三人許、ものがたりなどして」と書き始める段につづいて、「同じ心に、かやうにいひかはし、世中のうきもつらきもおかしきも、かたみにいひかたらふ人、筑前にくだりてのち」と書き始める段が来る。そこがおかしい。「うきもつらきもおかしきも」と並べている。

「おかしき」は、その数段前に、「おかしともくるしとも見るに」と見える。「うきもつらきもくるしきも」に「おかしき」が対抗している。「うららとのどか」が助っ人にまわっている気配だ。

「うき」は「うし」の連体形で、自分をいたわる気持ちをいい、「つらき」は「つらし」のそれで、外に対して自己防衛的な気持ちをいう。「おかしき」は「おかし」の連体形で、「をこ」から来た。「をこ」は「尾籠」「尾滸」「痴」などと書き、愚かで、ばかげた様子をいう。

「おかしき」の助っ人は他にもいる。日記も中程を過ぎた頃合い、「あづまにくだりしおや（親）、からうじてのぼりて、西山なる所におちつきたれば、そこにみな渡（わたり）て見るに、いみじううれしきに、月のあかき、夜ひとよ、ものがたりなどして、かゝる世もありける物をかぎりとてきみにわかれし秋はいかにぞ、といひたれば、いみじくなきて、思事（おもふこと）かなはずなぞといとひこしいのちのほどもいまぞうれしき。これぞわかれのかどでといひしらせしほどのかなしさよりは、たひらかにまちつけたるうれしさもかぎりなけれど」と、なにしろ、この段、「うれしき」「うれしさ」のオンパレードである。

日記の書き手、菅原孝標女（すがわらのたかすえのむすめ）の「親」のことで、だから、孝標が任地の常陸からようやく帰ってきて、ということで、このとき、孝標六十四歳、娘は二十九歳だった。長元（ちょうげん）五年に常陸介（ひたちのすけ）として赴任して四年、長元九年（一〇三六）ということで、「西山」という土地については、よく分かっていないらしいのだが、なにしろ東ははるばると野で、比叡山が見えるという。稲荷山まではっきり見えるという。その屋敷にみんな久しぶりに集まった。それがうれしいという。

「南はならびのをかの松風」と書いている。「双の丘」と字をあてているようだが、現在の京都市の北東、宝ヶ池の東に東山、西に西山とよばれる高みがある。これをいっているのではないか。とすると岩倉の山荘に一時住んだということだったのではないか。『梁塵秘抄』の三八九歌に、「公達朱雀は木の市、大原、静原、長谷、岩倉、八瀬の人集まりて」と見える。その「岩倉」で、その北が「静原」だが、すこし離れすぎる（『わが梁塵秘抄』の「きんたちすさかはきのいち」の段をご参照）。

山荘のあたりまで棚田になっていたという。鳴子などを鳴らして、「為中(いなか)の心ちしていとおかしきに、月のあかき夜などはいとおもしろきを、ながめあかしくらすに」と、「おかしき」の助っ人に「おもしろき」も登場する。

「おかしき」「うれしき」「おもしろき」が「うき」「つらき」「くるしき」に対抗している。なにしろ孝標の娘のメモ書きは、感情の起伏が豊かで、後代の歌人たちに言葉の狩場を提供してくれる。

194　人目をつつむわが宿の

このほどは、人目を慎むわが宿の、
人目を慎むわが宿の、
垣穂の薄吹く風の、
声をも立てず、忍び音に、
泣くのみなりし身なれども、
今は誰をか憚(はばか)りの、

此程ハ人めをつゝむ吾宿
の〳〵かきほのすゝき吹
風のこゑをもたてすしの
ひねになくのミ成し身な
れとも今ハ誰をかはゝかりの
在明の月の夜たゝとも何か

しのハん杜鵑名をもかくさて
なく音かな〳〵

有明の月の夜ただとも、
何か忍ばん、杜鵑、
名をも隠さで、鳴く音かな、
名をも隠さで、鳴く音かな

＊いままでは、人目を忍んで、垣根の薄を吹き通る風のように、忍び泣きするわたしでしたが、いまはもうだれはばかることもない、有明の月の夜明けまで、夜通し泣きましょう。もう名を隠すこともない。ホトトギスは、その名を隠さずに、夜通し泣き明かしておりますよ。

「名をも隠さで、鳴く音かな」にはほとほとまいる。ホトトギスという鳥の名前はその鳴き声からきたと証言しているようで、それが本歌を探すとなると大変だ。ホトトギスを歌い込んだ歌は『万葉』にゆうに一五〇歌ほどある。ほど、というのは、わたしは「新日本古典文学大系」版をたよりに勘定してみたら一四五と数字が出たが、その数字にこだわるほどの自信はないということです。初出は巻第二の一一二歌、額田王の作で、

古尓　恋良武鳥者　霍公鳥　蓋哉鳴之　吾念流碁騰

というのだが、これは「いにしへに恋ふらむ鳥は霍公鳥、けだしや鳴きし、われおもへるごと」と読む。「おもへる」は「面へる」と漢字をあてるようで、「おもひあり」をちぢめたもので、その「おもひ」が

「おもて」に出るということで、「面へる」と書く。「霍公鳥」をホトトギスと読むのは初出の歌では保証されない。この鳥の名の由来と漢字のあて字はどこから来たのか。

「霍」は「かく」と読み、あわただしく飛ぶ鳥の羽音をいう。『廣漢和』は「霍公」とか「霍鳥」とかの熟語は示していない。「霍公」は「郭公」だと『日本国語大辞典第二版』はあっさり片づけているふうだ。「郭公」という字しか出さないのである。そうして「郭公」は「カッコウ」ではない。「ホトトギス」だったと、平安時代の『和名抄』や室町時代の『伊京集（いきょうしゅう）』などを引く。『万葉』の写本にはそれが「霍公」と書かれているようだなどという知識は切り捨てられている。

なにしろ巻第十五からは「保等登芸須」だの、「保登等芸須」だの、「保登等伎須」だのといった音表記が出現して（三七〇〜八五）、「霍公鳥」は「ホトトギス」と読めという。もっとも、大詰めに近く、巻第二十の四四三七番歌は、前詞に「霍公鳥」と書いて、本文に「富等登芸須」と書いている。次にホトトギスが飛んでいる四四三八番歌と、『万葉』で最後のホトトギスがらみの大伴家持の二首四四六三・六四番歌は「保等登芸須」ともとにもどっている。

命名については、巻第十八の四〇八四番歌と四〇九一番歌がなにかいっている。どちらもこれも大伴家持の作で、だから大伴家持の意見ということになるのか。

あかときに名のり鳴くなるホトトギス（保登等芸須）、いやめづらしく思ほゆるかも

卯の花のともにし鳴けば、ホトトギス（保登等芸須）、いやめづらしも名のり鳴くなへ

なるほど、なるほど、そういうことですか。ホ・ト・ト・ギッというぐあいに聞こえたのですね。ご感想ということでうかがっておきましょう。なにしろ『万葉』に一五〇歌からあるホトトギスがらみの歌のなかで、名を名乗って鳴くからホトトギスと名付けられたのだという意見は、わずか二首にしか出ないわけだから、ここはひとつ慎重にかまえたほうがよろしいようで。

世阿弥の能『清経（きよつね）』の一段である。

現行の能の詞書にくらべると、「有明の月の夜たゞ」が「有明月の夜ただ」となっているだけで、あとは同じである。平重盛の三男清経は、一門に同行して西国に落ちたが、行く末を案じて、九州豊前の柳ヶ浦で入水して自害した。都の留守を預かっていた妻のもとへ、家臣淡津三郎（あわづのさぶろう）が清経の遺品を届ける。子細を聞いた妻は、自害したとはあまりのことと、夫を恨む。権兵衛が転記した一節は、この段落でコーラスが謡う。

コーラスが終わったところで、ワキの淡津が、これが形見だと、髪の毛の束を示す。それを、ツレの妻は、そんなの、見るたびに憂いといって、「うさにぞ返す、本の社に」と、受け取りを拒む。それを受けて、コーラスが謡う。

手向返して夜もすがら、涙とともに思ひ寝の、夢になりとも見え給へと、寝られるに傾（かたぶ）くる、枕や恋を知らすらん、枕や恋を知らすらん。

その夢枕に、夫の亡霊が現われて、修羅の現状を語るというのがこの能の筋書だが、おもしろいのは、いましがた引用したコーラスの一節が「枕に寄せる恋（寄枕恋）」というテーマを謡っていて、これは権兵衛が十歌ほど前までしきりに凝っていたテーマである。そうして、また、このテーマがはっきり述べられているのは、『千載和歌集』巻第十三恋歌三の久我内大臣（こがないだいじん）の「包めども、枕は恋を知りぬらん、涙かからぬ夜半しなければ」（八一二）である。ここに「つゝめとも」が権兵衛の小歌の「人めをつゝむ吾宿」に照応して、なかなかおもしろい。

195　むら時雨

篠の篠屋のむら時雨、
あら、定めなのうき世やなう

篠のしの屋の村時雨あら
さためなのうき世やなふ

水戸彰考館所蔵本には、「篠」に「さゝ」と振り仮名が見えるという。この振り仮名は信用できない。「篠」は、このばあいは「すず」と読み、「すずの篠屋」は平安後期以来歌語になっていた。『日本国語大辞典第二版』の「すず（篠・篶）」の項に「すずの篠屋」という熟した言いまわしの案内があり、「永久三年十月二十六日内大臣忠通後度歌合（ただみちごどうたあわせ）」に、

宮木野のもとあらの小萩霜枯れて、すすのしのやもかくれなきかな

と見えるという。その他、『広本拾玉集(こうほんしゅうぎょくしゅう)』『莵玖波集』から用例を紹介している。

ところが、本項の解説を見ると、一に植物、篠竹の異称と定義して、それはよいのだが、はじめに「梁塵秘抄（一一七九ごろ）拾遺」として、

甲斐にをかしき山の名は、白根波埼塩の山、室伏柏尾山、すずの茂れるねはま山

と引いている。これには問題がある。そもそも出典に根拠がない。

『梁塵秘抄』に「拾遺」はない。ここで「拾遺」といっているのは、小学館版『梁塵秘抄』の校注者新間進一・外村南都子が、『梁塵秘抄口伝集巻第十』と呼ばれる写本に見える歌らしいもの三首と、『夫木(ふぼく)和歌抄』から二首、『梁塵秘抄』初出のものとして、また初出のものとみなされるものとして、あわせて五首を「拾遺」として立てたものらしい。典拠として存在するものではない。解釈にすぎない。だから『日本国語大辞典第二版』が「すず」の出典として「梁塵秘抄拾遺」を立てるのは当を得ていない。

『夫木和歌抄』に『梁塵秘抄』から拾ったという但し書きが見えるとしても、肝心の典拠の方にそれはない。というよりも、あったかなかったか、それを知る手立てがない。そのことについては、『わが梁塵秘抄』の「解説」をごらんいただきたい。

「拾遺」は『梁塵秘抄口伝集』なる文章群から三首引いているが、こちらはたしかに文章中に島のように見える。ただし、どうぞ『わが梁塵秘抄』の「解説」をごらんいただきたいのだが、いわゆる『梁塵秘

抄口伝集』なるものは、『梁塵秘抄』とは直接関係はない。『梁塵秘抄』編纂に後白河法皇が関与したというのは説に過ぎない。実証的裏付けの皆無の伝説である。

「うき世」だが、これに「憂き世」と漢字をあてる人が多いが、「うき世」とそのまま放っておく人もいる。なにしろ「宇記も一時（193）」で「宇記も」と書いている。宮内庁書陵部本の筆生は、なにしろ、端倪すべからざる御仁だ。ここは「浮き世」と書いてもよいのではないでしょうか。

196　ひとり板屋

せめて時雨よかし、
ひとり板屋の淋しきに

せめて時雨よかしひとり板
屋のさひしきに

「身の程のなきも（234）」に、

身の程のなきも、慕うも、よしなやな、
あはれ、一村雨の、はらはらと降れかし

と見える。

「よしなや」は、いちはやく序歌「花の錦の(1)」に見えて、そこで、「よしな」は「よしなし」の語幹をとった名詞形であること、なんと「よしなし」は「八代集」にたったの一例しか出ないことを紹介しておいた。だから、これはもう、文脈に沿って読むしかない。「よしなや」から「身の程のなきも、慕うも」と「一村雨のはらはらと降る」が出てくるわけではない。

「身の程のなきも、慕うも」と「一村雨のはらはらと降る」を「よしなやな」が繋いでいるわけで、「よしなやな」の「やな」は、間投助詞「や」と終助詞「な」を重ねたもので、感動や詠嘆の意をあらわすという。まあ、そんなもんですかと、なげやりな気分もあらわすのではないか。

能の『八島』に「不思議やな、はや暁にも成やらんと、思ふねざめの枕より、甲冑を帯しみえ給ふは、もし判官にてましますか」。あるいは、その条のつづきに、「おろかやな、心からこそいきしにの、海共みゆれ真如の月の」と見える。なんとふしぎなことだ、とか、なんとおろかなことだったとか、そんなふうに開いて読むとよい言いまわしらしい。

『梁塵秘抄』三五五(三七二)歌に、「くすりの御牧の土器造り、土器は造れど、娘の顔ぞよき、あな美しやな、あれを三車のよつるまの愛行手車に打ち載せて、受領の北の方と言わせばや」と、こちらはもっと分かりやすい。「あな」と強調している。なんと美人だと、手放しで礼讃している。『わが梁塵秘抄』「つねにこひするは」の条をごらんください。

だから、「身の程のなきも(234)」の方は、「なんと、それほどの者ではないということも、人を恋することも、由無し事ですねえ。どうにもなんないですねえ。あわれなもんです。おや、時雨ですか。屋根に雨音がする」。

なにも女性の歌にちがいないときめつけることはない。

そこで問題の小歌「ひとり板屋」の方に立ち返ると、「板屋」だが、これは「時雨」にかけて、少々作りすぎではないか。せめて、時雨がパラパラと音を立てて板葺きの屋根に降って欲しい。なにしろひとりで淋しいのだから、ということなのですか。

『更級日記』に、「その五月のついたちに、姉なる人、子うみてなくなりぬ」と書き始める段に、「かたみにとまりたるおさなき人々を左右にふせたるに、あれたる板屋のひまより月のもりきて、ちごのかほにあたりたるが、いとゆゝしくおぼゆければ」と見える。月光に対する禁忌がうかがわれる文章で、「板屋」の絵作りは、本歌取りで、そういうふうだった。

197　思ふふたりひとりね

せめて、思うふたり、
ひとり寝もがな

せめて思ふふたりひとりね
もかな

＊思い思われるふたりだ、せめて相手を思いながらの独り寝でありたいものだ。

198
ひとりねしよの

独り寝し夜の、憂やな、
二人寝、寝そめて、
憂やな、独り寝

ひとりねしよのうやなふたり
ねねそめてうやな独ね

「ひとりねしよの」の「よ」を「も」と読む向きがあるが、書陵部蔵本は「与」のくずしの「よ」だ。もっとも写本の筆生は、「ふたりねねそめて」と「ね」を踊り字表記にしていない。それは「祢寝そめて」とちがう漢字をくずしているのだから、それでいいのだという意見もあるようだが、まあ、見方によっては筆生の書写がぞんざいだということの証拠になるわけで、だから「よ」を「も」と読まれてもしかたがないか。

＊独り寝の夜はゆーうつだなあ。二人寝の味占めちゃったものだから、ゆーうつだよ、独り寝は。

199　人のなさけの

人のなさけのありし時なと独
ねをならはさるらん

人の情けのありし時、
など、独り寝を習はざるらん

往時、ガリアのパリスにエロイーサとアバエラルドゥスという名の恋人たちがいた。あるときエロイーサがアバエラルドゥスに提案するには、逢うのにもっと間をあけましょう。そうすればもっともっと愛することができる、と。

この話、思い出すたびに泣けてくる。これこそは愛の至言ではなかろうか。

思ひやる心は君に添ひながら、
何の残りて恋しかるらん（84）（上、二五四頁）

＊離れてあるのが愛の極意である。あの人がこころを寄せてくれていたあのときにこそ、独り寝を学ばなければいけなかったのだ。それが至高の愛をあの人に捧げる手立てだったのだ。

200　ふたりねし物

二人寝しもの、ひとりも、ひとりも、
寝られけるぞや、
身は慣はしよなう、
身は慣はしのものかな

ふたりねし物ひとりも〳〵ね
られけるそや身ハならハし
よなふ身ハならハしの物哉

『古今和歌集』巻第十一恋歌一の五一八番に、

人の身も、慣はしものを逢はずして、いざ心見む、恋や死ぬると

がある。この歌は、それに先立つ五〇七番歌、

思ふとも恋ふとも逢はむ物なれや、結ふ手もたゆく解くる下紐

との関わりで読むとおもしろい。

人を思い、人を恋うといっても、逢わないのが恋の慣わしなのだろうか、下紐を結う手が、気が付けばおろそかになっていて、下紐は解けている。

この『古今』の歌は、『万葉集』巻第十一の二四〇八番歌とその次歌、

まよね掻き鼻ひ紐解け待つらむか、いつかも見むと思へるわれを

君に恋ひうらぶれをれば悔しくも、わが下紐の結ふ手いたづらに

の前後の「下紐」シリーズを本歌としている。そのあたりの事情については、権兵衛の序歌「花の錦の(1)」の注釈に紹介した。

『古今』から『万葉』へ帰って、「恋の慣はし」を権兵衛は歌う。

二人寝をだらだらつづけているのはまことの恋ではない。独り寝こそが恋の慣わしなのだと、『古今』や『万葉』の歌人は権兵衛に教える。これが本歌取りである。

201　ひとりねはするとも

独り寝はするとも、
嘘な人はいやよ、
心は尽くいて、詮なやなう、
世の中の嘘がいねかし、嘘が

ひとりねハするともうそな人ハ
いやよ心ハつくひてせんなやなふ
世中のうそかいねかしうそか

「いやよ」の言いまわしが女を思わせると諸家は断じ顔だが、「うそ」については、「梅花ハ雨に（10）」「花うつほ（16）」「人はうそにて（17）」がすぐ思い出される。「人はうそにて」には「うそ」と「よ」が同居していて、まてよ、これが参考になるのではないかな。

人は嘘にて暮らす世に、
なんぞよ、燕子が実相を談じ顔なる（17）

「いやよ」が「なんぞよ」に響いて、なるほどこれはいまふうの女言葉なんかではないのだと納得する。古語辞典は、この「よ」は、これは間投助詞で「や」の同類だが、「や」とはちがい、詠嘆の思いは薄く、呼びかけの調子が強いという。そう言われれば「なんぞ」も「いや」も詠嘆の意をあらわしているわけではない。

それにしても「うそな人」はおかしい。「うその人」をこう書いている。さかのぼって用例をさがせば、「むら時雨(195)」に「さだめなのうき世」がある。「あの鳥(192)」に「うつつなの鳥の心」がある。ともに「さだめなし」「うつつなし」の形容詞の語幹だけを体言に使う用例で、それが下の体言を形容する助辞に「の」をとっている。それがここでは「うそな」と「な」をとっている。これにならえば「さだめなうき世」「うつつなな鳥の心」と書くことになる。

『日本国語大辞典第二版』の「な」(格助詞)の項の冒頭に「体言を受け、その体言が下の体言の修飾にたつことを示す上代語」と説明が見え、用例に『古事記』、『日本書紀』、『万葉』につづいて、いきなり俳諧が来ている。この用例の「な」が、室町時代から江戸時代にかけてどう展開したか。そのあたりおもしろい。権兵衛の言説か。それとも書陵部蔵本の写本の筆生が書き換えたか。

＊独り寝はいとわない。しかし、嘘つきはいやだ。人を思って独り寝はしても、その人が空言をいう人だったら、詮ないことだ。世の中から嘘がなくなればいいんだ、ほんとうに。

202

ただ置いて

ただ置いて、霜に打たせよ、
夜更けて来たが憎いほどに

たゝおいて霜にうたせよ
夜ふけて来たかにくひ程に

「霜に打たせよ」といわれても、よく分からない。霜は置くもので、霜が置くがままにしておけという意味か。それとも霜は降るともいう。そこからの連想で、降る霜に打たれるがままにしておけという、これは権兵衛独特の節まわしか。

霜が置く、霜が降るは、『万葉』巻第一の志貴皇子（しきのみこ）の歌（六四）、

葦辺行く鴨の羽がひに霜降りて、寒き夕べは大和し思ほゆ

また、巻第二の磐姫（いわのひめ）皇后が仁徳天皇を思って作った歌四首のうち（八七）、

ありつつも君をば待たむうちなびく、わが黒髪に霜の置くまでに

また、「或る本の歌に」ということで、その四首に付加された歌（八九）、

居明而、君をば待たむぬばたまの、わが黒髪に霜は降るとも

あるいはまた、『古今』巻第十四恋歌四の六九三番歌、

君来ずは、寝屋へも入らじ、こ紫、わが元結に霜は置くとも

というふうにたくさんあるが、『梁塵』の三三九番歌に、

われを頼めて来ぬ男、
角三つ生いたる鬼になれ、
さて人に疎まれよ、
霜雪霰降る水田の鳥となれ、
さて足冷たかれ、
池の浮草となりねかし、
と揺りかう揺り、揺られ、歩け

というすばらしい歌がある。どうぞ『わが梁塵秘抄』の第七段の注釈をごらんください。この絶唱こそが権兵衛の本歌だったのではなかろうか。

なお、『万葉』八九歌の初句「居明而」の読みは本居宣長の『玉勝間』に「をりあかして」の読みが指示されているからというので、従来からそう読まれているが、わたしは「ゐあかして」の方が音の響きがよいと思う。「ゐる」は横にならないで、座ったままでをいう。女は臥所に入ることをせず、ただ座ったまま、男を待つ。『後拾遺和歌集』巻第十三恋三の和泉式部の名歌（七五五）、

黒髪の乱れも知らず、打ち臥せば、まづ掻きやりし人ぞ恋しき

の境地に至るまでに、わたしの黒髪には霜が降るだろうとはねえ。そんなに悲観することはないですよ。男の方が、けっこう、女の家の外の暗闇にうずくまって、女の家に入ろうときっかけをうかがっているのかもしれないではないですか。

203 とてもおりやらば

とてもおりやらば、
宵よりもおりやらで、
鳥が鳴く、
添はば、幾程、あぢきなや

とてもおりやらハよひよりも
おりやらて鳥かなくそはゝいく
程あちきなや

＊どうせお出でになるのなら、宵のうちからお出でなさいよ。もうそろそろ鶏が鳴きますよ。明け方ですよ。添い寝してみたところで、そんなに時間がありはしない。なんと、あじけないこと。

「おりやる」は「しやつと(87)」と「おりやれ(267)」にも出る。「しやつと」の注は「しやっと」に気が

取られたフリをして、「おりやれ」については逃げた。「おりやれ」で、「おりやれ」は読みとしては「おりゃれ」で、「く」の丁寧語と、分かったような注釈を下して、「しやつと」と「とてもおりやらば」の参照を指示したりなんかしている。ここにツケがまわってきて、さて、「おりやる」について考えてみなければならない。

『日本国語大辞典第二版』を見ると、「おりゃる」で項が立っていて、「お入りある」の変化した語であり、「いる」「来る」「行く」「ある」の意の敬語と説明を置いて、「謡曲・烏帽子折（一四八〇ごろ）」からということで用例が引かれ、つづいて「『閑吟集』（一五一八）」からということで、「おりやれ（267）」が用例として引かれている。

『能楽史年表』の永享四年（一四三二）三月十四日の記事に、「伏見宮御所に御香宮猿楽楽頭矢田（丹波猿楽）の猿楽一番ののち甚雨により大光明寺に移して再開す。深更に及び十一番終わる。近来の伏見御所の猿楽は大通院（伏見宮栄仁親王）以来のことゆえ珍重々々。曲名みすず・かつほの玉・すみた川・三蔵法師・自然居士・九郎判官東下向・重衡・よこ山・井出玉水・曽我五郎元服・しつか（看聞御記）」と見える。

この十一曲のうち『九郎判官東下向』は『烏帽子折』の旧名だという。金売吉次に連れられて陸奥に向かった牛若丸は、近江の鏡宿で烏帽子職人（烏帽子折）に烏帽子を作ってもらう。『平治物語』には、その夜、牛若は自分で髪を結い、もとどりを作って、烏帽子を着たと見える。牛若丸、元服して源九郎義経。美濃の赤坂宿で、盗賊の頭熊坂長範が、手下を率いて押しかけてくる。この能の終わりの段は、義経の盗賊退治の活劇を描いている。

この『九郎判官東下向』あるいは『烏帽子折』は、もうひとつ、その十一曲のうち『曽我五郎元服』とともに、「宮増」という名の能作者の作とされている。奥書に永正十三年（一五一六）の日付をもつ『自家伝承』という能の曲名集が、ほかに二十六曲ほどと一緒に、「宮増」作と伝えているという。

また、ほかにも『能本作者注文』という、これは奥書に大永四年（一五二四）の日付をもつ曲名集があって、それには『元服曽我』（『曽我五郎元服』の別名）が、ほかに九曲とともに、「宮増」の作と書かれているという。

どうやら、観世と金春のふたつの流派と付かず離れず、大和、伊勢、近江といったところに、群小の猿楽の座が活動していたらしいのである。そのどこかの座の能役者として、また鼓打ちとして、あるいは能作者として、観世、金春にならぶ評判をとったのが「宮増大夫」の家系だったのではないか。記録は永享年間から出始めるということである。

『大乗院寺社雑事記』という日記の文明十年（一四七八）八月二十日と二十二日の記事に「宮増大夫」の名前が見える。それが、なにか、ふいに現われてすぐ消えてしまったという感じなので、研究者のあいだに戸惑いがあるようだ。なにか奈良の猿楽座と宇治の猿楽座との確執があったようで、そこに八月二十日に「宮増大夫」の名前が現われて、二日後の二十二日に「旅に出た」というのである。

もうひとつ、これは刺激的な資料で、金春座系の鼓名人だった宮増弥七のあらわした『風鼓尊若伝書』があって、これは奥書に明応八年（一四九九）七月十四日の日付をもっている。金春弥七、あるいは宮増弥七という鼓の名人がいて、どうやら弟の弥六とともに、現在の三重県多気郡大台町下楠に住んでいたようなのだ。

その伝書の奥書に、「伊勢の国北方の、下楠という在所にて、宮増大夫よりこのかた、我等まで三代所持仕り候」と見える。だから、永享年間から明応八年のいまにいたるまで、三代、代々「宮増大夫」の名をとっていた猿楽師の家系が伊勢にあったということらしい。

『九郎判官東下向』あるいは『烏帽子折』と呼ばれている能は、あるいはこの伊勢の猿楽師の家系に伝えられた能であったかもしれない。じっさい、これはきわどい話で、現在『熊坂』の名で能曲集によく入れられる能があって、わたしはそれを「新日本古典文学大系」の『謡曲百番』で見ているが、これは『九郎判官東下向』あるいは『烏帽子折』の改作だったらしく、なんと初演は永正十一年（一五一四）に、奈良で「四座立合の祈雨祈願能」の一曲としてだったと、「新日本古典文学大系」版の『熊坂』の「解説」に見える。それが、『能楽史年表』には載っていないので、なにか不安な気持ちなのだが。

『九郎判官東下向』あるいは『烏帽子折』が、出来事の現在形を描いているのに対して、『熊坂』には、「熊坂長範の霊」が登場して、往時の事件を語るという筋書になっていて、だから「幽霊熊坂」とも呼ばれる。だから、これは改作だと見られているのだが、これもまた「宮増大夫」の仕事かどうか、そのあたりは分明ではないという。

権兵衛あるいは宗長は『熊坂』を写して小歌をひとつ作っている。「流転生死を離れよ(271)」がそれだが、どうもその小歌が、『閑吟集』全体三一一番のうち、そろそろ終わりに近い271番の小歌であることがなにか暗示しているようで、とてもおもしろい。わたしがいうのは、権兵衛あるいは宗長は、永正十一年の奈良の「四座立合の祈雨祈願能」に立ち合ったかどうか。

どうして、もっと踏み込んで物をいわないのかですと？　いいえ、さすがのわたしもそこまではいえない。そんな、権兵衛こと宗長こそがナゾの宮増大夫だったのだ、なんて、そんな。

「おりゃれ」は「お入りある」からだという『日本国語大辞典第二版』の言い分を聞き届けようと、ずいぶんと横道に逸れてしまったが、それだけのことはあって、なにしろ『謡曲・烏帽子折』こと、能の『九郎判官東下向』あるいは『烏帽子折』は、それは『日本国語大辞典第二版』がいうように、「一四八〇年ごろ」とまでは特定できないとしても、それ以前、永享年間（一四三〇年代）、すでに能の楽式をそなえていたようで、それは『日本国語大辞典第二版』の引用する文節が、そっくりそのまま永享年間の能楽空間に浮かんでいたとかなんとか、そういうことではないにしても、どうやら権兵衛の小歌のなかにとりこまれるずっと以前に、もう、あったことはたしかなようだ。

だからといって、「おりゃる」は「お入りある」からだと納得できるかどうか。なにしろ辞書の引く用例文に「をりゃる」のたぐいが多すぎる。わたしがいうのは、「をり（居）」の立場を考えてやってもよいのではないか。いいえ、もちろん、これは冗談で、本気ではない。

204　頼むまじの一花心（ひとはなごころ）

霜の白菊、移ろひやすや、なう、しや、頼むまじの一花心や

霜の白菊うつろひやすや
なふしやたのむましの一花
こゝろや

「頼むまじ」がやっかいだ。「たのむ」は「頼りにする、期待する」の意味の四段活用の動詞と、「頼りにさせる、期待させる」の意味の下二段活用の動詞と二種類あって、『万葉集』からその両方の用例が出ている。「ただ置いて（202）」の注釈で紹介した『梁塵秘抄』の歌の「われを頼めて来ぬ男」は、下二段活用の方の用例で、『わが梁塵秘抄』でわたしは「頼れるんだとわたしに思わせておいて、来なくなった男め」と読み下した。接続助詞「て」は活用語の連用形につくから、下二段活用の方の「たのむ」である。四段活用の方だと「頼みて」となる。

「頼むまじ」の「まじ」は「べし」の反対語で、推量や意志の打ち消しを意味する助動詞である。これは平安時代中期から使われるようになったらしく、しかも和歌ではめったに使われない。そのめずらしい用例を『日本国語大辞典第二版』が引用していて、『後拾遺和歌集』巻第十六の九二八番だが、

嘆かじ、な、つゐにすまじき別れかは、これはある世にと思ふばかりぞ

の「すまし」がそれだという。別れをするはずがなかったのがついに別れをすることになった、ああ、嘆くまい。

『竹取物語』や『おちくほ物語』にはじまって、『源氏物語』『枕草子』と物語、随筆物に「まじ」はふつうに使われていて、『竹取物語』も後段に入って、朝廷から出仕の要請があって、「かぐや姫」は固辞する。いっそ死にたいなどという。そこで翁は「死に給へきやうやあるへき」と「へき」を連発する。「死ななければならないわけなど、あるはずがない」。

この「へき」を控えに、「天下の事は、とありともかくありとも、御命の危うさこそ大きなる障りなれば、なお、仕うまつるまじき（ましき）ことを参りて申さん」という翁のセリフが置かれる。文節最後の「まし」が「へき」に対置されている。

「とありともかくありとも」は、これもまた、先にご紹介した『梁塵秘抄』の三三九歌の最終行に「と揺りかう揺り」の類型で、「と」と「かく」のふたつの副詞が「あり」という動詞をとったかたちである。「と」と「かく」は空間的には「ここ」と「あそこ」、時間的には「いま」と「いつかのいま」をいう。これについては、「このてかしは(168)」をご参照ください。

だから、ここのところは、「天下の事は時空眺め渡して色々あるが、なにしろおまえの命の事が爺にとって一番大事なのだから、ともかく、お仕えすることはできませんと、御所に伺って、申し上げてこよう」。この「まし」は否定的意志をあらわしている。

権兵衛の小歌に帰って、「しや、頼むまじの一花心や」の「たのむまし」もまた否定的意志をあらわしている。「まし」は動詞の終止形をとるが、室町時代から未然形をとる用例も現われる。なぜ「室町時代から」などとあいまいな紹介の仕方をするのかというと、参考にした古語辞典や国語辞典は、未然形についた用例として、やれ『どちりなきりしたん』だ、『金刀比羅本平治物語』だ、『義経記』だ、『好色一代男』だと、雑然と挙げているだけだからである。

かりに未然形をとったと仮定すれば、四段活用では「頼ままじ」、下二段活用では「たのめまじ」と変化するが、終止形は両者とも「頼む」だから、ここは問題ないわけで、まあ、文脈から四段活用の方でしょう。「ええい、頼みになんかするもんか、どうせ一時の浮気心でしょうよ」。

＊霜が降った白菊のようなものさ、うつろいやすいこと、ええい、頼みになんかするもんか、どうせ一時の浮気心でしょうよ。

205　霜の白菊

霜の白菊は、何でもなやなう

霜のしらきくハなんてもなや
なふ

＊霜の白菊なんていってみたところで、なんということもないねえ。

206
君こずは

君来ずは、こ紫、
わが元結に霜は置くとも

君こすハ小紫わかもとゆひ
に霜ハをくとも

『古今和歌集』巻第十四恋歌四（六九三）、

君来ずは、寝屋へも入らじ、こ紫、わが元結に霜は置くとも

を本歌にとっている。

あなたのお出でを、こうして、家の外で待っている。いいえ、寝間には入らない。わたしの髪を束ねる紐
束に霜が降りつもろうとも。

「きみこすは」に「こむ」の音が隠されていて、「ねやへもいらし」の情景描写に読み手が心をとられて

いるすきをするりとぬけて「こむらさき」とつける。『古今』の歌人はなんとも技巧派だ。

　それにくらべて、われらが権兵衛の歌はなにか。「君こすは」、なんだというのか。「ねやへもいらし」が抜け落ちちゃって、本歌がなければ読めない。だから、本歌を前提にした作歌である。

　それだけに、というか、そのくせというか、なにしろ本歌に合わせて「をくとも」などと書いている。書いている気配だというか。なにしろ事は双方ともに写本の筆生とのつきあいだろうからだ。なにしろ「をくとも」は「おくとも」の方がよい。

207　さくさくたる

さくさくたる緒の響き、
松の嵐も通い来て、
更けては寒き霜夜月を、
こさんに送るなり

索〳〵たる緒のひゝき松の嵐も
かよひ来てふけてハさむき
霜夜月をこさんに送也

『拾遺和歌集』の四五一番の、巻第八雑上の斎宮女御（さいぐうのにょうご）の歌、

琴の音に峰の松風通ふらし、いづれの緒より調べそめけん

このあたりが歌の前段の本歌らしい。

「さくさく」は物の擦れ合う音をいい、松林に風が通る音についてもいう。

琴の音がかそけく聞こえる。峰の松林を吹き抜ける風の音がそれにまじる。松風はいったいどの尾根の松林を緒に見立てて調べを合わせているのだろうか。

歌の後段は『和漢朗詠集』を見なければならない。ところがわたしの手元には川口久雄氏の『和漢朗詠集全訳注』しかなく、これは原詩の読み下しで編集されている。原詩の書誌学的理解はわたしには遠いが、ともかくそれを見ると、「管絃」の部に、延べ番号で四六二番ということで、玄宗皇帝の管絃の遊びを叙す公乗億（こうじょうおく）の「連昌宮賦（れんしょうきゅうのふ）」に、

一声ノ鳳管（ほうかん）ハ　秋秦嶺（しんれい）ノ雲ヲ驚カス　数拍（すはく）ノ霓裳（げいしょう）ハ　暁緱山（こうさん）ノ月ヲ送ル

と見えるという。

「鳳管」は笙の笛をいう。「秦嶺」は陝西省南部を東西に走る山脈。「霓裳」は虹のように美しい裳裾、転じて仙人の着物。また「霓裳羽衣（げいしょううい）の曲」をいう。玄宗皇帝が作ったといわれる天女を歌った舞曲。

問題は「緱山」だが、川口氏は「現代語訳」に「緱氏山頭の有明けの月」と書き、「語釈」に「緱子山とも。

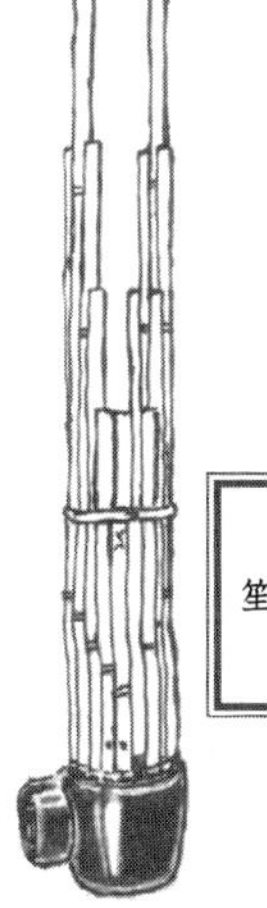
笙

洛陽の南にある嵩山の一峰」と書いている。

『閑吟集』注釈の諸本は、わたしの見たかぎり、これに準じている。ある本はそれに「こさん」と読み仮名を付し、またある本は「緱氏山」といいかえている。ところが『廣漢和』には「緱山」と熟した名辞の案内はない。川口氏のいう「嵩山の一峰」だが、これは「嵩」は「しゅう」だが、『廣漢和』は慣用読みで「すう」とし、「すうさん」は河南省登封県の北にある五岳の一つ、中岳で、古来名山と知られる。三峰あり、中を峻極、東を太室、西を小室というと説明している。「こさん」が嵩山の一峰だとしたら、もう一峰あるということなのだろうか。

「嵩山」は「嵩高」とも呼んだと『爾雅（じが）』や『史記』に出ると『廣漢和』は教えてくれる。「緱山」や「こさん」は、もしや「嵩山」そのものをいっているのではないか。「秦嶺」に対応するのは「嵩山」ではないだろうか。

笙の笛の一吹きは秦嶺にかかる雲を動かし、霓裳羽衣曲の吹き回しは、暁の月が嵩山の峰に沈むのを送る。

*琴の音がかそけく聞こえる。峰の松林を吹き抜ける風の音がそこにまじる。夜更けて寒い霜夜の月が嵩山の峰にかかっている。

208
あかつき月よ

霜降る空の暁月夜なう、さて、
わごりよは帰らうかなふ、さて

霜ふる空のあかつき月よ
なうさてわこれうハかへらうか
なふさて

「暁月夜」は「あかつきづくよ」と読んで、本歌は、わたしの見るところ三個所にある。「夜」は「夕月夜」などの「夜」と同じで、それ自体意味はもたない。「暁の月」という意味だが、ただ、その残月がかかっている空のあたりを「暁月夜」ということもあるので、「夜」にはそれなりの意味の賦与力がついていたと解釈することもできる。

『土佐日記』の「一月十七日」の条。

十七日(とをかあまりなぬか)　曇れる雲なくなりて、暁月夜いとおもしろければ、舟を出だして漕ぎゆく。

『源氏物語』「賢木(さかき)」の「源氏と朧月夜の逢瀬」の段。

夜深き暁月夜のえもいはず霧りわたれるに。

同「初音」の「おとこたうか」が六条院に来る条。「男踏歌」は正月十四日の宮中行事。

影すさましき暁月夜に、雪はやうくふりつむ

暁の空に月は皎々と照らして、というほどの意味合いである。

諸家の読みはそれぞれ個性的である。共通するのは「あかつき月よ」の「よ」を「に」と読んでいることである。この「よ」は「与」のくずしで書いていて、たしかに「尓」のくずしの「に」と読めなくはない。しかし、「に」のばあいは縦の鉤棒の線が長く強い。児玉幸多編『くずし字用例辞典』を見ると、「にしき」の「に」と、「よし」の「よ」がかろうじて似ているといえばいえるが、さて、権兵衛の写本に照らし合わせると、「よし」の「よ」の方に軍配があがる。

209 鶏声茅店月

鶏声茅店月　鶏声茅店月人迹板
人迹板橋霜　　橋霜

温庭筠の「商山早行」と題する五言律詩の第三・四句である。『廣漢和』などに拠って、原文を復元すれば、

晨起動征鐸　客行悲故郷　　あしたに起きて、征鐸を動かし、客行、故郷を悲しむ。
鶏声茅店月　人迹板橋霜　　鶏声、茅店の月。人迹、板橋の霜にあり。
槲葉落山路　枳花明駅牆　　槲葉、山路に落つ。枳花、駅牆に明らか。
因思杜陵夢　鳧雁満回塘　　因りて思う、杜陵の夢、鳧雁、回塘に満つ。

朝早く起きて、出発の鈴を鳴らす。旅にあって、故郷を思う。鶏の声が聞こえて、見上げれば茅葺きの屋根の上に月が残る。板橋に霜が降って、人の歩いた足形が見える。ヤドリギの葉が山路に落ちていて、駅舎の垣根にカラタチの花が咲いている。夢見るように杜陵のことを思う、曲がりくねった池の堤にカモやガンがたくさんいた。

「征鐸」はじつはわからない。『廣漢和』に出ない。「鐸」は鈴で、英訳者は「ベル」と訳しているよう

だ。宿の玄関に吊してあって、朝方、出発する客はそれを鳴らすことになっていたのか。車の鈴と解釈する人もいるようだ。ある英訳では「動征鐸」を「リンギング・ベル」と現在分詞構文で訳をつけている。車に乗って、ベルを鳴らしながら、という読みか。

「人迹」の「迹」は「跡」の異体字で、森鷗外の『山椒大夫』などを見れば、ふつうに出てくる。しかし、『閑吟集』以外にどういうテキストがこの字体を使っているのか、わたしはさだかに調べたわけではない。

「槲葉」は『廣漢和』の読みで、「槲」はヤドリギで、ご丁寧に、ヤドリギについての注を入れている。だから確信犯だが、「槲」の誤字と別立てで指摘もしている。「かしわ」である。問題は「枳」との関係の季節感で、「枳」は「からたち」で、春、葉を伸ばす前に「からたちの花」を咲かせる。三月ごろの感覚だ、「かしわ」は冬の間、「かしわ餅」の葉を保って、春先に葉を落とす。両者の関係の季節感はこれでよいようですね。だからここのところ、「ヤドリギの葉が」のところは、「かしわ葉が」と修正。

「杜陵」は「楽遊原」のことだと解説されてきたが、じつはこれもわからない。「楽遊苑」ならば、長安の南にあった庭園で、なんでも漢の宣帝が廟を建てたところだという。『廣漢和』に『漢書』「宣帝紀注」からということで、「杜陵の西北にあり。宣帝、廟を曲池の北に立て、楽遊と号す」と解説している。なんでも曲がりくねった池の堤で知られていたところらしい。だから「楽遊苑」がそのまま「楽遊原」ではなさそうだ。なにしろ「杜陵の西北にあり」といっているのだからと、そのあたりの見当はつくが、「杜陵」はつまり杜甫の生地を指しているとか、杜甫の号のひとつが「杜陵野老」だったこともこれに関係するとか、そんな大胆な推測はとてもではないが、わたしの身に合わない。

210　帰るをしらるるは

帰るを知らるるは、
人迹板橋の霜のゆえぞ

帰るをしらるゝハ人迹板橋
の霜のゆへそ

権兵衛の筆生はなんとも自由奔放に書いていて、なにしろ「帰る越し羅るゝハ」と、こうなのだ。「人迹板橋の霜」は、字面そのまま、右隣の前歌のと同じに書いている。

＊朝帰りだと知られたのは、温庭筠（おんていいん）の詩ではないけれど、人迹板橋（じんせきはんきょう）の霜のせいってこと。足形にそれと知れる。

211

橋へ廻れば

橋へ廻れば、人が知る、
湊の川の塩が引けがな

はしへまはれは人かしる湊
の川の塩かひけかな

＊朝帰り、橋へ廻れば、霜を踏んで、足形を残して、人に知られる。入江の潮が引いて、渡れるようになっていればいいなあ。

212

橋の下なる

橋の下なる目目雑魚だにも、
ひとりは寝じと、上り下る

はしの下なるめゝしやこたにも
ひとりはねしとのほりくたる

＊橋の下には雑魚が群れをなして泳いでいる。雑魚どもさえが独りで寝るなんてことはすまいと上り下りしているんだなあ。

213

小川の橋を

小川の橋を、宵には人の、
あちこちわたる

小川の橋をよひにハ人のあ
ちこちわたる

*宵ともなると、小川の橋は賑わうねえ。人があちこち行ったり来たりしている。

214

都の雲居を

都の雲居を立ち離れ、
はるばる来ぬる旅をしぞ思ふ、
衰へのうき身の果てぞ、かなしき、
水ゆく川の八橋や、
蜘蛛手に物を思へとは、
かけぬ情けのなかなかに、
慣るるや、恨みなるらん、
慣るるや、恨みなるらん

ミやこの雲ゐをたちはなれ
はる〳〵来ぬる旅をしそおもふ
おとろへのうき身のはてそ
かなしき水ゆく川の八橋
やくもてに物をおもへとハ
かけぬ情の中〳〵になるゝや
うらみなるらん〳〵

能『千手（せんじゅ）』の詞書に同文が見られる。現行の能のそこのところの小段は、「思へただ、世は空蟬の唐衣（からころも）、着つつ馴れにし妻しある」と始まるが、そこがじつに問題のところで、この能はあるいは金春禅竹の作かといわれている。金春禅竹は応仁の乱がはじまった直後、文明（ぶんめい）三年の六月以前に死去したと伝えられる。わたしがいうのは、権兵衛は、もしかするとこの能の初演の観衆のひとりだったのではないか。あるいは、また、金春禅竹と権兵衛は、この文章を共有したのではないか。

なにしろ権兵衛側になくて、金春禅竹側にはある「思へただ、世は空蟬の唐衣、着つつ馴れにし妻しある」は、いかにも説明調で、うるさいのである。これは『伊勢物語』の九段にかぞえられる「むかし、をとこありけり」の話に、「三河の国、八橋（やつはし）といふところ」に行った。「そこを八橋といひけるは、水ゆく河の蜘蛛手なれば、橋を八つわたせるによりてなむ八つ橋といひける」と、これはわたしがしつっこく繰り返しているのではない。在原業平と伝えられている物語の作者の文章である。

この言いまわしの解釈は、古来、議論を呼んでかまびすしいところだが、まあ、蜘蛛の手のように川が勝手に方々に流れているので、八本もの橋が架けられていたのだと理解するとして、在原業平は、ここで、例によって一首詠んでいる。

　から衣きつゝなれにしつましあれははる〱きぬる旅をしそ思

これを、該当する漢字交じり文に直すのは大変だ。金春禅竹は、それを本歌として、「思へただ、世は空蟬の唐衣、着つつ馴れにし妻しある」と書いたというふうにわたしは紹介したが、じつはそれは現行の刊本によっているのであって、じつのところ、わたしは能『千手』の書誌学にはまったく無縁である。ただ、現行の刊本の様子から察するに、能『千手』の伝来の写本には、「思へたた世はうつせみのから衣きつゝなれにしつましある」と書いてある。それを現行の刊本の編者がそう読んだということで、「うつせみ」は「空蟬」としても、「から衣」はどうなのか。「きつゝなれにしつま」はどう読むのか。これは、だから、在原業平の歌の解釈の問題に引っかかって、「はる〱きぬる」はどう読むのか。なんとも大問題に発展するのである。

平安時代の在原業平が、すでにして言葉遊びを楽しんでいるわけで、古典とマニエリスムが同居している気配で、なんとも日本文学はおさかんなことで。「から衣」は、なにしろ「うつせみ」がかかっているのだから、「空衣」でしょうが。「きつゝ」は、それは「から衣」がかかっているのだから「着つつ」でしょうが、「はる〳〵きぬる」の「きぬる」は「来ぬる」と読んでもよいでしょう。もっとも、「はる〳〵」は「遙々」とも「張る張る」ともよめますけどねえと、このあたりで学をひけらかす御仁が登場しないでもないようで。

215　鎌倉へ下る道に

鎌倉へ下る道に、
竹剥げの丸橋を渡いた、
木が候わぬか、板が候わぬか、
竹剥けの丸橋を渡いた、
木も候へど、板の候へど、
憎い若衆を落ち入らせよとて、
竹剥げの、竹剥げの、
丸橋を渡いた

鎌倉へくたる道に竹へけの
丸はしをわたひた木か候ぬか
板か候ぬか竹へけの丸はしを
わたひた木も候へと板の候へと
にくひ若衆をおちいらせよ
とて竹へけの〳〵丸はしを
わたひた

「竹剥げの丸橋」などと、ナンセンスもいいところだ。「たけへげ」は『日本国語大辞典第二版』に出るが、用例に引いているのはこの権兵衛の小歌だけ。

「へぎ」の項に、方言に「へげ」が出る。埼玉県入間郡だそうで、これは経木をいう。三重県北牟婁（きたむろ）郡でも「へげ」といい、これは薄い板皿をいう。愛知県知多郡では、薄く伸ばした餅を切って乾かしたものを「へげ」と呼び、また、山形県飽海（あくみ）郡では、のし餅のことをいう。

方言の旅では、なんかだんだん分厚くなってきたようだが、いずれにしても、竹を細く薄くそいだものを「竹へげ」というらしく、それをどうやって「丸橋」に作ったのか？　第一、「丸橋」とは何だ？　太鼓橋のことか？　丸太状に編んだか？

『日本国語大辞典第二版』は項は立てているが、「丸木橋に同じ」とだけで、用例は示していない。さすがにここでも権兵衛のこの小歌を用例に立てるのはまずいと思ったのかな。

ともかく理屈っぽい歌で、好きではない。「にくひ若衆をおちいらせよとて」などというくだり、こんなのが人の口の端にのぼっていたなんて、とうてい信じられない。

216

面白の海道下りや

おもしろの海道下りや、
何と語ると尽きせじ、
鴨川、白川、打ち渡り、
思ふ人に粟田口とよ、
四の宮河原に、十禅寺、
関山三里を打ち過ぎて、
人松本に着くとの、
見渡せば、瀬田の長橋、
野路篠原や霞むらん、
雨は降らねど、守山を
打ち過ぎて、小野の宿とよ、
すりはり山の細道、今宵は
ここに草枕、仮寝の夢を
やがて醒が井、番場と吹けば、
袖寒、伊吹颪のはげしきに、

面白の海道くたりや何と
かたるとつきせし鴨川しら川
打わたりおもふ人に粟田口とよ
四の宮河ハらに十禅寺関
山三里を打すきて人まつ
もとにつくとの見わたせハ
勢田のなかはし野寺しの原
やかすむらん雨はふらねと
もり山をうち過て小野の
宿とよすりはり嵩の
細道今宵ハ爰に草枕かり
寝の夢をやかてさめか井
はんはとふけは袖さむ
伊吹颪のはけしきに
不破の関もり戸さゝぬ御

不破の関守、戸ざさぬ御代ぞ、めでたき

代そめてたき

京都粟田口から不破の関まで、東山道の地名をかぞえあげている。「思ふ人に粟田口とよ」「人まつもとにつくとの」「小野の宿とよ」の三つの語句がリズムを作る。「と」は「引用のと」と呼ばれる「と」の用例だろう。「よ」は感動ないし呼び掛けの「よ」。それはよいのだが、「人まつもとにつくとの」の「の」がわからない。なにしろ書陵部蔵本は「と乃」としっかり書いている。おそらく「とよ」「との」「とよ」と音に変化をつけたので、語意としては「とよ」とちがいはないのだろう。

「四の宮河原」は現在の山科区四ノ宮川原町にあたる。そのあたり、川が流れていて、河原がひろがっていたという。『宇治拾遺物語』は、そこに市が立って、商人が集まっていたと書いている。京の三条から東海道へ、東山道へ、人と物がここを通って流れた。

「四宮」の名前の由来については、仁明（にんみょう）天皇の第四皇子人康（さねやす）親王の御所があったからという説がある。あるいはそこに諸羽（もろは）神社という古くからの社があって、それが四の宮と呼ばれていたからだという説もある。いずれにしても人康親王の御所の跡に十禅寺が立ったらしい。

「関山三里」はどうやら地名ではなく、関所のある山道を三里、という意味らしく、逢坂山を指しているという読みがある。「人松本」は「人を待つ松本」とかけている。「瀬田の長橋」は瀬田川が琵琶湖に流入する河口の橋。現在のはコンクリート橋で、全長二二〇メートル。鎌倉時代に架橋された橋が唐様のデ

ザインだったので、「瀬田唐橋（せたのからはし）」と呼ばれていたようである。現在の正式の橋名は「瀬田橋（せたのはし）」。

野路、篠原、守山、小野と権兵衛は「東山道五十三次」をかぞえていく。次にくるのが「すりはり嵩の細道」で、これが分からない。「嵩」は「すう」あるいは「しゅう」と読み、山をいう。「さくさくる(207)」に「嵩山」を紹介した。だからここは「すりはり山」で、これは「摺張山」あるいは「磨針山」と書くらしい。彦根市内にあったという。諸家は「嵩」を「峠」と読み替えている。存念の程は分からない。

さらに「醒（さめ）が井（い）」、「番場」を経て、「不破の関」へ、東山道は美濃国に入る。「戸ささぬ」は「閉ざさぬ」をこう書いたのだろうと思う。

217　靨の中へ

えくぼの中へ身を投げばや、
と思へど、底の蛇が怖い

靨の中へ身をなけはやと
思へと底の邪かこわひ

「えくぼ」は「厭」の下に「面」を書くが、宮内庁書陵部蔵本は「厭」の「犬」の下に「面」を書いている。刊本は、どれを見ても、がんだれの中に「面」を収めている。『廣漢和辞典』で見るかぎり、「厭」

は「面」の上に載っている。どうなっているのか。

「邪」は「蛇」に掛けていると諸家はいうが、「邪」は、わたしの見るかぎり、書陵部蔵本にそう書いてあるだけで、「蛇」を「邪」とあて字した可能性もある。「邪が怖い」は、いかにも理屈っぽい。

218 今朝の嵐は

今朝の嵐は、嵐ではなげにすよの、大井川の河の瀬の音じゃげにすよなう

今朝の嵐ハあらしてハなけにすよの大井川の河の瀬のをとちやけにすよなふ

「なげ」は「無げ」と書き、前の語句を受けて、「それではないようだ」を意味する。形容詞「無し」の語幹「な」に接尾辞「げ」を付したもの。「す」は、「そうろう」が半分略されて「そう」となったのが、「すう」「す」となまったとされるが、大方の辞典はこの権兵衛の小歌を一番古い用例として引いている。

219　水が凍るやらん

水が凍るやらん、
湊河が細りすよなう、
我らも独り寝に、
身が細りすよなう

水かこほるや覧湊河かほそ
りすよなふ我らも独寝に
身かほそりすよなふ

「みどぅがこおるやらん、みなとのかわがほそりすよのう、われらもひとりねに、みかほそりすよのう」。呪文のようにくり返し唱えてはみても、分からない。権兵衛はなにを歌っているのか。冷え込んで、川岸が凍って、川の流れが細くなる。そのように、男が通ってこないこのわたしの身は細くなる。そのように、とつなげてはみたが、そこの連接が分からない。岸辺の氷が女の身をそぎとるか。

220
春過ぎ夏闌けて

春過ぎ、夏闌(た)けて、
また、秋暮れ、冬の来たるをも、
草木のみ、ただ、知らするや、
あら、恋しの昔や、
思い出は何につけても

春過夏闌て又秋くれ冬
のきたるをも草木のミ只
しらするやあら恋しの昔
や思出は何に付ても

能の『俊寛』に同文が見える。ただし、現行の詞書は、「草木のみ、ただ」を「草木の色ぞ」と書いている。この能は世阿弥の長子観世元雅の作かといわれている。元雅の消息が知れるのは永享二年十一月（十一月はまだ一四三〇年で、閏十一月から一四三一年に入る）、吉野の奥の天河(てんかわ)弁才天社に慰面(じょうめん)を奉納して所願成就を祈願しているのが最後であって、その二年後に伊勢で客死したと伝えられる。一四三二年ということになる。

わたしがいうのは、このケースでは、元雅の能の方が権兵衛の小歌よりも早い。権兵衛は元雅を写している。

ただ、権兵衛の歌振りもいかにも快い。もしや、元雅と権兵衛は歌を共有したのではないか。わたしがいうのは、歌は巷間に流れている。

221

げにや眺むれば

げにや眺むれば、
月のみ満てる塩釜の、
うら淋しくも荒れ果つる、
跡の世までも潮染みて、
老いの波も満つるやらん、
あら、昔恋しや、
恋しや、恋しやと、
慕へども、願へども、
甲斐も渚の浦千鳥、
音をのみ鳴くばかりなり、
音をのみ鳴くばかりなり

けにやなかむれハ月のミ
ミてるしほかまのうらさひし
くもあれはつる跡の世までも
しほしみて老の波も満る
やらんあら昔恋しや
恋しや〳〵としたへともね
かへともかひもなきさのうらち
とり音をのミなくはかり也
〳〵

「老いの波も満つるやらん」のところがかぎりなくおもしろい。

諸家は「老いの波も帰る（返る）やらん」と書いている。「波が帰る」とはなにごとか。「返る」と校訂なさったお方は「波が打ち寄せては返るように、老いが寄せてくる」と想像しているか。これはなかなかうがった読みだとは思うのだが、宮内庁書陵部蔵本は「満る」と書いていて、「帰る」とは書いていない。

漢字の右に読み仮名をつけている後代の御仁も、ここのところでは「満」に「みつ」と振っていて、「満つる」と読んだと知れる。余所の所ではこの読み仮名を尊重なさる方々が、どうしてまた、ここでは知らん顔をなさるのか。なにしろこの小歌は、小歌といいながら、能の『融（とおる）』の一節の転記で、京の都の六条の河原院（かわらのいん）の、今は昔の荒れ果てた旧跡に潮汲みの老人が現われて、往時盛んな様を語るという筋書の世阿弥作という。

老人の語るには、昔の歌にも「きみまさでけふりたえにししほかまのうらさひしくも見えわたる哉」とあるように、ここはもう昔から、ただただ月が照らす、うらさびしく荒れ果てた浦の景色にかわってしまっていましたよ。

この歌というのはなんと紀貫之の歌で、『古今和歌集』巻第十六哀傷歌（八五二）ということで、その前詞を見ると、「河原左大臣がみまかった後でその屋敷に行って見たところ、塩釜の景色を模して作った庭が見えたので作った歌」ということで、なんとねえ、全体の気配、古今集以前にさかのぼる話ということになっている。

だから、もう、どうでもいいような話なのだが、どうしてまた諸家は「老いの波も帰るやらん」などと、存在もしない語をそこに読みとろうとしているのかというと、どうやら現行の『融』の刊本が、ここのところ、「老いの浪を返るやらん」と読んでいるからだということらしい。

謡物としての能の現行の刊本の読みを正統に立てようとする諸家の読みは納得しがたい。いくつもの場合について、いままでにも指摘したように、権兵衛の引く能の詞書と、謡物として能の現行の刊本との関係は、なんとも玄妙で、この間に書誌学がどのように介在しているのか疑わせしめるものがある。

222

あはてかへれは

逢わで帰れば、朱雀の河原の
千鳥明け立つ、有明の月影、
つれなやなう、つれなやなう、なう、
つれなと逢わで帰すや

あはてかへれハ朱雀の川原
の鵆明たつ在明の月影
つれなやなふ(う)〳〵なうつれ
なとあはてかへすや

『梁塵秘抄』三六八（三八九）歌に「きんたちすさかはきのいち」と見える。「公達朱雀は木の市」と読む。平安京の大通朱雀大路の西側、西の京は、十世紀には荒廃して、田野に帰っているところもあった。朱雀大路に交叉する七条通の西の京の部分、丹波街道の起点となったあたりを「朱雀野」と呼ぶようになって、「朱雀」といえばそれを指すこともあった。「木の市」が開かれたのは、どうやらそのあたりだったらしい。

どうぞ『わが梁塵秘抄』の第二十段「きんたちすさかはきのいち」をごらんください。とはいっても、そこにも、わたしはこれ以上のことは書いていない。わたしがいうのは、「朱雀の川原」などというのなら、『梁塵秘抄』のこの歌にお帰りになったらどうですか。「朱雀の川原」などと、いかにも「朱雀野」に拍子があう言いまわしではないですか。

なお、「朱雀」の右脇に「しゆしやく」と振り仮名が見られるが、いままでなんども断ったように、この振り仮名は信用できない。『梁塵秘抄』には「すさか」と書かれている。いまは「すざく」と読む。さて、権兵衛たちはどう発音していたか。ぞくぞくするほどおもしろい。

「つれなやなふ〳〵なう」のところ、それは書陵部本の書写はおかしい。わたしの見ている書陵部蔵本には「なふ」の二字のそれぞれ左脇に小さく「こ」と書いたような二重付点がついている。これはところどころ漢字の右側に振られている読み仮名、たとえばこの小歌にも「朱雀」「川原」「明け」「在明」といそがしく振られているが、それと同じ手跡と見てよいのだろうか。わたしは原本は見ていないので、墨の色までは判定できない。だからそういうのだが、この二字は読めないといっているのだろうか。それに調子をあわせてか、諸家はそろって、この二字ははずして、「つれなや、つれなやなう」と読んでいる。ところが異本についてのコメントはない。

「千鳥明け立つ」だが、こう書いているのは書陵部蔵本と阿波国文庫旧蔵本で、もうひとつ、「水戸彰考館蔵本」には「鳴たつ」と書いているらしい。だから「鳴きたつ」である。それはこの前の小歌

222番歌

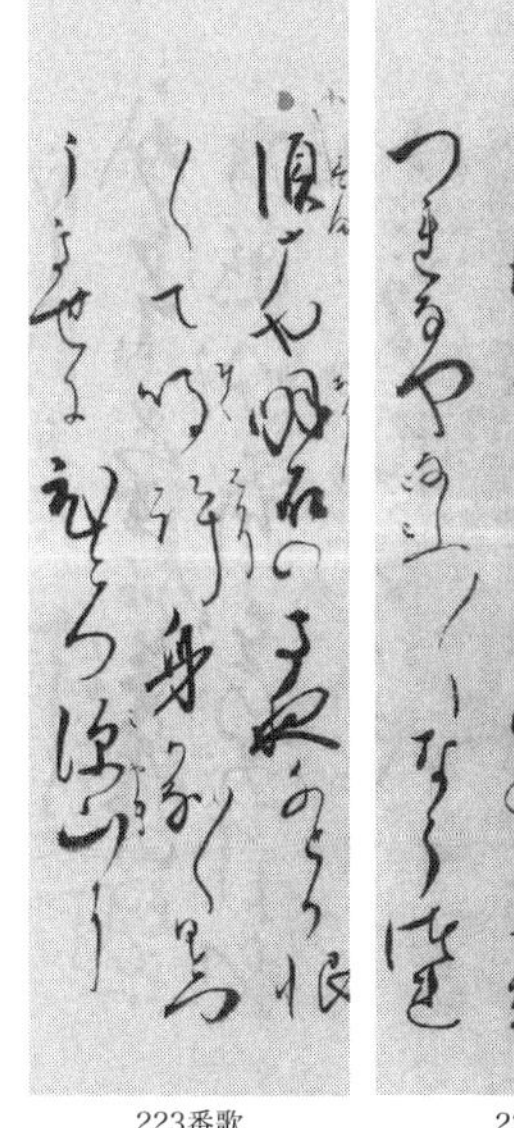

223番歌

は世阿弥の能『融（とおる）』の一段の転記で、「かひもなきさのうらちとり音をのミなくはかり也〳〵」と書いていて、千鳥は「鳴く鳥」で、このあと223番歌は「さ夜ちとり恨〳〵て鳴許」書いている。だからどうも「明け立つ」よりは「鳴きたつ」の方がよいようだし、また、「明たつ」の「明」の字は「鳴」の字配りにかぎりなく近い。それは、222番歌と223番歌の、このふたつの字を見くらべていただければ分かる。

だが、わたしは「明たつ」と読む。この小歌にはなにか影絵のような趣があって、千鳥の鳴き声はうるさいと思うからである。「明け立つ」は「立つ」が時間の経過をいって、夜が明けるを意味する。だから「有明の」と重なるが、そのあたりは権兵衛のマニエリスムと了解して、さてさて、この小歌、こんなかな。

＊女に逢えずに、すごすご帰る道すがら、朱雀の河原のあたりで、夜も白々と明けてきた。河原の千鳥が群れなして飛びたって、千鳥格子の影絵のなかに、有明の月。つれないねえ、お月さん、知らんぷりして、女に逢わないまんま、あたしを帰すのかねえ。

223 須磨や明石の小夜千鳥

須磨や明石の小夜千鳥、
恨み恨みて、鳴くばかり、
身がな、身がな、
ひとつうき世に、ひとつ深山に

須磨や明石のさ夜ちとり恨
〳〵て鳴許身かな〳〵ひとつ
うき世にひとつ深山に

この小歌、ひとつであるとすれば、後段は小夜千鳥の恨みの中身を述べている。だから、「恨」は「浦見」にかかるわけで、そうしてまた「うき世」にかかる。「浮き世」である。

この身が、この身が、ふたつあって、ひとつは浮き世に、ひとつは深山にあることができたらいいなあ。だから、この小歌の本歌は、166番歌、「月は山田の上にあり、舟は明石の沖を漕ぐ、冴えよ、月、霧には夜舟の迷うに」である。どうぞ、「山田」がどのあたりにあるか、わたしの注釈をごらんください。鵯（ひよどり）峠を越えた「深山」なんですよ。

224

深山からすの声までも

深山からすの声までも、
心あるかと、ものさびて、
静かなる霊地かな、
げに、静かなる霊地かな

み山烏のこゑまでも心あるかと
物さひてしつかなる霊地哉
けに静なる霊地かな

諸家の注記によれば、これはなんでも『申楽談儀』に見える「高野の古き謡」の一節らしい。「深山烏」は高野山の烏なわけで、まあ、それにしても、ちと歌振りが端正にすぎませんか。

225

からすだに

烏だに、憂き世厭いて、
墨染めに染めたるや、
身を墨染めに染めたり

からすたに憂世いとひて
墨染めに染たるや身をすみ
そめにそめたり

理屈っぽい小歌で、好きではない。

226 丈人屋上烏

丈人屋上の烏、人好し、烏、また、好し　　丈人屋上烏人好烏亦好

「丈人」は『廣漢和』の「丈」の項に、「鄭注（ていちゅう）」からということで「丈人能以法度長於人　丈之言長」と見える。「丈人はよく法度をもって人に長ず。丈の言は長なり」と読むのだろう。長老の称である。なお「鄭注」は後漢の儒学者鄭玄（ていげん）による経書の注釈で、このばあいは『周易鄭康成注』を指す。「丈」は「じょう」と読み、「杖」と同じ。「丈とこれをいうは長なり」だが、「丈」は呉音で「ちょう」ないし「ちゃう」と読んだ。そこにかけているらしい。

「屋上烏」だが、『廣漢和』を見ると、「屋」の項に「屋烏之愛（おくうのあい）」の熟語をあげ、『尚書大伝（しょうしょたいでん）』その他から「愛人者、兼其屋上之烏、不愛人者、及其胥余」と熟した言いまわしが見える。「胥」は「肉」偏に疋で、「しょ」と読む。「胥」は「蟹の塩辛」をいうという。また「あい」「とも」「みな」を意味する接頭辞に使う。「胥人」というと「小役人」をいうという。「胥余」は「諸物全般」をいう。「人を愛するは、その

屋上のからすを兼ね、人を愛せざるは、諸物全般に及ぶ」と読む。「人が人を愛するということは、その人の家の屋根のカラスまで好きになるということで、人を愛さないという心の冷たさは、鳥や動物全般に対しても及ぶ」。

＊長老の家の屋根にからすがとまっている。なにか、住んでいる人がいい人だというので、屋根のからすまでいい鳥に見えるというものだ。

227　をともせいで

をともせいで、
およれ、およれ、
鳥は月に鳴き候ぞ

をともせいておよれ〱からす
は月に鳴候そ

「をと」は、表記の責任は写本の筆生に返して、「おと(音)」と読んでやってもよいが、「音もせいで」とはなにか。室町時代から「せいで」が「せで」になったというのは分かるとしても、「音もしないで」というのはどう読むのか。「音もせず」は「便りもしないで」の意味である。諸家はどうやらこれは「音を立てもせず」の略した物の言い様だととりたがっているようだが、納得しかねる。

狂言「花子（はなご）」にも見えるという指摘がある。手元の『狂言記』（万治三年〔一六六〇〕を初版として出版された「絵入り狂言記」）の「花子」に、「まふつうたふつ、あそぶほどに、はや夜明のからすが鳴いた、まだ半時もせぬのに、夜あけのからすがなきまする、もはや御暇申といへば、其時花子様、物とおつしやれた、こゝは山かげもりのした、〱、月夜からすはいつも鳴く、しめておよれの夜は夜中とおつしやれた」と見える。

「物と」というのは狂言用語で、「なにかもぞもぞと」。それが「小歌」で、「ここは山陰森の下、月夜烏はいつも鳴く、しめておよれの夜は夜中」と、なんだかよく分からない。

よく分からないというのは、「花子」が参考になるというのなら、「烏は月に鳴き候ぞ」の烏は「夜明けに鳴く」のか、「いつも鳴く」のか。

「およれ」は「御夜」からだという。寝なさいという意味らしい。それが当たっているとすれば、「便りもしないで、なによ。寝なさい、寝なさい」というつなぎになる。「烏は月に鳴きそうぞ」（「候」はこのばあい、「そう」と読んでいたという意見がある）が「夜明けに」なのか、「夜中、いつでも」なのか。権兵衛の小歌の読みはそこの判断で決まる。

*便りもしないで、なによ。いいから、寝なさい、寝なさい。そりゃあ、カラスは月に鳴いてますけどね。カラスの好きで鳴いてるのよ。便りもしないで突然帰ってきたあんたと寝たあと、明け方に、こっちに都合よく鳴いてくれると決まったわけじゃあないのよ。

この小歌、いいですねえ、気に入った。もしかしたらナンバーワン・ソングです。

228　名残の袖を

名残りの袖を振りきり、
さて、いなうずよ、なう、
吹上の真砂の数、さればなう

名残の袖をふりきり
さていなうすよなふ吹上の
真砂のかすされはなふ

「吹上の真砂の数」は「風が吹き上げる砂粒の数」に「吹上浜の砂粒の数」をかけていると思われる。仏教でいう「無量」ですねえ。

「吹上浜」といえばいまでは薩摩半島だが、古典和歌の世界では紀伊の国で、『後拾遺和歌集』第九羈旅（きりょ）の五〇四番歌、

都にて吹上の浜を人とはば、今日見るばかり、いかが語らん

の前詞に「熊野へ参り侍りける道にて吹上の浜を見て」と見える。

熊野街道は白浜あたり、上富田（かみとんだ）から大塔（おおとう）、中辺路（なかへち）と山中に入って本宮を目指すから、白浜までの海岸の

どこかが「吹上浜」と呼ばれていたらしいのだが、いまのところどこか特定はできない。

「真砂の数」だが、さしあたり『古今和歌集』巻第二十神遊びの歌の一〇八五番歌、

　　君が世は限りもあらじ長浜の、真砂の数はよみつくすとも

に出る。これは左側に一行注記があって、こういうのを「左注」といっているが、「仁和の御(おほん)へのいせのくにの歌」と見えるだけである。「仁和の御へ」で光孝天皇の大嘗祭が分かり、そのとき建造された大嘗宮の東の悠紀院(ゆきいん)、西の主基院(すきいん)の二院のうち東院の担当になったのが伊勢の国だったという。

ここのところ、一〇八二番歌から一〇八六番歌まで、大嘗祭にともなう吉備国、美作国、美濃、伊勢国、近江と、大嘗宮の建造にともなう建造担当各国衙(こくが)の進上歌を並べているので、一〇八五番歌は、伊勢国のそれだったと分かるが、それだけのことで、歌い込まれた「長浜」はおそらく伊勢国にあったのだろうと推測されるだけのことで、さて、どこにあったのか。あるいはどことも特定せずに、ただ長い浜といっているだけのことなのか、よく分からない。

『古今』につづく勅撰和歌集である『後撰和歌集』の巻第十三恋五の九四五番歌に「長浜の浦」が出る。

　　誰がためにわれが命を長浜の、浦に宿りをしつつかは越し

この直前の少将内侍(しょうしょうのないし)の歌に前詞が付いていて、情人の藤原兼輔(かねすけ)が勅使として伊勢国へ出向して帰ってきたので、というようなことが書いてある。その引っかけもあり、また『古今』の歌のこともあるので、この「長浜の浦」は伊勢にあったとする解釈が流行している。しかし、どこか特定することはできないとい

うことになっている。

「長浜」を特定するには『万葉』へ帰ることになるかもしれない。巻第十七の三九九一番歌の長歌「遊覧布勢水海賦一首」に「松田江の長浜過ぎて」と見える。「布勢の水海」は富山県氷見市にかつてあったという淡水湖。大伴宿祢家持がそこに遊覧に行く里程をいっていて、「松田江の長浜」を通っていくのだという。「松田江」は氷見市の富山湾岸（荒磯海の海岸）をいう。現在、「松田江キャンプ場」にかろうじてその名を残している。だがこの文脈では「長浜」は土地の名前と特定することはできない。「松田江の長い浜」かもしれないではないか。

同巻の四〇一一番の、やはり大伴家持の長歌「放逸した鷹を思い、夢に見て感悦して作った歌」に「麻追太要乃　波麻由伎具良之」と見える。「松田江の浜行き暮らし」と書いていて、「松田江の長浜行き暮らし」と「長浜」は「長浜浦」のかたちで、やはり大伴家持の同巻四〇二九番に出る。

　珠洲の海に朝びらきして漕ぎくれば、長浜の浦に月照りにけり

能登半島の突端、珠洲市の東の飯田湾の北岸に、珠洲市正院町がある。大伴家持が越中守の任にあったころ、珠洲郡家はここに置かれていた。だから珠洲の海を朝立ちしたのはそこの海岸からであったろうと思われる。そうして、月が中天に昇った頃合いに「長浜浦」を漕いだといいたがっているようで、その「長浜浦」は、三九九一番歌との連想でいえば、「松田江の長浜」の沖合、だから「荒磯海」と読んで素直である。もうこれは「夜船」ですねえ。

そこでわたしの連想にはらはらと浮かぶのが『梁塵秘抄』四七四番歌で、どうぞ『わが梁塵秘抄』の

三四段をごらんください。心を込めてこの歌を注釈しております。

須磨の関、　　　　　　　すまのせき、
和田の岬をかいもうたるくる夜船、　わたのミさきをかいまうたるくるよふね、
牛窓かけて潮や引くらん　　　うしまとかけてしほやひくらん

和田岬をぐるっとまわりこんで、こちらにやってくる夜船は、これから牛窓瀬戸をめざすのだろうかと、なにしろ歌人は視界をいっぱいにひらいている。なぜって、歌人の視座はたぶん須磨の浦にあり、夜船はこれからようやく明石の瀬戸を抜けて播磨灘に向かおうとしているのだ。それを牛窓瀬戸とはねえ。なにしろ牛窓瀬戸は岡山の邑久（おく）郡の海岸の牛窓と沖合の前島（まえじま）とのあいだの瀬戸である。とんでもなく遠い。それを歌人は想像のうちにひきつけて、夜船が向かう牛窓瀬戸にかけて、いまごろはきっと潮が引いていることだろうよと、これが歌の大意である。

歌人の想像力に肩すかしをくわせて、夜船は明石の魚住泊（うおずみのとまり）へ向かう。明石市の西端、魚住町に名を残している港で、魚住町の南の海岸の江井ヶ島（えいがしま）港がそれだというが、海岸線はなにしろ往時と様変わりはげしく、そのあたり、物を言おうには用心が肝要で、だから大和田の泊から魚住の泊までだいたい三〇キロメートルとはいっても、まったくこれはだいたいで、数キロメートルを争うほどの数字ではない。大和田の泊は「五泊（いつのとまり／ごはく）」の二つめで、はじめのは神崎川河口の「河尻泊（かわじりのとまり）」で、その間は、まあ、四〇キロメートルでしょうか、そんなものです。これまた数キロを争う数字ではない。

大和田の泊を出るのが、なんやかんやでおそくなった。明石の瀬戸に入る前に夜船になったで三〇キロメートルだから、ここで大伴家持の船旅の話にもどれば、朝方、正院の港を出て、九十九湾（つくもわん）の半島をまわりこみ、七尾湾を南下して、七尾南湾へ入る小口瀬戸までで、もう四五キロメートルを航行したことになるという数字がある。さらに南下して、荒磯海（ありそみ）までまだ三〇キロメートルを残そうか。荒磯海で月を見るのは夜の七つ時、八つ時になりそうだ。

なんと、まあ、はじめて気がついた、「月は山田の上にあり」の本歌がこれだったのだ。能登半島を横たえさせれば、なんと摂播五泊（せっぱんいつどまり／ごはく）の海図が見えてくる。

　月は山田の上にあり、
　舟は明石の沖を漕ぐ、
　冴えよ、月、
　霧には夜舟の迷うに（166）

なお、「荒磯海」はいまは「有磯海（ありそうみ）」と書く。五万分の一の「虻ガ島」にも「有磯海」と見える。これは、なんだかよく分からないが、歌の世界では、『古今和歌集』の巻第十五恋歌五の八一八番歌、

　有そうみの浜の真砂と頼めしは、忘るる事の数にぞありける

の「ありそうみ」は、「日本古典文学大系」版の校訂では「あり」に丸ルビがついていて、「凡例」でたし

かめると、あて字と思われる、たとえば「有」（あり）のようなものも、原則、底本のままとしたが、「ひさかたの雨」「雨のみかど」「宮すん所」「有そうみ」の四例については、漢字を仮名にあらためたと見える。そのことは右側に丸ルビを振って示したということで、だから底本には「有そうみ」と書かれていて、これはあて字と見たということになる。そうして八一八番歌の頭注に「ありそうみは荒磯海」と書いている。

それを、「新日本古典文学大系」版は「有磯海」と校訂して、「（あり）そうみ」とルビを振っている。「あり」に丸括弧したのは、底本には「有」と漢字の意味である。そうして脚注に「有磯　岩石のある荒れた海べの意。万葉集以来の景物」と書いている。

これはよく分からない。わたしは『万葉集』は「新日本古典文学大系」版から白文を借りて読んでいる。巻第二に「讃岐の狭岑嶋で、岩の中に死人を見て」と前詞に見られる柿本人麻呂の長歌がある（二二〇番歌）。「狭岑嶋」は、香川県の坂出市の北西に突き出た半島を「沙弥島（しゃみじま）」と呼んでいる。それをいう。往時島だったのが、一九六七年、埋立造成で陸地つづきになった。現在、瀬戸大橋がその上をまたいでいる。狭岑嶋から沙弥島へ、名前が変わったのか、読みがなまったのか、よくわからない。人麻呂の長歌は反歌を二首従えているが、その最初の反歌では「作美乃山」と書かれている。「さみのやま」でしょうねえ。だからもともと「さみじま」と呼ばれていたのかもしれない。

玉藻よし、讃岐の国は、国からか、見れども飽かぬ、神（かむ）からか、ここだ貴き、天地（あめつち）、日月（ひつき）とともに、足りゆかむ、神の御面（みおも）と、継ぎきたる、中の水門（みなと）ゆ、船浮けて、わが漕ぎくれば、時つ風、雲居に吹くに、沖見れば、とゐ浪立ち、辺（へ）見れば、白波さわぐ、いさなとり、海をかしこみ、行く船の、梶（かぢ）ひきをりて、をちこちの、嶋は多（おほ）けど、名ぐはし、狭岑の嶋の、荒磯面（ありそも）に、廬（いほ）りてみれば、浪音の、しげき浜辺を、しきたへの、枕になして、荒床（あらとこ）に、自伏す君が、家知らば、行きても告げむ、妻知らば、来も問はましを、たまほこの、道だに知らず、鬱悒久、待ちか恋ふらむ、はしき妻らは。

「自臥す」は「ころふす」と読んで、「自（ころ）」は「自分で、自発的に」と解する理解がある。あまりにおもしろいので踏み込んで調べてみたら、なんでも「から」の母音の転ではないか。巻第十三の長歌三二三四とその反歌三二三五がこよなくおもしろい。なにしろあまりに長々しい注釈になりそうなので、引用転記は省略させてもらうが、なにしろ「天地、日月とともに」という変な言いまわしも長歌の方に出てくるのだ。

反歌の方はこういうのだが、

山の辺の五十師（いし）の御井（みゐ）は、自然（おのづから）成れる錦を張れる山かも

「自然」を「おのづから」と読む読みは「己（おの）つ柄（から）」からと説明される。その「おのつから」が「おのつころ」となまり、「ころ」だけが一人歩きするようになったということらしい。

「鬱悒久」は「悒」は「ゆう」と読み、「鬱悒」で「うつゆう」、「悒鬱」で「ゆううつ」、現在の「憂鬱」と同じである。古代日本語では「おほほしく」と読むか、「おぼぼしく」と読むか、両説対立している。「おぼろ」の「おぼ」と同根だというのである。景色がぼーっとしている。気が晴れない。

両説対抗はそっちのけで、白川静は「おほに」がもとなんですよと、いくつか『万葉』からも用例をあげている。まさしくこの二二〇番歌の直前の二一七番の長歌「吉備津采女の死にし時に柿本朝臣人麻呂の作りし歌一首」に「霧こそは夕に立ちて朝には失すといへ、梓弓音聞くわれも、髣髴見之事悔しきを」と見えて、「髣髴見之事」は「おほに見しこと」と読んでいる。

その反歌のひとつ、二一九番歌にも「おほに」が出ていて、これがまた、おもしろい。

そらかぞふおほつの子のあひの日に、おほに見しくはいまぞくやしき（天数　凡津子之　相日　於保尔見敷者　今叙悔）

全体ながめればずいぶん理屈っぽい歌で、「そらかぞふ」は暗算するという意味だから、「凡（おほ）」にかけ、「凡」を「大（おほ）」にかけて「大津」を引き出す。これはつまりは「吉備津采女」のことをいっているので、その子との「相日（あひのひ）」に、「おほに見しくは」悔いが残ることだった。

「相日」については『万葉』巻第四の「更に大伴宿祢家持の坂上大嬢に贈りし歌十五首」の第一首（七四一）、

夢の相は（夢之相者）苦しかりけりおどろきて、掻きさぐれども手にも触れねば

このばあいの「相」は「逢ひ」などと書き替えられることがある。

「於保尔見敷者」の「見敷」は動詞「見る」の連用形「見」に、動詞の連用形につく過去の助動詞「き」の連体形「し」と準体助詞「く」を連結させた語形、「見たこと」をあらわす。「おほに見たことは

悔いが残ることだった」。

この語形は『古事記』の第四六番歌謡に出ている。

　道の後、古波陀嬢子は、争はず、寝しくをしぞも、うるはしみ思ふ

応神天皇の段だが、ずいぶんと勝手なことをこの男はいっているなと反感は抑えがたいが、それは抑えて、「道の後」は「道の後の方」ということで、だいたいがこの段は「日向国」の少女髪長姫の話で、「古波陀」についても、もしか日向のどこか土地の名かと、その程度にしか知られていないらしいのだが、なにしろ抵抗しないで、おとなしく「寝しく」をしたというのでほめられている。

『金葉和歌集』巻第五賀部（三二一）に、

　長浜の真砂の数もなにならず、つきせず見ゆる君が御代かな

『金葉』まで時代が下がれば（わたしのいうのは歌のトラディションのことです）、さすがにもう砂粒を一粒一粒かぞえる気力も失せる。この歌がそうであるように、「長浜」は、もう、賀辞ですねえ。『万葉』、『古今』の時代から、じつはそうだったのかなあ。

＊おまえがわたしの袖をつかんで、なかなかはなそうとしないのを、むりやり振り切って、さて、いくことにしましょうかねえ。風に吹き上げられる吹上浜の砂粒の数のほどに、おまえをいとおしいと思うのだが、だからといってねえ。

229 袖に名残を

袖に名残を、鴛鴦の、
連れて立たばや、もろともに

袖に名残をおし鳥の
つれてたゝはやもろともに

「おし鳥」が読めない。「鳥」の字体はおよそ簡略化されていて、わたしが見ている児玉幸多編の『くずし字解読辞典』にいくつか出ている「鳥」の字体のうち、一番簡略化されている八七頁のそれよりも簡略の度合いが進んでいて、児玉幸多のは、最後の線の左下へのはらいの線をくるっとまるめてまとめている。そのくるっとまるめる線がない。ただのはらいに終わっている。だから「よつてん」が省略されているわけで、「鳥」が「鳥」ではない。

「おし」がまた問題で、「鴛鴦」と読ませたいのなら、「おし」ではなく「をし」と書いてもらわなければならない。それが「書陵部蔵本」は「於し」と書いている。「おし」である。わたしの見た限り、校注者たちは問題にしていない。他本には「をし」と書いてあるのか。後代「を」と「お」の発音の区別があいまいになり、「を」を「お」と書く事例が続出した。なにを問題視するのかと、「池のおし鳥思うを連れて立たれた」（上ミ田屋本田植歌草紙）を傍証の文例として引用している校注者もいる。

しかしわたしはこの表記が気になってしかたがない。それというのもこの小歌、「袖に名残を」と「おし鳥のつれてたゝはやもろともに」との連絡が一息には理解できないからである。「袖に名残を」が「おし鳥」の係り言葉になる。そこではじめて「おし鳥のつれてたゝはやもろともに」が物を言う。「たゝはや」の「ばや」は動詞未然形について願望をあらわす助詞である。「立ちたいものだ」。

「袖に名残を」は「名残の袖」をひっくり返したものだろうと思う。「名残」は「惜しむ」ものだから、「袖に名残を惜しむ、そのをし鳥」と権兵衛はいいたかったのだろうと評者各位はお考えのようだ。それが「をしむ鳥」とは書いていない。「惜しむ鳥」と書いている。それが問題だとわたしは申し上げている。

「原本」の話をしているのではない。「宮内庁書陵部蔵本閑吟集」の話をさせていただいている。写本に読めない字を読むことはできない。もっとも、「惜しむ」は「おしむ」だから、そもそも権兵衛が「お」と「を」をごっちゃにしたのかもしれない。そのあたり、いろいろ想像すると、ぞくぞくするほどおもしろい。

＊袖にあなたの名残の香をたっぷりかがせています。だけど、本心は、おし鳥ではないけれど、あなたを連れて一緒に行きたいのですよ。おし鳥って、どういう鳥か、わかりませんけれど。

230

風に落ち水には紛う

風に落ち、水には紛う花紅葉、
しばし袖に宿さん、
涙の露の月の影、
涙の露の月の影、
それかとすれば、さもあらで、
小笹の上の玉霰、
音も定かに聞こえず

風に落水にハまかふ花紅葉
しハし袖にやとさん涙の露
の月の影〳〵それかとすれ
はさもあらて小篠のうへの玉
あられをともさたかに聞えす

世阿弥以前、金春権守（こんぱるごんのかみ）の作かと見られている能『昭君（しょうくん）』の一節である。『昭君』は胡王に嫁いだ娘の身の上を案ずる老夫婦がシテの能で、鏡に映る娘と胡王の姿に涙する老人の、権兵衛が引いた一節は感懐を映している。

＊紅葉葉が風に散り、水にまぎれる。わが涙もすぐに風に散り、水にまぎれようが、せめてはしばしのあいだ、袖にとどめて、涙の玉に映る月影に、あの子の面影を偲ぼうとは思うが、それが涙の玉に映る月影にあの子は見えない。袖にとどまるわが涙は、小笹の上に落ちる霰の粒玉のようで、葉に落ち

る音もさだかに聞き取れない。あの子の声は聞かれない。

231　世間は霰よ

世間は霰よ、なう、
笹の葉の上の、
さらさらさっと降るよ、なう

世間ハ霰よなふさゝの葉の
上のさら〱さつとふるよなふ

「よ」は詠嘆や呼び掛けに使われる間投助詞で、「や」にくらべて呼び掛けの意味合いの方が強い。この場合は、「よ、なう」と、相手に同意を求める終助詞「なう」をともなっているので、呼びかけの意味合いがなおいっそう強い。「よ」については「ひとりねはするとも(201)」の「嘘な人はいやよ」、また「面白の海道下りや(216)」を参照。「なう」については、「柳の陰に(42)」の「人、問はばなう」、「あまりみたさに(282)」の「まず、放さいなう、放して、物をいはさいなう」を参照。

『詞花和歌集』巻第八恋下の和泉式部の歌（二五四）が権兵衛の歌の本歌である。

竹の葉にあられ降るなり、さらさらに、ひとりは寝べきここちこそせね竹林のあられ。音がする、さらさら、さらさら。独り寝の気分になれますかって。

＊人の世はあられだねえ、ねえ。笹の葉にころがるあられの粒だ。さらさら、さらさらさっと降るよ、ねえ。

ちなみに「さらさら」は『源氏物語』にも、たった一例だが、「伊予簾(いよす)はさら〱と鳴るもつつまし」と出る。「浮舟」の巻で、匂宮(におうのみや)が浮舟たちの「立ち居、起き伏し」(「吉野川の(236)」をご参照)をのぞき見する場面で、「寝殿の南面にぞ火ほのくらう見えて、そよそよとする音する」と、擬音効果を押し出した文章になっている。

『源氏』では、「あられ」は、「しぐれ」に対抗して、空をかきくらす荒天をいう。「木のめ春雨(4)」に紹介した宮内卿の歌をご参照。「総角(あげまき)」の匂宮と中君(なかのきみ)が歌を取り交わすところで、匂宮が「眺むるは同じ雲居をいかなれば、おぼつかなさをそふる時雨ぞ」と歌を贈ったのに対して、中君は「霰降る深山の里は朝夕に、眺むる空もかきくらしつつ」と返したと紫式部は遊んでいる。権兵衛は「伊予簾はさらさらと鳴る」と「霰は空をかきくらす」を一緒にしているようで、なかなかおもしろい。

またまた、ちなみに、「さつと」は物事の素早い様をいう。「しやつと(87)」と「しやつとした(252)」をご参照。

232
およそ人界のありさまを

およそ人界の有様を、
しばらく思惟してみれば、
傀儡棚頭に彼我を争い、
まこといずれの所ぞや、
妄想顛倒、夢幻の世の中に、
あるをあるとや思うらん

凡人界のあり様をしはらく
思惟してみれハくわいらい
棚頭にひかをあらそひまこと
いつれの所そや妄想顛倒
夢まほろしの世中にあるを
あるとや思ふらん

「傀儡棚頭（かいらいほうとう）に彼我を争い」だが、夢窓国師の「偈頌（げじゅ）」（禅僧の作る詩をいう）のひとつに、「因乱書懐」と題するものがある。そこに見える。柳田聖山は、日本の禅語録七『夢窓』の一番最後のセクションに「偈頌」を置き、そのまた一番最後にこの偈を持ってきている。このタイトルを柳田は「内乱に胸をうずかせつつ足利兄弟を叱る」と訳していて、後注に「晩年、足利氏の内紛に因むもの。暗に尊氏を批判するとみてよい」と書いている。

世途今古幾窮通　万否千臧帰一空
傀儡棚頭論彼我　蝸牛角上闘英雄

須知鷸蚌相持処　終堕閻魔考鞫中
放馬華山待何日　不如頓轡覚城東

人の世は今も昔も窮したり通じたり、万千の否臧（よしあし、善悪）があるが、すべては空。糸で操られている人形が台上でいいあらそい、かたつむりの角の上で勝ち負けを賭ける。鷸蚌（鴫と蛤）がどんなにか相対峙しようが、ついには地獄に堕ちて閻魔大王の責め問いに合うと知るがよい。よろしく馬を華山の南に放し、くつわを覚城の東に休めるにしくはない。

「妄想顚倒」は『沙石集』（弘安年間に成った仏教説話集。説教の種本に用いられた）の第五巻に出るという。『廣漢和』にもみつからないので、それほど熟した言いまわしだったようではなさそうだ。

この小歌は能『苅萱』の詞書の写しだという。この能は、世阿弥の父親観阿弥と同世代の奈良の猿楽座の亀阿弥の作と見られている。なんでもシテ（主役）の苅萱道心は薪を背負って登場し、「採るや薪のしばしばも」と歌いはじめるのだという。

高野山の往生院谷に「苅萱堂」がある。これは真言宗派の高野聖が集まった「萱堂」の跡だが、この高野聖の広めた説話に「苅萱物語」があり、その物語のなかで、苅萱道心は、筑紫国の苅萱庄の領主藤原重氏が道心をおこして家族を捨て、高野山に入って道心円空を称したという筋書になっている。

「苅萱物語」は、やがて「説教節」や「人形浄瑠璃」の主題として展開していく。「人形浄瑠璃」の「かるかやどうしんつくしのいえづと（苅萱桑門筑紫𨏍）」は、初演が享保二十年（一七三五）という、とんでもなく後代のものだが、それが「五段目」に、道心の妻の牧の方と息子の石童丸は、高野山に、夫に、父に会いに来るが、道心円空はかたくなで、妻に、息子に会おうとしない。妻は女人堂で病に倒れる。道心はついに名乗らず、死んだ妻を供養し、石童丸に、筑紫に帰るよういいさとす。

能『苅萱』は、このあたりを描いている。権兵衛が小歌に引いたのは、なにやら苅萱道心が、息子の松若に、ともに母の菩提を弔おうと教えさとす場面の詞書だという。

なお、「いえづ(轢)と」だが、『廣漢和』を見るかぎり、この漢字はない。形で似ているのは轢の本字の、轢の字だが、意味は車の響き、とじきみ（戸の閾）、あるいは踏みにじると動詞に使う。「いえづと」は「みやげ」のことだから、どうもあたらないですねえ。

233　申したや、なう

申したや、なう、
申したや、なう、
身が身であろうには、
申したや、なう

申たやなふ(う)〳〵身か身て
あらうにハ申たやなう

「申したや」は「申す」（「まうす」、ただしこれは平安時代以後の読み、『万葉集』では「まをす」）に願望をあらわす助動詞「たし」をつけた「申したし」の語幹部分「申した」に、詠嘆をあらわす間投助詞「や」のついた形と思われる。「なふ」が同意を求める助詞で、この五字、なかなか手が込んでいる。なお、「申(まう)す」は「言ふ(う)」の謙譲語形。

「あらうには」の「あらう」は「あらむ」の変化で、「あらむ」は「あり」の未然形に推量をあらわす助動詞がついた形である。

「には」については古語辞典のたぐいは役に立たず、『日本国語大辞典第二版』で、ようやく手応えを得た。推量の助動詞「む（ん）」「う」を受けて「するときには」「したら」の意味の仮定条件をあらわすという。

用例文として『源氏物語』「葵」もそろそろ終わりに近づいたあたり、惟光(これみつ)が三日夜餅(みかよのもち)を整えて源氏と紫上の結婚を祝うという叙述のあとに、「かの御息所(みやすんどころ)はいといとおしけれど、まことの寄る辺と頼みきこえむには、かならず心おかれぬべし」と見える文節を引いている。

六条御息所にはたいへん気の毒なことになったが、だからといってかの女を正妻に立てて、生涯の伴侶と頼むことにしたら、きっと気兼ねが多いことになるだろう。（紫上が）これまでのように、御息所との関係は大目に見過ごしてくれるなら、何かのおりに、手紙を遣り取りする人としてはふさわしいだろう。など、など、お考えになって、さすがに思いを絶つことはできないふうでした。

なお、「いとおし」という言いまわしにもご注目。「いとほし」がこの時代の文字配りだが、それはよいとして、後代の「いとほし」とはかなりずれた意味合いで使われている。このことについては、「あまりみたさに（282）」以下の「いとほし」連作をごらんあれ。
「身が身であるとしたら、申し上げたいことですけれど」と、この女性は（これは、まず女性でしょう）謙譲語的仮定法構文で婉曲に思いの丈を伝えている。

234　身の程のなきも

身の程のなきも、慕うも、よしなやな、
あはれ一村雨の、
はらはらと降れかし

身の程のなきもしたふも
よしなやなあはれ一村雨の
はら〱とふれかし

ひとつ目の「も」は「に」と読みたいとお考えの向きがおありのようだが、わたしの見ている書陵部蔵本では、ここは「に」とは読めない。それほどの身分の者ではないということも、人を恋するということも、由無し事ですねえ。せめてパラパラと雨でも降ってくれればいいのに、と、この小歌の主人公は、前の小歌のとはちがって、「ひとり板屋のさびしさ」をかみしめている男性にちがいない。

ふたつ目の「も」は強調の助詞。そこで、「も」はじつは「に」派は、それほどの身分の者ではないのに、あなたを恋してしまった。おお、どうしようもないことですねえ、と読む。それは、だから、そう読めればそれはそれでよいのだが、書陵部蔵本ではそうは読めない。だから、身分がちがうとか、人を恋するとか、そんなことをいったって、なんとも由無し事ですねえ、とかなんとか、わたしとしてはそんなふうに読むしかない。

235　あまり言葉のかけたさに

あまり、言葉のかけたさに、
あれ、みさい、なう、
空行く雲の速さよ

あまり言葉のかけたさに
あれみさひなふ空行雲
のはやさよ

男ならだれでも若い時にもっていたような経験で、さすがに注釈なんていらないかなとは思うのだが、やはり「あれ、みさい」は気になる。「見さい」の「さい」は、「い」とならんで軽い命令をあらわす助動詞だという。語源については諸説あるようで、動詞接続についても未然形説、連用形説とあって、揺れているようだ。この件については、「お茶の水（31）」と「なみさいそ（45）」の注釈をごらん願いたい。

236　吉野川の

吉野川の、よしやとは思えど、
胸にさわがるる、
田子の浦波の立ち居に思い候もの

芳野川のよしやとハおもへ
と胸にさハかるゝ田子のうら
なミのたちゐに思ひ候物

『古今和歌集』巻第十五恋歌五の凡河内躬恒の歌（七九四）、

吉野川よしや人こそ辛からめ、はやく言ひてし事は忘れじ

同じく巻第十一恋歌一のよみ人知らずの作（四八九）、

駿河なる田子の浦浪たたぬ日はあれども、君を恋ひぬ日はなし

同じく『古今』の、これもまた同じく躬恒の作、巻第十二恋歌二の五八〇番、

秋霧の晴るる時なき心には、立ち居のそらも思ほえなくに

以上三首が、ここでは、権兵衛の歌心を掻き立てた。『古今』の和綴じ本にいそがしく栞をはさんでいく権兵衛の「立ち居」が目に浮かぶ。

『古今』のよみ人知らずの歌は「駿河なる田子の浦、浪立たぬ日はあれど」と読むのか、「駿河なる田子の浦浪、立たぬ日はあれど」と読むのか、いささか歌の読み手を戸惑わせるところがある。それを権兵衛は、次歌237番の小歌で「田子の浦浪、浦の浪、立たぬ日はあれど」と読み方をコメントしてくれている。本歌取りが本歌の注になっているわけで、おもしろい。だからといって『古今』のよみ人知らずの歌の読みが定まったというわけではないけれど。

躬恒のもうひとつの歌は、その前の紀貫之の歌（五七九）、

五月山梢（こずえ）を高みほととぎす、鳴く音そらなる恋もするかな

を踏まえていて、貫之の「鳴く音そらなる」に躬恒が「立ち居のそらも」と応唱したという景色だ。

「立ち居」については、『古今和歌集』「仮名序」が参考になる。もう終わりに近いところ、この和歌集の編纂に参加できた喜びを述べる最後の段落である。

それ、枕詞、春の花、匂ひ少なくして、むなしき名のみ、秋の夜の長きをかこてれば、かつは人の耳におそり、かつは歌の心に恥思へど、棚引く雲の立ち居、鳴く鹿の起き伏しは、貫之らが、この世に同じく生まれて、この事の時に逢へるをなむ、喜びぬる。

これに相当する文節が「真名序」に見える。

臣等が詞、春花の艶少なく、名は秋夜の長を盗む。いはんや、進めば時俗の嘲を恐れ、退けば才芸の

拙を慙づる。たまたま、和歌の中興に遇ひて、もちて、吾道の再び昌(さか)りなるを楽しむ。

「仮名序」にあり「真名序」にないのが「たなびく雲の立ち居、鳴く鹿の起き伏しは」だが、これは「立ち居、起き伏し」をいっていて「真名序」の方の「たまたま、和歌の中興に遇いて」にかかると読めばよく分かる。「仮名序」の文脈では、むしろ分かりにくい。立ったり座ったり、起きたり寝たりの日常生活のうちに、たまたま、と読む。

「たなびく雲の立ち居」は「雲が立つ」の連想から「たなびく雲」が「立ち居」の枕詞になったのかなと見当はつくが、「鳴く鹿の起き伏し」の方は分かりづらい。『八代集総索引』を見ても、「なくしかの」の項に七つ用例が上がっているが、「起き伏し」にかけたのはひとつもない。

『万葉集』巻第十に「詠鹿鳴」と題して二一四一番から二一五六番まで、十六歌がまとめられているが、その最初二一四一番がいきなり印象的で、

このころの秋の朝開(あさけ)に霧ごもり、妻呼ぶ鹿の声のさやけさ

牡鹿が明け方に鳴いて、目が覚めるのです。

あるいは、『新古今和歌集』巻第五秋歌下は、その最初の歌四三七番から十七首、鹿で通していて、四四七番の源道済の歌は、

ねさめしてひさしくなりぬ秋の夜は、あけやしぬらん鹿そなくなる

と、やはり明け方の鹿の声を歌っている。

なにも「起き伏し」の「起き」にかけているではないか、だから枕詞なのだといいたてているのではない。枕詞の扱いは受けていないというのがわたしの印象で、鹿鳴は人間の生活の「起き伏し」のリズムをとっているようだ。「たなびく雲の立ち居」の方も、雲の挙動は人の立ち居振る舞いを映しているようだというので、仮名序の文芸者紀貫之がそう書いたので、つまりこれは紀貫之個人の文学なのでした。

さてさて、そこで紀貫之と凡河内躬恒の歌合戦ですが、まあ、むりやり今の言葉遣いにもってくれば、「五月の山の見上げる梢の高みにほととぎすが鳴く。ほととぎすの鳴く音は上の空に通う。わたしの恋も上の空だ」。

「秋の霧はなかなかにはれない。そのようにわたしの心は霧に閉ざされていて、立ち居起き伏しの日常の暮らしのうちに、ふと見上げる空も、上の空、心ここにあらずの状態なのですよ」。

まあ、どっちが勝った負けたの歌合戦だったわけではないでしょうけれど。

＊吉野川の方から吉報がきたと思っているのに、なんか胸がさわぐ。田子の浦に浪が立ち騒ぐように、立ち居の日常に思い惑うことですよ。

237　田子の浦浪

田子の浦浪、浦の浪、
立たぬ日はあれど、日はあれど

田子のうら浪うらのなミたゝぬ
日ハあれと日はあれと

＊田子の浦というと浪立つというけれど、立たない日はあるよ、それはあるさ。あるけどねえ。

前歌の注釈に紹介した『古今』の「よみ人しらず」の歌、

　駿河なる田子の浦浪立たぬ日はあれども、君を恋ひぬ日はなし

を本歌とする小歌だと天下に広報しているような小歌だ。

おもしろいのは、権兵衛が宗長（そうちょう）だとしたら、柴屋軒（さいおくけん）宗長の庵は宇津山（うつのやま）を西に越えたところ。宇津山を東に越えれば、興津、由比を経て富士川を渡る。富士川河口域の東が田子の浦である。

238　石の下の蛤

石の下の蛤、
施我今世楽せいと鳴く

石の下の蛤施我今世楽
せいとなく

明初の詩人高啓の「聞蛙詩（蛙を聞くの詩）」に「何処多啼蛤　荒園暑潦天」の二句がある。「蛤の啼くや何処に多き、暑く長雨の時節の荒れた園」と読むのだろうと思う。

『廣漢和辞典』の「蛤（漢音「こう」、呉音「ごう」）」の項は、「蛤」を「蚌類（貝の類）」として「はまぐり」の解を立てながら、「かじか。また、かえる」の解も示して、この高啓の詩を引いている。また「大蛤は、大がま」とし、『本草』の「山蛤」からということで、「集解　山蛤在山石中蔵蟄　似蝦蟇而大　黄色　能呑気　飲風露」と引いている。

『本草』はおそらく明の李自珍の『本草綱目』と思われるので（『廣漢和辞典』はかならずしも出典の案内が十全ではない）、これは一五七八年に成り、一五九六年に刊行されたものというから、権兵衛の時代からは後のものである。「集解に、山蛤は山石の中に在って蔵蟄し、蝦蟇に似て、しかも大、黄色、よく気を呑み、風露を飲む」と読むのだろうと思う。

「在山石中」が「石の下の」に響応しているわけで、「石の下の蛤」は蝦蟇（がま）ではないかと思うわけで、それが諸家はしきりに「はまぐり」をいう。「はまぐりがつぶやいた歌」といい、はまぐりが仏果を得ようと願う説話をいい、「大蔵経索引」を引いてみたりしている。それが、はまぐりが釈迦の説法を聴くという趣旨で、ヒエロニムス・ボッスの絵に、沼からぞろすかはい上がってくるガマだかトカゲだかの生物体も無言である。それが権兵衛は「施我今世楽せいとなく」と啼かせている。高啓と応唱して、蛤に啼かせているわけで、これはどうしても「蛤」は「蛙」ないし「蝦蟇」なわけですよ。

「施我今世楽せいとなく」はよく分からない。かくなるうえはごくごく素直に読めば、「石下のガマ、我に今世楽せいを施せとなく」だが、わたしはこの「施」の字が気に入らない。「我」の字も「家」に見えてしかたがない。

「今世」は『宝物集（ほうぶつしゅう）』の巻第四に「今世後世能引導」と見え、「新日本古典文学大系」版の校注者はこれに「こんぜごせのういんだう」と振り仮名をつけている。この振り仮名は校注者によれば底本にとった「吉川泰雄氏蔵本」に見られるものだという。この本は、『宝物集』の著者である平康頼（たいらのやすより）自身の改稿本であり、『千載和歌集』の成立（文治四年＝一一八八）以前にすでに完成していたと見られる「第二種七巻本」のひとつであるという。

だからといって権兵衛の小歌の字の読みがきまったということではない。『宝物集第二種七巻本』の書誌学はわたしには遠く、それに権兵衛自身は、「楽せい」と語呂合わせをしているような気配があるではないか。「こんせいらくせい」と遊んでいるのかもしれない。

それでは「楽せい」はどうなのか。「せい」に「世」の字をあてれば、「楽世」は「らくせ」と読んで、「楽な人生」と読まなくはなく、「らくせ」は呉音で、漢音では「らくせい」と読まれるから、権兵衛のひっかけも成り立つかもしれない。権兵衛本人だか写本の筆生だかが、「楽世」と書かず、わざと「世」は仮名書きにしたと勘ぐることもできる。

＊石の下のガマが、この世の楽な暮らしをおくれと鳴いている。

239　百年不易満

百年、満ちやすからず、
寸々、強弓をひく

百年不易満寸々彎
強弓

この小歌はよく分からない。蘇軾（そしょく）（蘇東坡（そとうば））の詩からの引用だというが、どういう詩なのか、よく分からない。わたしの拠り所『廣漢和』は、「百年」を引こうが、「不易満」を見ようが、「寸寸」の熟語を見つけて驚喜して引こうが、また「強弓」を引こうが（これはなんとはからずも地口だ）、蘇東坡は釣り上がらない。

「百年生きるのは大変なことだ」と「一寸ごとに強弓を引く」と、このふたつの文節をどうつなぐか。これは詩の文脈を見なければなんともいえない。

240

我御料に心筑紫弓

和御料に心筑紫弓、
引くに強の心や

わこりよに心つくし弓ひく
につよの心や

「わこりよに心つくし」「つくし弓ひく」「ひくにつよの心」この三つの文節をどう連結するか。「つくし弓」はたぶん鎮西八郎源為朝にかけている。保元の乱で父親の源為義とともに崇徳上皇方に与力した為朝は、ローティーン時に勘当されて筑紫に下り、豊後国阿蘇の平忠国の婿になり、勝手に鎮西総追捕使を名乗ってヴァイオレンスをふるった履歴があった。鎮西八郎の通り名はそこから来た。なにしろ強弓の使い手で、左腕が右腕より四寸も長かったという伝説があるという。

だから「引くに強の心や」とわたしているのだろうと思う。「強の」は「つよし」という形容詞の語幹「つよ」を体言として使うケースで、序歌「花の錦の」に「よしな」のケースを紹介した。これは「よしなし」からだが、ほかにもいくつか類例があって、この小歌集のリズムを作っている。

ただ、白川静の意見では、「つよし」の漢字「強」に「虫」が入っている。これは弓弦に天蚕糸を用いたところからで、「強」はもと「強弓」をいったという。それが、この「つよ」は弓ではなく「わこりよの心」にかけている。だから「わこりよにこころ」「つよの心」と旋頭歌ふうに仕立てた。なんとも権兵衛はマニエリストだ。

＊おまえに心をつくして、このつよ弓を引こうにも、なんともおまえの心はつよいねえ。

241　白木の弓を

取り入れてをかう、やれ、
白木の弓を、
夜露のをかぬ前に、
取り入れうぞ、なう

とり入てをかふやれしら木
の弓を夜露のをかぬさき
にとりいれうそなふ

「とり入てをかふ」の「を」はよく読めない。「越」のくずしだとは思うが、文脈ではここは「お」で、「取り入れておこう」と文章は素直である。だから、もしかしたら「を」は「を」ではなくて、「於」のくずしの「お」かもしれない。「夜露のをかぬさきに」の「を」は、しっかりと「遠」のくずしの「を」である。ところが「露の置く」の「置」は「お」であって、「を」ではない。いったいどうなっているのか？

この小歌、さらにくだいて書き直せば、

取り入れておこう、やれ、白木の弓を、「夜露の置かぬ前に、取り入れようぞ、のう」。

『太平記』巻第十七、熊野八庄司が五百余人をひきつれて、西坂本に進撃する条、本間孫四郎左衛門のふたりが先陣を承って、「なほも弓を強く引かん為に、着たる鎧を脱ぎ置きて、脇立許に大童になり、白木の弓のほこ短かには見えけれども、尋常の弓に立ち並べたりければ、いま二尺あまりほこ長にて、曲高なるを大木どもに押し撓、ゆらゆらと押し張り、白鳥の羽にてはぎたる矢の、十五束三臥有りけるを、百矢の中よりただ二筋抜いて弓にとりそへ」と、なんとも「白木の弓」を射るには準備がたいへんだ。

強弓だということはここからも分かるが、わたしが見た刊本の校注者は頭注に伊勢貞丈の「五武器談」なる資料から引用してくれている（「五武器談」は保元・平治・平家各物語と、源平哀記、太平記の五書にでる武器談のこと）。これは前出に「源平盛衰記武器談」と出るので、同じものかと疑われるのだが、それはともかく「今世の木と竹を合せたる白木弓は軍中雨露などにあへばにへはなれ損るなり古代の軍には皆丸木弓を用ひしなり」。文中「にへ」は「にべもない」という言いまわしで今も生きている言葉である。「鰾膠」あるいは「漆膠」と書く。強力な接着剤だ。

「五武器談」には明和八年（一七七一）の自序がある。それより昔の「古代の軍」にはもっぱら丸木の弓が使われていた。ちかごろは「木と竹を合わせた」新式がもっぱらで、これは雨露に弱いと談者は最近の技術の進歩に警戒心を見せている。

242 さまれゆへたり松山のしら塩

さまれ結へたり、松山の白塩、
言語神変だよ、
弓張形に結へたりよ、
あら、神変だ

さまれゆへたり松山のしら塩
言語神変たよ弓はりかたに
遊へたりよあら神変た

「松山の白塩」が分からない。これをとってしまえば、「とにもかくにもさ、結えました。言語を絶する、これぞ神変、神的な変化だ。なんと弓張りの形に結えたのだ。なんと、神変だ」と、なんだか知らないが、なにかを結って、なにかの形を作り、それが「弓張り」の形だったという。「弓張り」は弓を引き絞っている人形をいう。なんだか分からないが、ともかく前の小歌から「弓」でわたっている。

それが「松山の白塩」などといわれると、なにか結うものは松の枝らしく、さて、なんだ？「白塩」とはなにかと右往左往させられる。分からない。

「神変」は世阿弥の『申楽談儀』に父親の観阿弥の芸風を称えて、「何にもなれ、音曲をし替へられしこと、神変なり」と見える。『廣漢和』の「神変」の項は、用例に東晋の詩人孫綽の「遊天台山賦」を引いている。人知を超えた働きということで、それはよいのだが、「言語」はなにか。

古語辞典の案内によれば、『四河入海』に「言語やせたるもので、面目もないぞ」という一文が見られるという。『四河入海』は「しかじっかい」と読み、笑雲清三（しょううんせいさん）の著述。天文（てんぶん）三年（一五三四）に成った抄物だという。

わたしがおもしろいと思っているのは、権兵衛のほとんど同時代人の証言がここに聞かれるということで、「言語」を「いわくいいがたい」の意味合いで体言にかけるスタイルが室町時代末期に成立していた。ところが、わたしはこの一文の前後の文脈を見ていない。だから、「言語やせたるもの」が「言語」を「やせたるもの」にかけた言いまわしなのかどうか。もしや「言語がやせたるもの」をいっているのではないかどうか。疑念が夏空の雲のようにもくもくと湧き起こる。

243　いともの細き御腰に

いとものの細き御腰に、
大刀を履き、矢負い、
虎豹を踏む御脚に
藁沓を召された、
くぐればがさと鳴り候、
賤が柴垣、えせ物

いと物ほそき御腰に大刀
をはき矢おひとら豹を踏
御脚にわらくつをめされた
くゝれはかさとなり候賤か
柴垣えせ物

ある校注者が『八幡愚童訓』が権兵衛の典拠ではないかと示唆している。これは「はちまんぐどうくん」ないし「きん」と読む。

「最物細き御腰に太刀を帯き、都羅畳を踏、御足に藁沓を着」と見えるそうで、「いともの細きおん腰に太刀をはき、虎畳を踏むおん足にわらぐつを着け」と読む。「虎畳」は虎皮模様の畳（草履や下駄の面に張る敷物）をいう。

この著述はこどもにも読めるように書いたということで「愚童訓」と呼ばれるが、著者はおそらく石清水八幡宮の宮司だったのではないか。甲類と乙類のふたつに分けられていて、甲類は八幡宮の縁起。神功（じんぐう）皇后の三韓遠征から書き起こし、皇后の子応神天皇が八幡神（やはたのかみ）であること、文永の役で八幡神の加護があったことなどを書いている。だから文永の役後の著述であることはたしかだと、延慶（えんぎょう）元年（一三〇八）から十年のあいだに成立したとされる。

引用した文節は神功皇后の旅立ちの様子を映していると見られる。権兵衛は「矢おひとら豹」と書いている。「矢負い」が前歌からのわたりだとしたら、権兵衛は典拠にない語句を入れて、わたりを作ったことになる。だからそこに権兵衛のオリジナリティーが入ったことになるわけで、そのあたりの景色は、わたし自身が一番印象深く思っている事例の「宇津の山辺（113）」にわたるわけで、どうぞページをくりもどしてごらんください。

「とら豹」だが、書陵部蔵本はたしかに「ひょう」と書いているように見える。いるように見えると書いたのは、「豹」はむじな偏に勺だが、その字の右上から左下へのはらいがはらいではなく、棒線になっている。この点で、わたしの参照している『くずし字解読辞典』や、さらに大判の『くずし字用例辞典』の用例と合わないのである。

だからといって典拠本のように「畳」と書こうとしたわけではない。字形がちがいすぎる。それに、おもしろいことに、『くずし字解読辞典』（児玉幸多編、普及版、東京堂出版）の該当ページの「豹」の用例のすぐ下に「畳」の用例が載っているのです！　まさかとお思いの方、どうぞご自分の目でお確かめください。八七頁です。

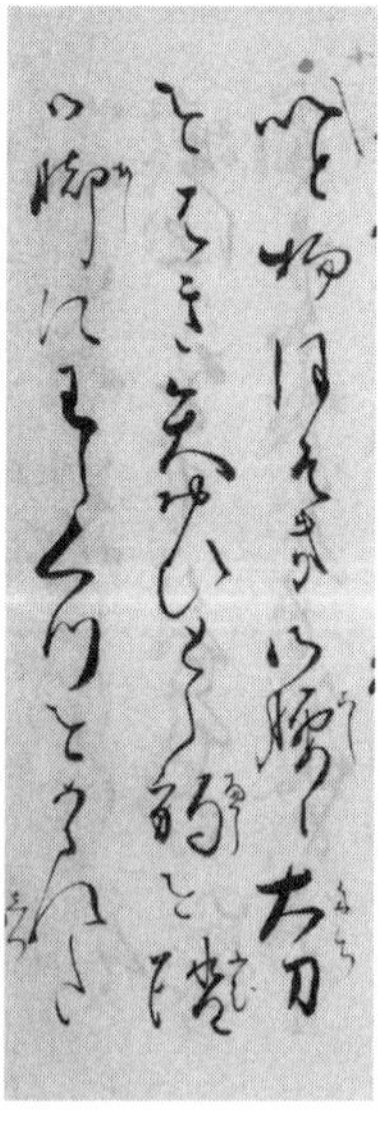

「とら豹」の怪はなかなかに解けない。『日本書紀』天武朱鳥（あかみとり）元年夏四月（なつうづき）の記事に、筑紫から送られてきた新羅の貢物、「細馬一匹・騾一頭・犬二狗・鏤金器、及金銀、霞錦綾羅、虎豹皮、及薬物之類、幷百余種」の記載が見える。「日本古典文学大系」版（岩波文庫本）の読み下しを転記すれば「よきうまひとぎ・らひとつ・いぬふたつ・こがねのうつはもの・およびこがね・しろかね・かすみいろのにしき・あやうすはた・とらなかつかみのかは、およびくすりのたぐひ、あはせてももくさあまり」。

『続日本紀』巻第六元明天皇霊亀元年九月の記事に、「諸役文武役人の六位以下の者に、虎豹羆皮及び金銀を用いて、鞍具並びに横刀の帯の端を飾ることを禁ずる」と見える、その「虎豹羆皮」はどう読めばよいのか。

参照した「新日本古典文学大系」版は、ここのところ、「虎・豹・羆の皮」と読んでいる。振り仮名は「とら・へう・しくま」である。『日本書紀』の編者は「へう」を「なかつかみ」と読んでいる。『和名抄』に「豹　奈賀豆可美　似虎而円文者也」と見える。言い得て妙だ。八将神(はっしょうじん)の一、豹尾神(ひょうびしん)の位が中央に位置するところからの呼称だという。

書陵部蔵本は「めされた」でその行をめでたく終わらせ、次の行は「く〻れはかさとなり候賤か」、その次の行に「柴垣えせ物」と書いている。

なんか判じ物めいている。「めされた」までに描写された人物が、どこかの家の柴垣をくぐり抜けようと、ガサガサ音を立てる。えせ物。なんだ、これは？

「柴垣」が「賤(しづ)」であり、「えせ物」であるいわれはなにか。

「柴垣」に貴も賤もないものだと、『枕草子』に「しつの屋」とあったのをおぼろげに思い出して、これはたいそう評判の一段で、なにしろここのところ段数の数え方が以前と違ってきているので、やっかいなのだが、「新日本古典文学大系」版や「新潮日本古典集成」版では二八三段、「日本古典文学大系」版などでは三〇二段の「雪と垂氷と月の影」の段に、「日頃降りつる雪の今日は止みて、風などいたう吹きつれば、垂氷(たるひ)いみじう垂(しだ)り、地などこそ、むらむら白き所がちなれ、屋の上はただおしなべて白きに、あやしき賤の屋も雪にみな面隠しして、有明の月のくまなきに、いみじうをかし、白銀などを葺きたるやうなるに、水晶の滝などいはましやうにて、長く短く、ことさらにかけわたしたると見えて、いふにもあまりてめでたきに」と、なかなか途切れない。

「柴垣」などは、雪に埋まってしまっていて、おしなべて白くなっちゃっていたということなのでしょう。

この文章は、緻密な計算の上に成り立っていて、「垂氷いみじう垂り」は「賤の屋」の伏線を作っている。「賤（しづ）」は「しだる（垂）」（これの他動詞形が「しづ」）「しづむ（沈）」「しづく（沈）」（「しづむ」が動作をいっているのに対して、「しづく」は水底に沈んでいる状態をいう）などの言葉と語源的に関係があるとされている。「したり」と終止形で止めているのだという意見もあるようだが、まあ、「しだり」と読んだ方がよいでしょう。

「いみじうをかし」で息がふっと途切れて、「白銀などを葺きたるやうなるに」と息を継ぐ。この呼吸が、また、よい。清少納言という名文家の名前をよく覚えておこう。

「賤か柴垣」は「賤の屋の柴垣」と読んだらいいよと清少納言におそわった。だから「柴垣」を「賤」というわれは分かったが、さて、「えせ物」はどうか、これは分からない。やはりこれも清少納言に教えてもらおうと、『枕草子』を読み始めて、まず二〇段に（「新日本古典文学大系」版の番号、以下同じ）、これが初出で、「昔はゑせ物なともみなおかしうこそありけれ（昔はえせ物といってもそれなりに風格があったものです）」、すぐその後の二一段に、「おいさきなくまめやかにゑせさいはいなと見てゐたらむ人は（先のことは考えず、ただ一途に、これが幸せだと思い込んだものだけを見て暮らしている人は）」、その後、しばらく空いて、一一五段に「べたうなとよひ出てうちさゝめき物かたりしていてぬるゑせ物とは見えず（別当など呼び出して、妙にはしゃいで話し込んだりしている様子から、えせ物とは見えない）」、つづいて一二〇段に「ゑせものゝずさかうがへたる（えせ物が従者を叱るのは様になっていない）」、一三七段に「ゑせものゝ家の」と見えて、決定的なのが一四九段。

どうして一四九段が決定的なのかというと、「ゑせものゝ所うるおり（えせ物が幅をきかす折といえば）」と「ものは」建ての文章で、最初に「正月の大根（おほね）」・行幸のをりのひめまうち君・御即位の御門司・六月十二月のつこもりの節折の蔵人・季の御ど経の威儀師・赤袈裟きて僧の名ともをよみあけたるいときら〳〵し・季の御読経御仏名などの御装束の所の衆・春日祭の近衛舎人ども・元三の薬子・卯杖の法師・御前の試の夜の御髪上・節会の御まかなひの妥女」と、わたしがいいたいのは「大根」以外はすべて人である。さらにまた、この一四九段のあと、一五二段に「ゐせ物」が出現するが、これもまた人で、そのあと、もう一度、二八六段に「うちとくまじき物ゐせもの」のかたちで出現して、これもまた人で、それだけである。一八五段に「あやしの物」が現われるが、これもまた人である。

権兵衛の「えせ物」も、やはり人なのではないか。そんな「柴垣」を形容するなんて。そんな賤が屋の柴垣を乗り越えて侵入しようなんて、エセ者だ。「賤が柴垣の胡乱者」ということで、清少納言に、一四九段に追加してもらうとよい。

244

いや申すやは

嫌、申すやは、
ただ、ただ、ただ、打て、
柴垣に押し寄せて、
その夜は、夜もすがら、
うつつなや

いや申やハたゝ〳〵〳〵うて
柴垣にをしよせてその夜ハ
よもすからうつゝなや

「賤が柴垣」の本歌は『源氏物語』にも聞こえる。

「帚木（ははきぎ）」の、源氏が紀伊守（きいのかみ）邸へ方たがいで引っ越しなさったという話のところに、「寝殿の東面払ひあけさせて、かりそめの御しつらひしたり。水の心ばへなど、さる方に、をかしくしなしたり。田舎家だつ柴垣して、前栽など心とめて植ゑたり」と見える。

「柴垣」は、日本文学史上最古の文献『古事記歌謡』一〇七番に堂々と登場していて、履中（りちゅう）天皇の孫の意富祁命（おほけのみこと）と袁祁命（をけのみこと）が播磨に住んでいたときの話、歌垣で志毘臣（しびのおみ）が歌いかけて、

　大君の心を緩らみ、臣の子の八重の柴垣、入り立たずあり

皇子よ、あなたは心が緩んでいるから、臣のわたしの八重に結いまわした柴垣に入り立つことができない

でいる。

これに対して、袁祁命がはぐらかすように歌を返すと、志毘臣はいきりたって、

おほきみの、みこのしばかき、やふしまり、しまりもとほし、きれむしばかき、やけむしばかき

皇子よ、あなたの柴垣は綱を八段も廻して結んでいる。ずいぶんと堅固だ。けれど、それも切れるだろう、焼けるだろう、その柴垣。

「きれむ」は「きる」の自動詞下二段活用の未然形「きれ」に推量をあらわす「む」をつけた形。「やけむ」も同じ。

そこでこの「いや申やハ」とはじまる権兵衛の小歌だが、「柴垣」で前の小歌からわたっていて、「やだというわけ、ないでしょう。打って、打って、打って、打ちまくってよ。柴垣に押し寄せてよ、このえせ物、胡乱者。夜は、よもすがら、うつつのことかしら」と読ませようと図っているらしいのだが、妻問いされた女の方の歌振りと読めるのだが、なにしろこの「柴垣」、テキストの伝承のなかではなかなか頑丈だ。軍勢を催して押し寄せるぐらいの勢いがなければとうてい「きれ」ない、「やけ」ない。

「柴垣を打つ」という言いまわしについてもよく分からないところがある。『古語大辞典』の案内によると、「明暦の大火（振袖火事）」のころから天和（てんな）年間（明暦は一六五五年から、天和は一六八四年まで）にかけて流行した「柴垣踊り」の「柴垣節」のことを『卜養狂歌集』が「柴垣を打つの山辺のうつけ者夢にも一つ合はぬ手拍子」と諷喩しているという。

『卜養狂歌集』は半井卜養（なからいぼくよう）の著述で、天和の前の延宝年間（一六七三年から。一六八一年に天和に改元）の出版だという。「柴垣節」が流行していたころ、「柴垣を打つ」の言いまわしが当たり前だったことが分かる。これを「うつの山辺のうつけ者」に重ねているわけで、権兵衛の小歌「宇津の山辺（113）」をご参照ください、権兵衛自身、「うつつなや」と締めて、そのあたりのテキストの伝承を示唆している。

これは、だから、なにも「柴垣節」がこの権兵衛の小歌の転写らしいとかなんとか、そんなことをいっているのではない。ただ、権兵衛がそこに居住した言語空間が、半井卜養の延宝年間に移動したということで、「柴垣を打つ」の命題はそこに息づく。

245　うすの契りや

薄の契りや、縹の帯の、
ただ、片結び

うすの契やはなたの帯の
たゝかたむすひ

本歌は『源氏物語』である。「紅葉賀」の終わり近く、紫式部は源氏と頭中将がたがいに直衣（のうし）をはぎとり、脱ぎ捨てる場面を描いていて、その一騒動の後、内侍は、そこらあたりに落ちている「御さしきぬ、帯など」をまとめて源氏のところへ届ける。

「おひは中将のなりけり。わか御なほしよりは色ふかしと見給ふにはた袖もなかりけり」。源氏はその帯を頭中将へ返したが、そのさい一首書き付けて贈った。「なかたえはかことやおふとあやふさに、はなたのおひはとりてたにみす」。

「帯は中将の(もの)なりけり。(源氏は)わが御直衣よりは色深しと見給ふに、(気が付けば、その自分の直衣には)端袖もなかりけり」。

　なか絶えば、かごとや負ふと、危ふさに、縹(はなだ)の帯は取りてだに見ず

「かごと(託言)」は「かこちいう言葉」、恨み言を意味する。もともとこの騒動は「内侍(ないし)のすけ」と呼ばれている内侍司(ないしのつかさ)の長老の女性と源氏との恋愛遊戯のからみだった。この女性は「五十七八の人」と、なまなましく式部は書いていて、これが「ねびたれど、いたく様子ばみ、なよびたる人」で、年は取っているけれども、様子ありげで、なよなよとした、優しく、なまめかしい女性だという。

内侍所のおかれた内裏の温明殿(うんめいでん)で、この女性は琵琶を弾じて、「瓜(うり)作りになりやしなまし」などと、『催馬楽』の「山城」を歌う。そこに通りかかった源氏が、感興を合わせて、「東屋(あずまや)」を口ずさむ。

　東屋の真屋のあまりのその雨そそぎ、われ立ち濡れぬ、殿戸(とのど)ひらかせ

内侍が返す。

　かすがいもとざし(錠)もあらばこそ、その殿戸、われ鎖(さ)さめ、おし開いて来ませ、われや人妻

どうやら、ここのところ、式部は『催馬楽』をしきりに本歌にとっている。「はなたのおひ」もまた『催馬楽』の「石川」を本歌にとっている。

石川の、高麗人(こまうど)に、帯を取られて、からき悔(くい)する、いかなる、いかなる帯ぞ、縹の帯の、中はたいれるか、かやるか、あやるか、中はいれたるか（異説「なかはたいれたるか」〈鍋島家本〉）。

「伊之加波」を河内の石川と読むわけで、歌のタイトルも「石川」で通っている。「己末宇止」は「こまうど」と読み、石川の高麗人をいう。高麗の男に帯をとられて困っています。どんな帯なんだ、どんなんだ。はなだの帯の……あとは読めない。

読めないけれども、じつはこれは「鍋島本」と呼ばれる写本の写しで、べつに「天治本(てんじぼん)」と呼ばれる写本があって、「奈可波伊礼太留可」は「名加波太衣太留」と書いてあるという。これはおもしろい。「衣」は漢音で「イ」、呉音で「エ」で、呉音の音をとれば「中は絶えたる」と読める。

こういう問題は、『催馬楽』という文章全体について、用例を点検していくのが解決の筋だが、なんとおどろいたことに、「衣」は、わたしの見ている刊本を通して見たかぎりでは、どこにも使われていない。内在的なテキストクリティークの道は閉ざされているということで、ユーレカの昂奮もすぐ醒める。

あらためて疑問に浮かぶのは、紫式部はこの後段をちゃんと読んでいたのだろうか。「はなたのおひ」は切れていたとかなんとか、そういうふうに歌っていると、そう分かったのだろうか。分かったからこそ、「なか絶えば、かごとや負ふと、危ふさに、縹の帯は取りてだに見ず」と源氏に歌を作らせたのではなかったか。

君は内侍に気があるようだが、それを邪魔だてして、君と内侍の仲を裂くようなことをしたら、君に恨み言をいわれるだろうから、危なくて、君の縹の帯を手に取ることもしないことだった。もしも、「石川」が歌っているように、帯が切れるようなことがあったら大変だからね。

なお「内侍のすけ」だが、「すけ」はまさに「助」をいい、だから内侍司の次官である。養老令の規定では内侍司の長官は尚侍（ないしのかみ）で、定員は二名。次官は典侍（ないしのすけ）といい、定員は四名。さらに判官が掌侍（ないしのじょう）で、これに下僚の女子が百名。わが『室町歌集　閑吟集註釈』（本書のこと）はなかなか本にならず、そのうちに二〇一五年を迎えた。気が付けばその前年二〇一四年十二月に吉川弘文館からとても良い本が出ていた。伊集院葉子氏の『古代の女性官僚―女官の出世・結婚・引退』である。たとえばここに引き合いに出した「内侍のすけ」のような女性の役人の律令体制下での有り様が見えてくる。ここに「内侍のすけ」をからかっている紫式部のような十一世紀の女流文学者がじつは「女房」という新しいタイプの「女性官僚」なのだという事の次第を伊集院氏の本は教えてくれる。伊集院氏は「女房の歴史」を研究する若手の登場を切望している。わたしも切望する。だれかいませんか。

なおなお、紫式部の「内侍のすけ」像の描出はかなりいじわるで、わたしはすきではない。ここではなにか好意的だが、「葵」の巻で、例の葵の上と六条の御息所（みやすんどころ）との車争いが起きた数日後、「かの内侍」が車を乗り付けて、源氏と歌をとりかわす話を書いた紫式部は、ここはもう与謝野晶子の訳を借りれば、「どこまで若返りたいのであろうと醜く思った」とか、「源典侍のようなあつかましい老女でもさすがに」とか醜く書いている。あれからたった二、三年ですよ。「朝顔」の巻の挿話はさすがにあれから十年あまり経っているという設定らしいが、女五の宮の館を訪ねた源氏は思いがけなく「かの内侍」に会う。「と言いながら、御簾のほうへからだを寄せる源氏に、典侍はいっそう昔が帰って来た気がして、今も好色女らしく、歯の少なくなった曲がった口もとも想像される声で、甘えかかろうとしていた。『とうとうこんなになってしまったじゃありませんか』などとおくめんなしに言う。今はじめて老衰にあったような口ぶりであるとおかしく源氏は思いながらも、一面では哀れなことに予期もせず触れた気もした」。紫式部はひどいではないか。「末摘花」の造形と同様、ここまで同性に対して無情になれるのかと、むしろ無情を読み手に要請するのかと批難したくて、角川文庫版の文章を引用してきたが、しかし、『与謝野源氏』はいいですねえ！　けっこう「内侍のすけ」の「女の一生」を活写している。

紫式部が「紅葉賀」を書いたのと前後して、和泉式部がやはり「はなたのおひ」が切れるの絶えるのという趣旨の歌を作っている。『後拾遺和歌集』巻第十二恋三に収録された。第七五七番歌である。

泣きながす涙に耐へで絶えぬれば、縹の帯の心地こそすれ
　あなたとの仲は、流す涙に耐えきれず、絶えてしまった。わたしは縹の帯の気分です。

なにか、「はなたのおひ」は絶える、切れるの縁語になっているかのようだ。
「はなたのおひ」は、『八代集総索引』を見るかぎり、ここにしか出ない。だから、「縹の帯」が絶えるものなのか、切れるものなのか、「八代集」の枠内では探索しがたいものがある。
「はなたのいと」が『拾遺和歌集』巻第一春の凡河内躬恒(おおしこうちのみつね)の歌に出る。躬恒は紀貫之・紀友則・

壬生忠岑（みぶのただみね）らと『古今和歌集』の編集に携わった。生没年不詳だが、官職についた最初の記録が八九四年というのだから、和泉式部や紫式部の一世紀先輩である。『拾遺和歌集』に収録されている。第三四番歌である。

青柳の縹の糸をよりあはせて、絶えずも鳴くか鶯の声

これは糸のように風になびく青柳の枝に「はなだ」をかけているのであって、青柳の細枝が縹色だといっている。これもまた本歌を訪ねなければ理解できない。縹色は藍染めの浅葱と藍のあいだの藍色で、薄目の藍といってよいだろうか。それが、これもやはり『催馬楽』に「浅緑」と呼ばれる歌がある。

浅緑、濃い縹、染めかけたりとも見るまでに、玉光る、下光る、新京朱雀のしだりやなぎ

ということで、青柳の色は浅緑です。やれやれ、ほっと安心した。それに「濃い縹色を染め付けたかのように、きらきら光っている、下の方まで光っている、新しい都の朱雀大路のしだれ柳の並木」ということで、「濃い縹」は、浅緑に光沢を添える効果だった。

鎌倉の大塔宮鎌倉宮の鳥居の向かって右手の小路を川沿いに行くと、突き当たりに古びた屋敷があって、屋敷地に柳が一本植わっている。ついこのあいだまでは二本あったのだが、そのうち一本の枝の茂みがみごとで、風に揺れて、吉野へどうとなびく風情があった方は、どうやら屋根瓦に悪さをしたということからしく、伐られてしまった。一本残っている方も、だいぶ枝を刈り込まれて、以前の盛観はないが、それでも、今、三月、青柳が風に揺れている。それが、日が当たっているのだが、「浅緑」が描写してい

るような「濃い縹、染めかけたりとも見るまでに、玉光る、下光る」印象は薄い。たぶん枝の茂みが足りないのだろう。たぶん、朱雀大通の柳はまだ若く、葉の肉質も厚くて、反り返っている感じになっていて、光線を乱反射して、それが縹の色合いを作っていたのだろう。

「縹の」は色合いをいっているのであって、「絶えず」の縁語として「縹の糸」がいわれているわけではない。むしろ「絶えずも鳴く」うぐいすが、「青柳の糸」を絶えず、切れず、紡いでいるというのが歌心であろう。

和泉式部のこの歌には前詞があって、「男に忘れられて、男の残していった装束を男に送りつけるのに、革帯でくくった。その革帯にこの歌を結びつけてやったと、式部は諧謔調で、革帯が切れるなんてことがあるだろうか。それがわたしたちの仲は切れてしまったのだねえ。だから、わたしは皮革のことはよくしらないが、「縹色」に皮を染めるということがあったのだろうか。あるのだろうか。

「縹色」というが、なんでも女房詞に「なまこ」を「はなだ」というという。なまこの色合いが縹色に通じるのだろうか。

『後拾遺和歌集』のこの和泉式部の歌の次は相模の歌で（七五八）、

中絶ゆる葛城山の岩橋は、ふみみることもかたくぞありける

と、「ふみみる」に「踏みみる」と「文見る」にかけている。それはよいのだが、問題は「中絶ゆる葛城山の岩橋」で、これは『催馬楽』の「石川」を本歌としている。帯が岩橋に替わっただけで、帯よりももっと頑丈な物に替わっただけで、「中絶ゆ」という言辞が本歌取りを示唆している。

『八代集総索引』を見る限り、「中絶ゆ」は勅撰和歌集の系譜には存在せず、「中絶えて」が二件現われる。ひとつは『後撰和歌集』巻第十三恋五、作者不詳の歌に、

中絶えて来る人もなき葛城の、久米路の橋は今も危ふし

という、なにか理屈っぽい歌があるが、ともかく「中絶える」のは橋らしい。ちなみに、その前歌、九八五番歌は、

葛城や、久米路に渡す岩橋の、中々にても帰りぬるかな

と、「岩橋」が縁語としてかぶさっているようでもある。

もうひとつは、『古今和歌集』巻第十五恋歌五、八二五番歌の、

忘らるる身をうぢ橋の中たえて、人も通はぬ年ぞへにける

「片結び」については、『後拾遺和歌集』巻第十二恋二に相模の歌がある（六九五）。

もろともにいつか解くべき逢ふことの片結びなる夜半の下紐

相模の歌は前詞があって、ある人を思っていたところ、様子で察したらしく、親しい人が、どうしてそんなに沈んでいるのかと聞いてきた。その人にも言えない心の内はこうなのですと相模は歌に作る。「かた結び」が「堅結び」を「片結び」にかけているということなのであろう。ふたりの仲は解こうに

も解けない堅結びのようで、いつかはふたりして解くことになるでしょうと、夜着の腰紐は片結びにして休んでおります。眉根掻き、鼻ふ、紐解けの心境です。

片結びというのは、まだわたしがこどものころは日常語だったが、いまはあまり聞かない。帯や紐を、片方を輪にして結ぶ結び方である。すぐ解ける。

うすの契りや、縹の帯の、ただ、片結び

＊薄いご縁でした。歌人たちがしきりに絶えるの切れるのと歌っている縹色の帯の、それもただ片結びのご縁でしたねえ。え、堅結びですか。それでも縹の帯ではねえ。

なんと、前歌の「柴垣」が「縹の帯」にわたっている。

246　常陸帯

神は偽ましまさじ、
人やもしも空色の、
縹に染めし常陸帯の
契りかけたりや、
かまへて守り給へや、
ただ、頼め、
かけまくも、かけまくも、
かたじけなしや、この神の
恵みも鹿島野の、
草葉に置ける露の間も、
惜しめ、ただ、恋の身の
命のありてこそ、
同じ世を頼むしるしなれ

神ハ偽ましまさし人やもし
も空色のはなたに染しひたち
帯の契かけたりやかまへて
まもり給へやたゝたのめかけ
まくも〳〵かたしけなしや
此神のめくみもかしま野の
草葉にをける露のまも
おしめたゝ恋の身の命の
ありてこそおなし世を頼む
しるしなれ

「ましまさじ」は「まします」の否定で、「います」の略したかたちの「ます」（四段活用）に敬語の「ます」（下二段活用）をつけたかたちである。「偽」のわきに「いつはり」と振り仮名が見える。

『万葉集』巻第四に、大伴家持が坂上大嬢（さかのうえのおおいらつめ）に贈った歌五首ということで、その一首七七一歌に、

　いつはりも（偽毛）似つきてぞする、うつしくも（打布裳）、まことわぎもこ、われに恋ひめや

と見える。

「偽」を一字で「いつはり」と読むのは、巻立てではその後の巻第十一の二五七二歌にも見え、あるいはこちらの方が時代的には先立つのではないかと見られているという。

　嘘をつくのもいいかげんになさい。もうすこし本気らしくいったらどうですか。本当にあなたがわたしに恋しているなんて、だれが信じるものですか。

「打布裳」は「うつし」の連用形「うつしく」に係助詞の「も」をつけた形で、「苦毛」と書いて、「くるしくも」と読むようなものだ。「打布」を「うつし」と読む。「布」を「し」と読むのは巻第十の一九八四番にその一例がある。

　このころの恋の繁けく夏草の、刈り払へども生ひしくごとし

『廣漢和』の「布」の項は、『山海経』に「禹鯀是始布土」と見えると注記している。「ウコンこれはじめてドをシク」と読む。「ウコン」は夏（か）の禹王（うおう）の父親の名前。禹鯀が始めて領土をひろげたという意味らしい。

そういう次第で「打布」は「ウツシ」と読み、「現し」の字をあてる。その連用形が「ウツシク」であり、係助詞の「も」は形容詞の連用形をとる。「うつしくも」である。「現実に」という意味合いで、『万葉』のこの歌は、全体、わたしの恋するお方が現実にわたしに恋しているなんて、そんな、というほどに読む。

二五七二歌もおもしろい。

いつはりも似つきてそする何時(いつ)よりか、見ぬ人恋ひに人の死にせし

なんと、トルバドゥールの「遠い恋」を茶化している。

「常陸帯(ひたちおび)」については、『源氏物語』「竹河(たけかわ)」の段もそろそろ終わり近く、冷泉院の御息所、大君(おおいぎみ)にむかし懸想していた連中がいまどうしているかを述べて、「少将なりしも三位中将とかいひておぼえあり。（中略）此中将は猶思そめし心たえず、うくもつらくも思ひつつ、左大臣の御むすめをえたれど、お(を)さお(を)さ心もとめず、みちのはてなるひたち帯のと、てならひにもことくさにもするは、いかにおもふやうのあるにか有けん」と見える。

夕霧の息子ということになっている蔵人少将も、いまは三位中将になって、左大臣（だれのことをいっているのか、不明）の娘御を妻に取ったはよいが、いぜんとして大君を思う気持ちを断ち切れず、妻はないがしろにして、「道の果てなる常陸帯」などと、紙に書きつけたり、話題に上せたりしている。いったいなにを考えているのかと、紫式部は自分で問題提起して、自分で批評してみせている。

「常陸帯」は『古今和歌六帖』の「五　服餝（ふくしょく）（飾）」に三三六〇、

　東路の道の果てなる常陸帯の託言ばかりも相見てしかな

と出る。『古今和歌六帖』は九七〇年代から九八〇年代にかけて成立したという説があるから、紫式部の生まれた頃合いか。

　常陸帯の神事は男女の仲を結ぶというが、ああ、ちょんの間でもいい、あのひとに会えたらなあ。

紫式部が『古今和歌六帖』を本歌にとったことはあきらかで、だから常陸の鹿島神宮の「常陸帯神事」は、紫式部の生まれたころ、もう歌枕になっていたのである。相愛の男女がそれぞれの名前を書き込んだ帯を巫女が結び合わせて、結婚を占う。正月十一日の祭とも、十四日のそれともいう。鹿島神宮には、神功皇后の着帯の帯なるものが伝えられたという。

　その帯が「空色のはなだに染めし」だという。空色の藍染めということで、ここは「縹（はなだ）の帯」にこだわっているわけではない。『延喜式』「縫殿寮（ぬいどのりょう）」（持統天皇四年）では、「縹」は深、中、式、浅の四級にわかれていたといい、「はなだいろ」は「中」をいったという。これは弓岡勝美監修の図録本『着物と日本の色』（ピエ・ブックス、二〇〇五年）による。

　永田泰弘監修の『色の手帖』（小学館、一九八六年初版、二〇〇四年第三刷）によると、「縹色」は「上代の服制では、藍を含めた広い範囲を指し、深縹（濃き縹）と浅縹（薄き縹）の間に中縹や次縹（つぎはなだ）もあった」ということである。

「空色の縹染め」というのは「浅縹」をいうのではないかと思うのだが、『着物と日本の色』には「空色」の案内はなく（「紅掛空色」はあるのだが）、『色の手帖』の「空色」の項は「空色」を「明るい青」と述べ、つづく項番号に「薄藍」を紹介していて、さて、「浅縹」との関係はどうなるのか。

『源氏物語』「澪標」に、源氏は逝去した六条御息所を偲んで、京の六条の旧邸はいまさぞかし寂しい気配だろう、娘御の前の斎宮はどんなにか悲しみにうち沈んでいることだろうと、歌を書き贈る。それが「空いろのかみのくもらはしきにかい給へり」という。「くもらはしきに」は「くすんでいるのに」ということで、「くすんだ色合いの空色の紙に書いた」。

「空色」はここだけかと思うのだが、「葵」に、源氏は、朝顔の姫君と歌を取り交わして、「空の色したるからのかみに」書き贈っている。朝顔の姫君の返歌は、「時雨る空もいかがかとぞおもふ」と、紙の色を「しぐれる空」の色と見て取った頓知即妙を示している。ということは紫式部のやらせということになるのだが。

「しぐれる空」が「空色」だの「薄藍」だのというのはいかがなものだろうか。だから紫式部の物語に、「空色」はただの一個所にしか登場せず、そこでの言い分けは、それが明分ではない。わたしはそう思う。

「人やもしも空色のはなだに染めし常陸帯の」という言いまわしは、権兵衛が勝手に「空色の」を「空言（そらごと）」にかけている。『日本国語大辞典第二版』は、なにやら『山家集』を見ろと送っていて、それがまた案の定、理屈っぽい歌なのだが、だから通うのか、紫式部の「空色」と色感が通じる。わたしの見ている『山家集』の刊本「日本古典文学大系」版で四二四番、

空色のこなたを裏に立つ霧の、表に雁のかける玉梓(たまずさ)

「こなた」と「あなた」、「裏」と「表」の対比だけでも、なんとも理屈っぽい。それが「あなた」は略している。字数の問題で、「空色のこなたを裏に立つ霧の、あなたの表に雁のかける玉梓」では字余りになる。こちらから見ると、裏から透かして、表の紙に書いてある文字列を眺めるようなもので、紫式部のいう「空の色したるからのかみ」に通じるではないですか。

＊鹿島の神はまさか偽物ではないだろう。人は、それは空言かもしれないが、薄い縹色の帯にせっせと名前を書いて、恋占いの常陸帯の神事を頼ってきているのだから、まあ、守ってやってください。

後は、まあ、読んでの通りで、じつはこの小歌、いまは上演されることのなくなった能『常陸帯』の一節である。だから、「空色の」と書いたのは能の詞書の製作者で、権兵衛ではない。けれども、引用したのだから、たぶん権兵衛もそう読んだので、だから「空言」ぶっていてもらってはこまる。

247 まことの姿はかげろふの

真の姿はかげろふの、
石に残すかたちだに、
それとも見えぬ蔦葛、
苦しみを助け給へと
言ふかと見えて、
失せにけり、失せにけり

まことの姿ハかけろふの石に
残すかたちたにそれとも見え
ぬつたかつらくるしみを
たすけたまへといふかとみえて
うせにけり〳〵

金春禅竹の能『定家』の一節である。現行の詞書は「それとも見えぬ蔦葛」が「それとも見えず蔦葛」、「苦しみ」が「苦しび」となっている。

式子（「しょくし」あるいは「しきしの」）内親王と藤原定家の「忍び忍びの御契り」の伝説を踏まえた能で、式子内親王の墓に葛が這いまとい、墓石が見えなくなってしまったほどだったという。定家の執心からで、この葛を世に「定家葛」という。

式子内親王は後白河天皇の三女。仁平（にんぺい）三年（一一五三）ごろの生まれか。正治（しょうじ）三年（一二〇一）没。『新古今和歌集』春歌上の三番歌に、四番歌の宮内卿の

かきくらし、なお降る里の雪のうちに、跡こそ見えね、春は来にけり

を従えて、

山深み、春ともしらぬ松の戸に、絶え絶えかかる雪の玉水

と、めでたく歌った大歌人である。

定家は応保二年（一一六二）に生まれ、仁治二年（一二四一）に死去している。だから内親王は十歳年上の女ということになる。定家は藤原俊成の息子だから、内親王にとっては、歌の師匠の息子というわけで、定家葛に這いまとわれて、いい迷惑だったにちがいない。

「まことの姿はかげろふの、石に残すかたちだに」が分からない。「かげろふの」が「石」の枕詞のような書き方をしているが、「かげろふ」は「陽炎」で、それがどうして石にかかるのか。『日本国語大辞典第二版』は、これは誤解で、『万葉集』に「たまかぎる」の枕詞がある。巻第二の二〇七番、柿本人麻呂の哀慟の長歌「天飛ぶや軽の路は」に「玉蜻磐垣淵之」というぐあいに使われていて、「玉蜻」というふうに書いて、「磐」の枕詞になっているように見える。「蜻」は「蜻蛉」で、和名「かげろふ」だ。だから「かげろふの」が「石」にかかる枕詞に使われたのだと、なんとも屈折した誤解がそこに介在したというふうに説明される。それはどうか。

「天飛ぶや軽の路は」はふたつの反歌を従えていて、そのあと、もうひとつの長歌を柿本人麻呂は作っていて、「うつせみと思ひし時に」と書き始める歌だが、そこにも「たまかぎる」が出てくる。こちらは

「珠蜻」と書いていて、それがなんと「髣髴谷裳」の枕詞になっていて、これは「ほのかにだにも」と読まれている。

巻第十二の三〇八五番にも「たまかぎる」がそれと同じようなかかりぐあいで出てくる。

朝影に我が身はなりぬ、たまかぎる、ほのかに見えて、いにし児ゆゑに（朝影尓　吾身者成奴　玉蜻
髣髴所見而　往之児故尓）

じつは『万葉』への「たまかぎる」の初出は巻第一の四五番、「軽皇子（かるのみこ）が安騎の野にやどった時に柿本朝臣人麻呂が作った歌」で、そこに「朝越座而　玉限　夕去来者」と見える。「朝越えまして、たまかぎる、夕去り来れば」と読むが、だから初出では「たまかぎる」は「夕」にかかっているわけで、それも「玉限」と書いている。

「かぎる」はおそらく「かがよふ」「かぎろひ」と同根で、玉がちらちら光るように見える感覚をいっている。だから「ほのかに」にかかるし、「夕」にかかるのは夕暮れの微光の感覚であろう。三〇八五番歌では「朝影」のなかにある。「かげろふ」の感覚で、だから「玉蜻」と字をあてたのであろう。「蜻」は「蜻蛉（トンボ）」で、和名「かげろふ」である。

「天飛ぶや軽の路は」の「玉蜻」は「磐垣淵」の「磐」にかかるのではなくて、「磐垣淵」全体にかかる。そのかかりぐあいはむしろ「ほのかにだにも」や「ほのかに見えて」へのかかりぐあいと同じ感覚であって、それというのも柿本人麻呂は、ここでは大津皇子の歌作りに共感しているにちがいないからである。わたしがいうのは巻第二の「大津皇子が石川郎女（いしかわのいらつめ）に贈った歌」（一〇七）のことである。石川郎女の返事も

一緒にご紹介しよう。

あしひきの山のしづくに妹待つと、われ立ち濡れぬ山のしづくに
あを待つと君の濡れけむあしひきの、山のしづくにならましものを

権兵衛の小歌、というよりは金春禅竹の能『定家』の一節の「まことの姿はかげろふの、石に残すかたちだに」の読みをめぐって、「かげろふの」が「石」にかかる読みの保証を『万葉』の「たまかぎる」に求めるのは適切ではない。「たまかぎる」は「磐」にかかるのではなく、「磐垣淵」全体にかかる。むしろその読みの保証をこそ権兵衛の小歌に与えてやりたい。「かげろふ」は「石に残すかたちだにそれとも見えぬ」にかかる。だから「かげろふ」なのである。

248　水に布る雪

水に降る雪、白うはいはじ、
消えき遊るとも

水に布る雪しろふハいはし
きえき遊るとも

あまりにもきれいな文字配りなものだから、ついつい「布る」「き遊る」と、あてている漢字をそのままおこした。

＊水の流れに降る雪は、水の面に白を掃くことなく消える。そのようにわが恋は、しらじらと人にいうことはない。よし、はかなくも、水に消えようとも。

きれいな歌だ。魂の鎮めの歌だ。

249
ふれふれ雪よ

降れ、降れ、雪よ、
宵に通いし、道の見ゆるに

ふれ〳〵雪よ宵にかよひし
みちのミゆるに

前歌に権兵衛は、言葉のならびが先細りになって、小さく小さく消えていく、そんな歌振りを見せたが、この歌に、権兵衛は、むしろ諧謔調である。わたる主題は「白ういふ」か「いはぬ」か。なぜって、宵に通った道がバレちゃうから、どかどか降れといっている。しらじらと人にいうのをおそれているのかいないのか。

250
夢かよふ道さへ絶ぬ

夢通う、道さえ絶えぬ、呉竹の、
伏見の里の雪の下折れと、
よみしも風雅の道ぞかし、
げにおもしろや、割り竹の、
割り竹のささらならば夢の通い路
絶えなまし、千秋万歳の栄華も、
破竹のうちのたのしみぞ、
あぢきなの憂世や、
夢さえ見果てざりけり

夢かよふ道さへ絶ぬ呉竹の
ふしみの里の雪の下折れと
よみしも風雅の道そかし
けに面白やわり竹のはり
竹のさゝらならハ夢の通路
たえなまし千秋万歳のゐい
くわも破竹のうちのたのしみそ
あちきなの憂世や夢さへ見
はてさりけり

「呉竹（くれたけ）」は中国渡来の竹を意味し、「淡竹」をいう。こちらは「はちく」と読むが、この読みの根拠は分からない。『廣漢和辞典』には「タンチク・はチク」と読みがつけられている。植物図鑑類は一切たよりにならない。「黒竹」の一種をそう呼ぶという説もあり、竹の幹の色の淡さをいうのかもしれない。「淡い」の読みが「あはい」だったことも関係するか。「あはい竹」、「あは竹」、「淡竹（はちく）」。

「真竹（まだけ）」の方が太めで、丈も高い。幹と枝の節と節のあいだの一方が浅く溝状になっている。節も二輪で作られている。「淡竹」の方は、溝状ではなく、扁平な感じになっている。節は一輪である。直径十数センチメートル、高さ十メートルになるものもある。

＊「はちく」だろうが「まだけ」だろうが、雪が降り積もったからといって、そうそうかんたんに折れるものではない。それが折れる。そこが文学だ。ただし、ささら状に折れ曲がるのではダメなんだ。ささらなんかでガシャガシャやられたら文学は通らない。破竹のうちに千秋万歳の栄華を見る。一瞬のうちにスカッと裂ける竹のいさぎよさがいっそ快い。邯鄲（かんたん）の枕、一炊の夢に五十年を見る。こうでなくちゃあ。あじけない浮世で、夢の目覚めもスキッとしないよ。

なにしろこの小歌、今は上演されることがなくなった四番物現在能『留春（りゅうしゅん）』から取っているという。翻刻本の出版も明治四十五年、佐佐木信綱の刊行した『新謡曲百番』（博文館）に収録されて以来絶えているという代物だが、これは書誌学的な点検が最高度に要請されるケースですねえ。

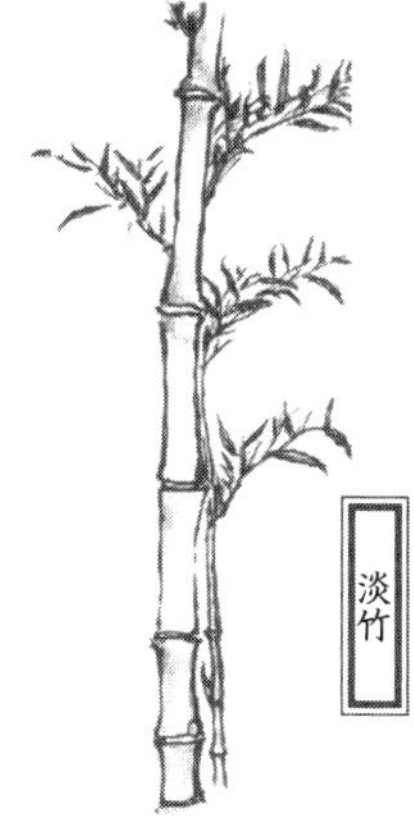

251　見るかい

見る甲斐ありて、嬉しきは、
契りし今朝の玉章、
除目の朝の上書

見るかいありてうれしきハ契し
今朝の玉章除目の朝の上書

なんともおそるべきは書陵部蔵本の書き振りで、「見るかい」はどう見ても「かい」で「かひ」ではない。たしかにわたしの参照している『くずし字解読辞典』の「ひ」に、「比」のくずしとして「い」に似ている書体があるにはあるが、それとても右側の斜線は外側にはねていて、「以」のくずしの「い」が、左右の斜線とも、内側にはねているのとは構造的に字の形がちがう。

「今朝の玉章」は「けさのぎょくしょう」あるいは「たまづさ」と読む。「玉梓」とも書く。むしろ「玉梓」の方が原義に近い。使者が梓の枝に手紙をはさんで持参するので「玉梓」と呼ばれたのだ。

「今朝」が難解で、大方は「けふのあさ」と過去調に読むが、「契りしけふのあさ」とはなにごとか。『和泉式部日記』の長保（ちょうほう）五年（一〇〇三）十月の記事に、

けさのまにいまはけぬらむ夢はかり、ぬるとみえつるたまくらの袖

という歌が挿入されている。それはたしかに、

　時雨にも露にもあてて ねたるよを、あやしくぬるゝたまくらのそで

という歌に返した歌で、「ねたるよ」を「けさのまに」で受けている。

「ま」は「間」あるいは「際」であり、空間的にも時間的にも「へだたり」をいう。だから「けさのま」は「けさ」という時間の経過をいっていて、夜の事は朝の間に消えていき、いまはすっかり消えました。夢のようでした。思い出せとしきりにおっしゃる「たまくらの袖」も、どうやら濡れたようですが、いつのまにか乾いておりますよ。

なにしろこのあたりが権兵衛の本歌のようで、敦道（あつみち）親王が和泉式部に「玉章」をとどければそれで事はすんだのに。式部が親王に嫌みったらしくからまなくてもすんだのに。和泉式部の文学が活性化しなくても、それはそれでよかったのに。

「玉章」は、なんのことはない、手紙のことである。初夜を過ごしたその朝、女の家から帰った男が女に文を送る。これの使者を「後朝（きぬぎぬ）の使（つかい）」といった。それが届けた文のことをいっていると思うのだが、諸家は、女から届けられた文などと、なにをいっているのだか、わたしには分からない。懸想文、艶書などは論外であると思うが。よく分からない。

「上書」の日本語読みはなかったようだ。書陵部蔵本には「うはかき」と振り仮名が見られるが、もとよりこの振り仮名は信頼できない。ないものはあるということはできない。ところが諸家は「うはがき」と振り仮名なさる。諸家にはお分かりなのだろう。諸家にお分かりなのがわたしには分からないことがくやしい。くやしいけれど、あてずっぽうに物を言うことはわたしの流儀ではない。

ここは漢語読みで「じょうしょ」と読む。「上書」は「上表」に同じで、「除目（じもく）を受けた」、官吏に登用された者が「上書」を提出する。日本古代のばあい、それはほとんど「賀」であり「辞」であったという。「辞」は、初位以下の庶人が役所に提出する進達書をいうという。どういうふうな文章になるのか、それは知らない。

252　しやつとした

しやつとしたこそ、人はよけれ

しやつとしたこそ人ハよけれ

「しやつと（87）」の注釈をごらんあれ。

253
げにあいがたき法にあい

げにあいがたき法にあい、
受けがたき身の人界を、
受くる身ぞとやおぼすらん、
恥ずかしや、帰るさの、
道さやかにも照る月の、
影はさながら庭の面の、
雪のうちの芭蕉の偽れる姿の、
まことを見えばいかならんと、
思へば鐘の声、諸行無常となりにけり、
諸行無常となりにけり

けにあひかたき法にあひうけ
かたき身の人界をうくるミ
そとやおほす覧はつかしや
かへるさの道さやかにもてる月
の影ハさなから庭の面の
雪のうちの芭蕉のいつはれる
姿のまことを見えはいかならんと
おもへは鐘のこゑ諸行無常と
成にけり〳〵

金春禅竹の能『芭蕉』の一小段から引いている。99番と100番に権兵衛はすでに『芭蕉』から引いている。前シテの里の女と庵室の主の僧との対話が、さらに一段とすすんで、里の女が「女人と見るにかくばかり法の理」を知っている。そのわけはといぶかしがる僧に里の女が答えるには、と、じつはこの女人、芭蕉の精であることが明かされる。

シテの女の台詞は、こうはじまる。「なかなかに、なに疑いかありあけの、末の闇路を、晴るけずは、今あひがたき法を得る、身とはいかが思はん」（とんでもない、なんの疑いがございましょう、この先どこまでも闇路はつづきますものを、それが晴れないことには、このわたくしが仏の法を自分のものにする身だなどと、どうして思いましょう）。

これに権兵衛が転記した文節がつづく。

「雪のうちの芭蕉」の言いまわしについては、それこそ「南の島に雪が降る」ではないけれど、それは雪の庭に芭蕉の風景はないとはいえない。だから現実にあるなしはともかく、これは文学で、盛唐の詩人にして画家の王維（王摩詰）が、手の動くがままに想を得て、「時節を論ぜずして」雪中の芭蕉を描いたという故事が、ここに想起される。

芭蕉

『竹林抄』巻第四冬連歌の行助（ぎょうじょ）と心敬（しんけい）の句が、この故事をめぐっている。もともと智蘊（ちうん）の

　雪折れの竹の下庵（したいほ）ふし侘（わび）て

にはじまった騒動なのだが、なにしろ竹が雪の重みで折れるなどということはない。このことについては「夢かよふ道さへ絶ぬ(250)」をご参照。だからというので、

　いつはりながらあはれとや見ん

を行助が受けて、これに

　　絵にかける雪のばせを（芭蕉葉）ば枯やらで

と付けた。

　つづいて心敬が、

　　幾重とよら（豊浦）の竹の下道

を受けて、これに

　　西にまだ月ある雪のけさはれ（晴）て

と付けた。

　よくわからないのは行助の付句に「幾重とよらの竹の下道」と配した『竹林抄』の編纂者、宗祇の存念である。行助が芭蕉にもってきてしまったものだから、智蘊への挨拶として、いったん竹へもどしたと見るか。

「とよら」は「豊浦」と書き、この地名の出典は『催馬楽』『葛城』である。

　　かづらきの寺の前なるや、豊浦の寺の西なるや

とはじまる歌で、明日香村の豊浦寺（とゆらでら）は四方に門があり、西門に葛城寺と額がかけてあった。だから「葛城寺の前」と「豊浦寺の西」というのは同じ場所を指している。それはそれでよいとして、歌の内容は、そこに「榎乃葉井（えのはい）」と呼ばれた井戸があって、その井戸に「白璧（しらたま）」が「しづんで」いた。井戸の底に「白璧」が見えた。

「白璧」は『続日本紀』の「光仁（こうにん）天皇」の条の書き出しに、天皇の諱（いみな）は「白璧王」といったと見えるの

で、もしかすると「白壁」かもしれないが、それにしても井戸の底に白壁が見えたという故事が、このばあい、「幾重とよらの竹の下道」と詠む根拠になったのかどうか。そのあたりについての意見は、いまのところ、わたしの耳にはとどいていない。

そのあたり、付合をどう読むか、不安なところはあるのだが、いずれにしても、心敬が、おそらくその豊浦寺の故事にからめて、「西に」と付句を起こし、「まだ月ある雪のけさ晴れて」と応答したのはめでたいことだ。

というのは、なんとここに「絵にかける雪の芭蕉葉」が能『芭蕉』の景色のなかにはまっているではないか。「月ある雪」、「けさ晴れて」と歌語がそのところを得ている。

＊さぞかし、あなたは、わたしが、なかなかに逢いがたい仏の法に逢って、なかなかになろうとしてもなれるものではない人間界の身に生まれ変わったとお考えになるでしょう。恥ずかしいことです。おいとましようとは思いますが、帰る道には月が皎々と照っていて、雪の積もった庭に、わたしの影が映ります。芭蕉が影を落とします。雪の庭に芭蕉が影を落とすことはない。だからわたしの影は偽りの影です。だから女のまことの姿はどんなかと、思いやるうちに鐘が鳴る。諸行無常の鐘が鳴る。諸行無常の鐘が鳴る。

254
おほとのへの孫三郎が

おほとのへの孫三郎が
織り手をとめたる織衣、
牡丹唐草獅子や象の、
雪降り竹の籬の桔梗と、
移れば変はる白菊の、
おおとのへの竹の下、
うら吹く風もなつかし、
さすやうでささぬ折木戸、
など待人のこざるらむ

おほとのへの孫三郎か織手を
とめたる織衣牡丹唐草獅子や
象の雪ふり竹の籬の桔梗
とうつれハかハる白菊のおおとのへ
の竹の下うら吹風もなつかしさ
すやうてさゝぬおりきとなと待
人のこさるらむ

「おほとのへ」は四行目では「おおとのへ」と書いている。唐綾織りの職人を中核とした織物職人が集住していた地域をそう呼んだらしい。古代の役人組織の一部である「大舎人（おおとねり）」の宿舎であった大内裏の「大宿直（おおとのい）」のあたりに形成されたらしい。応仁の乱で西軍の山名宗全が陣を置いたところで、後代「西陣」と呼ばれる。ここに織元の座が置かれたことが知られるのは文亀（ぶんき）年間（一五〇一〜〇四）の記録に出るのが一番早いという。なんと権兵衛の現代史である。

「おほとのへ」あるいは「おおとのへ」は「大舎人部」の訛音（かおん）だとする説明があるが、なっとくがいかない。書陵部蔵本の書写は「へ」と「人」の書き分けがあいまいで、あるいはここも「人」かとうたがわしい。「大舎人」をそう書いたのかなと邪推したくなるというものだが、ただ、それだと「おおとのへの竹の下」の読みがあやしくなる。まあ、「おほとのへ」という地域の呼び名があったのだろうと思うしかないが、漢字表記はよくわからない。諸家は「大舎人」の漢字をあてている。

「おほとのへの孫三郎」は、おそらく権兵衛が生を受けたであろう頃合いに、実際に西陣にそういう呼び名の「織物士」がいたとある本の頭注が書いている。その史料を見ていないのでなんともいえないが、その「孫三郎」が「織物士」と呼ばれているという情報がまたおもしろい。それというのも、わたしは「孫三郎が織り手つとめたる織り衣」と読んだのだが、どうも諸家は「孫三郎が織る手をとめたる織り衣」と読んでいるようで、なるほど「織り手」などと、近代主義もいいところだった。「つとめたる」は、諸家がそう読んでいるように、「をとめたる」と読んだ方がよいようだ。「織り留め」という当時業界用語になじむことだし、と反省したわけです。わたしは「徒」のくずしの「つ」と読んだのだが、諸家は「越」のくずしの「を」と読んだということである。

「孫三郎が織り手を留めたる織り衣」は、織りを留めて織り上がった織物をいっている。そこに織り出された絵模様は「牡丹、唐獅子、獅子や象」と権兵衛は歌う。これは放下師の歌謡を拾ったものだとある本の脚註は述べているが、そのスタイルをまねた権兵衛の創作と見て、なんの問題もないとわたしは思う。それほどに、この小歌は個性的でおもしろい。

「象」は『文明本節用集』に「サウ、キサ」と出るという。読みは「ザウ」でしょうねえ。「雪降り竹の籬（まがき）の桔梗と移れば変はる白菊」というのはおもしろい。「雪降り」については「雪降り髪」の用例があり

『夫木抄（ふぼくしょう）』七の源仲正（みなもとのなかまさ）の、

山がつの垣根のかひにはむ駒の、雪ふりかみと見ゆる卯の花

が示唆的で、垣根の竹は枯れて、てんてんと斑が浮き出ている。なんと卯の花だ。

『夫木抄』からのこの引用は、わたしは『日本国語大辞典第二版』で見た。

夏が闌（た）けると「桔梗、女郎花」（「をみなへし、ききゃうなどさきはじめたるに」『源氏物語』「手習」）、季節が移れば白菊と、権兵衛は季節を歩いて、冬の竹林の下風をなつかしと思う。なつかしを夏にかけている。

「おおとのへの竹の下」は「おおとのへの竹林の中」と読む。さしあたり『後撰和歌集』巻第二春中（四八）の、

竹近く夜床寝はせじ鶯の、鳴く声聞けば朝寝せられず

が参考になる。

「うら吹く風もなつかし」の「うら」は漢字表記は「末」で、葉や枝の先端をいう「うれ」の変化形と見られている。「竹の葉末（はずえ）を吹く風もなつかしい」。

『万葉集』巻第七に「みなとの葦のうら葉をたれか手折りし、わが背子が振る手を見むと、われぞ手折りし」（一二八八）と見え、「葦の末葉」は葦の葉のさきっぽをいっている。「葉末」である。

もっと視覚的に「うら」の字使いを見せているのは巻第十四の「春へさく藤のうら葉のうら安に、さ寝（ぬ）る夜そなき、児（こ）ろをし思へば」（三五〇四）である。

「春へさく藤のうら葉」は「波流繖左久布治能宇良葉」と書いていて、この「波流繖左久」がいい。春の息吹を帯びた藤蔓に新芽が芽吹き、花房と枝葉を押し出していく。藤は四月から花房がほころびはじめて、枝葉が伸び広がるのは五月にはいる。だからなおのこと、春先の藤の枝葉は、毛が密集したやわらかい薄緑色の「うら葉」をそよ風になぶらせていて、印象的だ。春へ向かう幼い若葉である。

「うら安に」は「うら」は漢字表記が「裏」あるいは「心」で、接頭辞的に使って「うら悲し」「うら恋し」「うら淋し」などの用法と同じで、「うら安し」の語幹をとった語法である。「春へ咲く藤のうら葉の」は「うら安に」の枕詞なわけで、なんともマニエリスティックな歌だが、なにしろそんなわけで安心してぐーすか寝るなんてとんでもない、あの子のことが気になっちゃって、というのがこの歌の趣意である。

『後撰和歌集』春下（一〇〇）の、

春日差す藤のうら葉のうらとけて、君し思はば我もたのまむ

では、「春日差す藤のうら葉の」が「うらとけて」の序詞になっている。「うらとけて」は「心解けて」と読む。

紫式部がこれを本歌にとって、『源氏物語』の「藤のうら葉」を書いているが、このタイトルは伝統的にということなのだろうか、「藤裏葉」と表記されていて、それが本文の解説の方では「うら葉」は「末葉」と説明されている景色がおもしろい。

『源氏物語』といえば、「少女（をとめ）」の書き出しに、

としかはりて、宮の御はてもすぎぬれば、世中いろあらたまりて、ころもがへのほどなどもいまめかしきを、ましてまつりのころは、おほかたの空のけしき心ちよげなるに、前さい院はつれ〲ながめ給を、前なる桂の下風なつかしきにつけても、わかき人〲はおもひいづることどもあるに、大殿より、みそぎの日はいかにのどやかにおぼさるらむと、とぶらひきこえさせ給へり。

年が変わって、藤壺宮の一周忌も過ぎて、更衣のころになりました。賀茂祭（葵祭）のころは、空の眺めも大変よろしいと申しますのに、前の斎院（朝顔姫君）はなにやら徒然の思いがおありのようでございます。葵や桂の葉で飾ったお召し物を五月の風が吹き抜ける。女房方はお若いころのことをなつかしんで、いろいろと思い出すことも多い様子。

まあ、そんなぐあいに訳していけばよいのだろうと思うが、ここでわたしがいうのは、「桂の下風なつかしきにつけても」の文節で、権兵衛の問題の文節は、だから『万葉集』や『後撰和歌集』、『源氏物語』に本歌をさがして造成した文学だった。

同じ「少女」の終わり近く、六条院の造営の次第を述べて、「みなみのひんがしは山たかく、春の花の木、かずをつくして植ゑ」と、なんとこれは「おほとのへの孫三郎が織る手をとめたる織り衣」の絵模様の紹介の本歌である。しかも、なんと、おどろいたことに「呉竹」が「下風」をともなって出現する。

「きたのひんがしは、すゞしげなるいづみありて、夏のかげによれり。まへちかきせんざい、くれたけ、した風すゞしかるべく……」なんとも、「呉竹、下風涼しかるべく」とこられたのでは、季節がちがうけれど、これもまた「おおとのへの竹の下、うら吹く風もなつかし」の本歌ととらないわけにはいかないのですよ。

＊おほとのへの孫三郎が織る手をとめて織り上げた唐織を見ると、そこには牡丹、唐草、獅子、象の紋様が見える。雪が降りかかっているかと見える斑入りの竹で編んだ垣根が見える。卯の花ですねえ。桔梗も見える。夏ですねえ。それが季節は移り変わって、なんと白菊ですよ。秋ですよ。おおとのへの竹林の中、竹の葉末に風が吹く。冬ですよ。なつかしいなあ。夏かしい。

さすやうてささぬおりきと、
なと待人のこさるらむ

これは独立の小歌だと思う。この写本の筆生にして、すでにその区別はできなかったということか、書陵部蔵本は五行目の「吹風もなつかし」のあとに、六行目の頭にくるべき一字「さ」を書いている。「おりきと」が分からないが、まあ「をりきと」の誤記、あるいはこの写本が製作されたころの慣行の読みということで、それに「さす」の「ささぬ」のといっているのだから、「折木戸」と読み、「差す」「差さぬ」と読む。なにをかって、つまり「錠を」です。

「折木戸」は、おそらく折りたたみ式の竹か木の木戸だろうと思うが、だからその錠も、錠とはいいながら、竹か木の棒の落とし差しなのだろう、だから「差すようで差さぬ」とあいまいに言いまわす。それがまた「待つ人」への思いやりになっていて、だからどうしてあの人は来てくれないのだろうと女はじれる。

Ⅷ　人の心は

《近江名所図》より堅田の町
（右隻部分、滋賀県立美術館蔵、室町末期（16世紀後半）、重要文化財）

255　人の心は

人の心は知られずや、
真実、心は知られずや

人の心ハしられすや真実心ハ
しられすや

256　人の心と

人の心と堅田の網とは、
夜こそ引きよけれ、夜こそよけれ、
昼は人目の繁ければ

人の心とかた田の網とハよるこそ
ひきよけれよるこそよけれひるハ
人目のしけけれは

「人目のしけれは」は書陵部蔵本の通り。「しけけれ」を「志気介礼」のくずしで書いている。「け」に踊り字を重ねていない。

「かた田」は近江の堅田、現在大津市の堅田、琵琶湖が一番狭くなっている水域の西岸に位置する。古代来、京都の賀茂神社の荘園がここに置かれていた。南北朝時代からは延暦寺横川(よかわ)楞厳(りょうごん)院領も設けられた。

荘園の領民は「堅田衆」と呼ばれ、琵琶湖の漁業、運輸に羽振りをきかせていた。鎌倉時代には、堅田の沖合に湖上の関所が置かれたが、その業務もまた堅田衆が独占した。

権兵衛の時代の近江は、権兵衛は「人の心と堅田の網と」といっているが、「人の心」を堅田の住人の世論ととらえれば、その一角を真宗一向宗が占めていたことはたしかで、なにしろ応仁の乱が起きた年、応仁元年（一四六七）、親鸞の法灯を守る蓮如は堅田本福寺にいた。堅田の住人のうち、商人や職人、漁民や船乗りが真宗に帰依し、蓮如の身辺の世話をしたということだ。

「堅田の網と」は堅田の門徒衆を指している。「網と」が「あみうと（網人）」と「あみた（阿弥陀）」にかけられている。「網と」の「と」のナゾを解く鍵はその辺にあるのかもしれない。それはたしかに、蓮如が堅田に「御影（ごえい）」（親鸞の画像）を置いたのはわずか二年足らずで、応仁二年、延暦寺の僧兵集団が堅田を襲い、堅田の町が全焼するという事件（堅田大責（かただおおぜめ））が起こって、蓮如は大津に「御影」を移し、その後、越前吉崎に四年間ほど滞在して（これが越前、越中に一向宗が普及する機縁となった）、畿内にもどり、河内、和泉堺を経て、文明十年（一四七八）五月、山科本願寺に入っている。

それが、「堅田大責」は権兵衛の青春時代の事件なことはたしかで、なにしろ「永正戊寅穐（えいしょうぼいんあき）八月、青灯夜雨之窻（そう、まど）、述而作」と「真名序」に述べ、「こゝにひとりの桑門あり、ふじの遠望をたよりに庵をむすびて十余歳の雪を窓につむ」と「仮名序」に書いているのだから、「永正戊寅」は「永正十五年（一五一八）」だから、応仁二年（一四六八）はちょうど「人生五十年」前。永正十五年に「庵をむすびて十余歳」といっているのだから、まあ、応仁二年はハイティーンだったでしょうねえ。

まあ、権兵衛自身が逃げ腰で、「よるこそひきよけれよるこそよけれ昼は人目のしげければ」などといいかげんなことを書いている。綱を引く、人の気を引く、人目を引くと読み手に連想を強い、だから夜と昼なのだと話をごまかそうとしている。どうもこのあたりの権兵衛は、べつに嫌いも好きもないが、おもしろくない。

257　みちのくにの

みちのくにのそめいろの宿の
千代鶴御が妹、見目もよいが、形もよいが、
人だに振らざ、なおよかるらう

みちのくにのそめいろの宿の
千代つるこかおとゝみめもよひか
かたちもよいか人たにふらさなを
よかるらう

「言霊の幸はふ国」などといいながら、なんと、まあ、多くの「言」が「霊」をもたされずに見捨てられていることか。「みちのくに」がそうで、歴史の方では、あっさりと、そういう言いかたはないと切り捨てられる。文学の方でも、『八代集総索引』がさしあたり手掛かりになるが、なんと「みちのくに」はただひとつだけ、『金葉和歌集』巻第十雑部下「連歌」の下句の用例が拾われているだけ（六四八）。永成法師の「あづまうとのこゑこそきたにきこゆなれ」を権律師慶範が「みちのくによりこしにやあるらん」と受けた一首である。これに、いま、さしつかえのない範囲で漢字をあてれば、「東人の声こそ北に聞こゆなれ、みちのくにより越にやあるらん」で、「越」は「越路」と「越し」にかけている。

問題はここでも「みちのくに」で、小学館の『古語大辞典』の「みちのくに」が「陸奥国」と漢字表記をあてながら、こちらもただの一例だけ、『伊勢物語』「一一五段」に「むかし、みちのくにゝて、おとこ(を)女すみけり」と見えるところを引いている。「昔、みちのくににて、男女住みけり」。

『伊勢物語』にはここ以外にも二個所「みちのくに」が見える。「十四段」の「むかし、おとこ(を)、みちのくにに、すずろに行きいたりにけり」と、「十五段」の「むかし、みちのくににて、なでう(ふ)ことなき人の妻に通ひけるに」である。

「新日本古典文学大系」版の『金葉和歌集　詞花和歌集』は、両歌集共通の索引を作ってくれていて、「地名索引」に「みちのくに」を探したら、なんと、「陸奥国(みちのくに)」の項立てで『金葉』から六個所、『詞花』から六個所指示してくれていて、そのうち、たしかに「みちのくに」と見えるのは『金葉』で一個所、さきほど紹介した用例で、『詞花』の方は、一二一番の橘為仲朝臣(たちばなのためなかあそん)の歌の前詞に「みちのくにの任はてゝ」、一七三番の和泉式部の歌の、これもまた前詞に「道さだ、わすれてのち、みちのくにの守(かみ)にて下りけるに」、一七五番の藤原輔尹(ふじわらのすけただ)朝臣の歌の、これまたまた前詞に「橘則光(たちばなののりみつ)朝臣みちのくにの守にて下りはべりけるに」、もうひとつ三三八番の、これもまた橘為仲朝臣の歌の前詞に「みちのくにのにむはてゝのほり侍けるに」（みちのくにの任果てて上りはべりけるに）と見える。

ここでおもしろいのは、『詞花』の方の四例は、例外なく、国司の任免についていっていて、「みちのくに」の言いまわしが、あたかも公文書に通用していたかの印象がある。ところが歴史の方では、そんなこと知らないという。だから、これもまた歌語の扱いでいいようで、『金葉』の方にも『伊勢』の方にもそれは通じる。

　ここで、またまた、おもしろいのは、漢字のあて具合で、『詞花』の方は、「新日本古典文学大系」版の話だが、「陸奥の国」とあてている。これで「むつのくに」ではなく「みちのくに」と読めという指示である。

　『金葉』の方は、これが問題で、「索引」は「みちのくに」と項を立てながら、校訂本文の方では「陸奥に」と漢字をあてて「陸奥」に「みちのく」の振り仮名を振っている。「陸奥によりこしにやあるらん」と下句を起こしているわけで、下欄注記に「陸奥　奥羽地方。現在の福島、宮城、岩手、青森の諸県にあたる」と書いている。

　ごらんのように、『金葉』の文例では、「みちのくに」の「に」がとばされている。その字は見ないよう要請されているわけで、「みちのくに」は行方知れずになってしまった。

　『伊勢』の方は、これまた情況は混沌としていて、「新日本古典文学大系」版では三例とも「みちの国（くに）」と校訂されていて、ああ、そうか、「みちのくに」は読みが決まっていないのだとすんなり飲み込めるのだが、それが「日本古典文学大系」版では、「十四段」と「十五段」では「みちの国（くに）」と校訂しながら、「一一五段」は「陸奥の国」と漢字をあてて、「みちのくに」と振り仮名を振っている。

　さらに印象的なのは、「日本古典文学大系」版が「みちのくに」は「みちのおくの国」の略かと、どこか控え気味に注記しているのに対して、「新日本古典文学大系」版は、「みちのくに」に「陸奥の国」と漢字をあてながら、「みちのく」は「みちのおく」の転でと、「みちのくに」ではなく「みちのく」に話を持っていってしまっている。『金葉』の校訂のケースと同じで、「みちのくに」の「に」がとばされている。

「みちのくに」はせいぜいが「みちの国」と説明できるだけで、「みちの」のは分からないというのが正直なところだ。だいたいが、「みちのくに」を「陸奥国」と見当をつけて読めるのは『詞花』の方で、一七三番だが、和泉式部の歌が、前詞に「みちのくにのかみ」と書いていながら、歌の方で、

　もろともに立たましものを陸奥の、衣の関をよそにきくかな

と、「陸奥の衣の関」と書いているところに照応の関係があると見えるところからで、あるいは、これも『詞花』の三三八番の歌の前詞に「みちのくにのにむはて丶のぼり侍けるに、たけくまの松のもとにてよめる」と見える。

「たけくまの松」（武隈）は宮城県岩沼市内にある名所で、『閑吟集』「里の名（58続）」に「みちのくにはたけくまの松の葉や」と「たけくまの松」は「みちのく」の名所案内の筆頭に据えられている。だから「みちのくに」は「みちのく」だと「たけくまの松」が証言しているかのようなのだが、じつのところ「里の名」の方は、ごらんのように「みちのく」には、と「みちのくに」は、と、二通りに読める。

「里の名」を注釈したおりには、「みちのくに」は、の方の読みについては逃げたが、ここで追いつめられた。もう弁慶の立ち往生の心境です。

「そめいろの宿の千代つるこかおと丶」だが、これも分からない。「そめいろの宿」と呼ばれた宿場であって、そこに千代鶴と呼ばれた遊女がいて、その妹がたいそう評判になっていて、なにしろたいそう

べっぴんで、それはよいのだが、言い寄る男はみんなはねつける。「振る」ということばがその意味合いで使われた、これは証で、どうぞ「新茶のわかたち（32）」をごらんください。「振る」という言葉について、なにやらああだこうだといっております。

これは後になってからの追加だが、たまたま『蜻蛉日記』を見ていて、日記が書き始められてすぐのところ、天暦八年十月の記事に、「道綱の母」の父親、藤原倫寧（ともやす）が「みちのくに」へ向かうという話が見える。

かくて十月になりぬ、ここに物忌みなるほどを心もとなげにいひつつ、嘆きつつ、返す衣の露けきに、いとど空さへ時雨添ふらん、返し、いと古めきたり、思ひあらばひなましものを、いかでかは、返す衣のたれも濡るらんとあるほどに、わが頼もしき人、みちのくにへ出で立ちぬ。

「ひなまし」は「干る」の連用形に「なまし」（「ぬ」と「まし」の助動詞の連合）がついた語形。「乾くだろう」「思ひ」の「ひ（火）」で「乾くだろう」、「たれも」はおそらく「垂る」の変化形。「嘆きつつ」以下の一首は兼家の歌。「思ひあらば」以下は「道綱の母」の返歌。自分の歌を「いと古めきたり」と批評している。

『古今』巻第一春歌上に、「よみ人しらず」ということで、

散りぬれば恋ふれどしるしなきものを、けふこそ桜、折らば折りてめ（六四）

この歌の形が、「道綱の母」に自分の歌を「いと古めきたり」と自己批判させる機縁になったかなと思

う。なにしろ「かけろふのにき」は天暦八年（九五四）の記事から始まっていて、『古今集』はそれからほぼ半世紀前に成った。まあ、「道綱の母」にとって「古歌」だったでしょう。

「思ひあらば」の初句が『伊勢物語』第三段の、

思ひあらば葎（むぐら）の宿に寝もしなん、ひじきものには袖をしつつも

に通うという指摘もあるが、これはどうも書誌学的検討がさらに要請されるところなようで、それというのも、『伊勢物語』が、のちにこれが「伊勢」だというふうになった形でまとまったのは、どうやら「道綱の母」の現代史だったようだからである。

258　うき陸奥の

うき陸奥の忍ぶの乱れに、
思ふ心の奥知らすれは、
あさくや人の思ふらん

うきみちのくの忍ふのみたれ
におもふ心の奥しらすれはあさ
くや人のおもふらん

「うきみちのく」は「憂き身、陸奥」と重ねているらしい。「うき」が陸奥の枕詞なのかどうか、人を惑わせるところがあって、権兵衛のこの書き方はすきではない。

「忍ふのみたれ」は、それは「忍ぶの乱れ」が『伊勢物語』第一段に最初に書き留められた歌、

春日野の若紫の摺り衣、忍ぶの乱れ限り知られず

を踏まえているだろうことは、歌詠みならばだれでも知っていたろう。もっとも、『伊勢物語』は、第一段にふたつ目の歌を記していて、

みちのくの忍もちすりたれゆへにみたれそめにし我ならなくに

というのだが、これが『古今和歌集』では、「かはらの左大臣」（河原左大臣源融（みなもとのとおる））の歌ということで（七二四）、

　みちのくのしのふもちすりたれゆへにみたれむと思我ならなくに

と、微妙に変化している。そのあたりの事情はというと、どうもあまり判然としないらしい。
はやくも紫式部が本歌取りをやっている。『源氏物語』「帚木」の書き出しに、光源氏は、中将だったときなんかは、役所にはせっせとお出でになって、それが葵上のところにはたまにしか行かない。「しのぶの乱れやと疑い聞こゆる事もありしかど」、忍ぶ綟摺(もじず)りなんか、やってんじゃないでしょうねえと疑いをかけられたこともありました。だれか他の女性に心乱されちゃったりして、という意味。
「しのぶの乱れ」とか、「忍ぶ綟摺り」については、権兵衛の小歌「いざ引く物をうたわんや(152)」をごらんください。

『伊勢物語』第一段にふたつの歌が出ると紹介したが、これは誤解を招く言いかただったかもしれない。そのあたりの反省もふくめて、わたしが第一段をどう読んだかを、以下、ご案内したい。

　むかし、ある男が、はじめて冠を着る大人の年ごろになって、平城京の故地、春日の里に、そこに知り合いがいるところから、狩に出かけた。その里に、たいへんなまめいた感じの姉妹が住んでいた。その男は、その姉妹をかいま見た。思いもかけなかったことで、なにしろこの古い都の故地には、およそそぐわない女たちだったので、男はなにかとまどってしまった。男が着ていた狩衣の裾を切り取って、男はそれに歌を書いて姉妹に贈った。その男は忍ぶ摺りの狩衣を着ていたのだが、男は、春日野の若紫の摺り衣、忍ぶの乱れ限り知られずと、間をおかず、すぐさま書いて贈ったのだった。男は事の訳（わけ）をおもしろいと思ったのか、そう書いて贈ったので、みちのくの忍ぶ綟摺りたれゆへに、みだれそめにし我ならなくに、というのが歌の趣意だった。昔の人は、このように、事に応じて、いちはやく、みやびな振る舞いに及んだのだ。

「いとなまめいたる女はらから」をわたしは「たいへんなまめいた感じの姉妹」と読んだが、大方は、歌の「春日野の若紫の摺り衣」と響きを合わせていると理解してか、「若くて美しい女姉妹」と読む。「なまめきたる」（おそらくこれの音便化したのが「なまめいたる」だと思うのだが。この形容動詞については、権兵衛の小歌「女郎花（161）」をごらんください）自体に「若い」はない。「若い紫」などと、なにごとを想像しているのか。「ムラサキ」は三〇センチメートルから六〇センチメートルに及ぼうという、肉厚の葉の、茎の先端に小さな白い花が五個咲くように見える植物である（いいかげんなもののいいようをするのは、植物学の方では、花は一つで、それが小さな花が五個にみえるのだというので）。「ムラサキ」は花を観賞する植物ではない。根が紫色の染料の材料となる。一本だけ生えていても、そこの野原全部が紫野だというほどに、浸潤性の強い根塊だということで、だから、『後撰和歌集』巻第十六雑二の「よみ人しらず」の歌（一一七七）、

武蔵野は袖ひつばかり分けしかど、若紫はたづねわびにき

は、「袖が露にぬれるくらい、草を分けて探したけれど、とおっしゃるけれど、いったいなにをお探し

だったのですか」。

『源氏物語』「若紫」の巻に、さて「若紫」とはなにを指しているのか、諸家、百家争鳴のところがある。よく知らないが、「若紫」というタイトルは著者が自分でつけたものではないようだ。ともかく文中に一度も出ないのである。「若紫」の巻だけではなく、なにしろ物語全編に出ないようなのだ。

兵部卿宮（ひょうぶきょうのみや）が、按察大納言（あぜちのだいなごん）と尼君の娘の姫君のもとへ通って、姫君が生んだ娘は、母親の姫君が死去してから十数年（「むすめただひとり侍し、うせてこの十よ年にやなり侍りぬらん」と尼君の兄である僧都が源氏に語っている）、娘は祖母の尼君に育てられている。やまいの深まった尼君は、孫娘を源氏にあずける。源氏は心境をこう歌によんだと紫式部は筆もなめらかである。

手に摘みていつしかも見む紫の、根に通ひける野辺の若草

ちなみに、わたしの見ている刊本では、「みむらさきの」の表記はママであって、「みむゝらさきの」と踊り字表記はとっていない。

「紫」はその色から娘の父方の叔母である藤壺宮を指している。ここではもっと即物的に「紫の根」が藤壺宮だといっているわけで、野の花をいっているわけではない。「通ふ」は縁があることをいっていて、また、紫の根は紫色を野辺の若草に染みこませるといっていて、だから娘は、次の巻の「末摘花」で「紫のゆかり」とか、「紫の君」とか呼ばれるようになり、いずれは「紫上」になるのだが、それが「おさなきほど」には、「おさなき人」のうちは「若紫」と呼ばれたというように著者は書いていないわけで、な

にしろ「若紫」は、もし女性の呼び名としてあったというのなら、それは『伊勢物語』第一段に出るのであって、余所には出ない。『後撰和歌集』のは『伊勢物語』の本歌取りだったと思われる。

「事の訳（わけ）」とわたしが訳したのは「ついておもしろきことゝもや思けん」の「ついて」だが、これは「ついで」と読み、「次」「序」などと漢字をあてるが、ものごとの順序、ものごとの縁、そうなる訳、そういう次第などの意味合いをもたされてつかわれる。『源氏物語』「胡蝶」の、巻がはじまってすぐのふたつ目の段落に、源氏は、秋好中宮（あきこのむちゅうぐう）を紫の上の館に迎えたいと思うのだけれども、中宮ともなれば、そうそう訳もなく、気軽にやってくるわけにはいかないだろうと、女房たちを舟に乗せて、中宮方を迎えに行かせるというくだりに、「ついてなくかるらかにはひわたり、はなをもてあそひ給ふへきならねは」と読める。「ついでなく、かるらかにはひ渡り、花をもてあそび給ふべきならねば」（「はなをもてあそび」は、「新日本古典文学大系」版の表記の通り。「もゝ」と踊り表記をとっていない）。この「ついで」が「しかるべき訳」という意味合いでつかわれている。

＊憂き身、みちのく、信夫の里、綟摺り石、乱れに乱れているわたしのこの心の内を、もしあの人にしらせたならば、軽々しい女だと、あの人は思うでしょうか。

259 忍ぶ身の

忍ぶ身の、心に隙はなけれども、
猶、知るものは涙かな、
猶、知るものは涙かな

忍ふ身の心に隙ハなけれとも
なをしる物ハ涙かな〱

これの本歌を訪ねて、『新古今和歌集』をさがしたら、式子内親王の、
玉の緒よ、絶えなば絶えね、永らへば、忍ぶることの弱りもぞする
がまず目に入り、その三歌あとの巻第十一恋歌一の一〇三七歌に、入道前関白太政大臣藤原兼実（ふじわらのかねざね）の、
忍ぶるに心の隙はなけれども、なを漏る物は涙なりけり
を見つけた。

すばらしい！　なんと、もしもこれが本歌だとしたら、わたしは書写の経緯はしらないが、権兵衛は、「なを漏る物は」を「なを知る物は」と写している！　わたしがいうのは、「漏る」を「知る」への転換のことではない。「なほ」を「なを」と、なぜか『新古今和歌集』の編者が書いたのを、そのまま写している。

「猶(なほ)」は、『万葉集』巻第二十の四三五一歌に、

旅衣、八重着重ねて、寝ぬれども、なほ肌寒し、妹にしあらねば

があり、「なほはだきむし」は「奈保波太佐牟志」と書かれている。

権兵衛の歌は「なほ知るものは」と書かれているとおこしているお方もいる。その方が目にした写本には、だからそう書かれているのだろう。わたしの見ている書陵部蔵本は「な越」と「越」のくずし字で書いている。「なを」である。

260　しのぶの里に置く露も

しのぶの里に置く露も、
われらが袖の行方ぞと思へども、
色にはいでじとばかりを、
色にはいでじとばかりを、
心ひとつに君をのみ、
思い越路の海山の、
隔ては千里のそとなりとも、
人の心の変らずは、
また帰りこむかへる山の、
秋の夕べのうき旅も、
子に添はば、かくは辛からじ

しのふの里にをく露も我等か
袖の行衛そと思へとも色には
出しとはかりを〳〵心ひとつに
君をのミおもひこしちの海山
のへたてハ千里の外なりとも
人のこゝろのかはらすハ又かへり
こむかへる山の秋の夕のうき
旅もこにそははかくハつらからし

『後撰和歌集』巻第十九離別羇旅（きりょ）に「藤原滋幹（しげもと）がむすめ」の作ということで（一三三一）、

君をのみしのぶの里へゆく物を、会津の山のはるけきや、なぞというのがあって、前詞に「友則がむすめのみちのくにへまかりけるにつかはしける」と見える。

この前詞に「みちのくにへ」と見える。これは、これに先立つ一三二四歌と一三二五歌の、それぞれやはり前詞の文中のそれとともに、「みちのくにの(257)」の注釈へ送らなければならない文言だが、それはともかく、「みちのくに」は陸奥だと了解するとして、友則（紀友則）のむすめが陸奥へ旅立つとそこで、藤原滋幹のむすめが差し上げた歌だという。

女ともだちが餞別に贈った歌だという。それはぜんぜんそれでかまわないのだが、それにしては歌の中身は濃厚で、それともこれは謎かけ歌か。

このふたりの女の関係はどういうのか。紀友則は紀貫之の従兄で、『古今和歌集』撰者のひとり。撰者中、年齢、官位、ともに一番高く、『古今』に採られた歌の数も四六首と、紀貫之、凡河内躬恒（おおしこうちのみつね）に次いで多い。その「むすめ」については、歴史は無言である。藤原滋幹については、父娘について、ともに歴史は冷たい。

「みちのくにの(257)」の注釈に紹介したように、『金葉和歌集』と『詞花和歌集』に、陸奥を「みちのくに」の表記がいくつか出るが、これは、いずれも、前詞に国司任官あるいは退官のことで書いている。『後撰和歌集』でも、一三三二番歌に先んじて一三二五番歌と一三二四番歌に、どちらも前詞にこの文言が見えるが、どうやらこの「みちのくに」という表記が見られるということから推して、「友則がむすめ」は「みちのくに」の国司に任官した男を夫にもっていたのではないか。「藤原滋幹がむすめ」は、夫の同僚の妻として、「友則がむすめ」に餞別の歌を贈ったのではないか。それがなかなか諧謔調で、よほど親しい仲だったのだなと思わせる。

信夫郡って、君をのみしのぶの里でしょう。そこへあなたはお出でになる。はるばると会津の山を越えて行くのですねえ。あなたにまた逢える日も遠くなりそうですねえ。どうしてなの。

さて、そこで肝心の権兵衛の小歌にもどって、「しのぶの里」はそういう理解のうちにある地名であって、現在の福島市の北部が古代中古の信夫郡にあたる。狭義の福島市の北に信夫山と御山という山地があるが、そこに信夫郡はその名を遺している。

そうして、権兵衛の小歌は、「信夫の里」に対応する「越路のかへる山」を立てている。「かへる山」は「帰りこむ」にかけているから「帰る山」と漢字をあてでもよい。

『古今和歌集』巻第八離別歌に、前歌につづいて紀利貞の作と思われる、「こしへまかりける人に、よみて、つかはしける」と前詞を置いた歌が見える（三七〇）。

かへる山ありとは聞けど春霞、立ち別れなば恋しかるべし

『枕草子』十三段（数え方によっては十段）の、「山は」の「物はづくし」に、「いつはた山かへる山」とつながって見えて、これは「いつ、はた、かへる」の連想を踏まえているのではないか。その本歌は『万葉集』巻第十八の四〇五五番、大伴宿祢家持の歌である。

かへるみの（可敝流未能）道行かむ日は五幡の（伊都婆多野）坂に袖振れ我をし思はば（和礼乎事於毛波婆）

「末」を「ま」と読む読み方もあるらしいが、いずれにしても、「かへるのあたりの道を」と意味をとる

のが定説になっているらしい。その「かへるみ」が「五幡の坂」に照応しているのだという。「五幡」は「いつばた」と読む。「かへるのあたりの道を行く日には、いつばたの坂で袖をふってください。わたしのことを思ってくれるなら」という読みになるが、その「いつばた」を「いつ、はた」と読み替えると、「いつ、はた、かへる」と見えるのだという。

「いつばたの坂」は福井県敦賀市五幡付近の山坂をいい、その坂道を行って、現在福井県南条郡南越前町今庄帰の付近の「かへる山」を越え、敦賀へ抜けたのだという。

「しのぶの里」は、「会津の山」を越して、阿武隈川中流域に出たところに位置している。会津盆地から磐梯山と安達太良山の山系を越えてということだ。なにか権兵衛は、陸奥と越前のふたつの地域の旅日記を書いているかのようではないか。この小歌はそういう景色のなかにある。

さてさて、そこで、あとはその旅日記の主客だが、なにしろ「われらが」とあり、また、「君を」と補語を立てている。「人の心」と書き、「子に添はば」と謎めいたことをいっている。

ちなみに、書陵部蔵本は「ここにそはは」と、踊り文字を使わずに書いている。わたしがかってにそう書き写したのではない。

「われらが袖」だが、「われら」は『八代集総索引』によるとたった二例しか出ず、ひとつは『古今』巻第十九雑体の伊勢の長歌「七条后亡せたまひにけるのちに、よみける」に「なみたのいろのくれなゐは、われらかなかの時雨にて」（一〇〇六）で、これは伊勢の歌だから、「われら」を女性がつかうこともあるのだと分かるところからも興味深い。

もうひとつは『拾遺和歌集』巻第九雑下の躬恒の歌（五一九）、

昔より言ひし来にける事なれば、我らはいかが今は定めん

これは伊衡（これひら）が歌の形で質問をぶつけてきたのに答えた歌で、「我ら」は、伊勢の長歌のばあいと同様、複数である。

それが『紫式部日記』がおもしろい。伊勢のばあいと同様、女性が使って、それが単数の扱いかのように見えるところがある。「十一月二十二日」の条で、この日、下仕の女房たちが、それぞれ童女を着飾らせて、清涼殿で帝（一条天皇）に御覧に入れるという行事があった。式部は童女たちの衣裳の色の対照に目を奪われたようで、いろいろ書いてきて、こうつづける。

下仕の中にいと顔すぐれたる、扇とるとて、六位の蔵人ども寄るに、心と投げやりたるこそ、やさしきものから、あまり女にはあらぬかと見ゆれ。われらを、かれがやうにて出で居よとあらば、又、さてもさまよひ歩くばかりぞかし。

下仕の女房たちのうちにとても美貌の人がいて、扇はこちらにいただきましょうと、蔵人たちが寄って行ったところ、自分の方から扇を投げてよこした。やさしい身のこなしではあったのだが、あまり女性には見られないふるまいと見えた。さて、わたしども、その下仕の女房のように、出演しなさいと命令されたならば、かの女と同じように、やはり、さまよい歩くだけのことになりそうだ。

文中「われらを、かれがやうに出で居よとあらば」の「われら」を「わたしども」と、いまの言葉遣

いに直してはみたが、なにかおちつかない。『日本国語大辞典第二版』などを見ると、一人称単数の用例が『宇治拾遺物語』などに出る。巻十三の五「夢買人事」で、それがまたややこしい。わたしが実際に見ている刊本は「新日本古典文学大系」版だが、そこには「此君の御夢、我にとらせ給へ」と見えて、注している「古活字本」は「我らに」と書いているという。「古活字本」というのはこれ以前の刊本の多くが拠っている「活字本」をいうらしく、『日本国語大辞典第二版』はそちらの方をとっているということのようで、つまり「われ」と書こうが「われら」と書こうが同じことだといいたいらしい。

『紫式部日記』には他所に「われら」は出ない。「新日本古典文学大系」版で同じ巻におさめられている『蜻蛉日記』をざっと見てみたが、「われら」は出ていなかった。「われ」「われは」「われも」などなど「われ」はいっぱい目に付いたが。

なにも『蜻蛉』だの『更級』だのとあげつらうことはない。『式部日記』の筆者自身の作品に、なお「われら」のアリバイを追求すればよいわけで、それが頼りになる『源氏物語索引』は、「われら」を項に立てることもしていない。「われ（我）」の項の一番最後に「我ら」と、だからなんというのか、サブ項を置いて、「蓬生（よもぎう）」に一個所、「玉鬘（たまかずら）」に二個所、「紅梅」に一個所指定している。

はじめから「われ（我）」の複数だときめつけている風で、なんとも納得しがたいが、「蓬生」のは、末摘花が源氏に見捨てられて困窮している。乳母の子侍従がなんとかめんどうをみている。その侍従が結婚して九州に下向することになった。末摘花はたいそう心細く思う。もう職場を替えようにもどこも雇ってくれそうにない年寄りの女房までもが、侍従が去るのは当然ですよ。「我らも得こそ念じ果つまじけれ」わたしたちだって、とうてい辛抱し切れませんですよといいだす始末。末摘花のところに何人か女房がのこっていればよかったですねえ。

「玉鬘」の方は、夕顔の遺児の玉鬘は、乳母の夫が大宰少弐に任官したので、一緒に連れられて、筑紫に下ることになる。船上からあたりの景色を眺め興じながら、夕顔の君はお気が若かったから、こうした景色もぜひお見せしたかった。「おはせましかはわれらはくたらさらましと京の方を思やらるゝに」もっとも、もしご存命だったら、わたしども、こうして旅をするということもなかったわけだと、夕顔の君と一緒に過ごした京の方を見る。このように心に思い、あるいは会話を交わしたかもしれないというふうに紫式部が書いているのは乳母の娘たちふたりだったと作者はきめている。だからここでの「われら」は、まあ、複数できまりでしょう。

それから五、六年後という設定で、大宰少弐は勤務期間が満ちたのち、他界した。肥後国の大豪族大夫監というのが、玉鬘の噂を聞きつけて求婚してきた。乳母とその長男の豊後介と、娘のひとり兵部君は、なんとかかんとか玉鬘を京へ連れ帰る。大宰少弐の遺志をなんとかかんとか実現したのだったが、京にはよるべもなく、九条あたりに仮住まいする始末。乳母はしきりにそのことを嘆き「いとをしがれば」と書いている。残念がるという意味です。豊後介は、そんな母親をはげまして、玉鬘君をあんな大夫監のような人と結婚させて、「われら」、わたしたちが羽振りの好い暮らしを送れるようになっていたとしても、「わか君をさる物の中にはふらしたてまつりては」、若君をあんな連中の中にほっぽりだしておくようなことになっていたとしたら、あんまり気持ちのよいことではないでしょうといいさとしたと式部はいい調子で書いている。この「われら」は豊後介とその妹の兵部君、ふたりの母親である乳母という玉鬘をガードする三人組ということになる。

もうひとつ残ったのは「紅梅」で、このケースでは「われら」が単数主格かとも見えるので、ていねいにご紹介したい。

妬げにもの給へるかな。あまり好きたる方に進み給へるを、許し聞こえずと聞き給ひて、右のおとど、われらが見立てまつるには、いと物まめやかに御心をさめ給ふこそをかしけれ。

故柏木の同母弟、紅梅大納言（按察大納言）が自分の娘中君を匂宮と結婚させたいと思って、腹違いの弟大夫君（こちらは紅梅大納言と真木柱とのあいだの息）を使者に立てて、しきりに交渉する。しかし、匂宮の意中の人は真木柱と蛍兵部卿宮とのあいだに生まれた宮御方だった。この一文は、匂宮からの返書を見て、大納言が心に思ったことをいっていて、「なんともねたましいほどに上手にいいつくろっていることだねえ。ますます色好みになってきているというのに（宮御方に対する匂宮の気持ちをあてこすっている）、そういうお方は好きではありませんと思われていると聞き知って（中君にそう思われているだろうと思って）、右大臣殿（夕霧と雲居雁のあいだに生まれた娘、大君）や「われら」が見立てるところを気になさって、たいそうまじめに心を抑えていらっしゃる気配で、なんともおかしいことだ」。

「右大臣殿」は夕霧の娘の大君をいう。どうして「右大臣殿」などとよばれていたのかというと、夕霧が「右のおとど」「右大臣」などと呼ばれていて、その娘だからということらしい。それが、じつは大納言の娘はふたりいて、そのひとりが中君だが、姉は大君といい、夕霧の娘の大君と同様、東宮の室に入っていたという話になっている。ここでどうして大納言が、「われら」にならべて、とりわけて「右大臣殿」を引き合いに出したか、そのあたりの存念のほどはさだかではない。

いずれにしても、「われら」は、やはり「大納言と大夫君」のふたりなのだろうか。前例と同様、ここでもまた、「われら」は色好みの匂宮に対して中君をガードする三人組である。

「色にはいでじとばかりを」だが、『古今和歌集』巻第十一恋歌一の「よみ人知らず」の一歌（五〇三）に、

　　思ふには忍ぶることぞ負けにける、色には出でじと思ひしものを

と見えて、「色にはいでじと」は、そっくりそのまま、これを本歌にとっている。

　　思う心に忍ぶことが負けてしまった、思う心を表には出すまいと思っていたのにねえ。

「心ひとつに君をのみ思い越路の海山を」だが、「思ひ越路」は「思ひ来し」を「越路」にかけている。それが、けっこうこの「思ひ来し」はやっかいで、「来し」は「く」の未然形「こ」に、過去を示す助動詞「き」の連体形「し」がついた連語である。なおのことやっかいなことに、「き」は「カ行・サ行変格活用」以外の動詞では連用形につく。「こし」とか「せし」というのは変型だというのである。

用例がまたやっかいで、これは「慕ふ」の用例だが、ある古語辞典は、『万葉』七九六の「はしきよしかくのみからに　したひこし　いもがこころの　すべもすべなさ」の「したひこし」が「慕ひ来し」で、これは自分を一途に慕うという意味の動詞「慕ひく」の過去形だととらえている。それが、ある『万葉』の編注者は「私を慕ってやってきた」と、慕うと来るの連語だと読んでいる。

「思ひ越し」の用例は、『古今』『拾遺』『新古今』と拾うことができて、『古今』のは巻第十六の最終歌、八六二番の在原滋春（しげはる）の、

かりそめの行きかひ路とぞ思ひこし、今は限りの門出なりけり

というのだが、「行きかひ、甲斐路とぞ思こし越路」と書いてくれれば分かりやすかったのに。

『拾遺』のは巻第六別の右衛門（だれのことか、よく分かっていないらしい。加賀守源兼澄（みなもとのかねずみ）の娘かという説もあるそうだ）の作（三三六）、

命をぞ、いかならむとは思ひこし、生きて別るる世にこそありけれ

『新古今』のは、巻第二十釈教歌一九六七番の藤原俊成の歌、

いまぞ、これ、入り日を見ても思ひこし、弥陀の御国の夕暮れの空

これは「入り日」と「夕暮れ」と、同じ時間経過を示す語がふたつ重ねて使われていて、歌としては失敗作だと思うのだが、そういう意見は俊成の周辺には出なかったらしい。

以上三例の「思こし」は、そのどれもが「思ひく」の変化形で、「思ひ」が「越して」現在にいたっている。

「子に添はば、かくは辛からじ」だが、これは「ここにそはかくはつらからし」を勝手にそう読んだの

で、「そはは」は、書陵部蔵本では、たしかに踊り記号を使っていない。だからかなり勝手な書写だなと思いこしながら、「ここに」は「子に」のほかに読みようがなく、だとすると「子に」から「われらが袖の行方」があらためて読み起こされて、もしやこの小歌、子を亡くした両親の、子の死地をたずねる旅日記なのではないか。

＊信夫の里に露が降りている。われわれ親どもの衣服の袖も涙にしっとりと濡れる。袖がしっとりと濡れて、傍目にもそれと分かろうが、それでもこの気持ち、しらふには出したくない。君のみを思い越路と古歌にいうではないか。思いにあるのは君のことだけだ。思いは越して、君のいる越路の海山へ。親は千里に往(ゆけ)ども、子を忘れずというではないか。人の心は変わらない。だから帰ってくる。越前のかへる山へ。だから秋の夕べの帰る山路をとぼとぼと行く憂い旅も、子がいてくれるならば、こんなにも辛くはない。だから、子がいてくれるのだから、辛くはない。

261　忍ばば目で

忍ばば目でしめよ、
言葉なかけそ、あだ名の立つに

しのはゝ目てしめよ言葉な
かけそあた名のたつに

「目でしめよ」は「締めよ」か「占めよ」か、まようところだ。他動詞のようだから、「染めよ」はないだろう。ところが、目についていえば、「染む」が一番あっている。そうして、じつは「染む」には他動詞の用法があったらしく、「染み通らせる」ということで、「とろりとろりと染むる目の」という文節が、元禄年間の歌謡からということで、ある古語辞典に引かれている。

262 しのふにましる草の名

何よ、この、忍ぶにまじる草の名の、
我には人の軒端ならん

何よ此しのふにましる草の
名の我にハ人の軒はならん

『千載和歌集』巻第十三恋歌三の八三四番に、右近中将忠良どのが、

なにとかや、忍ぶにあらで故郷の、軒端に茂る草の名ぞ、憂き

と歌っていますが、忘れ草のことでしょう。

＊なんですかねえ、忍ぶ草や忘れ草がわっさかわっさか生えてるふるさとのおうちの軒端の話なんか持ち出しちゃって。そんなのきばなんて、わたしにいわせれば、男の退き場ですよ。忘れ草を一束つかんで、さっさと都へ行っちゃいなさい。

263　龍のはし

龍のはし、今は、名は漏るるとも

龍のハし今ハ名ハもるゝとも

「龍」は、見ようによっては、「新」のくずしの「し」とも読める。もしそちらならば、「しのはし、今は、名はもるるとも」で、「忍ばじ、今は、名は漏るるとも」と、めでたく読み解ける。

264　忍ぶこと

忍ぶこと、もしあらはれて、人しとに、
こなたは数ならぬ軀、
そなたの名こそ惜しけれ

忍事もしあらはれて人しとに
こなたハ数ならぬ軀そなたの
名こそをしけれ

これは歌が読めない。「人しとに」は彰考館本に「人しらは」と見えるという。書陵部蔵本は「人志とに」と堂々と書いている。筆生が手本を目で見たとしても、耳で聞いたとしても、この文脈で「ひとしらは」を「ひとしとに」と書くとは思えない。だいいち、もしあらわれて、人しらば、では同意語反復になりはしないか。疑念が夏雲のように湧き上がる。

265　しのふれと

忍ぶれど、色にいでにけり、わが恋は、
色に出にけり、わが恋は、
物や思ふと、人の問ふまで、
恥ずかしの漏りける袖の涙かな、
げにや、恋すてふ、わが名は、まだき、
立ちけりと、人知れざりし心まで、
思ひ知られて、恥ずかしや、
思ひ知られて、恥ずかしや

しのふれと色に出にけり吾
恋ハ〳〵物やおもふと人のとふ
まてはつかしのもりける袖の
涙かな実や恋すてふわか名
はまたき立けりと人しれさり
し心まて思ひしられてはつ
かしや〳〵

『拾遺和歌集』巻第十一恋一の第二歌と初歌（六二二と六二一）の転記である。もっとも、世阿弥の芸論『五音曲条々（ごおんぎょくじょうじょう）』の第四条、「恋慕」では「忍ぶれど色に出にけりの小謡」というふうに紹介がしてあるし、金春禅竹の『五音之次第』にも、恋慕の条でこの和歌が取り上げられているということがあって、つとに能の詞書に取り入れられていたのだろうと思われる。

　金春式部大夫氏信、法名禅竹の『五音之次第』は康正元年七月の奥書をもっている。もっともその七月二十五日に改元されて康正だから、享徳四年と伝える本の方が信用できるかもしれない。いずれにしても西暦一四五五年で、おそらく権兵衛はもう生をうけていたことだろう。十歳ほどの少年だったかな。権兵衛が宗長だったら、六歳だ。

　権兵衛は、『拾遺』十一恋一の平兼盛の第二歌はそのままとっているが、壬生忠見の初歌はかなり切り刻んでいる。「わが名はまだき立ちけり」のところがおもしろい。原歌は「立ちにけり」で、完了の助動詞「ぬ」が入っていないかどうかだが、「けり」が過去の時点から現在までつづいている状態をあらわすから、「ぬ」を省いてしまっても、文脈上、困ることはない。接続も「けり」は連用形につくが、「に」は「ぬ」の連用形であり、「立ち」は「立つ」の連用形だから、文法上、ミスをおかしたということにもならない。「はやくも浮き名が立ってしまっていたことでした」が「はやくも浮き名が立っていたことでした」と軽く変化するだけ。

　「人しれさりし」がまた面妖で、「人知れざりし」だが、これは「人知らざりし」ではないのか。打ち消しの助動詞「ざり」は動詞未然形につく。「ざり」はむかし「ずあり」で、「ず」は動詞未然形につく。これはたまただが、次の小歌の書陵部蔵本で初行「をしからすのうきなやつゝむ」が二行ほどあとに見えるが、「惜しからず」であって、「惜しかれず」ではない。なにしろ「人しれさりし」の「れ」は「礼」のくずしで、大きく堂々と書いていて、なにか意図的で、これは権兵衛のスタイルかと思って、いろいろ思い出そうとしてみたり、パラパラとめくってみたり、調べているのだが、まだ類例には出会っていない。それがなんとも書陵部蔵本の写本はおもしろく、その問題の「れ」の左隣り、つまり次行の「思ひしられて」の「れ」は、同じ「礼」なのだが、旧字体の「禮」(児玉幸多編の『くずし字用例辞典』は「ネ偏に豊」の書体を示している) のていねいなくずしで、これまた印象的だ。

266　惜しからずのうき名や

惜しからずのうき名や、
包むも忍ぶも、人目も恥も、
よい程らひの事かなふ

をしからすのうき名やつゝむ
も忍ぶも人目も恥もよい程らひ
の事かなふ

＊よし、浮き名が立っても、かまやしない。隠したり、忍んだり、人目を恥じたりするのも、程々にってことかな。

267　おりやれ

おりやれ、おりやれ、おりやれ、
おりやり初めて、おりやらねば、
俺が名が立つ、ただ、おりやれ

おりやれ〳〵おりやりそめて
おりやらねはおれか名かたつ只
おりやれ

＊また来てね、来てよ、ほんとよ、来てよ。せっかく来てくれたっていうのに、これで来なくなっちゃったら、あたし、評判になっちゃうわ。見限られたって。だから、ほんとに来てね、また来てね。

「おりやれ」は読みとしては「おりゃれ」で、このばあいは「く（くる）」の丁寧語。言葉の由来と用例については、「しやつと（87）」の注釈をどうぞ。「とてもおりやらば（203）」の用例も見てください。

268

名の立たば立て

よし、名の立たば立て、
身は限りあり、いつまでぞ

よし名のたゝはたて身ハ限
ありいつまてそ

＊いいさ、浮き名が立つなら立てばよい。どうせ長い人生じゃあない。いつまでか。

269

お側に寝たとて

お側に寝たとて、みな人の讃談じや、
名は立つて、詮なやなふ

おそはにねたとて皆人の讃談
ちや名はたつて詮なやなふ

＊添い寝をしたといったって、思いが通じたわけじゃあない。せんないはなし。それは皆さんが評判して、浮き名は立ってしまったけれど。せんないことですねえ。

「讃談」はもともと仏教用語で、仏讃歌のこと。転じて世間の評判。

270　よそ契らぬ

よそ契らぬ、契らぬさへに、名の立つ

よそちきらぬちきらぬさへに名のたつ

＊別の人と通じることはしない。しないというのに、浮き名が立つ。

なんとも権兵衛はマニエリストで、「契らぬさへに」の主格を立てていないところにこの小歌の眼目がある。この小歌は前のを受けている。主と添い寝をしたといったって、思いをとげたわけではない。別の人と情を通じることはしない。主と思いをとげることさえもなく、別の人と情を通じることはしないというのに、それなのに、浮き名が立つ。

「さへに」は、添加の意味の「さへ」に、強調を示す助詞「に」がついたかたち。『古今和歌集』巻第十三恋歌三の小野小町の歌に（六五七）、

限りなき思ひのままに夜も来む、夢路をさへに、人はとがめじ

あの人への思いを抱いて床に入りました、夢のなかでもあの人に逢ったからといって、そのことでわたしを咎め立てする人はいないでしょう。

271

流転生死を離れよ

流転生死を離れよとの御弔いを身に受けば、
たとひその名は名乗らずとも、受け喜ばば、
それのみ主と思し召せ、回向は草木国土まで、
漏らさじなれば別きてその、主にと心あてあらば、
それこそ回向なれ、浮かまでは如何であるべき

流転生死をはなれよとの御
とふらひを身にうけは縦其
名ハなのらすともうけよろこ
はゝそれのミぬしとおほしめせ
回向ハ草木国土までもらさし
なれはわきて其ぬしにと心あて
あらはそれこそゑかうなれうかまて
はいかてあるへき

能『熊坂（くまさか）』の一節で、この能の作者はあるいは宮増大夫（みやますだゆう）かともいわれているので、権兵衛の現代演劇だったかもしれない。それだけに現行の謡曲『熊坂』の詞書との言葉まわしのずれが気にかかる。場所は東山道の赤坂宿の出はずれの野原で、旅の僧が所の僧に呼び止められ、古塚の回向を頼まれる。「新日本古典文学大系」版の『謡曲百番』に現行の詞書を見ると、誰と名を知らずに回向するのはいかがなものかと問う旅の僧に対して、所の僧の答えるには、

よしそれとても苦しからず。法界衆生平等利益、出離生死を、離れむとの御弔いを身に受けば、たとひ其名は名乗らずとも、受け喜ばば、それこそ主よ、有難や、廻向は草木国土まで、漏らさじなれば別きてその、主にと心あてなく共、さてこそ廻向なれ。浮かまでは如何あるべき。

それでも一向にかまわない。全ての人が仏の功徳を受けて生死の苦しみを離れるという弔いを受けたならば、たとえその名が挙げられてはいなくとも、弔いを受けて喜んだその人がつまりはその人だ。回向は自然界全体に及んで漏らすことはない。だから別段に誰それと名指さなくとも、それこそが回向だ。その者が成仏しないことがどうしてあろうか。

「別きてその、主にと心あてなく共、さてこそ廻向なれ」を権兵衛は「別きてその、主にと心あてあらば、それこそ回向なれ」と書いている。これはどうも権兵衛の負けのようだ。権兵衛は小乗的立場をとっている。言いかえれば善人の側だ。現行の謡曲の詞書はここではすばらしい。大乗的立場に立って、悪人に徹している。すばらしい。

272

ただまさに

ただまさに一縷肩に懸かる髪を引き起すと
きよろしとは

只将一縷懸肩髪引起塗
帰宜刀盤

「一縷」は一本の細い糸で、「まさに一縷肩に懸かる」は、首を伏せていて、髪の毛は首筋に沿ってなだれ落ちていて、肩には数本の毛がパラパラと懸かっている、その「髪を引き起す」動作をいっていて、だから「とき」は、その動作が行なわれるその瞬間をいっている。「塗帰」は「とき」と読んで「時」である……。

そんなふうに能天気に解釈できたらしあわせだ。最後の二字は「刀」のくずしで「と」、「盤」のくずしで「は」と読み解ける。この調子でこの漢字十二文字を草仮名と読めればそれでよい。ところが最初の二文字からそうは読めない。どうやら「ただまさに」と漢字の訓読みをしなければならないようだ。「塗帰」は草仮名として読めるふうでもある。ところが万葉仮名に「と」を「塗」と書く用例は見られない。「帰」と書いて「き」と読ませている用例もわたしは知らない。「塗帰」を「とき」と読むのはよいが、それに「時」の漢字をあてるにはかなりの覚悟が要る。わたしにはその覚悟がない。本歌なしではなんとも歌は作れない、歌は読めない。

なお、誤解のないように申し添えるが、小学館の『古語大辞典』巻末の「上代万葉仮名」の「主要万葉仮名表」によると、『推古期遺文』に「帰」が、『日本書紀』に「塗」が出るという。『万葉集』には出ない。ただし、「凡例」に「上代の日本語を表記した万葉仮名のうち、推古期遺文・古事記・万葉集・日本書紀に用いられた主要なものを示した」と見えるが、これは意味を汲み取りにくい言いまわしで、全部拾ったものではないといっているのか、この四つの文献以外のものは拾っていないといっているのか、よく分からない。

273　むらあやてこ

またこよひもこてやあらむ　むらあやてこもひよこたま

＊また、今宵もお出でがないのでしょうねえ。

274　今遊た髪は

今結た髪ははら○と上けた、いかさま、心もたそゝとけた

今遊た髪ははら○と上けた
いか様心もたそゝとけた

わたしは三つほど校注本を見ているが、三本ともここは「今結た髪がはらりと解けた、いかさま、心も誰そに解けた」と読んでいる。一本は巻末にかんたんな校訂付記を掲げていて、「誰そに（意改）たそゝ」としている。宮内庁書陵部蔵本は「たそゝ」と書いているが、ここは意を汲んで「誰そに」としましたという意味。

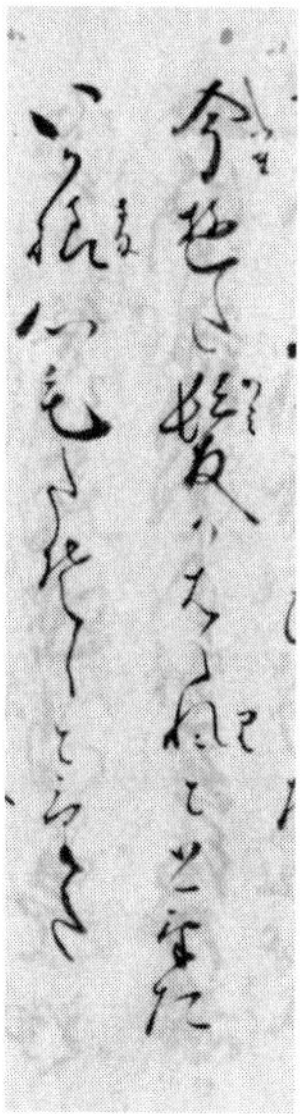

宮内庁書陵部蔵本をわたしはこう読んだ。とりわけ「○」はわたしには読めない。諸家は「り」と読んでいるようだが、右脇の振り仮名に振り回されているのでなければよいのだが。

どういうわけだか、小学館の『古語大辞典』は諸家のいう「はらり」を項目にとっていない。『日本国語大辞典第二版』は「はらり」「ぱらり」「ばらり」を項目にとり、いそがしく語意を立て、用例を拾っている。『申楽談儀』の「よろづの物まねは心根」に用例が出るという話は興味深いが、なにしろ物が手元になく、調べるのはお預け。

「上けた」にはまいった。諸家がいうように「とけた」と、それは読みたいのだが、なにしろ左上からレ点を書いて右上からノ線をはらって下の線につなげるという書き方は「と」の字体ではない。わたしがいうのは権兵衛の筆生の字体ではないということで、これは正直読めない。

それに「とけた」だと、「はら○と」と、「と」が重なるが、筆生は踊り文字表記をしていないことになる。その点は、じつは「髪ははら○と」と、「はは」についてもそうで、なんだかこの小歌、よく分からない。

275　わかまたぬ程にや

我が待たぬほどにや、
人の来ざるらう

わかまたぬ程にや人のこさる
らう

＊わたしが待っていないものだから、あの人、きっと来てくれないんだ。

276 まつとふけとも

待つと吹けども、恨みつつ吹けども、
遍ないものは尺八ぢや

まつとふけともうらみつゝふ
けともへんない物ハ尺八ちや

「甲斐もない」を意味する「へんない」は、書陵部蔵本は、「へ」を「遍」のくずしで書いている。それが、『古語大辞典』は「へんない」に「偏無い・変無い」をあてて、権兵衛のこの小歌を引いている。わたしの見ている校注者三者は一致して「篇ない」と書いている。

277 待ても夕べの重なるは

待ても夕べの重なるは、
変はる初めか、おぼつかな

まても夕のかさなるハかはる初
かおほつかな

書陵部蔵本にかぎっていえば、「待ても」を「待てども」と読むのは苦しい。すぐ右側の行に、前歌の二行目の書き出し「気とも」が見える。また、冊子体の折をひとつめくっていただければ、次の頁の二行目に、次歌の初行の書き出しの「ま帝とて」が見てとれる。それらと見比べても、ここを「まてとも」と読むのはムリ印だ。だから「までも」なのだが、それでは意味が通らないから、ここは「までと」と読み替えようとする意見もある。

＊待っていてもお出でのないのがこうつづくというのは、これは心変わりのきざしでしょうか。なんともこころもとないことです。

278 待てとて来ぬ夜は

待てとて来ぬ夜は、
ふたたび肝も消し候、
更けゆく鐘の声、
添はぬ別れを思ふ鳥の音

まてとてこぬ夜ハふた〻ひ肝も
消候更行鐘の声そはぬ
別を思ふ鳥の音

「肝も消す」は「肝を消す」の強意。肝をつぶす、びっくりたまげる。「ふたたび」は、「鐘の声」と

「鳥の音」と、二度も肝をつぶされた、という意味らしい。

「烏」は「鳥」に見えてしかたがない。じっさい次歌に「あかぬ別のとりは物かは」と「とり」と書かれている。じっさい、このふたつの小歌の本歌は「まつ宵ハ(69)」で、どうぞそちらの注釈をごらんください。本歌は「鳥」なのです。

書陵部蔵本に「烏」の文字をさがすと、「深山からすの声までも(224)」から「をともせいで(227)」まで、四歌、「からす連作」が出るが、「からすだに(225)」と「をともせいで」は「からす」とひらいて書いている。「丈人屋上烏(226)」は楷書体で「烏」と書いている。「深山烏の声までも」の「烏」の書体は、問題の「待てとて来ぬ夜は」の「烏」と重ね合わせてみたくなるくらい、ぴったり一致している。これは「烏」である。「鳥」ではない。

逢わぬ夜の白々明けに明け烏がカァカァと鳴いている。

＊いくら待っていても、お出でがない夜は、二度も肝を潰されましたよ。一度は更けゆく鐘の音を聞いて。もう一度は、明けカラスがカァカァ鳴くのを聞いて。あーあ、ついにお逢いできなかったなあとさびしくおもいましたよ。

279　待つ宵の更けゆく鐘の声

また、待つ宵の更けゆく鐘の声聞けば、
飽かぬ別れの鳥はものかは、と詠ぜしも、
恋路の便りのをつれの声と聞くものを

復待よひの更行鐘の声聞
はあかぬ別のとりは物
かはと詠せしも恋路のた
よりのをつれの声と聞物を

「をつれ」が分からない。諸家は「おとつれ」と読んでいるらしい。「を」と「つ」のあいだの右側に、振り仮名をつけているのと同じ手跡で、「と」と入っている。振り仮名の主は、やはり「を」と読んで、「をつれ」はおかしいから、「をとつれ」と読み、「おとつれ」と解したのだろう。その通り、校訂付記に記した校注者がいる。校注者は「を（あと？）つれの声（こへ）」と書いている。ここは「を」の読みでよいと思う。それが「をつれ」は分からないということです。

能『三井寺』の詞書の一節である。この一節をふくむ小段は、「まつ宵ハ(69)」の注釈で引用している。わたしは、そこで、現行の謡曲『三井寺』に「音（をと）づれ」と見える事態について、おかしいですねえと書いている。現行の謡曲の活字本を見ると、どうやら写本に「をとつれ」と書いてあるふうだ。

その後、わたしの知見もひろがって、なにしろ「おと」を「をと」と書く作法は古典和歌の世界では当たり前で、たとえば『千載和歌集』に「おとづれて」と始まるのが四歌ある。それがぜんぶ「をとつれて」と写本に書いているようなのだ。

『拾遺和歌集』にも、「おとにきく」と始まるのが三歌あるが、それがぜんぶ「をとにきく」と書いている。こういうことになると、いったい「古語辞典」というのはなんなのだろうか。「をと」を引いても出ていない。ことわりもない。「おと」を見るのが常識だといわんばかりで、なんともこれはおそれいります。

＊小侍従は、待つ宵に更けゆく鐘の声きけば、飽かぬ別れの鳥はものかは、と歌いましたが、それは、鐘の声を、夜も更けて、まだお出でがない恋人の音信と聞くからです。恋人と別れを惜しむ明け方に聞く鶏の声とは比べようもない。独り寝の夜更けの鐘の声はさみしい。

ちなみに、「別れの鶏」は「別の登り」と書かれている。「と」を「登」のくずしで書くのはめずらしいことではない。小侍従の歌は「まつ宵ハ(69)」に出ているが、そこでは「とり」と書かれている。だから、「鳥」ではないのだから、それはよいのだが、だから、たしかに写本の景色では「鳥」と「登り」がならんでいるのだから、それでよいのだが、現代語調に書き直すと、「鳥」と「鳥」がならんでいる。権兵衛のひょうげな振る舞いがおもしろい。

「とてもおりやらば(203)」にも「鳥」が出る。この「鳥」も、また「鶏」だが、なにしろ「鳥」は十一画の漢字だが、その画数をきちんと書き出している、ほとんど楷書体だ。一方、問題の「鳥」だが、こちらも、それはくずしの度合いはより強いが、それでも十画と画数をかぞえられる書き方をしている。だから、やはり鳥は鳥で、烏は烏なのだ。

280

この歌のごとくに

この歌のごとくに、
人がましくも言ひたつる人は、
なかなか、わが為は、愛宕の山伏よ、
知らぬこと、な、のたまひそ、何事も、
言はじや、聞かじ、白雪の、
言はじや、聞かじ、白雪の、
道行ぶりの薄氷、白妙の袖なれや、
樒が原も降る雪の、花を、いざや、摘まふよ、
末摘む花はこれかや、春もまた来なば、
都には、野辺の若菜、摘むべしや
都には、野辺の若菜、摘むべしや

この哥のことくに人かましくも
いひたつる人は中〳〵わかためハ
あたこの山臥よしらぬ事な
のたまひそ何事もいはしや
聞かし白雪の〳〵道行ふり
の薄氷白妙の袖なれや樒か
原もふる雪の花をいさやつまふ
よ末つむ花ハ是かや春も
又きなハ宮こにハ野への若
菜つむへしや〳〵

能『樒天狗（しきみてんぐ）』の一節だという。わたしはまだこの能を、なにか刊行物で見ることはしていないが、『閑吟集』校注者のみなさんの紹介によると、能の詞書では、この一節の直前に、『拾遺和歌集』巻第九雑下の五六二番、「八条の大君（おほいぎみ）」の作歌が見えるという。

なき名のみたかをの山といひたつる、君はあたこの峰にやあるらん

これが「この哥のことくに」の「この哥」ということらしく、この歌人は、勅撰和歌集にただこの一首のみとられている歌人で、その素姓は知られていない。ただ、この歌には前詞があって、「高雄山にいつも出かけている法師とのあいだに噂が立ったのを少将滋幹（しげもと）に知られて、少将滋幹から噂は本当のことかと問い合わせがあったので、この歌を作った」と見える。だから、なにやら八条のあたりに住んでいる大殿（なにしろ作歌者名に「大君」と見えるのだから）らしい。

あらぬ評判が高いと、高雄の山ではないけれど、言い立てている、そのあなたは、もしか、わたしにあだを結ぶ愛宕（あたご）の峰なんでしょうかねえ。

＊八条の大君じゃあないけれど、わたしのことを何者かでもあるかのように言い立てる、そのあんたは、わたしにあだを結ぶというわけではないでしょうが、もしか、愛宕の峰の山伏さんでしょうかねえ。知らないことを言いなさんな。言わない、聞かないでいなさいよ。ほうら、白雪が降っているでしょう。だから、白雪でいなさいよ。知らないでいなさいよ。わたしの道行に白じらと氷が張り、袖に雪がかかっている。

権兵衛の小歌は、「白妙の袖なれや」まで、こんなふうに一人称の文章で読み解ける。

だいたいが能の方は、愛宕山の中腹、雪中のしきみが原で花を摘む道行姿の女性の描写からはじまるのだという。その女性は六条御息所（ろくじょうのみやすんどころ）の亡霊であることがやがて明かされる。そのあたりの叙述の息づかいが、

なにしろわたしは読んでいないので、つたわってこない。それがくやしい。「八条の大君」の作歌をあげておいて、「なかなかわが為は愛宕の山伏よ」と「六条の御息所」を登場させる。八条と六条の近所づきあいかと思わせるところがにくい。ところが、権兵衛の小歌は、「葵」、「末摘花」、「若菜」と『源氏物語』の諸帖をわたって、そんな「八条の」なんかはよせつけない。

樒が生い茂る樒が原も、いまは雪の中。愛宕山は高雄山のすぐ西の峰。『雍州府志（ようしゅうふし）』一に「樒原存愛宕山西山腹」と見える。いまでもそのあたりは嵯峨樒原（さがしきみがはら）と呼ばれている。山頂の愛宕神社への参道がその原を登る。

樒はシキミと読み、モクレン科の花木で、三月から四月、淡黄色の多弁花を咲かせる。『新古今和歌集』巻第十七雑歌中一六六六番歌に、小侍従が、

しきみ摘む、山路の露に濡れにけり、暁おきの墨染めの袖

と歌っている。これは、それに先立つ式子内親王の歌、

いまは、我、松の柱の杉の庵に、閉づべきものを苔深き袖

が、「山家の心を」と前詞をとっていることからも分かるのだが、出家の心境を歌にしてみようと西行法師が提案したのに応じた詠歌だったらしく、だから、「しきみ」は「閼伽（あか）」（墓前の水、あるいはそれを入れ

シキミ

る容器）とともに墓前に供える花木である。

なお、西行は文治六年（一一九〇）に他界していて、『新古今』の編集には関係していない。ここにいう西行の提案というのは、文治二年ころかと推定されているが、二度目の奥州旅行に出かける前に、定家、家隆、慈円、寂蓮らを誘い合わせて「二見浦百首」を編んだ。この小侍従と式子内親王の歌の前、一六六四番歌に「西行法師百首歌すゝめてよませ侍けるに」と前詞があり、そのことを示している。

閑話休題。『万葉集』では、「しきみ」はそこまで限定されていない。巻第二十の四四七六番に、兵部大丞大原真人今城の作として、

奥山のしきみが花の名のごとや、しくしく君に恋ひわたりなむ

があるが、「しきみ」は「しくしく」の序詞としてはたらいているだけで、歌人はどうやら「しきみ」を香木一般ととっているようで、「しきみ」は「さかき」にふくまれていた。「さかき」は常緑樹の総称であり、とりわけ神事に用いる木をいう。

巻第三の三七九、大伴坂上郎女の長歌に、

ひさかたの、あまのはらより、あれきたる、かみのみこと、おくやまの、さかきのえだに（賢木之枝尓）、しらかつく、ゆふとりつけて

と見え、「賢木」は『万葉集』で、ただ一個所、ここに出るだけで、どういう木を指しているのかは分からない。

ただ、「ひさかたの天の原より生れ来たる神の命」と呼びかけていることであるし、「しらかつく木綿とりつけて」と形容していることであるし、神事に用いる木を指している気配で、だから「賢木」に「神の木」の字の組み合わせである「榊」という字をあてることがおこなわれるようになった。『新撰字鏡(しんせんじきょう)』に「榊・[illegible]・椗〔三字佐加木〕」と見える。

だからおもしろいのは、本歌取りの権兵衛が、「しきみ」といっているのは、どんな花木のイメージなのか。花屋さんで買ったしきみの束を閼伽に水を張って挿して、墓前に向かうのはちょっとはやいのではないか。

「しきみが原も降る雪の、花をいざや摘まふよ」の後に、能の詞書の方では「夕日もかげろふ紅の」の一行が入っていると校注者のみなさんは紹介してくれるが、「かげろふ」はどういう意味か、分からない。夕日が陽炎のように立つということなのであろうか。それとも夕日がかげるということなのか。どうしてそれが紅にかかるのか。あるいは、それとも、「かげろふ」は「陽炎」なのか。

「紅の末摘む花」は、それなりに分かる。これには本歌があって、『古今集』巻第十一恋歌一の四九六番歌、

人知れず思へば苦し紅の、すゑつむ花の色に出でなむ

また、『万葉集』巻第十の一九九三番歌、

よそのみに見つつ恋ひなむ紅の、末採(摘)花の色に出でずとも

「末採（摘）花」の「末」は「うれ」あるいは「うら」とも読む。「春へ咲く藤のうらは」（『万葉集』巻第十四の三五〇四番歌）、「湊の葦の末葉」（『万葉集』巻第七の一二八八番歌）。

「すゑつむ花」は高さ三〇から九〇センチメートルのキク科の一年草で、夏、茎の先端に紅黄色のアザミに似た頭花をつける。その頭花の花冠を摘み取って染料の原料とする。だから茎の「すゑ」、あるいは「うれ」を摘み取る花ということで「末摘花」と呼ばれたらしい。これはそれなりに分かる。

ところが「末摘花はこれかや」、これがまた分からない。前行との連結で、「榁が原も降る雪の、花を、いざや、摘まふよ、末摘花はこれかや」となるが、そこで書陵部蔵本影印本のコピーをあらためて見直したら、「榁が原も」の「も」が鉛筆で丸く囲ってある。これは「も」か「に」か、判断に迷ったということらしい。なるほど「に」と読めば、読み下しにしないで、そのまま書き起こせば、「榁が原にふる雪の花をいさやつまふよ末つむ花ハ是かや」で、なんと「榁が原に降る雪の花を、いざや、摘まふよ、末摘花はこれかや」と、なんとも合理主義的な歌行に直った。

「末摘花はこれかや」と、権兵衛自身、「榁が原に降る雪の花」からの連想を『源氏』の「末摘花」の帖につなげている。

源氏が故常陸親王（ひたちのみこ）の娘とはじめて過ごした夜は、「いととうれふなりつる雪、かきたれいみしうふりけり」。さきほどから女房たちが心配していたように、雪がさかんに降りつづいた。後朝（きぬぎぬ）の朝、源氏は格子を自分で上げて、「前の前栽の雪を見たまふ。踏みあけたる跡もなく、はるばると荒れわたりて、いみじうさびしげなるに」、源氏の魂胆は、女の容貌を雪明かりに確かめたい。それが、と紫式部は、女が女に対してこうまで冷酷になれるのかと思わせるほどの筆遣い。

まづ居丈の高く、をせながに見え給ふに、さればよと胸つぶれぬ。うちつぎて、あなかたはと見ゆるものははなな（ママ）りけり。ふと目ぞとまる。普賢菩薩の乗物とおぼゆ。あさましう高らのびらかに、先の方すこし垂りて色づきたること、ことのほかにうたてあり。

なお、本文中「ママ」と注記した「ははなな」は、わたしの見ている校注本は「は鼻な」と書いている。

追い討ちをかけるように、式部は源氏に、

なつかしき色ともなしになにに（ママ）この、末摘花を袖にふれけむ

などと歌わせていて、これが「末摘花」の帖名ともなったのだが、なんということか、権兵衛は

榁が原に降る雪の花を、いざや、摘まふよ、末摘む花はこれかや

と、連れ舞を演じる。

書陵部蔵本は「雪の花を」の「花」を、うっかりすると「越」の字と見まちがいしかねない字体で書いていて、おまけに「を」を「越」の漢字で書いている。だから、へたをすると「雪の越を」と読んで途方に暮れるということもあるのだ。

わたしにはどうもよく分からないのだが、権兵衛の詩は、ここで「春の若菜摘み」に転調するのだという。どうして「雪の花」から「春の若菜」が見えてくるのか、分からない。雪の花を摘む女の凄絶の向こうに、どうして春の若菜摘みの和みを見通すのか。

　春もまた来なば、都には、野辺の若菜、摘むべしや

「きなば」は動詞「く」（来る）の未然形「き」、完了の助動詞「ぬ」の未然形「な」、接続助詞の「ば」の連結で、「来なば」、「来たならば」。

　いまは、まだ、雪の末つむ花を摘む季節だが、やがて、また、春が来たならば、都の野辺には、若菜を摘むことになるだろう。

これの本歌は『源氏』の「若菜」上の帖。

正月廿三日、子（ね）の日（ひ）なるに、左大臣殿の北方、若菜まい（ゐ）り給。

「左大臣殿の北方」は、鬚黒（ひげくろ）の大将の北の方で、源氏の養女の玉鬘（たまかずら）である。玉鬘は幼い娘たちを連れて源氏の四十の賀を祝う。

　若葉さす野辺の小松を引き連れて、本の岩根を祈る今日かな

正月に小松を引く習慣を「小松を引き」といい、この「小松」を、自分の幼い娘たちにかけている。

「もとの岩根」は養父である源氏をいっている。お父様のご長寿をお祈りする今日でございます。
これに源氏が返す。

小松原末の齢に引かれてや、野辺の若菜も年を積むべき

「小松原」という言いかたは特段にないようで、小松のたくさん生えている原という意味で、「末」にかけている。「末」は玉鬘の歌の「本の岩根」の「本」にかけている。「末々」で子孫の意味だが、「末」だけでも子孫をいう。

小松原の小松のように、まだ幼い孫たちのこれからの長い年齢に引かれて、四十の賀に野辺の若菜を摘んで祝ってもらったこのわたしも、この先、重ねて年を積むことになるでしょう。

「春もまた来なば、都には、野辺の若菜、摘むべしや」の以上が注釈ですと、きれいに身を引きたいところだが、ここでもまたまたひっかかって、「都には」とは、何だ？　写本をいくら見直しても、ここは「宮こ丹ハ野へ乃若菜」と書いていて、「都には」としか読めない。

『古今和歌集』春歌上十八番歌、

み山には松の雪だにきえなくに、宮こは野べのわかなつみけり

が、ここのところでは権兵衛の本歌だということで、「都には」は、形の上では「宮こは」ではなく、「み山には」を受けていることになる。

ところが、「み山には」の「には」は、断定の助動詞「なり」の連用形に係助詞「は」をつけた形で、否定をあらわす逆説的表現に連接する。「深山では、まだまだ松の枝にかかる雪も消えていないというのに」。だから権兵衛の「都には」とは使い方がちがう。

なんか、もう、なにがなんだか分からなくなってきたところで、清少納言に救われた。『枕草子』第一三一段に、

これをだに、形見と思ふに、都には、葉替へやしつる椎柴の袖

一条天皇の父親の円融法王の喪の話で、喪が明けたとして、みんな喪服を脱いでくつろいでいたところに、こんな一首が届いた。なんと、まあ、小癪なことだろうと、だいたいがこの話は清少納言が宮仕えに出る前のことで、その話を聞いたということで、こう書いているわけで、だから、なんと、まあ、小癪なことだろうという感想は、その話を聞いた時点での清少納言のものなのかどうか。

せめてはこの喪服を故院の形見と思って着ていますものを、なんと、まあ、都には、もう着替えをなさっているのですか。

だから、『枕草子』の「都には」は、意味の上では『古今』の「都は」を受けていて、形の上で権兵衛の「都には」をなぞっていて、意味の上では「都では」と読むことをやさしく許容してくれる言いまわしだということになる。

281

つぼいなう

つぼいなう、せいしやう、
つぼいなう、つぼや、
寝もせいで、眠かるらう

つほひなうせいしやうつほひなふ
つほやねもせひてねむかるらふ

「せいしやう」が「つぼい」という。

「せいしやう」だが、「せいしょう」と読むとすると、「清宵」とでも読むのか。諸家は「青裳」と読んで、「合歓木（ねぶ）」の言い換えと解説するのだが、『日本国語大辞典第二版』には出ていない。そのかぎりで、国語ではなさそうだ。『廣漢和』にも出ない。そのかぎりで、漢語ではなさそうだ。どうもよく分からない。

「鷗外文庫データベース」に狩谷棭斎編『青裳襍記』の名が見える。大正五年、森鷗外が陸軍から引退したおりに日本全国の軍医が数百部の図書を贈ったという、そのコレクションの一冊で、もと、これも渋江抽斎の師であった森枳園（もりきえん）の蔵書だったらしく、表紙にその蔵書印が見える。「那須国造碑考」「小窓間語」など、これはエッセイ集らしく、「青裳襍記」という、そのタイトルを説明する文章がその間にまじっているのかいないのか、そのあたりはわからない。あるいは諸家がいうように「合歓木（ねぶ）」の異名なのかもしれない。そのことを教えてくれるのかもしれない。

「合歓木」については『万葉集』巻第八の一四六〇から一四六三まで四首、紀女郎(きのいらつめ)と大伴家持がとりかわした応唱歌がある。そこではなぜだか「茅花(つばな)」とセットになっていて、まず女郎が、わたしの若いの、わたしが手を休めずに一所懸命抜いてやった茅花をたくさん食べて太りなさいとからかい口調。どうやら紀女郎は年上の人だったらしい。

次に「合歓木」の歌。

昼は咲き、夜(よる)は恋ひ寝(ぬ)る合歓木(ねぶ)の花、君のみ見めや、戯奴(わけ)さへに見よ

ネムノキは初夏に花咲く。だいたい茅花と同時期だ。夜は葉を閉じる。そこが眠り木の呼び名の由来だが、その可憐な花を、ご主人さまだけが見ていていいんですか。若いの、おまえも一緒に見なさい。ちなみに「さへに」は添加を意味する副助詞。

「つぼい」だが、小学館の『古語大辞典』に「つぼし」が項に立っていて、「細くつぼまっている」の意味から、「かわいい、かわいらしい」の意味が派生したとして、能『大江山』の詞書と『文明本(ぶんめいぼん)人天眼目抄(にんでんがんもくしょう)』という資料から引き、くわえてこの権兵衛の小歌を引いている。

能『大江山』は宮増大夫(みやますだゆう)が作ったか、あるいはかれを中心とする能作者集団が古来のものとして伝承したか、いずれにしても奥書に一五一六年の年紀をもつ『自家伝承』に『粉川寺(こかわでら)』『放下僧(ほうかぞう)』などとともにあげられていて、もうひとつ、一五二四年の年紀をもつ『能本作者注文』では、『大江山』は『石橋(しゃっきょう)』などとともに世阿弥作ということにされていて、どうやら作者がわからない能はぜんぶ世阿弥のところにもっていくという風潮があったか。

「文明」は「応仁文明の乱」の「文明」だから、一四六九年から一四八七年、権兵衛は文明年間に青春時代を送ったとわたしはにらんでいる。『人天眼目抄』は禅宗五派の綱要を記した書『人天眼目』の注釈書。文明年間に著されたので「文明本人天眼目抄」と呼ばれる。「つぼい」がどういう文脈で出るのか、興味深い。『日本国語大辞典第二版』によると、二種類の筆録が現存していて、「中世東国地方の日本語の姿を伝える資料」だという。

わたしがいうのは「つぼひ」は権兵衛の青春の時代の産物か？　「赤きは酒の咎ぞ(190)」をご参照。

282　あまりみたさに

あまりみたさにそとかくれてはして
きた先はなさひなうはなして
物をいはさいなふそゝろいとうし(う)
うて何とせうそなふ

あまり、見たさに、
そと、隠れて、走てきた、
まず、放さいなう、
放して、ものを言はさいなう、
そぞろいとうしうて、
なんとせうぞなう

＊あんまり逢いたいものだから、そっと、隠れて、走ってきた。まず、その手を放しなさいよ。放して、ものを言わせてよ。とっても、とっても好きよ。どうしたらいいんだろう。

「放さい」「言はさい」については、「お茶の水（31）」「あまり言葉のかけたさに（235）」の注釈をごらんください。

「そぞろいとうしうて」の「いとうしうて」は「いとほしくて」のウ音便化された語形である。「いとほし」が語幹だが、これはなんと『続日本紀』の淳仁天皇天平宝字六年（七六二）六月庚戌の記事に「伊等保〔自弥奈母〕」と見えるのが文献上初出である。これは聖武天皇の皇女の孝謙天皇が淳仁天皇に譲位したあと、僧道鏡との関係がもとで淳仁と不和になった。そのことを背景に、孝謙が出家することを宣言した宣命（天皇の口頭命令。また、その文体で記した詔書をいう）に出てくる文言で、「はづかしみいとほしみなもおもほす」と読む文節に見える。「恥ずかしく、困ったことだと思う」という意味である。

言葉の意味が上代ではそのようだったということもあるのか、なぜか『万葉集』にはこの語は見えない。九世紀から十世紀にかけての作かと見られている『竹取物語』に、「いとほし」は、天人が姫を迎えに来て、いよいよ別れのとき、「ふと天の羽衣打ち着せ奉りつれば、翁をいとほしく、かなしと思しつる事も失せぬ。この衣着つる人は物思ひ無くなりにければ、車に乗りて、百人ばかり天人具して、昇りぬ」と、「いとほしく、かなし」と連語で使われていて、「気の毒で、かわいそうだ」と同情心が見える。

そのあたり、紫式部は言葉遣いにまどっていたようで、たとえば物語の方の「蛍」の巻、書き始めて数行目、「対の姫君こそ、いとほしく、思ひのほかなる思ひ添ひて、いかにせむと思し乱るめれ」（西の棟の姫君〔玉鬘(たまかずら)〕こそ、お気の毒なことで、思ってもいなかった思い事〔源氏に思いをかけられたこと〕が重なって、どうしたものかと思いまどわれたことでした）。ここでは「気の毒だ」という意味合いで使われている。

それが、同じ「蛍」の源氏が花散里のところで泊まったおりのくだり、源氏と花散里は、昼間騒いでいた若い人たちについて、あれこれ下馬評をとりかわす。花散里が、兵部卿宮(ひょうぶきょうのみや)は源氏の弟だけれども、年がずっと上のように見える。それに比べると、（大宰）帥皇子(そつのみこ)は格が落ちて、せいぜい大君クラスねと遠慮のないところをいう。源氏は、当たっている。女の直感かなと思って笑ったのだが、ほかの連中については、いいともわるいとも、なにもいわなかった。なにしろ、と紫式部は、自分で作りだした人物について、自分で批評をくわえて楽しんでいる。

人の上を難つけ、おとしめざまの事いふ人をば、いとほしきものにしたまへば、右大将などをだに、心にくき人にすめるを、何ばかりかはある、近きよすがにて見むは、飽かぬ事にやあらむと見たまへど、言(こと)にあらはしても、のたまはず。

源氏は、人のことに難癖をつけ、人を落としざまにいう人を「いとおしきもの」と考えていたので、右大将なども、これは心憎い人だという評判があるようだが、なにほどのことがあろうか、玉鬘にしきりに言い寄っているようだが、玉鬘の婿になる者としてみれば、これで満点だといえるような人物ではないと見ているようだが、それを言葉に出していうようなことはしない。

この「いとお(ほ)しき」を気の毒な、とか、かわいそうな、というような意味で読めるだろうか。ここは式部は、「淳仁紀」の筆者の読みにつきあっている。

それが、おもわず笑ってしまうのは、式部は「いとほしき」を「いとしい」とか、「いじらしい」とか、なにしろ弱者に対する保護者的な発言としても使っていると、『日本国語大辞典第二版』は解説しているのだ。

事は『紫式部日記』だが、寛弘五年（一〇〇八）十月の記事、「十月十余日までと、御帳出でさせ給はず。西のそばなる御座に、夜も昼もさぶらふ。殿の、夜中にも暁にもまゐり給ひつつ、御乳母のふところをひきさがさせ給ふに、うちとけて寝たるときなどは、なに心もなくおぼほれて、おどろくも、いといとほしく見ゆ」。

一条天皇中宮彰子は、藤原道長邸で、寛弘五年九月十一日、男子を出産した。第二皇子敦成親王、後の後一条天皇である。

十月の十日を過ぎて、中宮は帳台をお出にならなかった。母屋の西寄りの帳台（寝殿造りの母屋に、とばりをめぐらせて設けた貴人の寝場所）に、夜も昼もいらっしゃった。殿（藤原道長、四十三歳）は、夜中にも、明け方にも、お出でになって、乳母のふところに抱かれている若宮をお捜しになったりなさるものだから、乳母が正体もなく眠り込んでいて、気配を感じて、目を覚まし、目を覚ましながらも、まだ寝ぼけていて、驚いたりする様子が、なんともいとおしく見える。

これが「いとしい」とか、「いじらしい」とかというふうに読めますか？

『日本国語大辞典第二版』とか『古語大辞典』とかが、しきりに「いとしい」「いじらしい」の項に分類したがっている「いとほし」の用例は、どうも解釈らしい。『式部日記』の用例とつづけて、『日本国語大辞典第二版』と『古語大辞典』がともに拾っている『撰集抄』一「国行三位遁世之事」「去り難き妻、いとほしき子をふり捨て」というのもそうで、「いとほしき子」を「かわいそうな子」と読むか「いたいけな子」と読むか。

なにしろ『撰集抄』は鎌倉時代に成った逸話集で、だから、この用例が「いたいけな子」と読めるということになれば、ようやく「室町時代の閑吟集」につながって、「いとほし」は「いとおしい」なんだと、安心して権兵衛の小歌を口ずさむこともできるのだが。

『日本国語大辞典第二版』が「語誌」の欄に拾っている『今昔物語』巻第十第三三の用例だが、「糸惜(いとほし)キ事」は、人身御供に供されることになった娘の親兄弟親族が、「泣々ク送ル。王、此レヲ見テ彼ノ父母ノ思フラム事何許(いかばかり)ナルラムト思フニ糸惜キ事心肝(むねきも)ヲ砕クガ如シ」の文脈に立っていて、「気の毒だ、かわいそうだ」という意味合いで使われている。

だいたいが『今昔』は享保五年（一七二〇）に、井沢蟠竜(いざわばんりゅう)校訂で出版されてから、ようやくまとまったかたちで本としていわれるようになったもので、「今ハ昔」のそれぞれの物語は、それぞれに成立の事情と歴史をもっていて、一口に「鎌倉時代」だ、「室町時代」だと、時代立てすることなどできない。だから、『竹取』からして使われているこの言いまわしが、ようやく江戸時代に入って、「糸惜し」というぐあいに漢字のあて字をもらったということで、べつに「糸」とか「惜」とかの漢字が、「いとほし」の語の成立に関係していたと、なにも証言しているわけではない。

『日本国語大辞典第二版』は、「いとおしげ」の項を立てて、「いかにもかわいらしい、またはかわいそうなさま。あるいは、そう感じているさま」と解説し、『蜻蛉日記(かげろふのにき)』から用例文を引いている。「下・天禄三年」と大雑把なものだが、なんとか「日本古典文学大系」版にみつけたのが如月九日の記事で、「すなはち、これ、かれ、さし集まりて、「いとあやしう打ち解けたりつるほどに、いかに御覧じつらん」など、口々、いとほしげなることをいふに、まして見苦しきこと多かりつると思ふ」。

「道綱母」は、天禄三年（九七二）のころ、三十五、六歳。「三十四、五にしなりぬれば、もみじの下葉にことならず」（『梁塵秘抄』三九四番歌の後段。これはわたしの遊び。「道綱母」へのオマージュ）。

　二月八日、父親の藤原倫寧の屋敷に出かけた。その日は夜まで、親戚縁者と、それも若い人たちが多く、箏をかなで、琵琶を弾き、声を合わせたりで、笑い声を立てて遊んだ。

　翌朝、お客さんたちが帰ったあと、のんびりしていたら、夫の兼家から手紙がきた。「いままでは、物忌みだの、着座だののことがあって、しばらく無沙汰したが、今日あたりは、早く逢いたいと思っている」なんて、なんともこまやかなお心遣い。さしあたり、メールしておいて、あんな調子のいいことといっているけれど、来るもんか。わたしなんか、お呼びではないのだ。いいから、いいからと、侍女たちと、すっかり気を許しておしゃべりしていたところに、お昼時、「お出でになりました、お出でになりました」と大声があがった。

　なんともあせったところに、亭主がやってきた。ずかずか部屋に入ってきたので、我にあらず、人にあらずのマンタリテで、向かい合って座って、心はそらだった。侍女がお膳を用意して持ってきたので、お相伴して、すこしいただいた。ようやく日が暮れてきたところで、亭主は、「明日は春日神社の祭りだ。御幣の使（奉幣使）を立たせなければならんからなあ」といって、ちゃんと装束を整えて、大勢の供回りを先に立たせて、屋敷の者たちを追い散らすように、威張って出ていった。
亭主が帰るとすぐ、みんなさっそく集まってきて、「みんな、気を許して騒いでおりましたところに、お出でになられた。どんなふうにごらんになられたでしょうね」と、口々に、わたし（道綱母）に対してすまなくおもっているというようなことをいうものだから、侍女たちよりも、自分の方が、兼家の目から見れば、見苦しいさまが多かったのではないかと思い返されて、きっと兼家から愛想をつかされてしまったことだろうと心配になった。

「いとほし」の用例をいろいろ調べているうちに、『金葉和歌集』巻第七恋部上の源雅光の歌（三五五）に「いとをしとだに」と見えることに気づいた。『日本国語大辞典第二版』は「いとほし」の用例は古典和歌には見られないといっているので、これはきわめてめずらしいケースになるのだろうか。

逢ふまでは思ひもよらず夏引きの、いとをしとだに言ふと聞かばや

前詞に「女のかりつかはしける」と見える。「かり」は『万葉』巻十四（三五三八）に「心のみ妹がり遣りて」と見えるように、「がり」と濁音で読んで、名詞あるいは代名詞に直接ついて、「のもとに、のところへ」を意味する。あるいは、この権兵衛の小歌のように「のがり」と「の」をともなって、やはり同じ意味をあらわす。
「女のがり、遣はしける」は「女の許へ歌を贈った」という意味で、そこでこの歌だが、「夏引きの」は糸にかかる枕詞。さかのぼれば『催馬楽』の「夏引」に出る。「夏引きの白糸、七はかりあり」。ちなみに

「はかり」はその時代の糸をはかる量目をいったらしいが、よく分かっていない。

『蜻蛉日記』の応和二年（九六二）五月の記事に、「なつひきの」の枕詞をふくむ歌が、それもふたつも見える。

　夏引きのいとことわりや、ふためみめ、寄り歩くまに程の古るかも

　七はかりあるもこそあれ、夏引きの暇やはなきひとめふために

「夏引き」が「いとことわりや」、とてももっともなことだ、また、「いとまやはなき」、暇がないわけはない、の枕詞に使われている。

このふたつの歌は、「道綱母」の夫である藤原兼家と、その勤務先の兵部省の長官の、醍醐天皇の皇子章明親王とがとりかわした歌で、親王が、じっさいもっともなことだなあ、ふたり、三人と女の所に通っているうちに時が経つよなと、役所になかなかあらわれない兼家をからかったのに対して、『催馬楽』の「夏引」ではありませんが、七はかりも女がいるのもいるというのに、一人やふたりの女が相手では、暇がないなんていえませんよね、と返している。ちなみに「七はかり」は「夏引」の「七はかり」の「はかり」を員数ととっている。

そこで『金葉』の歌だが、「お逢いできるなんて、思ってもいません。せめて、あなたがわたしのことをかわいそうな人とおっしゃっていたと聞きたいものです」。

さてさて、そういうわけで、「いとほし」の歴史的書誌学は成立していない気配なのだが、なにしろ

「あまりみたさに（282）」の「いとうしうて」は「いとしい」と読まなければ文脈が整わず、次歌「いとおしうて（283）」以下「いとほしひ（289）」までの連節が、また、権兵衛における「いとほし」の読み方を教えてくれる。

283　いとおしうて

いとおしうて、見れば、なお、
また、いとおし、
いそいそとかい行垣の緒

いとお（ほ）しうてみれハ猶又いと
おしいそ〳〵とかひ行垣の緒

「行」の一字が問題で、「おほとのへの孫三郎が（254）」に「竹」が二個所に見える。「よしやたのまし（300）」に「行水」と見えて、これらと見比べると、ここはやはり、「竹」ではなく、「行」と読むしかない。だから、「いそいそと、かい行く垣の緒」と、恋人を家に迎えいれたあと、女性は垣根戸の掛紐を掛けに行くとわたしは読むが、「行」を「竹」の誤記とみなして、「いそいそ解かい竹垣の緒」と、恋人を迎えいれる女性の像を作る校注者もいる。

284

にくげにめさるれども

憎げに召さるれども、
いとおしいよなう

にくけにめさるれともいとおし(ほ)ひ
よなふ

＊あの人はわたしに邪険だけど、あたしはたまらなく好き。

285

いとしうも

いとしうもないもの、
いとおしいといへとなう、
ああ、勝事、欲しや、よや、
さらば、我御料、ちと、いとおしいよなう

いとしうもなひ物いとおし(ほ)ひと
いへとなうあゝ勝事ほしやよや
さらはわこれうちといとおしひ
よなふ

「欲しや、よや」の「よや」は相手に呼びかける感動の助詞、「欲しいよ、あんたが欲しいよ」。

＊女がいう、好きでもないのに、好きだっていえってえの。
男がいう、ああ、大変だ、欲しいよ、あんたが欲しいよ。
女がいう、そうなの。それじゃあ、おれ、ちょっと好きになったかな、あんた。

286　いとおしかられて

いとおしがられて、あとに寝より、
憎まれ申して、おことと寝う

いとお(ほ)しかられてあとにねより
にくまれ申て御こと〻ねう

「あとに」は空間的な物の言い様かもしれない。「いとおしかられて」の「て」は逆接で、「いとおしがられながら」、寝るのは「あとに」ということらしい。「下がって寝ろ」といわれることか。それにしても「ねより」はどうも分からない。「寝(ぬ)」の連体形は「ぬる」だから、文法通りに書けば「ぬるより」だ。これを「ねより」といっていたということか。

「憎まれ申して」というのも分からない。「憎み申して」ならば「憎む」の謙譲語的表現だろうが、「憎まれ」と受け身を「申して」とつなぐのは、なんか嫌みな発言ですねえ。「ねう」は「ぬ」の未然形に、助動詞「む」の転である「う」がついたかたちで、このばあいは、語り手の意志と決意の表明を意味する。

「だんぜん、寝るんだ」ということ。「憎まれたって、なんだって、だんぜん、あんたと寝るんだ」。

　これからの逆さ読みか、「あとにねより」を「あとにねうより」と読む人がいるが、よく分からない。そうは書いていないし、「ねうより」といったって、意味が通らない。

「あとに」の言い様を『源氏物語』に探したところ、「浮舟」に恰好の用例をみつけた。匂宮が宇治の浮舟の住まいに押し入って、浮舟と女房たちの様子をうかがい見る場面で、匂宮は、「いかでこれを我が物にはなすべきと、心もそらになり給ひて、なを目守(まも)り給へば、右近、いとねぶたし。昨夜(よべ)（宵辺の転か）もすずろに起き明かしてき。つとめ（「夙に」のツトと同根。明朝早くから。「つとめて」と同じ）のほどにも、これは縫ひてむ。急がせ給ふとも、御車は、ひたけて（日長けて）ぞあらむ、といひて、（右近は）しさし（為止し）たる物どもとり具して、几丁に打ち掛けなどしつつ、うたたねの様に寄り臥しぬ。君（浮舟）もすこし奥に入りて臥す。右近は、北表に行きて、しばしありてぞ来たる。君の後近く臥しぬ。（右近が）ねぶたしと思ひければ、いと疾(と)う寝入りぬる気色を見給ひて、（匂宮は）また為む様もなければ、忍びやかに、この格子を叩き給ふ。右近、聞きつけて、誰そといふ」。

『源氏物語絵巻』が目に見えるようだ。「あとちかく臥す」が「あとに寝う」の本歌である。すこし下がって横になる。

　ただし、この紫式部の文章は、なんのわけもなく主語を省いていて、センテンスとセンテンスのあいだの連絡があいまいなので、なにしろ読みにくい。こころみに省かれた主語を括弧書きで入れてみたが、これはその匂宮ののぞき見の最初のところで、「火あかうともして、ものぬふ人三四人ゐたり」と読めるのを参考にしている。

287　人のつらくは

人の辛くは、我も心の変はれかし、
憎むにいとおしいは、あんはちや

人のつらくハわれも心のかはれ
かしにくむにいとお(ほ)しいハあんはちや

『詞花和歌集』巻第八恋下に、

辛しとて我さへ人を忘れなば、さりとて仲の絶えや果つべき（二五一）

これは上句と下句が連歌を作っていて、

辛いといっても、わたしがあの人のことを忘れれば、それでいいのだから。
そうはおっしゃるが、お二人の仲が絶えてしまって、それでいいんでしょうかねえ。

権兵衛の小歌は、ほとんどこれを本歌にとっている。ただ、下句が分からない。「あの人はわたしが憎い。わたしはあの人が恋しい。あんはちや」なんのことか？

「あんはちや」は、それは「あんもらや」とか、「あんはらや」とか、「あんもちや」とか、別の読みようがないわけではないし、「あんもちや」というのはなかなかいいではないかと思わないでもないが、それは冗談です。

288 にくひふり

憎いふりかな、
あのふりをする人は、
ひすおれがする

にくひ(い)ふりかなあのふりをする
人ハひすおれかする

「ひすおれがする」は分からない。「むづをれがする」と読み替えて、「たやすく折れること」と解説する人がいるが、どうもよく分からない。それは『日本国語大辞典第二版』を見ると「むずおれ」の項が立っていて、「力を加えないで折れること。たやすく折れること」と解説しているのだが、用例は俳諧、浮世草子など、江戸時代のものばかり。さすがに、この権兵衛の小歌は拾っていない。だいいち、それはたしかに権兵衛の小歌集の写本は、江戸時代中期のものだろうと見られているのだから、それが当然だという意見はあろうが、「おれ」と書いていて、「をれ」ではない。そのあたり、無造作に片づけてしまってよいものか。なにしろ「水」を「みず」と読んで、「見ず」にかけていると感動していらっしゃる注釈者もいるので、油断できない。

289　いとほしひ

いとおしいといふたら、
かなはうず事か、
明日は又讃岐へ下る人を

いとお(ほ)しいといふたらかなはふす
事か明日ハ又讃岐へくたる人を

「かなふ」の未然形「かなは」に助動詞「うず」がついたかたち。「叶うことになること」なのだろうか。「うず」は、推量の助動詞「む」の変化したかたちと思われる。

＊好きよっていえば、それで思いが叶うようなことなのかしら。なんせ、明日はまた讃岐へ帰ってしまうお人ですよ。

いちおう女性を想定して訳はつけてみましたが……。

ところで、どうして「讃岐」なのだろう。権兵衛はこのところ特定の土地の名は出していない。記憶の流れをさかのぼって、遠く「この歌のごとくに（280）」に嵯峨の愛宕山がうずくまっていた。遠い記憶だけれどもそこから下るということで、嵯峨だか京だかに住んでいる男だか女だかが、明日は讃岐へ帰るという知人を相手にごねている。それがこの小歌で、それが記憶の流れを下に流してすぐの、なんとなんと、次の小歌に、権兵衛は「われは讃岐のつるわの物」と、讃岐をさらに限定して「つるわ」を指名する。

290　讃岐のつるわの物

我は讃岐の鶴羽の物、
阿波の若衆に膚触れて、
足よや、腹よや、
鶴羽の事も思はぬ

我ハ讃岐のつるわの物あわの
若衆に膚触てあしよや腹
よやつるわの事もおもはぬ

「つるわ」と「あわ」は書陵部蔵本のままである。「つるは」「あは」とは書いていない。「わ」は、ここの三例とも「王」のくずしで、しっかり書いている。それを「鶴羽」「阿波」と漢字をあてたのは、写本の筆生の耳に「つるは」は「つるわ」、「あは」は「あわ」と聞こえていたのだろうと推測してのことである。

四国、高松市の東、播磨灘にひらく津田湾に「津田の松原」と呼ばれる砂浜がひろがる。往時その近間に「八条院領鶴羽庄」があった。鶴羽の名前はさぬき市津田町鶴羽に残っている。ＪＲ高徳線の鉄道の駅もある。

「高山寺文書」や「山科家古文書」に保存されている「八条院領目録」に「蓮華心院御庄讃岐国靏羽」

と見えるという。「八条院領」は、鳥羽上皇の皇女八条院暲子の領有した荘園をいう。『千載集』や『梁塵秘抄』が編まれたころの女院である。暲子は父鳥羽上皇と母美福門院からたくさんの数の荘園を相続し、自身もまた領地をひろげ、承安四年（一一七四）、山荘常磐殿を仁和寺の子院として建立したのが蓮華心院であり、その院領とされた十数か所の荘園のひとつが「讃岐国鸖羽」であった。

「八条院領目録」は安元二年二月の日付を持っているという。これは高倉天皇の代の年号であり、改元は一一七五年七月で、安元二年は一一七六年である。「鶴羽」は『梁塵秘抄』の時代には「鸖羽」と書いていた。

また、「兵庫北関入船納帳」という史料に「鸖箸大麦五十石管領千石内」と見えるという。これは東大寺の管理する関銭徴収所である兵庫北関の文安二年正月から翌年正月にかけての記録であって、文安二年は一四四五年であり、権兵衛ないし宗長の生年に前後し、まあ、権兵衛の同時代史料といってよい。

さてさて、「つるわ」はそういうところだと見当はついたが、だからどうして「つるわ」か、いぜんとして疑念はとけない。歌の眺めは、「おれは讃岐のつるわの者」だが、「つるわ」に帰る途中、「あわの若衆」にからめとられて、「足よや、腹よや」の騒ぎになってしまって、もう「つるわ」のことなんか頭から抜けてしまったというところか。そう読めば前歌との付き合いもよい。

ところがどうも「あわ」の場所がさだまらない。ＪＲ髙徳線の鶴羽駅から徳島行の列車に乗って、讃岐相生駅を過ぎると、列車は讃岐から阿波に入り、大坂峠のトンネルをいくつか抜けて、阿波大宮駅に着く。阿波、現在の徳島県の鉄道駅の最初である。「おれは讃岐のつるわの者」がこの鉄道を利用したとは考えられない。

「鳴門舟(132)」で「身ハなると船かやあはてこかるゝ」、「阿波の若衆(133)」で「沖のとなかてふね漕ハ阿波の若衆にまねかれて」と歌っている。権兵衛のいう「あわ、あは、阿波」は鳴門の瀬戸の沖合をいっている。

「あわの若衆」が衆道を生業とする者だということはこの歌の文脈からもわかるが、だからといって「讃岐のつるわ」とそのことがどう関係するのか、わからない。

讃岐、鶴羽、阿波をいうこの小歌は「阿波の若衆」と交歓する男色を想像させる。ただ、連想させ、想像させるだけで、どうもメッセージのたしかなところは伝わってこない。

291　羨やわか心

うらやましや、わが心、
夜昼、君に離れぬ

羨やわか心夜昼君にはなれぬ

本歌は「何の残りて(84)」である。ただこの歌集の掲載順の前後関係にすぎないではないかといわれればそれまでだが。だから、その逆をいってもよい。「羨やわか心」は「何の残りて」の本歌である。

思ひやる、心は君に添ひながら、
何の残りて、恋しかるらん

292　文はやりたし

文は遣りたし、詮方な、
通ふ心の、物を言へかし

ふミは遣たし詮かたなかよふ心の
物をいへかし

「詮かた」だが、『日本国語大辞典第二版』の「せんかた」の項を見ると、冒頭に「『せん』はサ変動詞『す』の未然形に推量の助動詞『ん』が付いてできたもの。『詮方』はあて字」という。そこで「ん」を見ると、「ん↓助動詞む」だと。まちがっているとはいいませんけれどねえ。

「せむかたなし」ということで、わたしの連想にはらはらと漂ってくるのが「せむすべしらに」で、『万葉』巻二、柿本朝臣人麻呂の長歌「妻死之後　泣血哀慟作歌」（二〇七）に見える。若いときはほとんどそらんじていた歌で、

あまとぶや、軽の道は、わぎもこの里にしあれば、ねもころに見まくほしけど、やまずいかば、人目

をさわみ、まねくいかば、人知りぬべみ、さねかづら、のちも逢はむと、大船の思ひたのみて、玉かぎるいほがきふちの隠りのみ、恋ひつつあるに、渡る日の暮れぬるのごと、照る月の雲隠るごと、沖つ藻の、なびきしいもは、もみぢ葉の、過ぎていにきと、玉梓(たまづさ)の使ひの言へば、梓弓、音に聞きて、言はむすべ、せむすべ知らに、音のみを聞きてありえねば、われ恋ふる、千重の一重も、慰むる心もありやと、わぎもこがやまず出で見し軽の市に、われ立ち聞けば、玉だすき畝傍の山に、鳴く鳥の声も聞こえず、玉ほこの道行く人も、ひとりだに似てし行かねば、すべをなみ、いもの名呼びて、袖ぞ振りつる。

返しの短歌二首が、また、いい。おまけに今話題の権兵衛の小歌にぴったしついてくる。

あきやまのもみじを茂み、まどひぬる、いもをもとめむ、山路知らずも

もみじ葉の散り行くなへに玉梓の、使ひを見れば逢ひし日思ほゆ

こんなにも思われているなんてすごいではないですか。高校生のわたしは、このあたりから愛の修行に入って、ライナー・マリア・リルケを読んで、リルケは「幾世紀ものあいだ、愛だけに生きてきたむすめたちの疲れ」を感じ取ったのだ。だから詩人は決心した、「いつも受け身にばかり立っていた愛の仕事を、ほんとうの最初から自分の手ではじめたらどうだろう」。そこのところに高校生は、濃く強く、鉛筆で傍線を引いている。

喪失のあとに軽の里にもどったということで、なんと高校生は柿本人麻呂だったのだ。玉梓って手紙は、

ずいぶんと友とやりとりした。雪の日、郵便受けまでいく。君の手紙は来ていない。雪のつぶてを投げる。そんななじるような手紙をもらった。

このテーマ、『ブライズヘッド再訪』に出る。チャールズはオックスフォード大学に入ってセバスチャンと知り合った。恋仲になった。最初のイースターの春休み、チャールズは前からの約束で、別の友人のコリンズとラヴェンナに旅行した。「アドリア海からの身を切るように冷たい風が、そこにたくさんある墓地の墓石のあいだを吹き抜けていた。もっと暖かい季節向けにデザインされたホテルのベッドルームで、わたしはセバスチャンに長い手紙を書いた。そして毎日、郵便局に出かけて、かれからの返事を待ちわびた」。

書陵部蔵本の写本は「婦ミハ遣たし」と書いている。おもしろいのは、右側に振り仮名の主だが、ここは「つかひ」と書いている。「文は遣いたし」は意味が立たない。だけれども、「文はやりたし」とは読めない。なんのことだか分からない。そう考えたのだろうか。なんか、その気持ち、よく分かる。

文は思い合うもの同士、最高の通信手段である。現在形で書いたのは、メール、携帯ばやりの昨今でも、大昔流儀の葉書、封筒切手の作法を守っている御方がすぐ側にもひとりおりますので。

わたしがいうのは、文を遣るのは思いをなんとかして相手に通じさせて、それからのことだった。文の最高の機会が「後朝文(きぬぎぬのふみ)」でしょうねえ。「後朝の使い」がもっていく。振り仮名の主はそのことを考えたのかな。そんな、今風のラヴレター（ラブメール?）ではあるまいし、いきなり相手に手紙を届けるなんて。

だいたいが文を遣るなんて、最上流の人士の遊び事である。ちゃんと作法があったわけで、そういう作法に則って文をおくりたいのだが、あの人を思う心がまだ物をいっていない。だから文はおくれない。どうしようもないことだと、この男、窮地に立たされているのです。

293 こかのとことやら

久我のどことやらで落とひたとなふ、
あら、何ともなの文の使ひや

こかのとことやらておとひたと
なふあら何ともなの文のつかひや

「久我」は、下鳥羽から桂川を西にわたった一郭。桂川上流から、桂、下津林、久世、久我、羽束師、淀と下る。その久我のどこかで、預かっていた文を落としたのだと。

「文使い」については、『源氏物語総索引』に頼るかぎり、『源氏物語』には出ない。「文を落とす」というのが出ていないかと見てみたが、「落とす」はただの一個所、「涙をおとす」だった。

『日本国語大辞典第二版』の「ふみづかい」の項を見ると、『新撰六帖』（一二四四年ごろ）からということで、「結びめの違ふも知らず、文つかひ、ほかに見せずといふがはかなさ」（藤原光俊）というのが引かれている。その後は、いきなり『日葡辞書』ということで、江戸時代に入る。

小学館の『古語大辞典』には、同じ一首が『夫木抄（ふぼくしょう）』三五ということで引かれている。『夫木抄』は鎌倉時代の撰集である。だから『方丈記』が書かれた頃合いには、「文使い」という文言がまかり通っていたようだ。

『続狂言記』所収の狂言「荷文（になひぶみ）」は、手紙を届けさせるのにひとりで行かせると道草を食ったりして、返事を持って帰るのがおそくなろうから、二人でいけと、二人連れを使いに出したばっかりに、返事どころか、届ける途中で手紙を破り捨ててしまったというオチの小咄だが、そこに即興の「かもの河原をとほるとて、文を落としたよの、風のたよりにつたへとどけかし」という「小歌ぶし（節）」が見える。だからここでは「久我」が「鴨の河原」になっている。

この狂言には、「よしなき恋をするがなる、富士でみれどもおられればこそ、くるしやひとりねの我たまくらのかたかへて、もてどももたれず、そもこは何のおもにぞ」と、これは権兵衛の小歌集の70番、能の詞書『恋重荷』からの抜粋と、語句が多少ちがうだけで、さて、このことも含めて、狂言「荷文」と能の詞書と権兵衛の小歌と、この三者の本歌関係はどうなるのか、すごくおもしろい。

『続狂言記』は元禄十三年（一七〇〇）九月、京都の八尾平兵衛と江戸の山形屋吉兵衛の連名で出版された。このことをあくまで念頭に置いた上で、お考えいただくことが望ましい。

「何ともなの」については、「なにともなやなふ（50）」と「なにともなやなふ、その二（51）」の小歌の注釈をどうぞ。

294

おせき候とも

お堰き候とも、堰かれ候まじや、
淀川の浅き瀬にこそ、柵もあれ

おせき候ともせかれ候ましや
淀川の浅き瀬にこそしからみも
あれ

「堰く」は土手を張り出して、流れを狭くする工夫。「柵」は、流れに杭を打ち込んで、雑木や竹を横に渡して流れを妨げようとする工夫。

＊それは淀川の浅瀬には柵だって架けられるでしょうが、どんな手を使ったって、「愛愛行、流れくる大堰川」を堰き止めるなんてことはできませんよ。

『わが梁塵秘抄』「つねにこひするは」の章をごらんください。「淀川」は、その上流の大堰川を連想に引き出すための工夫だと思われる。

295

こしかたより

来し方より今の世までも、
たへぬ物は恋といへる曲物、
げに恋は曲物、曲ものかな、
身はさらさら、さらさら、さらさら、
更に恋こそ寝られね

こしかたより今の世までも
絶ぬ物は恋といへる曲物け
にこひハ曲物くせ物かな身ハ
さら〳〵さらさらさら〳〵更
に恋こそねられね

「絶ぬ」が読めない。「絶」と「ぬ」と大きく書いている、そのあいだの右脇に小さく「せ」と書いてあるように見える。ただ、これがこの写本の筆生の追い筆だとは思えない。なにしろわたしは書陵部蔵本の複製しか見ていないので、墨の色までは判断しかねる。みなさんは平然として「絶えせぬ」と読んでくださる。

「身はさらさら、さらさら、さらさら、さらにこひこそねられね」の本歌は和泉式部である。

竹の葉にあられ降るなり、さらさらに、ひとりは寝べき心地こそせね

「さらさら」は、独り寝の床に聞く、笹の葉の上に降る霰の音でした。これに「さらに、さらに」と、「なおのこと、なおのこと」を重ねている。

なお、「世間は霞よ（231）」をごらんねがいたい。

「さらさら」は「さらさらに」と「に」をともなった形で『万葉』の「東歌」と、『古今』の「神遊びの歌」に、なんとも軽妙洒脱に登場する。

たま川にさらす手作りさらさらに、なにぞこの子のここだかなしき（三三七三）

美作や、久米の佐良山さらさらに、わが名は立てじ、よろず世までに（一〇八三）

これは後詞に「これは水おの御へのみまさかのくにのうた」と「美作」の読みを教えてくれている。ちなみに「へ」については、前出228番歌をご参照。

前者は「織った布地を川水にさらす」を「さらさらに」にかけている。後者は岡山県久米郡津山市の南西、皿川の流域の山地帯をいっているらしい。そこに第二次世界大戦後、古墳群が発見され、一九五一年から発掘調査が始まった。「佐良山古墳群」と呼ばれている。そのあたりを「くめのさら山」と呼んだのであろう。このばあいの「さらさらに」は、後に否定辞をともなって、「けっして、けっして」というほどの意味になる。

この小歌は、能『花月』の一節の転記である。

世阿弥の『三道』に「放下には自然居士、花月、東岸居士、西岸居士などの遊狂」と見えるので、すでに世阿弥の代に定番能となっていたらしい。七歳になったばかりの息子が行方不明になったところから出家した男が、息子を捜して都へ上り、清水寺に参詣する。そこで花月という名の喝食（かつじき）の噂を聞く。そこへ花月が登場して、小歌を歌い、曲舞を舞う。男はそれが息子だと知る。

現行の能の詞書が権兵衛の小歌と食い違う点は、「絶ぬ」が「絶えせぬ」になっているところ。また。「さらさら」のくり返しが「さらさらさら、さあら、さらさらさらに」と校訂されていること、この二点である。

「さあら」と「あ」音が入っているのはおもしろい。この能はリズミカルな演出が特徴で、最近、横道萬理雄氏が『観世』に連載したエッセイが本になったが（『能にも演出がある』檜書店、一九九七年一月）、この能が取り上げられていないことは残念だ。なんでも「恋はクセモノカアンナァアー」などと歌うそうで、詞書の校訂に「さあら」と書かれたのは、舞台の上の能役者の発声を映しているのかもしれない。「さァッら」とかなんとか。

もしそうだとしたら、この能の演出は、すくなくとも現行のそれは、権兵衛がこの能の詞書の一節を借りて写した心象風景から遠いといわなければならない。「さらさら、さらさら」は、権兵衛は笹の葉に降るかすかな雪の音に聞いている。漢詩ふうに感想を述べれば、静寂而音無　只聞雪降笹。

296 詮なひ恋

詮ない恋を、志賀の浦波、よるよる人により候

詮なひ(い)恋を志賀のうら浪よる
〱人により候

「志賀」は琵琶湖の西南岸、いまの大津市で、その志賀の浦の波が、岸辺に繰り返し寄せるように、夜毎、人によっております、というのが歌の大意だろうと思うが、この歌の主文である「人による」が分からない。

『源氏物語』に「よる」を探すと、『索引』は、それはたくさんの用例を指示していて、なんとか表現的な用例をと思って、いくつか見てみたところ、「蜻蛉」がもう終わろうとするあたり、薫が匂宮の振る舞いについてあれこれ思案するくだりに、「まことに心ばせあらむ人は、わが方にぞ寄るべきや、されど堅いものかな、人の心はと思ふにつけて」と見える。

寄る物は心であり、気持ちである。

『万葉集』巻第十六に「竹取の翁の長歌」と呼ばれている歌があり、年寄りが九人の娘子を相手にぐうたらぐうたら物を言い、それに対抗して九人の娘子がそれぞれ歌をよむ。その二、三、四、五、六、七番目の六人の娘子の歌が、二人目の「我者将依（われはよりなむ）」に三人目以下が「我藻将依（われもよりなむ）」と唱和するという一種コーラスの形を取っていて、ご紹介したいのは九人目の娘子の歌

（三八〇二）で、

春の野の下草なびきわれも寄り、にほひ寄りなむ友のまにまに

春の野に萌え出た草が風になびくように、わたしは寄りましょう、ビューティフルに寄りましょう、お友達のお気持ちに。

＊どうしようもない恋をしてしまいました。岸辺に寄せては返り、返っては寄せる志賀の浦波ではありませんが、わたしは、夜ごと、あのお方に心を寄せては返り、返っては寄せる夜を過ごしております。

297　あの志賀の山こえ

あの志賀の山越えを、遙遙と、
妬ぶ、馴れつらふ、返す返す

あの志賀の山こえをはる〳〵とね
たふなれつらふ返〳〵

「志賀の山越え」を『藻塩草』四とか『袖中抄』は、「北しら川のたきのかたはらよりのぼりて、によいのみねごえにしがへ出るみち也」と書いている。銀閣寺の北、北白川天満宮のあたりから山道を如意が岳の峰越しに志賀へ下る道筋をいったのだろう。ただし、この山道をいうのに、ほかにもいろいろな言いか

たがあって、北白川から山中峠を越える道（『千載』八八の脚註）、北白川から滋賀峠、崇福寺（志賀寺）を経て、大津に抜ける道（『後拾遺』一三七の脚註）だが、これは、もう、現地調査でもしないかぎり、よく分からない。分からないのは、もうひとつ、「逢坂山の北の古関峠から志賀山を越え、京の白川に出る峠道」（「日本古典文学全集」の『閑吟集』を含む巻の頭注）というのがあるが、これは別の山道を指しているようだ。いずれにしても、最初に紹介した案内以外は、出所が指示されていない。

『梁塵秘抄』三四〇（三六一）歌に、

甲斐の国より罷り出でて、
信濃の御坂をくれくれと、はるはると、
鳥の子にしもあらねども、
産毛も変らで帰れとや

というのがある。どうぞ『わが梁塵秘抄』の「おまへにまいりては」の段をごらんいただきたいのだが、この文脈は、「はるはると」で切れていてはるばると、こうして京の都にやってきたこのあたしだというのに」というふくみ。

だから、権兵衛の小歌の本歌をこれにとってもよいわけで、「あの志賀の山こえはるはると」は、「あの志賀の山路をたどって、はるばると、こうしてやってきたというのに」というふくみを持たせている。

「ねたふ」は「妬む」だろうが、「なれつらふ」は「馴る」に、現時点で終わった事柄を推量する助動詞

「つらむ」をつけた形で、「馴れてしまったことだ」というような意味合いになる。『万葉集』巻第二に、

たけばぬれたかねば長き妹の髪、このころ見ぬにかきいれつらむか（一二三）

石見のや高角山の木のまより、われ振る袖を妹見つらむか（一三二）

＊あの山越えの道を、遙る遙ると、あの方は志賀の里へいらっしゃった。焼き餅を焼いたり、仲むつまじくしたり、そんなことのくりかえしで、いま、あの方は帰っていった、あの山越えの道を。

298　あちきなと

あぢきなと迷ふものかな、　　あちきなと迷ふ物哉しとろもと
しどろもどろの細道　　ろのほそ道

「あぢきな」については「からたちやいばら（38）」を参照。「細道」については「磯の細道（122）」を参照。

299　ここはどこ

ここはどこ、石原嵩の坂の下、
足痛やなふ、駄賃馬に乗りたやなふ、
殿なふ

爰ハとこ石原嵩の坂の下
足いたやなふ(う)駄賃馬に乗たや
なう殿なふ

「石原嵩」が分からない。「面白の海道くだりや(216)」に「すりはり嵩」が出てきて、諸家は彦根市内にあった峠の名前だと解説なさっているが、「すりはり」がどこか、それを問題にする前に、「嵩」が読めない。「さくさくたる(207)」に「嵩」は「しゅう」あるいは「すう」と読み、「嵩山」あるいは「嵩高」は河南省登封県の北にある五岳の一つ、中岳をいうと紹介した。だから「嵩」は山をいうとは分かるが、「たうげ」をそう書くのは尋常ではない。

「たうげ」は「手向け」から出たという。山坂を登りつめたところで境界神に幣を手向ける習俗からだという。これに「峠」の字があてられたのは室町時代で、節用集の一つ『伊京集(いきょうしゅう)』に「到下　タウゲ　峯。峠　同。手向　同　タムケ」と見えるという（『日本国語大辞典第二版』）。それがわかったのはすばらしいことだし、あくまで資料出典を追求したければ、室町末期の写本が国立国会図書館にあるという。それを見にいけばよい。あるいは影印本も出版されているということなので、どうぞ。ただ、だからといって、「嵩」は「峠」であるとは証明されず、「峠」は古く「嶺」と書いて、「タムケ」と読まれたらしいと見当をつけるのがせいぜいということになるだろう。

山坂を登りつめたところが「たうげ」で、だから「みね」で、それならば「嵩」と書いてもよいわけでと、横合いから割り込んで、「嵩」の読みを「たうげ」ときめる。そんな気配で、それが「すりはり」も「石原」も、それがどこだか分からない。

「石原嵩」は賃金をとって馬に乗せる稼業が成り立っていた山坂道らしいから、それほど脇道ではなかったろう。ここまでの歌の流れから見ると、「志賀の山越え」の道ではないかというのはこちらの勝手な読みかもしれない。ともかくいくら地図を案じても、見つからない。北白川から山中町を抜けて大津に出る田ノ谷峠（たのたにとうげ）などはいい線かなとは思うが。江戸時代に大津代官（江戸町奉行、京都町奉行にあたる職）が置かれて、享保年間以後、石原氏というのがその職を預かったと記録に出るが、それとなにか関係があったらおもしろい。

300　よしやたのまし

よしや頼まじ、行く水の、
はやくも変はる人の心

よしやたのまし行水のはやくも
かはる人のこゝろ

＊ええい、もう、頼みになんかするものか、流れのようにくるくる変わる人の心なんか。

301 人はなにとも

人はなにとも岩間の水ぞうよ、
我御料の心だに濁らずはすむまでよ

人ハなにともいは間の水候よ
わこりよの心たにこらすは
すむ迄よ

この小歌は、書陵部蔵本のカリグラフィーが汚いし、言葉の掛け過ぎで、しらける。「なにとも」は「なにとも言う」とか「言わせておけ」とか、そんな連語は作らない。肯定の文節を作るときは、「なんともかとも」とか、「いかにも」とか、そうとしか言えない気持ちを表わす。「人は、とにかく、岩間に流れ出る水のようなものだ。そうとしかいえない」。

「心たににこらすは」のところ、「に」が踊り字表記になっていない。「に」の字がふたつとも汚くて、読む気になれないが、まあ、そうとしか読めないので、そう読むとしても、さて、なにをいいたいのか。人は石清水のように本来澄んでいる。だから、あんたの心が濁らずにいてくれさえすれば、あんたも澄んでいるということで済むんだよ、とでも読みますか。

302　恋の中川

恋の中川、うっかと渡るとて、
袖を濡らいた、あら、何ともなの、
さても心や

恋の中川うつかとわたるとて
袖をぬらひたあら何ともなの
さても心や

「中川」は『千載』巻十四恋歌四の藤原顕家(あきいえ)の歌がおもしろい（八八九）。

いかなれば流れは絶えぬ中川に、逢ふ瀬の数のすくなかるらん

この歌は「希会不絶恋」の前詞を持っている。まれに会いて絶えざる恋。むかし、ガリアの女エロイーサは、逢瀬をもっと減らしたら、もっと愛し合えるようになりますよと提案したという。提案された側のペトルスというのが書いた半分自叙伝の本にそう書いてある。エロイーズとアベラールの故事である。

逢う瀬の数がすくないということは、それだけ「中川」の流れは深いということだが、こちら『後拾遺』の巻十六雑二の式部命婦(しきぶのみょうぶ)の歌は（九六六）、

行く末を流れて何に頼みけん、絶えけるものを中川の水

と、中川の水を涸れさせてしまっている。

どちらにしても「中川」は恋の頼りを象徴しているわけで、それを権兵衛の小歌は、なんとも軽妙に歌いまわしている。
＊中川って恋の川、うっかり渡って袖を濡らした。あらまあ、どうしようもないわたしの心ねえ。

303　宮城野

宮城野の木の下露に濡るる袖、
雨にもまさる涙かな、
雨にもまさる涙かな

宮城野の木の下露にぬるゝ
袖雨にもまさる涙かな〳〵

本歌は『古今集』巻第二十の東歌一〇九一番歌である。
御さぶらひ御笠と申せ、宮城野の、木の下露は雨にまされり
お供の方、笠をお着になってくださいとご主人様に申しあげなさい、ここ宮木野の木から落ちる露の滴は雨にも増して降りますよ。

関連歌で、巻第十四の六九四歌に、

宮木野のもとあらのこはぎ露を重み、風を待つごと君をこそ待て

宮木野の萩は、下の方は葉がまばらだが、枝先の葉は茂っていて、露を含んで重く、振り落としてくれる風を待っている。そのようにあなたを待てと自分にいいきかせている。

304　紅羅の袖

紅羅の袖をば、誰が濡らしけるかや、誰が濡らしけるかや

紅羅の袖をハたかぬらしけるかやく

『源氏物語』に「羅」は一個所だけに出る。もっとも『源氏物語索引』をたよりにものをいっているだけだが。「賢木(さかき)」の巻の桐壺院の一周忌を叙しているところ、経巻の装丁について、「玉の軸、羅の表紙、帙簀の飾りも」と書いている。「薄絹貼りの表紙」ということだろう。

「羅」はそれだけで「うすぎぬ（薄絹、薄帛）」の意味を持ち、「羅衣」「羅巾」などの連語をつくる。「羅袖(らしゅう)」もあって、唐の詩人張易之の「出塞詩」に「誰堪坐秋思　羅袖払空牀」（誰か堪えん、秋思に坐する

に、羅袖、空牀を払うを）の五言絶句がある。

権兵衛の小歌は、「紅羅」といっているので、羅袖の主は女性だろう。張易之の方のは男性で、羅袖はむなしく、だれも寝ていないベッドをかすめる。権兵衛の方の女性は、紅の羅袖で眼を拭いながら、だれなの、あたしを泣かせるのはと、情緒たっぷりの演出だ。

305　花見れは

花見れば、袖濡れぬ、
月見れば、袖濡れぬ、
何の心ぞ

花見れハ袖ぬれぬ月みれハ
袖ぬれぬなにのこゝろそ

「袖濡れぬ」は涙が止まらないだが、それを「なにのこころそ」と批評する。この「なにの」は「何の残りて（84）」で副詞的に使われている。

思ひやる心は君に添ひながら、
何の残りて、恋しかるらん

306　難波ほり江の

難波堀江の葦わけは、そよや、そぞろに、袖の濡れそろ

難波ほり江のあしわけハそよ
やそゝろに袖のぬれ候

「難波堀江」は、大阪の旧淀川（大川）の天満のあたりをいったらしい。淀川河口の葦原を小舟が行く。「葦わけ小舟」は『万葉集』巻第十一の二七四五歌に出る。

湊入りの葦わけ小舟障り多み、吾が思ふ君に　不相頃者鴨

「不相頃者鴨」は「逢はぬころかも」と読まれているが、どうもこの読みには疑念が残る。「鴨」はともかく、「不相頃者」は漢語的表現で、巻第四の七一三歌、

垣穂なす人言聞きてわが背子の、心たゆたひ　不合頃者

などと照らし合わせて、「不相」「不合」は「あはぬ」と読んでよしとして、問題は「頃者」だが、これは『廣漢和』によれば『漢書』「元帝紀」からすでに熟語で、「けいしゃ」と読み、「このごろ、近ごろ」をいう。「者」は助辞で意味は作らない。『名義抄』に「頃者　コノコロ」と出る。

だから七一三番歌のばあいは「あはぬこのころ」と読めば平仄が合う。それが二七四五番歌は「鴨」が

障りとなる。じっさい、歌の意味は鴨が障りだというわけではないのだが、もしかするとそういう歌作りかなと思わせるほど、この鴨はうるさい。こいつがいるおかげで、「あはぬこのころかも」と字余りに読まなければならなくなるからである。

それはそれでもいいのかもしれない。なにしろ巻第十二の三〇二二番歌、

去方無三　隠有小沼乃　下思尓　吾曽物念　頃者之間

を、「新日本古典文学大系」版は「行くへなみ隠れる小沼の下思ひに我そ物思ふこのころの間」と、二句字余りに読んでいるのである。

だから二七四五番歌も、鴨がいてもかまわないから、「あはぬこのころかも」と読めばよいと思うのだが。だいいち、その前句「吾念公尓」がすでにして字余りになっている。かまうことはない、湊に入ろうとする舟が、生い茂る葦に阻まれて難儀しているように、あなたに逢いたいと思っても、いろいろありましてままならないこのころでございますよと、のんびり口調で読めばよろしいのではないですか。

＊難波堀江の葦原を行く小舟が葦の葉末の露に濡れるように、世間を行くこのあたくしは、やたらと袖が濡れることですよ。いえね、月はかたむく泊まり舟、鐘は聞こえて里近し、枕を並べて、お取舵や面舵にさしませて、袖は夜露に濡れてって次第ですよ（「泊まり舟（136）」）。

307 なくはわれ

泣くは我、涙の主は彼方ぞ　　　なくハわれなミたのぬしハかなたそ

本歌は、「何の残りて（84）」の小歌（前々歌に引用）を経由して彼方へ、遠くへ。これは「遠い恋」が主題の小歌なのです。

後代の『宗安（そうあん）小歌集』の校訂番号一七七とされる小歌に、「なくハわれなミたのぬしハそなた」と見える。「かなた」の「か」が、そこでは「そ」と転写されている。だから、ここでも「かなたぞ」ではなく、「そなたぞ」とも読めると見る人もいるようだが、「かなたぞ」と「そなた」とではずいぶんちがうと思うのだが。

308 折〱は

折々は思ふ心の見ゆらんに、
つれなや人の知らず顔なる

折〱はおもふ心のみゆらんに
つれなや人のしらす顔（かほ）なる

「おもふ」の「お」は「於」のくずし字ではあるが、宮内庁書陵部蔵本では他の個所と異なり、いささか判読しづらい。字体としては241歌の「とり入ておかふ」の「お」と似ている。また他本とのあいだに顕著な異同はない。

当該歌は『玉葉（ぎょくよう）和歌集』巻九、恋歌一（一三二八）の前参議雅有（まさあり）の歌、

折々は思ふ心も見ゆらんをつれなや人の知らず顔なる

を出典としたもので、すでに志田延義氏の「日本古典文学大系」本の『閑吟集』をはじめ、諸注の指摘するところではあるが、右が『源氏物語』と関連しうる余地については、中川博夫氏や岩佐美代子氏の『玉葉和歌集』の注釈をふくめ、これまで言及されてこなかった。

「前参議雅有」は飛鳥井雅有（一二四一〜一三〇一）のことで、『新古今和歌集』の撰者の一人である飛鳥井雅経の孫、正三位左兵衛督（さひょうえのかみ）教定（のりさだ）の息にあたり、正応四年（一二九一）七月、参議に就任し、同年十二月に辞任している。祖父以来、関東祗候（かんとうしこう）の廷臣として将軍宗尊親王（むねたかしんのう）に仕えたかたわら、伏見天皇にも近侍し、

その春宮時代に和歌を教えたほどの歌人であった。

当の雅有は父教定より『源氏物語』の学を継承したばかりか、源親行・藤原為家・阿仏尼にも師事し、弘安三年（一二八〇）十月に春宮時代の伏見天皇のもとで『源氏物語』の論議に参加するほど（源具顕『弘安源氏論議』）、同書に精通していた。

したがって、雅有の詠歌中「折々は思ふ」は『源氏物語』「手習」の「よろづ隔つることなく語らひ見馴れたりし右近なども、をりをりは思ひ出でらる」、「つれなや人の知らず顔」は同じく「夕顔」の「このすき者のしいでつるわざなめりと大夫を疑ひながら、せめてつれなく知らず顔にて」を踏まえた蓋然性がある。

このことに関する傍証として、雅有が『源氏物語』の記載にもとづいて日記を執筆したという河野有貴子氏の指摘があげられる（「飛鳥井雅有と『源氏物語』―『嵯峨の通ひ』と『仏道の記』を中心に―」『広島女学院大学国語国文学誌』三七、二〇〇七年）。

さらに右の観点に立てば、十五世紀半ばの『正徹物語』の主張も理解しやすくなる。

「かこちがほ」「うらみがほ」は、にくい気したる詞也。「ぬるゝがほ」は、いまも詠むべき也。「しらずがほ」もくるしからず。

折〳〵は思ふ心も見ゆらんをうたてや人のしらずがほなるの哥を玉葉集一の哥と申し侍る也。誠に面白く侍る也。

正徹は詠歌にあたり、「かこちがほ」と「うらみがほ」が嫌味な言葉であるのに対して、「ぬるゝがほ」

と「しらずがほ」ならば詠んでもよいとしたうえで、雅有の詠歌を『玉葉和歌集』随一のものであるとした。

十四世紀の頓阿の『井蛙抄』と二条良基の『近来風躰』は和歌における制詞（使用を禁じた言葉）として「なにがほ」をかかげ、「かほ」の語をつけた句を忌避するようではあるが、それでもなぜ右で「ぬるゝがほ」と「しらずがほ」が肯定されるのかという疑問が残る。

小川剛生氏は『正徹物語　現代語訳付き』（角川学芸出版、二〇一一年）で「「しらずがほ」「ぬるるがほ」は感情を交えないので許容されたのであろう」と注記するが、この両語は『源氏物語』で使用されたから肯定されたのではないだろうか。「かこちがほ」「うらみがほ」は『源氏物語』に見えない一方で、「ぬるゝがほ」は「須磨」の「女君（花散里）の濃き御衣に映りて、げに濡るゝ顔なれば」に、「しらずがほ」は先の用例のほか、「帚木」の「すべて（女は）、心に知れらむことをも、知らず顔にもてなし、言はまほしからむことをも、一つ二つのふしは、過ぐすべくなむあべかりける」のように、それぞれ『源氏物語』に見える。そして正徹が雅有の詠歌を『玉葉和歌集』随一としたのも、おそらく同様の理由による。

『正徹物語』ではさらに

> 本哥に取る事、草紙には源氏の事は申すに不レ及、古物語も取る也。住吉・正三位・竹取・伊勢物語をば、皆哥をも詞をも取る也。

と『源氏物語』等の歌および地の文を本歌にとるべきであると記すうえ、本書の解説である「本書を読むにあたって」でふれたとおり、正徹は『草根集』の詞書を記すにあたっても、『源氏物語』の本文を踏まえ、『経覚私要鈔』嘉吉三年（一四四三）六月十二条では正徹を「源氏読」と記載しているため、一概に否定はできまい。

こうした言葉の良し悪しの弁別は、十五世紀後半の宗祇の言説にも通じよう。宗祇の講義を肖柏が筆録した『伊勢物語肖聞抄』である。

詞にいだして切に恨むるを、のろふと書なせり。是、作物語の作法也。此物語はいかにも幽玄によみなすべき事とぞ。しかれば、物こはくいへる事をも、やはらかにいふべき事なるべし。

『伊勢物語』第九六段に関する注釈である。『伊勢物語』本文の「のろふ」という語は「幽玄」ではないので「やはらか」にいいかえるべきであるという。『伊勢物語』が「幽玄」＝「やはらか」でなくてはならないのは、王朝文学の言葉が創作の模範とされていたからである。そして『源氏物語』もまた例外ではなかった。

以上、当該歌は『源氏物語』を踏まえたとおぼしき、飛鳥井雅有の詠歌を出典としたもので、その背景には十五世紀を通じた王朝文学に対する傾倒もみとめられる。歌意はこうである。

＊ときどきは、わたくしの気持ちが察せられるでしょうに、つれないですねえ、あなたはそ知らぬ態度をとっていることです。

309
よへのよはひ男

昨夜の夜這い男、たそれよもれ、
御器籠にけつまづいて、
太黒踏みのく、
太黒踏みのく

よへのよはひ男たそれよもれ
こきかこにけつまつゐて太
黒ふミのく〳〵

「御器籠」は食器を洗ってあげておく籠。そのそばに大黒さまがいて、ドジな夜這い男が、御器籠にけつまずいて、大黒さまを踏んだかなんかした。なにしろ「踏みのく」が分からない。水戸彰考館本には、「の」の脇に「さか」と読めるという。だからといって「踏みさく」と読んでよいことはない。「たそれよもれ」も分からない。囃子詞ではないだろうか。

310　花かこに月

花籠に月を入れて、漏らさじ、これを、曇らさじと、持つが大事な

花かこに月を入てもらさし
これをくもらさしともつか大事
な

「花籠」は『日本国語大辞典第二版』に項目が立っているが、用例はすべて江戸時代以降のもの。ただ、「ハナカゴ」の訓は『和玉篇（わごくへん）』から出ているという。ただし、「ハナカゴ」の上に漢字で「裓」の字が乗っていて、どういう意味だかわからない。『廣漢和』を見ると、この字は衣裳の「すそ」をいい、「ぬのきれ」をいい、「いしだたみ」をいい、また、「裓」の字に同じで、「楽章の名」をいうと見える。

『和玉篇』は室町時代中期、おおよそ十五世紀の漢和辞典である。編者も知られていない。ただ、漢和辞典としてかなり普及したらしく、だいたいが「和玉篇」が漢和辞典の呼び名となったというほどなのだ。今でいえば諸橋轍次の『廣漢和辞典』のようなものだったらしい。一番古い写本は、なんと長享（ちょうきょう）年間のものので、なんというのは、なんと長享は文明（ぶんめい）につづく年号で、西暦でいえば一四八七年七月から一四八九年八月までで、権兵衛の壮年期なのだ！

これは後代の文学だが、『泊船集（はくせんしゅう）』巻之六「おぼろ月」の去来（きょらい）の一句に、

手をはなつ中に落けり朧月

があるが、これは権兵衛のこの小歌を焼き直したものだと想う。興趣が通じているということで、なにしろ気宇壮大だ。

「手をはなつ」がなかなか読めなかったが、ある古語辞典から示唆をえて、『源氏物語』をさがしたところ、いくつもあるが、さしあたり「空蟬（うつせみ）」の段に、源氏が空蟬のところに忍び込めるように、母屋と庇（ひさし）の間とのあいだの襖障子を開けっ放しにさせようと、空蟬の弟の小君（こぎみ）は「あたしはここで寝る。風通しをよくしろ」と命令する。女たちは東の庇の間で休み、「戸放ちつるはらはべもそなたに入てふしぬれば」、「妻戸を開け放した女童（この校訂本の底本の写本の筆生は「わらはべ」を「はらはべ」と書いたらしい）もそこに入って寝たので」、いよいよ源氏登場の場面だが、その「妻戸」、これは寝殿造りの庇の四隅の両開きの板戸。外側に開き、戸の下につけてある掛け金を床の壺（「壺金」と言いまわすこともあったようだ）に掛けて固定する。だから様子をご想像ねがいたい、女童は両腕をいっぱいに押し広げて、扉をあけるのである。

「手を放つ」は、だから、両手をひろげる手の形で、その中に朧月が落ちる。

去来は弟の魯町（ろちょう）が長崎へ帰るというので見送りに出たところだったという。だから「手を放つ」かたちは、朧月のなかを、兄の方を振り返り、振り返り見ながら歩み去る弟に両手をひろげて応える兄去来のかたちを写している。

権兵衛が両手をひろげて、花籠をつくる。花畑でやっていると思えばそれでよい。月の光を外に漏らすまい、月影を曇らすまいとがんばって、両腕で大きく環を作る。
それとも、なんですねえ、この宇宙を花籠と見立てているのか。こちらの権兵衛は、「月は山田の上にあり（166）」に帰る。

月は山田の上にあり、
舟は明石の沖を漕ぐ、
冴えよ、月、
霧には夜舟の迷うに

311

かこかな

籠がな、籠がな、　かこかな〳〵うき名もらさぬ
浮き名漏らさぬ、　かこかななふ
籠がな、なう

「籠」は「筐」とも書いて、こちらは「かたみ」と読む。竹の目を詰めて編むので「堅編み」とか「堅

目」とかの言いまわしがそうなまったのではないか。そうはいうけれど、『新古今和歌集』巻第一春歌上の紀貫之の歌（一四）、

　　ゆきてみぬ人もしのべと春の野のかたみにつめる若菜なりけり

の「かたみ」は、「形見」と「筐」の両義にかけている。

昭和三十三年に出版された「日本古典文学大系」『新古今和歌集』の頭注は、「かたみ」を「籠」にあてている。

「かたみの水」という言いまわしもあって、『後撰和歌集』巻第九恋一の、これは「よみ人しらず」だが（五五八）、

　　うれしげに君がたのめし言の葉は、かたみに汲める水にぞありける

　　　信じてくれていいのだよとおっしゃってくださって、とてもうれしかった、あのお言葉はかたみに汲んだ水だったのですねえ。

この「かたみ」に「籠」の字をあてるのはおかしいのだろうか。「籠」はまず土を盛って運ぶもっこをいい、次にとりかご、おりをいう。とりかご、いいですねえ、夜這い男のけつまずいた食器の洗い籠、つづいて朧月夜の大宇宙、そうして歌の締めに浮き名もらさぬ鳥籠だって。本人、籠の鳥のつもりです。

籠

ご挨拶

最近『閑吟集』に凝っていて、なにしろおもしろい。
今日の祝いの会にちなんで、めでたい小歌をひとつ。

なにともなやなう、なにともなやなう、
人生七十、古来まれなり

なにがおもしろいって、知っていますか、この杜甫の詩、

酒債尋常行処有　人生七十古来稀

顔出すところにはみんなツケがたまってるよ。よくまあ、たまったねえ。人生七十年、そこまで生きたの、そんなにいないよ。よく、まあ、飲んだねえ。

もっとも、この歌、わたしよりも、今は亡き金澤誠先生にこそふさわしい。

この小歌のふたつ手前の小歌に、

世間はちろりに過ぎる、ちろり、ちろり

いえね、「ちろり」って、「ちょろちょろっと」という意味でこういってるらしいのだけど、「ちろり」といえば、例の銅壺（どうこ）にひっかけて酒を燗する「ちろり」じゃないの。権兵衛はそれにひっかけている。

世間はちろりに過ぎる、ちろり、ちろり

なにともなやなう、なにともなやなう、人生七十、古来稀なり

ほんとに金澤さんがなつかしい。

わたしはといえば、近ごろはあまり飲まない。ワインに飽いて、大分の麦焼酎を少々たしなむだけ。いいえ、ほんと。

人生七十、古来稀なりの小歌のいくつか後の小歌に、

なにせうぞ、くすんで、一期は夢よ、ただ狂人

「ただ狂人」はきついねえ。遊び人という意味だと思うんだけど。「たれ」ってあとにくっつけると、なに

いってんだか、わかる。

年々に人こそ古（ふ）りて亡き世なれ、
色も香も変わらぬ宿の花盛り、色も香も変わらぬ宿の花盛り、
たれ見囃（はや）さんとばかりに、又廻（めぐ）り来て、小車（をぐるま）の、
我とうき世に有明の、尽きぬや恨みなるらむ、
よし、それとても春の夜の、夢の内なる夢なれや

（年を追って人は老い、人はみまかる。花は色も香も変わらず、盛りを迎える。だれに花を愛でさせようというのか、季節はまた廻って、運命の車輪は廻って、うき世にあるわたしは有明の月に、来し方を思う。運命に文句はあっても、いずれ人生は春の夜の、夢のまた夢。夢のまた夢。）

「よしそれとても春の夜の、夢の内なる夢なれや」はなんともステキな表現だ。「夢のまた夢」と投げやりに片づけたのは、この詩人に嫉妬したからだ。

夢が三重の構造をもっている。なぜってそれでは「うき世」は、また、夢ではないのか。

芝居のなかの芝居ということを思う。『ハムレット』が恰好のサンプルだが、わたしがいうのは、芝居の『ハムレット』はエリザベス朝社会というひとつの演劇空間のうちにある。その『ハムレット』が、また、「芝居のなかの芝居」を蔵している。

ハムレットは、旅一座が到来したと聞いて、執事のポローニアスにいう。

けっこう、のこりはじきに連中にしゃべってもらおう。ポローニアス、役者たちに寝床をととのえてやりたまえ。わかったかい、粗略に扱うなよ。なんてったって、連中はうき世の縮図、手短な年代記なんだ。生きてるうちに連中にまずいことといわれるよりは、死んでから下手な墓碑銘書かれた方がましだってことさ。(第二幕第二場の終わりのあたり)

「うき世の縮図、手短な年代記」の「うき世」と訳したのは、「ザ・タイム」という言葉です。まずかったかな。

しやつとしたこそ人はよけれ

平成十六年　神無月三日　　　　七十翁　堀越孝一

(著者「古稀の会」挨拶より)

堀越孝一『閑吟集』注釈を読む

小峯　和明

『閑吟集』と小歌

「歌は世につれ、世は歌につれ」、歌は世の移り変わりや人々の生活感情と深く結びついている。懐かしい歌声を耳にすると、その頃の日々の暮らしや様々な感懐が彷彿とし、時代の雰囲気や空気が歌とともに甦ってくる。歌声はその場ですぐに消えてしまうが、その響きは人々の心の琴線にふれ、感情をゆるがし、やがて記憶の底に深く沈殿し、時として間欠泉のごとく浮かび上がってくる。歌とは何であろうか。かの『梁塵秘抄（りょうじんひしょう）』にみる、遊ぶ子どもの声を聞くと我が身もゆらぐという、心身をゆさぶるほどの力を歌が持つのは何故だろうか。

かつて古代文学研究者の藤井貞和は「うた」という語彙を「うたた」「うたのし」「うたがふ」などと関連づけて、人が日常性から離脱した別途の状態になる「うた状態」によるものだと論じた。いわば憑依や恍惚など日常からの離脱状態、瞬時に非日常に転位する忘我や逸脱の心的状態から歌の誕生を読み解こうとする説で、数ある「うた」の語源説で最も説得力のある解釈に思われる。歌こそ時代も地域も言語も問わず文学の根源であることに変わりはないだろう。

おそらく人と歌との結びつきは言語を獲得した初源からあったに相違ない。歌から言語が生まれたとする説もあるほどで、思わず発せられる叫びやうめき、つぶやきに抑揚がつき、節がつき、リズムやメロディが生まれ、身体の所作やしぐさ、踊り舞いと結びつく。身体と声は切り離せない。旋回しながら大地を踏むのが舞い、大地を蹴って跳躍するのが踊りで、いずれも精霊を鼓舞し慰撫する人神一体化の技芸であると言う。歌は舞踊に欠かせず、歌はおのずと人をもとめる。他者に呼びかけ、他者と同一化しようとするマジカルな行為にほかならない。皆で一緒にうたい、共に聞き、一緒に踊る。共同体の紐帯に欠かせないものだった。儀礼や酒宴に歌が必要とされるのもそのためである。

様々な歌がうたわれ、消えてゆき、あるものは歌い継がれていったであろう。そしてそれぞれの場に応じて歌の様式、ジャンルが生まれ、覚えやすく歌いやすい型が生まれ、歌の名手、専門家も現れ、レパートリィを蓄積していっただろう。歌を記憶し、代々受け継がれるために文字に記録するようになる。歌は瞬時に消えてしまうし、時代社会ごとに変質するから、何とかそれらを後世に残そうとする。歌謡集はそのようにして時代の転換期ごとに生み出される。

日本では、八世紀に『万葉集』が編まれるが、その巻頭の雄略(ゆうりゃく)天皇の歌は五世紀にさかのぼる。歌い継がれたものがどこかの時点で文字化されて『万葉集』まで届いた。実際に雄略が詠んだかどうかではなく、雄略が詠んだ歌として仮託され、歌い継がれるところに意義があり、『古事記』『日本書紀』に書かれた記紀歌謡もまた長い時間の伝承があった。

歌謡は集団性、無名性、伝承性をもつ。ある程度の型はあるが和歌や俳句のような定型はない。日本の短詩型文学は長歌から離れた短歌が和歌になり、和歌から連歌・俳諧連歌が生まれ、俳諧連歌の発句が自立して俳句になるが、歌謡はその流れとは別に時代ごとに変転していった。和歌は作者が誰か問われるのに対して、歌謡は誰が詠んだかは問題にされない。『古今集』の「よみ人しらず」は作者が誰か問われるからで、歌謡の本性はもともと「よみ人しらず」で、「誰でも」「誰もが」よみ人であった。

そのような歌謡が文学の世界で重要な意義を持つことは明白であるが、これを研究するのはなかなか難しい。先の記紀歌謡に始まり、『万葉集』以下、時代ごとに特色ある歌謡の集成が残されたが、それらの大半は歌詞のみを筆録したもので、それらがどのような歌であったのか、もはや復元できないからである。いわば、歌詞のみがピンで止められた標本のごとく提示されるだけで、それがどのような環境にあっていかなる生態であったのか、確かめるすべがない。文字は残っても音声を甦らせるのは至難の業である。どのような場でどのような音声でその抑揚やリズム、曲節、メロディーはどんなものだったのか。かの後白河院が「こゑわざのかなしきこと」は音声が残らないこと、せめて未来に歌詞だけは伝えようと『梁塵秘抄』を編纂したというのも、時代を問わず宿命のようなものである。

本書『閑吟集』の成立は、真名序によれば永正十五年（一五一八）八月。現存写本の本奥書には、大永八年（一五二八）四月とある（写本そのものは江戸時代まで下がる）。応仁文明の乱後四十年、室町時代の後期に当たり、天皇は後柏原天皇、将軍は足利義稙、同時代人に北条早雲、毛利元就、文人の三条西実隆、連歌師の宗長、少し前に宗祇、絵師の狩野元信、土佐光信らがいる。土一揆、徳政一揆、一向一揆が頻発するまさに下剋上の時代である。編者は未詳で、連歌師の宗長との説もあるが確証に欠ける。

書名の「閑吟」は、白居易の『白氏文集』に用例がみえ、名高い一休の『狂雲集』下に「室内閑吟一盞燈」、『続狂雲集』に「秀句閑吟五十年」、『太平記』巻二一「佐渡判官入道流刑事」に「諷詠閑吟して興ぜさせ給ひけるが」云々とみえる。閑寂、閑談、閑居などに通ずる、静かに歌う、趣きのある風情を指す。

現存諸本は、宮内庁書陵部蔵本（群書類従本）、志田延義蔵本（阿波国文庫旧蔵）、彰考館蔵本（小山田与清旧蔵）の三本で、ほぼ同一系統とされる。近世中後期とおぼしい書写本で大永八年本の転写本である。現行の注釈本の多くは書陵部本を底本とし、本書も同じく、ほるぷ出版から刊行された影印本を用いている。書陵部本には、「大永八年戊子卯月仲旬書之」と大永八年（一五二八）四月の本奥書がついているから、永正十五年の序文の年次から十年後になる。

写本には読み仮名もついていて、歌ごとに符号がつき、歌の種類を示す朱の肩書（小・大・近・田・狂・放・早）がつく。それぞれ、小＝小歌・二三一首、大＝大和猿楽謡・四八首、近＝近江猿楽謡・二首、田＝田楽能謡・一〇首、狂＝狂言小歌・二首、放＝放下歌謡・三首、早＝早歌・八首、吟＝吟詩句・七首となる。この肩書がどの時点でつけられたかは不明だが、すでに小歌の類が種々分類されるほど多様であったことがうかがえる。歌の総数は三一一首で、この数は中国古代の詩集『詩経』に準じている。

『閑吟集』は編者未詳ながら真名序と仮名序がついている。真名序は、「夫れ謳歌の道たる、乾坤定まり剛柔成りしより以降、聖君の至徳、賢王の要道なり」と始まる格調高い漢文で、中国の詩論から日本の歌謡の神歌、催馬楽、早歌、今様、朗詠、近江大和の音曲云々と展開をたどり、公宴に下情を慰めるのは小歌だけとする。自然界の音もすべて万物の小歌であり、仏典漢籍も小歌であり、風俗、夫婦、孝敬、人倫のあるべき道をさとすのも小歌である。宮殿の宴会の朗詠や武家の遊宴の早歌の後に小歌を歌い、朝には小扇を弄び、共に花の雪を踏み、夕暮れには尺八を携え、独り荻吹く風に立つ。

> 爰に一狂客あり。三百余首の謳歌を編み、名づけて閑吟集と曰ふ。数寄好事を伸べ、三綱五常を諭す。聖人賢士の至徳要道なり。あに小補ならんや。時に、永正戊寅秋八月、青灯夜雨の窓に、述べて作り、もつて同志にのこすとしかいふ。

編者は「一狂客」を自称する風狂の人であり、その一方で歌は「聖人賢士の至徳要道」であると意義づける。これに応じて仮名序では、「一人の桑門」僧侶を名乗り、富士を遠望できる庵を結び、琴や一節切の尺八をよすがに歌を慰みにし、歳月が過ぎてともに歌った人も半ばは故人となり、昔恋しさに「柳の糸の乱れ」の歌（『閑吟集』巻頭歌）を手始めに、早歌、僧の漢詩の吟詠、田楽節に近江、大和節に至るまで、忘れ形見に思い出すままに「閑居の座右」に記しおき、これを吟じて日を過ごすと邪悪の心から離れられるので、『詩経』の「三百余編」になぞらえ、数を同じにした、という。

> この趣をいささか双紙の端にといふ。命にまかせ、時しも秋の蛍に語らひて、月をしるべに記す事しかり。

このくだりの「命にまかせ」をどう解釈するかで説が分かれており、「余命に任せて」とみるのが一般だが、新潮古典集成本では、「端にといふ命にまかせ」とつなげて読み、「編者の命によって」序文を書いた、とする。序文を編著者でない第三者が書くことはよくあるが、ここの文脈は、序の冒頭の「十余歳の雪を窓に積む」に対する「命にまかせ、秋の蛍に語らひ」と対比されるから、余命の意味でよいであろう。

仮に第三者の述作と解するとしても、真名序と同様に編者が第三者を装って書いた韜晦（とうかい）、一種の偽作とみなすことができよう。仮名序で富士の見える庵の閑居隠遁もまた編者の偽装ではないだろうか。かの宗長を作者に擬す説があるのも、その偽装にまんまと乗せられたからに相違なく、むしろ宗長を装った仮構とみることもできるだろう。

いずれにしても、「集」という書名に真名・仮名序をそなえる『閑吟集』は、公的な晴れの作品とみることができる。内容は個的な男女の愛や情けを歌うものであっても、それらが束ねられ、一編のテクストにまとめあげられることで正統性を帯びた晴儀の書物たりうるわけで、あるいはこれもそのように見せかけの晴れの作品を装う仕掛けとみなせるかもしれない。もとの写本も一点だけで版本化されることもなかったのは本書がそれほど流布しなかったことを示し、『梁塵秘抄』もまた近代に発掘された「遅れてきた古典」であったように、かつては歌謡ジャンルが低位に扱われていたことと関係していようか。今や古典の注釈書シリーズには欠かせない分野になっているのは、近代がその価値や意義を再発見したからであり、研究者の精進の賜物であろう。

十二世紀の『梁塵秘抄』が今様を代表するとすれば、十六世紀の『閑吟集』は小歌の時代を象徴し、以後の『宗安（そうあん）小歌集』や隆達節（りゅうたつぶし）など小歌隆盛につらなる。中世の短詩型の流行歌謡が小歌である。今様につぐ早歌（宴曲）を引き継ぐ、新しい時代の新しい歌謡にほかならない。とりわけ同時代に隆盛を迎える舞台演劇の能や狂言における歌謡を多く引いていることも着目される。

「小歌」は古代から用例が見え、宮中の雅楽で、「大歌（おおうた）」に対して、唱和する女官とその歌曲を指したようで、小歌女官の歌が次第に女人も交えた恋愛や情趣をうたう宴席の歌謡に転じていったとされる。今様形式の影響をもととする四句形式の七五七五調が最も多い。

能楽を大成した世阿弥の伝書に「曲舞(くせまい)を和らげて、小歌節を交へて謡へば」（『音曲声出口伝(おんぎょくこわだしくでん)』）、「曲舞・小歌の差別有る事を心得べし」（『申楽談儀(さるがくだんぎ)』）とあり、メロディーの美しさに軽快なリズムを融合させた新風の音曲を創出したとされる（浅野建二）。

先鋭的な歌謡研究者の永池健二は、中世に盛んになる饗宴から「酒盛」の場が展開し、今日にも及ぶ「無礼講」のごとく、「新しい形の酒宴の盛行と、〈小歌〉というやはり新しい歌謡の登場とがほぼ時期を同じく」するだけでなく、酒盛の場こそが小歌の歌われる場であったことをつきとめている。格式による饗宴とその後にくり広げられる、今で言う二次会のごとき酒盛とでは、披露される歌や芸能が異なっており、前者の朗詠などに対して、後者こそ小歌の披露される場であり、能楽の小謡や琵琶法師の平家語りをはじめ、即興で舞い踊る「乱舞」に興ずる場であった。幸若舞曲に『和田酒盛』という一編があるほどで、平安末期から鎌倉期にかけて「酒盛」の用例が出てくる、まさに中世語とみなせる（『水鏡(みずかがみ)』『十訓抄(じっきんしょう)』『とはずがたり』『沙石集(しゃせきしゅう)』等々）。

さらに永池論では、『閑吟集』の「きつかさやよせさにしさひもお」（189歌）について、逆さに読んで「思ひ差しに差せよや、盃」と意味が通ずる歌の「思ひ差し」に注目し、「酒宴の席次に従って整然と廻る盃の次第をあえて無視して、ある特定の意中の人に盃を差す行為」ととらえ、これも「酒盛」にかなった中世語で「相手に深く思いを掛けた行為」として重みをもっていたという。「思ひ差し」に対して「思ひ取り」があり、返杯する「鸚鵡返し(おうむがえし)」「自酌自盛(じしゃくじもり)」まであったようだ（幸若舞『高館(たかだち)』）。「思ひ差し」を逆さに読んでうたうのはそれだけこの歌が広まっていたからで、「二次会的酒宴の場の皮切りのはやし歌」とみる見解は首肯できる。

ちなみに、『閑吟集』で文字を逆さまに書く例は、他に「むらあやてこもひよこたま」(273歌)があり、「また今宵も来でやあらむ」と読めるが、祈願の呪的な歌とされる。「また今晩も来ないのか」を逆さにすれば来るだろうという趣向で、逆さの力学の一種と言え、「思ひ差し」の逆さ歌も本来は自分目当てに酒を差して欲しいという願いが込められていたのであろう。

永池論には指摘がないが、「思ひ差し」は、『閑吟集』と同時代の『酒飯論絵巻』にも用例がある。この絵巻は狩野元信作とされ、酒がいいか飯がいいか、はたまた中道かで三人が争論する設定で、詞書は言葉遊びを駆使し、絵画は宴会や厨房の様が精細に描かれていて、まさに酒盛の狂熱がじかに伝わってくる。中世の「饗宴文化」を象徴する絵巻である。その詞書の酒の条に、

占め飲み、荒れ飲み、一口飲み。初春はまづ匂ふなる、梅の花のみいとやさし。秋の末野の草枯れて、露なし、うち振り、一文字、魚道なしの振りかつぎ。側差し、平差し、違へ差し、ゐびす懸けとの思ひ差し。

とあり、傍に差したり、普通に差したり、交互に差したり、そして「思ひ差し」が出てくる。絵画だけではない言葉の饗宴が展開し、『閑吟集』の世界と重ね合わせてみることができる。

小歌のことは、たとえばキリシタンの宣教師による重厚な日本語研究で知られるジョアン・ロドリゲス『日本大文典』にもみえる(一六〇八年)。漢詩や和歌、長歌・短歌についで小歌にふれ、連歌にも及ぶ。

小歌の条は、

> 五音節と七音節との脚韻を持った二行形式のものであるが、時には二行詩の五七五、七七ほどの脚韻を持たないものもある。普通には談話に使ふ通用語を以て組立てられてゐて、特有な調子をもった俚謡や踊り唄のやうなものである。(土井忠生訳、一九五五年)

とあり、「君が代」や「君も見るやと、ながむれば、うはの空なる、月もなつかし」「なさけ名残もふりすてて、乗るも船路の、習ひかなう」など『閑吟集』にあってもおかしくないような例が挙げられる。

さらに、中国明代の『全浙兵制考』に附される『日本風土記』にみる「山歌」十二首も知られる。万暦二十年(一五九二)の編で、東アジアを席捲した倭寇に対処するために日本研究が進み、『籌海図編』などが編纂される、その一環としての述作である。「山歌」とは、中国でもともと木樵などの山人の歌謡を意味していたが、それが広義の俗謡として使われたようで、舟歌なども含むようになったらしい。万葉仮名風に記載される。今読みやすい表記で示せば、

> 十七八は、二度候か、枯れ木に花が、咲き候かよの
>
> 世の中は、月に叢雲、花に風、思ふに別れ、思はんに添ふ

などで、倭寇の船乗りなどが歌っていたらしく、小歌の世界は東アジアの異文化交流にも関わっていたこ

とが注目されるであろう。

堀越孝一の注解

堀越孝一（以下、「著者」と称す）といえば、かつては（稿者の学生時代など）教養人の必読書たるイメージのあったホイジンガの『中世の秋』の訳者として知られ、著述も多く残した、ヨーロッパ中世文化史研究の泰斗である。それがなぜ『閑吟集』なのか。著者は本書の前に『わが梁塵秘抄』（図書新聞、二〇〇四年）を出している。本書の姉妹版ともいうべきもので、十二世紀末期の今様を集成した『梁塵秘抄』五百首以上の中から五十首ほどを抜粋して注解を施しており、著者の歌謡への深い思いが伝わってくる。本書はそれを受け継ぎ、全訳注を施しており、並々ならぬ著者の熱情を感じさせる。

本書でしばしば「『わが梁塵秘抄』をごらん下さい」との指示が出るので、必然的にこちらにも目を通さざるを得なくなるが、写本の読み取りから文字遣いにまで徹底してこだわり、古典世界を縦横に逍遥（しょうよう）し、時として『カルミナ・ブラーナ』やシャフツベリ尼僧院のマリ、喜劇の「ファルス」等々、ヨーロッパ中世文芸と対比し、自在に考証を展開する。一般的な古典の歌の注釈書が一首ずつ記述の分量を均等にしようとまとめがちなのに対して、感興のおもむくままに考証をつらねていく自在さが真骨頂といえる。

基本のスタイルは『わが梁塵秘抄』と共通するが、本書はそれ以上に奔放に飛翔している感じがする。ときおり読者はどこへ連れて行かれるか分らなくなり、『閑吟集』の小歌のはずなのに、『万葉集』の考証に深入りして突き進んでいくから、著者の思考展開についていけない読者はしばしば困惑するしかない。が、一方で著者の思考や心情によりそって追いかけていくと、これはこれでなかなかスリリングでおもしろい道行きになる。読者も著者の奔放さに見合った読み方をしなければならない。自在な考証を楽しむ近世随筆や南方熊楠の論法などとも共通する面があるかもしれない。

著者はまず現存写本の筆跡にこだわり、くずし字の字母の差異にまで神経をとがらせる。テキストクリティックの基本へのゆるがぬ姿勢を堅持する。『わが梁塵秘抄』でもそうだが、写本の文字遣いをそのまま起こして提示した上で自分なりに意味の通る漢字を当てている。古典学者が翻刻や釈文を作成する通常の手口と合致する。先行の注釈を対象化し、ともかく自分が納得しないと前にも後にも進めないという学者としての矜持を貫いている。

あまりにもきれいな文字配りなものだから、ついつい、「布る」「き遊る」と、あてている漢字をそのままおこした。(下、二七三頁)

これは、「布」→「ふ」、「遊」→「ゆ」の万葉仮名の字母がその漢字であるにすぎないわけで、そこまでいくと写本の筆跡に淫している印象を与え、これについていける読者は必ずしも多くはないだろう。仮名のくずし字は一音に対して複数の万葉仮名の字母を持つことで書の単調さをのがれ、書体の多様さをもたらし、華麗な筆致の美を生み出した。写し間違いや読み違いを防ぐ効用もあったわけであるが、字母の書体そのものをあえて漢字で書くのはマニアックな試みというほかない。踊り字や「お」か「を」かなど仮名遣いの如何にもこだわりの強さを見せる(近世写本ではそうした差異はもはや問題になりにくい)。「陸奥」の「みちのく」か「みちのくに」か(下、二九四頁)とか、「磯果」の読みの「磯」を「し」と読む問題（下、五一〜五三頁）など（聖徳太子の磯長廟は「しながびょう」と読む）、読み方をめぐってもとことん納得するまで追及の手を休めることがない。著者の仮名遣いへのこだわりはおそらく下記のような提言が根底にあるからだろう。

十九世紀のアルフレッド・トブラーは、辞書編集者たるものは、語のかたちについてはもちろん、音のかたちについても細心でなければならないと心得を述べた。（上、四一一頁）

仮名遣いと音とが密接するとの前提があるからで、それほど仮名遣いに意を用いながら、222歌や274歌のごとく、写本の見せ消ちの記号を理解していなかったのは少々意外な感がある。ついでに言えば、「老いの波も帰るやらん」（221歌）の「帰る」を著者は「満る」と読んでいるが、このくずし字はどうみても「満」ではなく「帰」である（意味上は「返る」がふさわしいが）。校訂者が現行の謡曲に合わせて変えているとし、「謡物としての能の現行の刊本の読みを正統に立てようとする諸家の読みは納得しがたい」（下、二〇五頁）とするが、それは当たらないだろう。

駆使される主要な辞書がおおむね『日本国語大辞典』や『広漢和辞典』に限定されているのもややもったいない気がする。孤軍奮闘の印象を免れない。通常はツールとしての辞典類は明記しない場合が多いが、著者は逐一何に拠ったかを明示する。誠実さを感じさせる。

権兵衛に、いいえ、権兵衛の小歌集の筆生に、もしかおまちがえではないでしょうかとおうかがいを

立てたりするよりは、権兵衛の書いたがままに読む作法をこそ、わたしたちは身につけなければなるまい。（上、三四三頁）

ここで「権兵衛」というのは、『閑吟集』の編者のことで、名無しの権兵衛からの命名であるが、著者はこの権兵衛に限りない愛着を寄せており、権兵衛の編集に寄り添い、その言葉に虚心に耳を傾けようとしている。究極は著者自身を投影させているようにも思えてくる。

特に観能に関して権兵衛が見たかどうか推量する例などによくうかがえる。著者は能狂言にも造詣が深いことが文面から伝わってくるが、歌謡と芸能とのかかわりを重視するのは当然の措置であり、著者の発想はかなり臨場感をもって訴えてくるものがある。

わたしがおもしろいと思っているのは、権兵衛は観劇に出かけたろうか。（上、二二一頁）

権兵衛のテキストと町の演劇とは同時性をもっていた、わたしがおもしろいと思うのはそのことである。（上、三七六頁）

囃子詞（はやしことば）は、それはよいと思う。権兵衛は、どこかの祭礼で、どこかの桟敷興行で、この囃子詞を耳にしたのだと思う。ふと、使ってみようかなと思いついて、本歌から拾った言葉をこの囃子詞で囃し立ててみた。（上、二〇六頁）

さて、権兵衛は粟田口へ出かけたであろうか。（下、九五頁）

権兵衛は、もしかするとこの能の初演の観衆のひとりだったのではないか。あるいは、また、金春禅竹と権兵衛は、この文章を共有したのではないか。（下、一九四頁）

ほとんど著者も権兵衛のかたわらで能を見つめ、耳を澄ませているような親近感を思わせるが、本書を読んで能や狂言の発展期における歌謡との縁の深さを再認識させられる。とりわけ『閑吟集』は能の謡や狂言の小歌の生態を映し出していて、現在伝わらない詞章や最も古い詞章を知りうるし、大和猿楽と近江猿楽の差異や系統を知ることができるとされる。能の謡と『閑吟集』との関連については、先の浅野建二他の研究に詳しい。

これにあわせて、本書で能との関係で着目されるのは、謡本に関する考証であろう。謡本の成立や流布と小歌との関連をめぐって、能楽史年表を駆使して謡曲のテクスト化の様相に取り組んでいる。「能の詞章を抜き書きした紙などが売られていたであろうか」（下、一三八頁）といった問い掛けにも対応している。売り買いはともかく、謡の文字作品化と小歌の流行とはたしかに不可分であったと思える。言われてみれば、十六世紀末期から十七世紀初頭にかけて芸術としての書物の域に達していた、本阿弥光悦らが刊行した古活字版の嵯峨本にも謡本があるから、それ以前から謡本は写本レベルでもかなり広まっていたに相違なく、小歌との深い関係はそうした謡本の流通からより具体的に追究されるべきであろう。

こうした著者の視角は、やはり専門のヨーロッパの中世世界からおのずと導き出されてくるのであろう。

能や狂言と権兵衛の文学との関係は、たまたま同じ頃合いのフランスの「ファルス」や「ソッティー」と「ヴィヨン遺言詩」の詩人の文学との関係に対応する。（上、三六頁）

「権兵衛とヴィヨン遺言詩の詩人との同時代性」への思いがあり（上、一六二頁）、著者の専門分野との共鳴が背景にあった。

その一方で、

権兵衛の周囲に、どんな「田植歌」や「巷謡（こうよう）」が流れていたか、それを気にしなければ権兵衛の編んだ歌は読めないと、思いこみが強すぎないか。（上、二〇六頁）

という反措定の主張もある。

これに加えて、著者が直接対峙している書陵部本の筆記者に対しても、「筆生」という呼称でしばしばふれている。権兵衛と筆生との時空の隔たりは少なくとも百数十年はあるはずで、その距離感に著者が敏感なのは中世という専門分野に共通するからであろう。また、写本の意味の通りにくい箇所を即座に写し間違えとし、現時点で解釈可能な表記や表現に合理的に改変しがちな研究者の姿勢に警鐘を鳴らしてもいる。まずは写本をあるがままに読み取り、解釈不能な部分を安易に変えずに虚心坦懐に読み抜くべきことを主張している。これも文献学ではあるべき姿といえるだろう。

『閑吟集』で最も有名な歌といえる「何せうぞ、くすんで、一期は夢よ、ただ狂へ」(55歌)の「狂へ」は、写本で見ると、たしかにどう見ても、「狂人」にしか読めない。「へ」を「人」のように書く書写者の書き癖なのであろう、大半の校注書はこれを「狂へ」とする。「ただ狂人」では、うたとして収まりが悪いから当然の措置ではあろうが、ここでも著者はその筆跡にこだわる。その一方で、「また湊へ」(137歌)が「湊人」に読めるのを、「首尾一貫しないが、ここはさすがに「湊人」では読めない」としてもいる(下、一七頁)。

また書陵部本の読み仮名にもしばしば違和を表明し、安易に従ってはならないと警告している。

だいたいが、いままで見てきて、振り仮名の主は、わたしは信用していない。(上、二七〇頁)

写本の筆生より後代の手跡で入っている振り仮名に負ぶさるのは控えた方がよい。(上、二七五頁)

いままでなんども断ったように、この振り仮名は信用できない。(下、二〇七頁)

そこで本書の注解の特徴をさぐっていくと、まずは日本古典もかなり読み込んでいることに驚かされる。『万葉集』から『古今集』以下の和歌をはじめ、『源氏物語』、『枕草子』、『蜻蛉日記』はもとより、能・謡曲の素養はさきにふれた通り、はては与謝野源氏にも及び、漢詩についても同様で、李白、杜甫、白居易等々、漢詩の考証や解析にも力が入っている。かつて『唐詩選』などはほとんど日本の古典になっていたことを思い出させる。『閑吟集』を窓口に日本の古典を逍遥するごとき趣きがあり、特に詩歌の長い伝統の縮図を見る思いがする。

とりわけ『万葉集』への愛着は並々ならぬものを感じさせる。

年老いたいまでも、いくつかそらんじている『万葉』の歌のひとつである。（上、三〇八頁）

たまたまこれはわたしの若い頃の関心の方向にあったものだから、覚えていただけのことなのだが、

（上、三二四頁）

などからみて、著者はほとんど万葉少年であったようだ。「笠をめせ」（150歌）歌をめぐる注解では、延々二十頁近くを費やしているが、半分以上は万葉歌をめぐる考証になっている。

『枕草子』もまたお好みであるようで、しばしば言及し、清少納言は「たき物」にうとく、『閑吟集』はその逆だとの指摘なども意表をつくような面があって興味深い（上、三四四頁）。逆に西行は理屈っぽいとしてあまりお好みではなかったようだ。また、『新古今集』の「取りまがふ花のよそめは」歌に関しては、「これはおもしろくない。よく、まあ、こんなのを入選させたものだ。選者の顔が見たい」（上、三六七頁）などとこきおろしてもいる。

著者の注解の特徴は、たとえば次の水車をめぐる歌によく見られる。「宇治の川瀬の水車、なにと憂き世をめぐるらう」（64歌）。この前後、車を廻る歌が並ぶが、本書ではまず水車の「輪廻の車の輪」を見ているとし、『梁塵秘抄』三三一番歌の「をかしく舞ふものは」の「平等院なる水車」を引き合いに出し、これと同定する。『夫木抄（ふぼくしょう）』『平治（へいじ）物語』（半井本（なからいぼん）、金刀比羅（ことひら）本）にもみえることは諸注指摘する通り。

本書では指摘がない重要な例では、井出幸男論や真鍋昌弘注などに引く『宗長手記』が特に注目される。宇治川を遡行する船で京から来た人達が船端を叩いて一節切(ひとよぎり)の尺八や笛を吹き鳴らし、「宇治の川瀬の水車、何と浮世をめぐる」などこの頃はやっている小歌を歌い、興に乗っている、という。小歌がどういう場で歌われていたかがよくうかがえる興味深い例であるが、著者の視線はむしろ水車そのものに注がれ、「水車の保守、技術はどうなっていたか」と、その仕掛けの方に向かっている。自著『人間のヨーロッパ中世』(悠書館、二〇一二年、初出『回想のヨーロッパ中世』一九八一年)で「ドン・キホーテの風車」なる序章を書き、「ヨーロッパ中世世界の水車と風車事情についてかなり書き込んだ」。それをバネに「日本史の水車事情」について調べたかったが、力つきた、と『梁塵秘抄』の「力なき蛙、骨なき蚯蚓(みみず)」に自分をたとえる。また、「平等院の水車」に関して、「「巫遊」の源氏名」だったのではないか、とまで言う。

ついで鎌倉末期の『石山寺縁起絵巻(いしやまでらえんぎえまき)』の図像に及び、絵巻の成立に近い『徒然草』五一段に展開する。諸注で『徒然草』を指摘するのは、小学館・古典文学全集の徳江元正注くらいであまり見当たらない。亀山殿の池に大井川から水を引こうと地元民に水車を作らせようとしたがうまくいかず、宇治の里人に頼んだらうまく回ったという話で、宇治には水車を造る職人集団がいたことを思わせる。水車事情を知りたいという著者の指向にかなった逸話であり、諸注が歌の世界だけ見ている視座との根本的な違いが際立っている。

『石山寺縁起絵巻』巻五に描かれた水車は、宇治川沿いの水田の灌漑用で揚水式が二機見られ、網代(あじろ)や氷魚(ひお)取りと並ぶ宇治川景観の風物として描かれている。著者は上流の瀬田川か下流の宇治川かを気にしているが、絵巻の物語は瀬田の橋で落とした院宣が老僧の夢告で宇治川辺の魚を捕れと知らせるわけで、下流の宇治川で間違いない。著者も指摘する通り、この絵巻は巻によって制作年代が異なるが、幸いにも巻五は制作当初の正中年間（一三二〇年代）のものに相当する。『平治物語』の例と合わせて、この歌の生成が鎌倉期にさかのぼり、室町期の『閑吟集』にまで及び、数十年後の『宗安小歌集』にもそのまま引かれるが、これが近世になると、宇治から淀に焦点が移り、「宇治の川瀬」が「淀の川瀬」に変えて歌い継がれていることを諸注指摘する。時代に応じた歌の継承と変転をよく示す例である。植木朝子論ではこの歌と江戸初期に流行する「柳橋水車図」との関連を詳述する。歌謡と絵画イメージとの共振をとらえていて興味深いが、やはり水車そのものには目が向いていない。

そこで著者の「ドン・キホーテの風車」論を見ると、表題と異なり、前半は水車の考証であり、水車の史料は紀元前一世紀にさかのぼり、やがて修道院と結びつき、十一世紀以降の領主領の定着と修道会の農事組織の展開によって水車が普及し、それは領主領の子飼いの武装組織の騎士団の形成とも対応しており、その交差上に夜の闇の奥に響く水車の音におびえるドン・キホーテの姿を活写する十六世紀のセルバンテス『ドン・キホーテ』が位置するという（続く風車の考証は十二世紀に焦点が当てられる）。社会史的考証と『ドン・キホーテ』の生成とがみごとに結びつけられた考証として興味津々で、そうしたまなざしが宇治の水車のありように向かうのは当然の指向であろう。著者の視座がより高いところにあることを思わせる。

ちなみに著者が検証できなかった日本の水車の歴史は、前田清志『日本の水車と文化』（玉川大学出版部、一九九二年）などがあり、小アジアで発明されたものが東西に伝播し、中国では二世紀の「翻車」「竜骨車」などが知られ、日本へは朝鮮半島経由で伝来、『日本書紀』推古十八年（六一〇）三月条に「碾磑」の名前で出てくる。以後、揚水、製粉や冶金などに用いられたようで、『類聚三代格』天長六年

（八二九）五月の太政官符などに灌漑の揚水のための「水車」の例が出てくる。和歌にも詠まれ、早い例に『金葉集』巻九雑の行尊（ぎょうそん）詠「早き瀬にたたぬばかりぞ水車我もうき世にめぐるとをしれ」がある。絵画資料としては、十三世紀の「伏見天皇宸翰（しんかん）源氏物語抜書（ぬきがき）」の料紙の下絵が古く、ついで先の『石山寺縁起絵巻』となる。

注の最後で著者は、

輪廻の車輪の「思やうにめぐりて、水を汲みて入るることとめでたかりけり」。

と『徒然草』の一文を使って輪廻の車輪とかさねて結ぶ、その結び方も洒落ている。

これにあわせて言えば、注ごとの著者の訳出も巧みで小粋で軽妙さがよく出ている。たとえば、「この小歌、いいですねえ、気に入った。もしかしたらナンバーワン・ソングです」とする「をともせいで、およれ、およれ、鳥は月に鳴き候ぞ」（227歌）の訳は以下の通り（下、二一三頁）。

便りもしないで、なによ。いいから、寝なさい、寝なさい。そりゃあ、カラスは月に鳴いてますけどね。カラスの好きで鳴いてるのよ。便りもしないで突然帰ってきたあんたと寝たあと、明け方に、こっちに都合よく鳴いてくれると決まったわけじゃあないのよ。

男女の性愛をめぐる機微が物語や映像の一シーンのように彷彿とする絶妙の訳出であるが、最初の句

「音もせいで」を便りもしないでと訳すのは著者のみで、諸注はそのまま「音もしないで」「静かに」と解する。「静かにおやすみなさいよ。烏は月の光に夜明けかと思って浮かれて鳴いているのですよ」とするのが大勢で、帰ってゆく人を名残おしく思い、とどめておく「送り歌」の型で、もともと子守歌の「寝させ歌」の類型をふまえて恋歌に仕立てたとする（真鍋昌弘注）。著者は歌をもたらす人間関係の綾により踏み込んでとらえている。

「月ゐる山もうらめしや」（58歌続）なども例によってワ行の「ゐ」にこだわり、通例の「月入る」ではなく、「月居る山」だとしたり（上、一八四頁）、随所で独自の新見を出している。著者が独自の見解を常に意識していることは、上代特殊仮名遣いをめぐって、「「き甲」「き乙」の問題がしゃしゃり出て、わたしのファンタジーの邪魔をする」（上、三三八頁）などにも表われている。「話はそう「邯鄲」ではない」（下、九三頁）とか、「夏かしい」（下、二八八頁）、「あんたも澄んでいるということで済むんだよ、とでも読みますか」（下、三八一頁）等々、言語遊戯を楽しむ例も少なくない。著者自身が息抜きをもとめているような雰囲気がみられる。

一方、事実誤認と思われる箇所がままみられるので注記しておきたい。

物語のお伽草子に関して、「狭義に二、三の物語をくくって用いる」（下、一四三頁）とあるが、これは江戸時代に心斎橋の渋川清右衛門が中世の短編物語二十三編をまとめて「お伽文庫」として刊行したものにちなむ名称である。また、古活字本に関して、「これ以前の刊本の多くが拠っている「活字本」をいうらしく」（下、三一〇頁）とあるのも誤解を招きやすい。「これ以前」ではなく、「これ以後」とすべきか。十六世紀末から十七世紀にかけて（安土桃山時代から江戸時代初期）、木活字による印刷本が出版される。慶長勅版や先述の嵯峨本などが特に有名だが、手間がかかるため、寛永年間（一六二四～四四）になると収束し、活字ではなく版木に直接文字や絵を彫る整版本が普及する。古活字版は期間が限られるし、稀覯本が多いため貴重視される。この古活字版をもとにさらに整版本が多く作られ、出版文化の隆盛を迎える。古活字版の制作は同時代のキリシタン版や朝鮮版の影響を受けたとされるが、それらは金属活字だったのに対して古活字版は木製活字であった。

ついで、『今昔物語集』に関して一言。著者はこの書名を『わが梁塵秘抄』や本書でも「今昔物語」とするが（上、一四六頁）、正しくは『今昔物語集』である。最古写本の鈴鹿本がその書名になっており、『竹取物語』以降、「今は昔」で始まる物語はすべて「今昔物語」であるから普通名詞にすぎない。「今昔物語」を独自に集成し自らの文体でとらえ直した意の〈集〉がついて初めて固有名詞になる、というのが私見の主張である。『今昔物語集』について、

> 井沢蟠竜校訂で出版されてから、ようやくまとまったかたちで本としていわれるようになったもので、
> （下、三五二頁）

とあるが、たしかに井沢長秀の『校訂今昔物語』が『今昔物語集』を世に知らしめる契機となったものの、井沢本はもとの写本『今昔物語集』を解体して再編成し、挿絵をつけた改編本で、しかも本朝部のみの抜粋本である。鈴鹿本は原本から直接の転写本とおぼしく、奈良の興福寺で写されたことが明らかになって

おり、それが近世には少しずつ流布し、国学者などに着目され、転写本が大名のコレクションには加えられていたから、井沢本に限らず近世にはそれなりに知られていたのである。「今昔物語」とする書名は近世の井沢本であり、院政期にさかのぼる本来の『今昔物語集』を伝えるものではないことを強調しておきたい。

閑話休題、

老いの自覚、青春の死が、権兵衛をして、こなまいきな待つ宵の小侍従の小歌を重く受けとめさせる。老いたる権兵衛は、冊子や紙束の山をひっかきまわして、『恋重荷』のテキストをさがす。（上、二二一頁）

という一節がある。これは権兵衛に仮託した著者自身の自己投影にほかならないように思われる。それにあわせて、本書の最後の歌「籠がな」（311歌）をめぐる掉尾の一文は、「本人、籠の鳥のつもりです」（下、三九七頁）で締めくくられるが、まさに『閑吟集』という「籠」の「鳥」として著者は格闘していたことを思わせて意味深長である。

「今、ようやくわたし自身の読みを作ろうと思う」（上、三五九頁）という決意は充分はたされたといってよいだろう。まさに読みの一里塚である。

注釈に関して、著者は別のエッセイで以下のように述べている。

注とは本文の補いである。ということは本文を思考の対象としてつき放すことが注記者に要請されているわけで、（中略）注が本文をひきずるなどはあるまじきことである。（中略）あるいは、注が生きて本文を殺すという逆説もなりたちうるか。それならそれでもよい。一度立った本文が注解で崩壊する。このばあいには、注は世界であって、本文は歴史である。あるいは注が劇であって、本文が人生である。あるいは、注は歴史のなかに嵌入する世界であり、劇を裏返す劇中劇である。

（『放浪学生のヨーロッパ中世』「注のある風景」四一～四二頁、悠書館、二〇一八年）

「本文」が歴史で、「注」が劇もしくは劇中劇だとすれば、著者はその劇を一心に演じていたようにも思われる。

中世西洋史学の碩学が中世日本の歌謡集と真摯に向き合い、格闘し、今日に甦らせた功績は大きい。その軌跡は『閑吟集』という一個の作品だけにとどまらず、おのずとそれ以前の古代以降の古典世界の道行きをも浮き彫りにしていく。古典逍遥の名にふさわしい。本書を通して日本のうた世界の豊饒さを堪能することができる。古典を生かすも殺すも今を生きるわれわれの手にかかっていることを再認識させられる。読みの愉楽を味わえる書である。

（立教大学名誉教授）

参考文献

浅野建二『閑吟集研究大成』明治書院、一九六八年。

北川忠彦校注『閑吟集　宗安小歌集』新潮日本古典集成・新潮社、一九八二年。

秦恒平『閑吟集―孤心と恋愛の歌謡』日本放送出版協会、一九八二年。

藤井貞和『物語文学成立史―フルコト・カタリ・モノガタリ』東京大学出版会、一九八七年。

土井洋一・真鍋昌弘校注『梁塵秘抄　閑吟集　狂言歌謡』新日本古典文学大系・岩波書店、一九九三年。

井出幸男『中世歌謡の史的研究―室町小歌の時代』三弥井書店、一九九五年。

小野恭靖『中世歌謡の文学的研究』笠間書院、一九九六年。

真鍋昌弘『中世の歌謡―『閑吟集』の世界』翰林書房、一九九九年。

永池健二『逸脱の唱声―歌謡の精神史』梟社、二〇一一年。

植木朝子『風雅と官能の室町歌謡―五感で読む閑吟集』角川学芸出版、二〇一三年。

真鍋昌弘『中世歌謡評釈　閑吟集開花』和泉書院、二〇一三年。

伊藤信博・クレール碧子ブリッセ・増尾伸一郎編『『酒飯論絵巻』影印と研究』臨川書店、二〇一五年。

〈ホモ・ルーデンス〉ドクトル堀越の遊びの極意を見つけたり！――編集後記に代えて

渡る世間は鬼ばかり？

「あ〜、うちのだんな、ちょうどいま出掛けたとこ。原稿の束一つかみ、上着のポケットにつっこんで、駅前のいつものお蕎麦やさんでお昼食べて、近くの喫茶店でひとしきり原稿をひねくりまわして帰ってくるの。三時頃には帰ってくるかなぁ」

ついつい先生の習慣を忘れて、昼前にお電話すると、奥さまからいつもこんなお返事がかえってくる。亡くなられる数年前から、ご自宅におられるときの先生の日常はこんな調子だったらしい。原稿の束とは、言わずとしれた『日本の中世の秋の歌『閑吟集』を読む』。Ａ４判のコピー用紙約三〇〇枚（一枚に四〇×四〇＝一六〇〇字）。常に持ち歩かれていたために、ヨレヨレのズタズタ。先生独特の太い鉛筆の筆跡で、ところどころ書き込みがある。

先生がお元気だったころ、鎌倉にお邪魔したある日、「いま、こんなものに凝っていて、もうこれだけ書き溜めてあるんだが、これ、本にならないかねぇ」ともちかけられた。

その時は、わたし自身、国文学にまったく疎いこと、原稿量が膨大なこと、失礼ながら、先生の表看板である西洋史モノではないこと、などが頭の中をかけめぐり「いやぁ、これはちょっと、難しいですねぇ」とかなんとか言って、それ以上話は進まなかった。

亡くなられてしばらくたって、奥さまから「主人の書斎を見ていたら、こんな原稿の束が出てきました」との文を添えて、十数枚の原稿の束が送られてきた。

その束の冒頭ページの余白に、おなじみのエンピツ書きで「再編集の上校注することはできない。このまま出版することを希望する」と書かれており、少し離れた所には「春　五〇枚、四〇〇字二〇〇枚」とあった。

ほかの書き込みなどから推測するに、『閑吟集』全三一一歌から春夏秋冬の季節感がよく出ている歌五十を選び、四百字二百枚ほどに纏(まと)めて出版してはどうかとの提案がどこかの編集者からあり、先生も一旦はその話に乗って試みてはみたものの、それはご自身の本意ではないと思い直され、右の文を書き付けたものと思われる。

奥さまによれば、十数年前から『閑吟集』に夢中で取り組まれており、片時もその原稿を手放すことはなく、本にすることが晩年の一番の夢であったとのこと。

さらに、先生の学恩を受けた四人が編集や校正を手伝うと言ってくれているので、なんとか本にできまいかとの強いご要請があり、もともと大の堀越ファンのわたしとしても、そのような助太刀が得られるのであれば、無論、乗らないわけにはいかず、苦手の国文学に挑戦することになった。

四人の助っ人とは、井上亘、田村航、松尾美穂、伊藤亘の各氏。

後述しますが、この四氏のご尽力にはほんとうに頭が下がる思いです。偶然にも、男性三名の下のお名前は、揃って〈ワタル〉。

「ワタル世間は鬼ばかり」ではなかったようですねぇ。

パクり？　いや、本歌取りです！

「国文学は本歌取りなんです。」

堀越孝一版『閑吟集注釈』の第一回目の編集会議で、井上亘さんが開口一番、こうおっしゃられた。無知をさらけ出すことになりますが、今まで、国文学のそんな基本的な作法さえ知らなかった私に、こうして、国文学研究の基礎が叩きこまれました。

編集会議までに一応は読んでおかねばと、とりあえずは目を通してはきたものの、一向にチンプンカンプンな文字の羅列にしか過ぎなかった先生の原稿が、この一言で、何とはなし、具体的な構造を持ったものとして立ち現れたように感じました。

井上さんはこうも言われました――これは、日本の学界が最も嫌う他分野への殴り込み、道場破りです。それなりの覚悟と研究上の手続きが必要です。先生のこの原稿はそれを十分クリヤしていると思います。

田村さんも同意された。日本古代～中世史専攻のお二人のお言葉に力を得て、このプロジェクトはスタートをきったのでした。

この「あとがき」を書くにあたって参考というかネタ集めのために、ご子息の庸一郎さんに、先生のパソコンから『閑吟集』にいくらかでも触れておられる文書を捜索し、データを送っていただきました。すると、こんな文章が……。

（ヴィヨンのある詩がジャン・ド・マンの『ばら物語』の一節にそっくりなことに言及して）

だれの目にも盗作は明らかだと、なにもそういきり立つことはない。本歌取りのこれは極意で、あまりに表現的なテキストなので、またまた、日本の中世文学からだが『閑吟集』113歌に

宇津の山辺のうつつにも、
夢にも人の逢はぬもの

というのがある。これは『伊勢物語』第九段に、宇津山路で京の知り合いに出会った。思いがけない出会いに興を得て、「京なる人」へ宛てて手紙を書いたことだったと、そこで一首。

駿河なる宇津の山辺の　うつつにも、
夢にも人に逢はぬなりけり

駿河国の宇津山の名のように、現実の山路で思わぬ人に逢うことがあるが、あなたには、このところ、現実にも、また、夢の中でも、お逢いすることがない。どうぞわたしの夢の中にお出になってください。

権兵衛の小歌はこれを本歌にとっていて、たった一字、「に」を「の」に変えて、人は逢うことがないものだ。これが人生かと、むしろ突き放している。本歌取りの文学である。

(中略)

サン・ブネの司祭の本歌取りは、49～50節に限らない。(中略) だが、じつのところ本歌探しはきりがない。

『ばら物語』の詩人が、また、オラスへ、オヴィッドへ、ヴァージルへ帰る。

（学習院〇六冬講座の講義ノート、二〇〇七年二月七日）

先生はもうずっと前に、『閑吟集』へのアプローチの態度をこのように明らかにされていた。それは、半生をかけて取り組まれたヴィヨン探索の方法と通ずるものであったのでした。

近代主義に侵された視点から過去の事象を見るのではなく、（ママ）

「ダラダラやってんじゃね〜よ、そんなんだったら仕事と同じだ！」

ジャズ・ピアニストの山下洋輔さんが仲間たちとつくった草野球チームについて書いたエッセイに出てきたセリフです。

この本の校正をしていると、不思議にこのセリフが頭に浮かんできます。

誤解しないでいただきたいのですが、けっして先生にダラダラやってんじゃねーよ、などとバチ当たりなことを言いたかったのではありません。山下さんたちだって、仕事は人並み以上にやってるという自負があるからこそ、あんなセリフが吐けるんだろうと思うわけで、先生はこの仕事で、ほんとうに楽しそうに遊んでらっしゃるなぁという思いが自然に沸きおこってきたというわけなのです。

奥さまにも、事あるごとに「面白いんだよ」「調べるのが楽しくて、楽しくてたまらないんだよ」とおっしゃっておられたと何度もうかがいました。

〈遊び〉の反対は〈仕事〉あるいは〈真面目〉？　では〈遊び〉は〈不真面目〉で〈チャランポラン〉？

いろいろ考えると訳がわからなくなってきて、また、少しは先人の知恵を拝借して、この駄文に権威づけしてみようなどと色気を出して、大昔にチラッと読み齧（かじ）った覚えのある『ホモ・ルーデンス』を、（ホイジンガでも先生の訳ではないからいいやと）アマゾンで超安値の中古品を買って、最初の章を読んでみました。結果、混乱がいっそうひどくなり、早々に撤退。

要は、先生が、表看板ではない日本史モノであるにも拘わらず、いや、であるからこそいっそう、仕事のごとく、真面目に、真剣に『閑吟集』探索に取り組んでおられたこと、それを決して苦痛と感じることなく、ワクワクしながら、舞い、遊ぶがごとくなされていたということです。

「花から花へ」――山下さんのセリフとおなじように、この仕事をしながらしじゅう思い浮かんできたのは、《ラ・トラヴィアータ》でヴィオレッタが歌うこのアリア。

甘い蜜を求めて花から花へ自由に飛び回るモンキチョウのように、今日は『万葉』、明日は『源氏』、はては大陸にまで渡って杜甫や李白までも、重力の軛（くびき）から解き放たれたかのように、軽々と文献を渉り歩く。そんな姿が目に浮かびます。

とはいえ、そんなに軽々と舞うには、持って生まれた才能に加えて、計り知れないほどの知識の蓄積ときびしい知的修練があったはずで、その支えがあってこその華麗なる舞いということなのでしょう。

そして、その蓄積の上に明らかになったこと、分かったことを文章にする。これこそが、ドクトル堀越の流儀なのでした。

「わたしは自分の目で読み、自分の頭で考えたことしか書きたくない」と、どこかに書かれておられましたっけ。

〈なにしろわたしは力つきた。いまは「力なき蛙、骨なき蚯蚓(みみず)……」〉（上、一九九〜二〇〇頁）

じつは、私が最初に原稿を通読して、いちばん印象に残ったのがこの部分でした。なんとも悲痛な独白。

上記のドクトルの流儀を貫ぬこうとすれば、当然、書きたくてもおいそれとは書けないことがたくさん出て来るはず。その一例が、この日本の水車についてのこと。

本文でも触れられておりますが、かつて先生は、西洋の風車について書かれたことがあり、私も大昔、楽しく読んだ記憶があります。十二、三ページの記述でしたが、おそらくそのために手に入りうる限りの史資料を調べられた結果としての十数ページだったはずで、今回も同様に、納得のいくまで調べたいと思われた、でも体力の衰えは如何ともしがたく、あきらめざるを得なかった。その無念さたるや、いかばかりであったことか。

日本中世の水車について、その技術史的な側面から社会経済的な側面まで、先生の探索の成果を読んでみたかったと思うのは私だけではありますまい。かなわぬままになってしまったことは、返すがえすも残念でなりません。

〈聴かせてよ、愛のことばを〉
閑話休題(ソレハサテオキ)

ちょっと湿っぽくなってしまいました。

（悠書館・長岡正博）

編集後記補遺

本書に収載した堀越孝一先生の遺稿「花の錦の下ひもハ　閑吟集私注──はじめに」(未完)、「ご挨拶」は、堀越先生が『閑吟集』とどのように向き合ったのかということが理解できる文章で、本書のエッセンスが凝縮されている。前者は本書において先生が『閑吟集』の作成された時代に没入し、当時の空気を呼吸する姿を、後者は先生御自身の人生と『閑吟集』との交錯を端的に示したものである。

しかも後者は二〇〇四年十月に開催された先生の古稀の会で配布されたもので、後半の「よしそれとても」以下「まずかったかな」までは、本書の13番歌の本文と重複するため、本書が二十年近く前から執筆されていたことがうかがえ、史料(歴史資料)としての性格も帯びているのである。なお文中の「金澤誠先生」はフランスの近代史が御専門で、一九八七年まで学習院大学文学部史学科の教授を勤められた方である。

本書の原稿が執筆される様子や、刊行が決定にいたるまでの事情については、編集後記に臨場感あふれる筆致で書かれているのであるが、後述するとおり、執筆者が急逝したため、未完に終わってしまい、その全貌が把握できないのが悔やまれてならない。この補遺をしたためた理由はここにある。

本書の編集の経緯は以下のとおりである。

二〇一八年九月に堀越孝一先生がお亡くなりになったことを受けて、十二月に先生の遺稿である「室町歌集　閑吟集注釈」(書名は『日本の中世の秋の歌『閑吟集』を読む』に変更)を刊行する計画が立てられた。翌年一月に第一回目の編集会議が悠書館の代表取締役である長岡正博氏を筆頭に井上亘・松尾美穂・伊藤亘の各氏と田村によって開催された。各自が原稿を読み、四月に第二回目の編集会議が開催されて、問題点を指摘しつつ、討議が重ねられ、同年十月、翌年一月にも同様の編集会議が開催された。この間、電子メールや電話による議論も展開されていたことはいうまでもない。二〇二〇年三月からコロナ禍が出来し、それにともなう緊急事態宣言により、編集会議は開催できなくなったのであるが、依然メールや校正刷りを介したやりとりが交わされ、挿入する図版等の準備も進められた。

かくして堀越先生の奥様の節子夫人には精緻を極めた挿画を描いていただくことができた。

また日本中世文学の小峯和明先生には詳細にして要を得た解説を執筆していただくことができた。西洋中世史の碩学である堀越先生がなぜ『閑吟集』の御研究をされたのかが理解できるうえに、本書の功績と独自性が確認できるはずである。

なお『閑吟集』の奥書に注釈を附した原稿が残されているのであるが、編集会議においてはその収載をめぐる議論が交わされ、結局『閑吟集』の真名序および仮名序に注釈を附した原稿がないのに奥書のそれを収載するのはバランスが悪くなることと、堀越先生の歌謡に対するひとかたならぬ傾倒に焦点を絞るべきであることと、奥書の注釈は覚書のようにも受け取られかねないとの理由により、収載を見送ることが決定された。当該の原稿はいずれ公表できる機会を期する次第である。

さらに308番歌の注釈は、もともと堀越先生の原稿には存在していなかったのであるが、編集会議において、これを補い、『閑吟集』のすべての小歌に注釈がつくようにしたほうがよいとの結論に達したので、別途執筆をした。この箇所に関する責任の所在は田村にある。

このほか本文等において説明を要する箇所や、誤解を招きかねない箇所については、編集委員が補注を附す処置もほどこしている。

このように編集作業が進んでいた最中、二〇二二年十一月に長岡氏が急逝してしまった。編集作業は混乱の坩堝に陥ったのであるが、悠書館の編集子が氏の後をひきつぎ、事態を収束させ、ようやく刊行に漕ぎつけることができた。

以上、本書は編集後記にあるように、真剣な遊びをされてきたお二方の運命を背負った書物なのである。本書をとおして堀越孝一先生と長岡氏の御冥福を祈るばかりである。

（田村　航）

堀越孝一の本

堀越孝一（ほりこし・こういち）

1933年東京に生まれる。1956年に東京大学文学部西洋史学科卒業。卒論のテーマは「十八世紀フランスにおける『百科全書』の出版について」。4年ほどの放浪生活を経て、1960年同大学大学院入学。

堀米庸三教授の薫陶をうけつつヨーロッパ中世史の研究を深める。1966年、同院人文科学研究科博士課程満期退学。茨城大学、学習院大学、日本大学をはじめ多くの大学で教鞭を執る。学習院大学名誉教授。著書に『中世ヨーロッパの歴史』、『中世の秋の画家たち』、『ヴィヨン遺言詩注釈』Ⅰ～Ⅳ、『人間のヨーロッパ中世』、『放浪学生のヨーロッパ中世』、『中世ヨーロッパの精神』、『パリの住人の日記』Ⅰ，Ⅱ，Ⅲなど。翻訳書に、ホイジンガ『中世の秋』、『朝の影のなかに』、G.オーデン『西洋騎士道事典』、C.B.ブシャード『騎士道百科図鑑』、『ヴィヨン遺言詩集』など。2018年 9月 8日没。

日本の中世の秋の歌
『閑吟集』を読む（下）

2023年5月8日　初版発行

著　者　堀越 孝一

装　丁　尾崎 美千子
発行所　悠書館
〒113-0033 東京都文京区本郷3-37-3-303
TEL. 03-3812-6504　FAX. 03-3812-7504
http://www.yushokan.co.jp/

印刷・製本　理想社

ISBN978-4-86582-039-3

定価はカバーに表示してあります

注釈重要語句一覧

凡例

一、本一覧は本書の読解の便宜を図るためのものである。

二、本一覧では各小歌の注釈において焦点となっている語句を順に記載している。

三、本一覧では『閑吟集』の本文以外の語句も採録している。

四、本一覧は注釈の内容を把握するためのものなので、各小歌間で重複する語句についても、これを厭わず採録した。

五、とくに注釈が附されず、現代語訳のみをしめした小歌などについては、語句を採録していない。

六、語句の採録は、原則として旧仮名でおこない、濁点を附している。ただし、著者がとくに意を用いている語句については、このかぎりではない。

七、解説「本書を読むにあたって」で注釈の分類をしめしているので、あわせて参照されたい。

序歌
よしなし
鼻ひる
眉
「兜屋小町恨歌」
錦
下紐
解けて
『万葉集』
寝乱れ髪

2歌
生田の若菜
『遺言の歌』

3歌
峰に虎杖
鹿の立ち隠れ

4歌
木の芽春雨
いま幾日ありて
春立つといふばかりにや
御吉野
『二人静』

5歌
鶯
霞

6歌
ちよ、千世千世と

7歌
松山

8歌
誰が袖触れし梅が香

9歌
吟臥

10歌
柳絮
軽薄
軽忽
梅花
うそ
揉まるる

11歌
宮増能
そらに

12歌
誰が問へば
袂
手枕

注釈重要語句一覧

13歌
うき世

14歌
花筏
こがれ
候

15歌
葛城山

16歌
花靫
あふたりや

17歌
燕子
如月寿印

18歌
まがふ

19歌
法輪寺
清涼寺
天龍寺
水車
放下師

20歌
御幸
白河院
法勝寺

21歌
一節切

22歌
『鵜の羽』
『三道』
世阿弥
『申楽談儀』
『砧』

23歌
細軟
『蔭涼軒日録』
『翰林葫蘆集』

24歌
『呉越春秋』
西施

25歌
口
花心

26歌
上林

27歌
水汲み
清水
地主権現
音羽の滝

28歌
『春日神子』

29歌
『籠太鼓』
西楼
黄鶴
花間

30歌
卯の花襲

31歌
放さいなう
なんぼこじれたい

32歌
若立ち
ゑぐ
ひく
ふる
『枕草子』

33歌
新茶の茶壺

34歌
『安字』
涙の波
『鵺』

35歌
面影
しらしらと

36歌
一目見し
上の空

37歌
独り寝
『恋重荷』

38歌
枳棘
鳳鸞
あぢきない

39歌
金春禅竹
『楊貴妃』
「長恨歌」

40歌
金春権守
『昭君』
上陽人
「兜屋小町恨歌」

41歌
弱し
『稲荷』

42歌
柳
『田植草紙』
門田
ようたての森
楊枝木

43歌
したのおもひ

44歌
見ず

45歌
な見さいそ
推す
命終
『今昔物語』
『日本霊異記』

46歌
さ

47歌
誉田
暮る
片割れ月

48歌
壺笠
河内陣
蹈鞴
湯口
踏む
えいとろ

49歌
世間
ちろり

50歌
うき世
一葉
萍
風波
杜甫
「登岳陽楼」

51歌
人生七十古来稀
秉燭

52歌
託事
あぢきなし

53歌
夢幻
『邯鄲』

54歌
くすむ

55歌
狂人
『花筐』

56歌
しゐて
手折る
かざす
青柳
長き春日
暮らす
『万葉集』

57歌
襲

58歌
夏の夜
言ひ置く

58歌続
近江猿楽
しのぶの里
名取川
在明の里
武隈
末の松山
ちか
衣の里
壺の石碑
外の浜
『善知鳥』

59歌
水に

60歌
さなきだに
海松布

61歌
『松風』
在原行平

62歌
『源氏物語』
手車の宣旨

注釈重要語句一覧

車争ひ

63歌
『葵の上』

64歌
宇治川
水車
『石山寺縁起絵巻』

65歌
やれ
えん
田植歌
『土佐日記』

66・67歌
「夕顔」
忍び車
中垣
真つ白

68歌
忍ぶ軒端
瓢箪
をいてな
ひよめく

69歌
待つ宵
『新古今和歌集』
小侍従
『平家物語』
『三井寺』
糺森

70歌
『恋重荷』
あふこ
こひ

71歌
『松風』
涙の淵

72歌
かいもとれる

73歌
おしやる
つきもなひ

74歌
日数ふる
廊
竹編める垣の内
『和泉式部日記』
うきふし
世ゝのふること
『伊勢物語』

75歌
な

76歌
唾を引く
うりつくり
しのぶ
青梅の折枝
やこりよ

77歌
安濃の津

78歌
とよ
『形見分けの歌』

79歌
「延喜御歌」

80歌
かし
いかに

83歌
ほしやほしや
月見
つきなし
紀有朋
小野小町
『梁塵秘抄』
よはひほし

84歌
恋する
何の

87歌
しやつと
マニエリスム
おりやる

89歌
『雲雀山』
寒食
隠几
鷃冠
春の日
迷室

90歌
とろめかす
なんとかしょうか

91歌
きやうこつ

92歌
ミしな

93歌 軒端の荻 片つ方 **94歌** 下荻 「夕霧」 かこと **95歌** 槿 野草 夢の戯れ **96歌** ただ **97歌** 『野宮』 **98歌** 手枕 **99歌** 『芭蕉』 草木成仏 簸て 所から 山賤 唐衣 **100歌** 『芭蕉』 惜しまじな 蘭省の花の時 『和漢朗詠集』 **101歌** うかる うし	**102歌** 「月夜」 **103歌** そそく 絶海中津 『蕉堅藁』 月を吹ひて 清見寺 **105歌** 寝うやれ **107歌** 『竹むきが記』 木幡山 阿騎山 之 吾 しづく けふ ささなみぢ 青旗 軽の太子 **108歌** こすのとほそ をす 小簾 小簀 こ水葱 安騎野 安伎 蜻 うれ 薫物 木枯 『竹林抄』	**109歌** 『卒塔婆小町』 うき 鳥羽殿 **110歌** 『蟻通』 雲居 『平家物語』 **111歌** 『現在女郎花』 花かつみ 淀野 美豆 **112歌**歌 残灯 一絲文守 **113歌** 宇津の山辺 『伊勢物語』 『竹林抄』 宗長 **117歌** 『形見分けの歌』 思ひしる **118歌** 『粉川寺』 **119歌** 大事 **120歌** 『高砂』

注釈重要語句一覧

121歌
しほがまし
まて

122歌
しほ
『田植草紙』
能阿弥
心敬

123歌
なる身
ひさぎ
片し貝

124歌
州崎

125歌
あぢきなやや

126歌
『海士』
みるめ

127歌
瀬枕
涙川

128歌
『江口』

129歌
さほ

130歌
『自然居士』
ささら太郎
人商人
『申楽談儀』
『風姿花伝』
大津松本
山田矢橋

131歌
『さんせう大夫』

133歌
となか
若衆

134歌
足を艫にして

135歌
『通盛』

136歌
さしませて
お取舵や面舵に
枕を並べて

137歌
湊人

138歌
松浦佐用姫
唐櫓
唐土船

140歌
『西行西住』
『宗長手記』

141歌
『槿』

142歌
なには

143歌
マニエリスム

144歌
『籠太鼓』
『飯尾宅御成記』
漏刻

145歌
そふ

146歌
うらうら

147歌
荒野の牧
人気
つゐ

148歌
やまがら
とにかくに
とても

149歌
笠
着もせで

150歌
浜田の宿
あひ（鮎）
三嶋菅笠
しはつ山
笠縫
白菅
たんば
つぼね笠
『七十一番職人歌合』
立君
図子君

安衆坊
巾子
市女笠
つぼ笠
つぼ装束
とがり笠

151歌
やらしませ

152歌
「鳴子」
「狐塚」
『天正狂言本』
「富士松」
『宗長手記』

153歌
田の面の雁

154歌
露の身

158歌
『野宮』
「賢木」

159歌
『野宮』
色
袖の露
消えかえり

160歌
犬飼星
ざうらふ

161歌
『女郎花』
『本朝文粋』
をみなへし

162歌
時雨
ふりふりして

163歌
『一角仙人』
金春流
『粟田口猿楽記』

166歌
山田の里
和田岬
鵯越

167歌
「朝顔」

168歌
児手柏
左毛右毛
左右裳
於枳弖他加枳奴
保々麻例等

169歌
さよふけかた
下焦がれ
蚊遣火の煙
さよ
明石

170歌
外山

171歌
枕さへに
したもえ

172歌
芭蕉
『中華若木詩抄』
義堂周信
愁辺
喜雨

173歌
灔澦堆
『徒然草』
「過邯鄲」

174歌
「光厳老人詩寄人」
「病中口占四首」
清容
不落
『大学』
温庭筠
「碧澗駅暁思詩」

175歌
人を松虫

176歌
山田作れば
寝うすらう

177・178歌
なよ、な

179歌
手枕
あぢき
高雄の和尚

180歌
勝事

注釈重要語句一覧

181歌
いへは

182歌
かそれ
『砧』

183歌
『砧』
衣打つ

184歌
『横山』
『鉢木』
『言継卿記』
鳥養道晣
鳥養新蔵

185歌
千里
咫尺

186歌
千里に置いて

187歌
『太平御覧』
『風俗通義』

188歌
練貫
上さ
かにも

189歌
思い差しに

190歌
「大江山絵詞」

191歌
興宴
『宴曲集』

192歌
おうさか
木綿つけ鳥
「総角」
八声
『逢坂物狂』

193歌
うき
おかしき
うれしき

194歌
ホトトギス
『清経』

195歌
すずの篠屋
『梁塵秘抄口伝集』
浮き世

196歌
よしなや
『八島』
板屋

200歌
下紐
『万葉集』

201歌
いやよ
うそな人

202歌
霜

203歌
おりやる
『烏帽子折』
宮増大夫

204歌
頼むまじ

206歌
君来ずは

207歌
さくさく
嵩山

208歌
暁月夜

209歌
温庭筠
「商山早行」

210歌
人迹板橋の霜

214歌
『千手』
金春禅竹
『伊勢物語』
から衣

215歌
竹剥げ

216歌
粟田口
四の宮河原
関山三里
瀬田の長橋
すりはり嵩の細道

220歌
『俊寛』
観世元雅

221歌
『融』

222歌
朱雀
千鳥明け立つ

223歌
恨
うき世

224歌
『申楽談儀』

226歌
丈人
屋上烏

227歌
をともせいで
「花子」
物と
およれ

228歌
吹上浜
真砂の数
長浜の浦
松田江の長浜
夜船
荒磯海
狭岑嶋
自臥す
自然
麟悒久
おほに
相日

229歌
おし鳥

230歌
『昭君』

231歌
さらさら
さつと

232歌
傀儡棚頭
夢想疎石
「因乱書懐」
『苅萱』

233歌
申したや
あらうには
いとほし

234歌
も

235歌
あれ、みさい

236歌
凡河内躬恒
『古今和歌集』
吉野川
田子の浦浪
立ち居

237歌
田子の浦浪

238歌
蛤
今世
楽せい

239歌
蘇東坡

240歌
つくし
つよの

241歌
白木の弓
「五武器談」
丸木の弓

242歌
松山の白塩
神変
『四河入海』
言語

243歌
『八幡愚童訓』
とら豹
賤の屋の柴垣
えせ物
胡乱者

244歌
柴垣
柴垣をうつ

245歌
縹の帯
「石川」
「内侍のすけ」
与謝野晶子
縹の糸

注釈重要語句一覧

「浅緑」
中絶ゆ
片結び

246歌
いつはり
うつしく
常陸帯
『古今和歌六帖』
空色のはなだ
浅縹

247歌
『定家』
かげろふ

250歌
呉竹
『留春』

251歌
今朝の玉章
『和泉式部日記』
上書

253歌
『芭蕉』
『竹林抄』
とよら
「葛城」
白璧

254歌
おほとのへ
雪降り
おおとのへの竹の下
うら
「少女」
下風
呉竹
おりきと

256歌
堅田大責

257歌
みちのくに
みちのく

258歌
うきみちのく
忍ぶの乱れ
若紫

259歌
忍ぶ
なを知る物
なを漏る物

260歌
しのぶの里
越路のかへる山
われら
色にはいでじ
思ひ越路
子に添はば

261歌
目でしめよ

262歌
忘れ草

263歌
忍ばじ

265歌
『拾遺和歌集』
『五音曲条々』
『五音之次第』

267歌
おりやれ

269歌
讃談

270歌
マニエリスト
さへに

271歌
『熊坂』

272歌
一縷

274歌
はらり

276歌
へんない

277歌
待ても

278歌
肝も消す
烏

279歌
をつれ
『三井寺』
別れの鶏

280歌
『榁天狗』
八条大君
六条御息所
しきみ
さかき

紅の末摘む花
野辺の若菜
都には

281歌
せいしやう
合歓木
つぼい

282歌
いとうしうて
いとほし
「夏引」

283歌
かい行く垣の緒

285歌
よや

286歌
あとに
ねより
憎まれ申して
「浮舟」

287歌
あんはちや

288歌
ひすおれがする

289歌
かなふ
讃岐

290歌
つるわ
あわ

292歌
詮かた
玉梓

293歌
久我
文使い
『恋の重荷』
「荷文」

294歌
堰く
柵

295歌
さらさら
和泉式部
『花月』

296歌
志賀
よる

297歌
志賀の山越え
はるはると
なれつらふ

299歌
石原嵩
たうげ

301歌
なにとも

302歌
中川

303歌
宮木野

304歌
羅

305歌
袖濡れぬ
なにの

306歌
難波堀江
葦わけ小舟
不相
頃者
鴨

307歌
かなた

308歌
飛鳥井雅有
『源氏物語』

309歌
御器籠
踏みのく

310歌
花籠
手をはなつ
朧月

311歌
籠
かたみ